ANDREAS GRUBER

Rachesommer

W0319884

Buch

Eine psychiatrische Spezialklinik in Leipzig: Als die neunzehnjährige Natascha tot in ihrem Zimmer gefunden wird, scheint alles auf Selbstmord hinzudeuten. Doch Kommissar Walter Pulaski ist misstrauisch. Nataschas letzte Tagebucheinträge lassen nicht auf Depressionen schließen. Und das Schmerzmittel, das sich Natascha angeblich gespritzt hat, kann nicht allein die Ursache ihres Todes sein. Ein Satz in dem Abschiedsbrief, den Pulaski bei Natascha findet, gibt ebenfalls Rätsel auf: »Immer wieder sind es andere, die nachts zu mir kommen.« Ist sie Opfer eines Mordes geworden? Als Pulaski wenig später von ähnlichen Todesfällen in anderen Landeskrankenhäusern hört, ist er überzeugt, dass es ein raffinierter Mörder auf psychisch kranke Jugendliche abgesehen hat. Aber warum?

In einer Wiener Kanzlei hat es die junge Anwältin Evelyn Meyers derweil mit einer Reihe merkwürdiger Schadensersatzklagen zu tun, die alle eines gemeinsam haben: Männer der gehobenen Gesellschaftsschicht sind auf höchst ungewöhnliche Weise ums Leben gekommen. Handelt es sich – wie alle glauben – wirklich um Unfälle? Und wer ist das mysteriöse dünne, blonde Mädchen, das an jedem Unfallort auftaucht?

Evelyns Spurensuche führt sie nach Deutschland, bis an die Nordsee – wo sie auf Kommissar Pulaski trifft. Denn die beiden so unterschiedlichen Fälle haben mehr miteinander zu tun, als es den Anschein hat …

Autor

Andreas Gruber, geboren 1968 in Wien, studierte an der dortigen Wirtschaftsuniversität, arbeitet halbtags im Büro eines Pharma-Konzerns und lebt mit seiner Familie und vier Katzen in Grillenberg in Niederösterreich. Er ist zweifacher Gewinner des Vincent Preises und dreifacher Gewinner des Deutschen Phantastik Preises.

Weitere Informationen unter www.agruber.com.

Andreas Gruber

Rache-sommer

Thriller

GOLDMANN

MIX
Papier aus verantwortungsvollen Quellen
FSC® C014496

Verlagsgruppe Random House FSC-DEU-0100
Das FSC®-zertifizierte Papier *München Super* für dieses Buch
liefert Arctic Paper Mochenwangen GmbH.

2. Auflage
Taschenbuchausgabe März 2011
Wilhelm Goldmann Verlag, München,
in der Verlagsgruppe Random House GmbH
Copyright © 2009 by RM Buch und Medien Vertrieb GmbH
Ein Projekt der AVA international GmbH
Autoren- und Verlagsagentur
www.ava-international.de
Redaktion: Oliver Neumann
Umschlaggestaltung: UNO Werbeagentur, München
Umschlagmotiv: © plainpicture/Anna Matzen
Th · Herstellung: Str.
Druck und Bindung: GGP Media GmbH, Pößneck
Printed in Germany
ISBN 978-3-442-47382-3

www.goldmann-verlag.de

Für Heidemarie

»Vor Gericht und auf hoher See
sind wir allein in Gottes Hand«
RÖMISCHE WEISHEIT

»Wer mit Ungeheuern kämpft, mag zusehen, dass er nicht dabei zum Ungeheuer wird. Und wenn du lange in einen Abgrund blickst, blickt der Abgrund auch in dich hinein.«
FRIEDRICH NIETZSCHE

Prolog

So liebte er es. Blauer Himmel, nur das Kreischen der Möwen, das Brechen der Brandung und weit und breit kein anderes Fahrzeug auf der Küstenstraße.

Edward Hockinson trat das Gaspedal durch. Die Autoreifen quietschten in der Kurve. Er spürte den Fahrtwind im Gesicht und schmeckte die salzige Meeresbrise auf den Lippen. Was für ein Kribbeln im Bauch! Das Leben in vollen Zügen zu genießen bedeutete für ihn mit seinen sechzig Jahren: am Rande der Klippen zu fahren, die hundertachtzig PS des Cabrios bis zur Grenze auszuloten und das Motorengeheul zu hören, das gegen den Fahrtwind ankämpfte, während Benny Goodman aus den Lautsprechern drang. Die Küstenstraßen an der Nordsee waren wie geschaffen für eine Spritztour, die ihm eine Gänsehaut bescherte und das Gefühl gab, wieder jung und verrückt zu sein. *King of Swing.*

Der Leuchtturm an der vorgelagerten Felseninsel kam näher. An dieser Stelle, wo die Straße steil abfiel, lag die gefährlichste Kurve. Hockinson konnte sie mit siebzig Sachen nehmen, das war kein Problem. Die Reifen hielten das aus.

Doch so weit kam es nicht.

Wie aus dem Nichts stand auf der nächsten Geraden plötzlich eine Person auf der weißen Mittellinie. Hockinson stieg auf die Bremse. Die Frau sah nicht auf. Warum in aller Welt zog sie sich mitten auf der Straße die Stöckelschuhe aus und lief barfuß über den Asphalt? Er rollte mit dem Wagen im Schritttempo näher. Was für Beine!

Hockinson schob sich die Sonnenbrille in das vom Wind zerzauste, graumelierte Haar. Als er auf gleicher Höhe mit der Frau war, hielt er an. Sie hätte seine Tochter sein können, eher seine Enkeltochter – gerade im richtigen Alter, dachte er. In dem blauen Kleidchen mit den Spaghettiträgern wirkte sie blass und hager. Dennoch strahlte sie mit der Stola und dem Kopftuch, unter dessen Saum das blonde Haar hervorfiel, eine Unverdorbenheit und zugleich eine laszive Erotik aus, die ihn an Grace Kelly in ihren frühen Filmen erinnerte.

Hockinson drehte Benny Goodman leiser und lehnte sich über den Beifahrersitz. »Mit *den* Schuhen zum Leuchtturm unterwegs?«, rief er aus dem Cabrio.

»Scheiße, mir ist der Absatz abgebrochen.«

Er schmunzelte. »Wohin soll's denn gehen?«

»Jedenfalls weg von diesen Drecksmöwen – wenn ich die Viecher noch länger schreien höre, drehe ich durch.«

Hockinson musste grinsen. Die Kleine in dem blauen Kleid gefiel ihm. Sie war genau seine Kragenweite. »Spring rein, ich nehme dich ein Stück mit.«

Sie reckte ihr Gesicht gegen den Wind, als überlegte sie, ob sie einsteigen oder das Gekreische der Möwen länger ertragen sollte. Hockinson starrte auf ihre kleinen Brüste, die sich gegen das Kleid pressten.

»Okay«, erwiderte sie schließlich, »aber wir hören einen anderen Sender.«

Hockinson öffnete ihr die Tür. »Was immer du willst.«

Sie schlüpfte in ihre Stöckelschuhe und sprang ins Auto. Als Hockinson für einen Moment ihre Beine betrachtete, sah er, dass keiner der Absätze abgebrochen war. Aber was kümmerte ihn das? Sie saß im Auto – nur das zählte! Kaum hatte er Gas gegeben, fummelte sie auch schon am Sendersuchlauf des Radios herum. Als ein neumodischer Sound aus den Lautsprechern dröhnte, drehte sie lauter und lehnte sich entspannt in den Sitz.

»Anschnallen?«, fragte Hockinson.

Sie rührte sich nicht. Den Blick über die Klippen zum Leuchtturm richtend, sagte sie: »Ich vertraue dir.«

Die Kleine war ganz nach seinem Geschmack. Hockinson trat das Pedal durch. Plötzlich rutschte sie näher zu ihm. Er sah nicht, was sie machte, hörte nur, wie der Verschluss seines Sicherheitsgurtes klickte, dann glitt das Endstück quer über seinen Bauch.

»He, ich …«

»Das Leben ist ein Risiko, oder etwa nicht, Eddie?« Sie zwinkerte ihm zu. »Ich wette, du schaffst die Kurve da vorn niemals mit neunzig Sachen.«

Sein Puls beschleunigte. Woher zum Teufel kannte sie seinen Namen?

»Fahr schneller, Eddie! Besorg es mir … so wie früher.«

Wie früher? Hockinson schielte aus dem Augenwinkel zu ihr hinüber. Er kannte diese Frau nicht!

Sie zog ihr Kopftuch herunter und schüttelte das lange blonde Haar aus. Dann nahm sie den Umhang von den Schultern. Stola und Kopftuch entpuppten sich als ein einziger, meterlanger, mit Perlen bestickter Schal. Sie riss die Arme hoch und ließ den Schal wie eine Fahne hinter sich herwehen.

»Steig aufs Gas, Eddie!«, rief sie.

»Hören Sie, ich werde …«

Plötzlich rutschte sie zu ihm herüber, stemmte sich für einen Augenblick im Sitz hoch und schlüpfte mit einem Bein in seinen Fußbereich. »Ich sagte *schneller!*« Sie drückte ihren Stöckelschuh auf seinen Fuß und trat das Pedal bis zur Bodenplatte durch. Der Motor heulte auf. Hockinson fuhr der Schmerz durch den Fuß. Er riss das Lenkrad herum, und der Wagen geriet für eine Sekunde ins Schleudern. Als er versuchte, seinen Fuß vom Gaspedal zu ziehen, stemmte sie sich mit dem Rücken gegen den Sitz und drückte mit aller Kraft auf das Pedal.

»Wer sind Sie, und was zum Teufel wollen Sie von mir?«, presste er hervor. Erst jetzt bemerkte er, dass er sie nicht mehr duzte.

»Eddie, Eddie, Eddie«, seufzte sie. »So ein schlechtes Gedächtnis?«

Während seine Hände das Lenkrad umklammerten, wickelte

sie den Schal um seinen Hals und warf das Ende aus dem Auto. »Damit dir nicht kalt ist, mein Süßer!«

Im Rückspiegel sah Hockinson, wie der lange Schal hinter dem Wagen herumwirbelte. Die Perlen schlugen gegen den Lack und wurden vom Wind immer wieder rauf und runter gerissen.

»Die Fahrt ist zu Ende, ich halte an!«, brüllte Hockinson.

»Lisa will nicht anhalten.« Erneut warf sie die Arme in die Luft.

Lisa? Woher kannte er diesen Namen? Als er aufsah, verriss er das Lenkrad erneut. Die Kurve vor dem Leuchtturm kam rasch näher. Er spähte auf den Tachometer. Die Nadel zitterte bei neunzig km/h.

Hockinson versuchte, die Frau mit dem Ellenbogen auf ihren Sitz zu drängen, doch sie war ungewöhnlich kräftig. Ihr Stöckelschuhabsatz bohrte sich in seinen Fuß. »Lisa, wir werden sterben!«

»*Du* wirst sterben!«

Fünfundneunzig km/h.

Im Seitenspiegel sah Hockinson, wie der Schal den Asphalt berührte und vom Wind wieder hochgewirbelt wurde. Wenn sich der Stoff im hinteren Fahrwerk verhedderte, würde ihn der Schal strangulieren, bevor er *Piep* sagen konnte. Wollte die Kleine mit ihm sterben? War sie so verrückt? Er versuchte, sich den Schal vom Hals zu zerren, umklammerte das Lenkrad jedoch rasch wieder mit beiden Händen, als der Wagen über eine Bodenwelle sprang.

»Was wollen Sie von mir?«

»Wie lautet der letzte durchgestrichene Name auf der Passagierliste der *Friedberg?*«

Die *Friedberg!* Plötzlich wusste er, woher er Lisa kannte. »Mein Gott – das ist zehn Jahre her!«

»Der letzte durchgestrichene Name!«, drängte sie.

Hundertzehn km/h.

Er würde die Kurve niemals schaffen.

»Ich weiß es nicht!«

In diesem Moment sprang der Wagen über die letzte Bodenwelle und raste in die steil abfallende Kurve, die zum Leuchtturm führte.

»Ich weiß es nicht …«, brüllte er.

Er wusste es wirklich nicht.

Die Reifen quietschten. Die Fliehkraft hob Hockinson aus dem Sitz.

Über ihren Köpfen kreischten die Möwen.

Drei Tage später …

Montag, 15. September

1

Stimmengemurmel, schrilles Gelächter und das Knallen der Sektkorken drangen durch die dünne Milchglastür in Evelyn Meyers' Büro. Jedes Mal, wenn jemand durch den Gang marschierte, vibrierte die Scheibe. Mussten die so toben? Bei dem Lärm konnte sich niemand konzentrieren.

Eigentlich hatte Evelyn die Kanzlei schon längst verlassen wollen. Es war acht Uhr abends. Ihre beiden Katzen – Bonnie und Clyde – mussten gefüttert werden, und ihr Magen begann auch schon zu knurren. Im Grunde brauchte sie nur ins Foyer vorzugehen. Im Empfangsraum der Wiener Rechtsanwaltskanzlei standen die Cocktails zu Dutzenden auf den Tabletts, und im großen Besprechungsraum und den Besucherzimmern türmten sich Kaviar-, Lachs- und Thunfischbrötchen auf den Tischen. Aber dann hätte sie sich den Klienten und befreundeten Anwälten aussetzen müssen – und darauf konnte sie verzichten. Smalltalk war noch nie ihre Stärke gewesen.

Sie schob die Unterlagen auf ihrem Schreibtisch auseinander und betrachtete die verschiedenen Gutachten, Polizeiprotokolle, Zeugeneinvernahmen und Fotos der Kripo und der Feuerwehr. Daneben lag die Mitschrift des ersten außergerichtlichen Vergleichsgesprächs, das sie mit dem Anwalt der Klägerin in einem Restaurant geführt hatte. Die Gegenseite gab sich nicht mit ein paar Tausend Euro zufrieden. Dieser verdammte Kanaldeckel-Fall! Sie wollte höchstens noch eine Stunde daran arbeiten. Natürlich konnte sie sich mit sämtlichen Unterlagen durch die Hintertür davonstehlen und zu Hause weitermachen. *In Ruhe* weitermachen! Denn bis auf Bonnie und Clyde gab es in ihrer Wohnung niemanden, der sie ablenken konnte. Aber sie kannte sich. Es würde so enden, dass sie neben den Resten einer kalten Pizza im Wohnzimmer saß, den Wald vor lauter Bäumen nicht mehr sah … und um vier Uhr morgens auf der Couch aufwachte.

Am schlimmsten war jedoch, dass sie vor wenigen Tagen für einen Sekundenbruchteil ein merkwürdiges Déjà-vu-Gefühl gehabt hatte. Sie war wegen der vorbereitenden Tagsitzung im Landesgericht erschienen und hatte aus dem Augenwinkel einen Blick auf ihre Unterlagen geworfen. *Peng!* Die Assoziation war genauso schnell wieder weg gewesen, wie sie gekommen war. In diesem Fall steckte ein Detail, das ihr etwas sagen wollte – aber sie kam nicht dahinter, was es war. Und je länger sie durch die Unterlagen blätterte, desto mehr zweifelte sie an ihrem Verstand.

Die weit entfernte, dumpfe Stimme ihres Chefs riss sie aus den Gedanken. Sie hörte ihn im Gang auf ihr Büro zukommen. Sein Schatten zeichnete sich hinter der Glastür ab, dann klopfte er an und betrat ihr Zimmer. Er klopfte immer an! In dieser Hinsicht war Krager ein Gentleman. Er trug einen Designeranzug von Armani, hatte graumelierte Schläfen, ein kantiges Gesicht, war groß und trotz seiner sechzig Jahre ein Charmeur – vielleicht sogar ein wenig *zu* galant. Außerdem war er redegewandt und … Beinahe wäre ihr das Wort »seriös« in den Sinn gekommen. Von manchen Klienten hatte sie gehört, dass ein »seriöser Anwalt« ein Widerspruch in sich sei, womit sie zweifellos Recht hatten. Krager war bestimmt nicht die Mutter Teresa unter den Juristen, aber er bemühte sich um Fairness – sofern es das Geschäft zuließ. Seinen Spitznamen, Pitbull, besaß er nicht umsonst.

Dann stand er vor ihr, eine Akte und ein Sektglas in den Händen. »Evelyn, Sie müssen mir nicht beweisen, dass Sie eine toughe Anwältin sind – nicht heute.« Er hatte wieder seinen väterlichen Blick aufgesetzt. Evelyn wusste, er konnte auch anders, doch heute war *sein* Tag. Die Kanzlei *Krager, Holobeck & Partner* feierte ihr fünfundzwanzigjähriges Bestehen, und die Räume waren zum Bersten voll mit Notaren, Richtern, Presseleuten, befreundeten

Wirtschaftsanwälten und den Vertretern großer Unternehmen. Krager nahm prinzipiell keine kleinen Firmen als Klienten. Hier gaben sich Bankdirektoren und Manager von Fluglinien, Versicherungskonzernen, Kaufhaus- und Elektrohandelsketten die Klinke in die Hand.

»Ich möchte nur noch diese Unterlagen …«

»Evelyn, das sind doch bloß Ausreden«, unterbrach er sie. Dieses förmliche *Sie*, kombiniert mit ihrem Vornamen, duldete keinen Widerspruch. »Lassen Sie den Fall für eine Stunde liegen, und schließen Sie sich uns an. Sie verrennen sich da in eine Sache, die nichts bringt.«

Nichts bringt? Der Angeklagte war der beste Freund ihres Vaters gewesen, der einzige Mensch, der sich nach dem Unfall ihrer Eltern um sie gekümmert hatte – und das wusste Krager verdammt genau!

Bevor sie etwas sagen konnte, deutete Krager zur Tür. »Da draußen warten aufregendere Fälle: Ein batteriebetriebenes Radio schlittert über die Armaturenablage, knallt aufs Lenkrad, der Airbag öffnet sich und schleudert einem Stadtrat das Radio ins Gesicht. Die Witwe verklagt die Herstellerfirma des Airbags auf fünf Millionen Euro.«

Sie kannte den Fall. »Leider haben wir nicht gewonnen.«

»Ich weiß, aber *das* sind die Aufträge, die Geld bringen – im Gegensatz zu einem Fall, bei dem ein Mann über eine Baustellenabsperrung stolpert und sich in einem Kanal das Genick bricht.«

Es klang, als wollte er sich über sie lustig machen.

»Ich kenne den Angeklagten persönlich, und die Baustelle war ordnungsgemäß gesichert«, sagte sie.

»Ja, ich weiß, ein verlorener Prozess würde Ihren Bekannten in den Ruin treiben. Aber hören Sie zu …« Seine Stimme hatte den väterlichen Ton verloren. »Wir sind nicht die Caritas, und für kleine soziale Angelegenheiten wie diese gibt es Kanzleien, die sich darauf spezialisiert haben.«

»Diesmal beißen Sie auf Granit«, entgegnete sie. Die Baufirma von Onkel Jan – wie sie den Freund ihres Vaters seit ihrer Kindheit nannte – lief nicht gerade gut, und eine Niederlage vor Gericht würde ihn ruinieren. Sie konnte ihn nicht im Stich lassen, das war sie ihm schuldig.

Krager setzte sich salopp auf die Kante ihres Schreibtisches, was sonst nicht seine Art war. Dabei fiel sein Blick auf einen Stapel Farbfotos. Er schob die ersten davon auseinander. »Stammen die wieder von Ihrer dubiosen Quelle?«

Wie oft hatten sie das Thema schon durchgekaut? »Ich löse die Fälle auf meine Art«, antwortete sie nur. »Sie wollen Ergebnisse – wie ich sie liefere, bleibt meine Sache.«

Er starrte sie eine Weile an. »Von mir aus. Aber nachdem dieser Fall abgeschlossen ist, reden wir ein ernstes Wort miteinander. Es gibt da eine lukrative Sache, die ich Ihnen anvertrauen möchte.«

»Wird eine kleine Privatbank verklagt, weil sie unbürokratisch arbeitet, keine Kontospesen verrechnet und den Großbanken die Kunden wegschnappt?«

»Überlassen Sie die zynischen Bemerkungen besser mir, dafür sind Sie zu jung und zu hübsch.« Er nickte zur Tür. »Schließen Sie sich uns an?«

»Ich arbeite weiter.«

»Ihre Entscheidung.« Krager wedelte mit der Mappe. »Das Strafverfahren wurde eingestellt. Kieslingers Autopsiebericht kam heute Nachmittag vom Gericht herein.«

Evelyn fuhr im Stuhl hoch. Kieslinger war der Mann, der in den offenen Kanalschacht gefallen war. »Seit drei Tagen warte ich darauf!«

»Ich wollte Ihnen die Unterlagen erst morgen geben, nach der Feier. Aber da Sie sich ohnehin in den Fall verbeißen und nicht eher Ruhe geben …« Er ließ den Satz unausgesprochen und legte die Mappe auf den Tisch.

Sofort schlug Evelyn den Deckel auf und überflog die Zeilen

des Gerichtsmediziners, bis sie zu der Stelle mit Todeszeit und Todesursache kam.

Ihr stockte der Atem.

»Kieslinger ist weder an Genick- noch an Schädelbruch gestorben«, sagte Krager.

»Sie haben den Bericht gelesen?«

»Natürlich. Zwischen Sekt, Geplänkel und Kaviarbrötchen gibt es immer wieder eine stille Minute. Hören Sie, Evelyn …« Wieder der väterliche Ton, doch diesmal mit einem leisen, gefährlichen Beigeschmack. »Sie werden den Fall verlieren. Der Obduktionsbericht bricht *Ihnen* das Genick. Kieslinger ist kopfüber in den engen Kanalschacht gestürzt und knapp über dem Boden steckengeblieben. Der Schacht stand dreißig Zentimeter unter Wasser. Kieslinger konnte sich nicht bewegen und ist …«

»… ertrunken«, vollendete Evelyn den Satz. Sie blickte vom Autopsiebericht auf.

»In Luftröhre, Lunge und Magen befanden sich zwei Liter Abwasser.«

2

Die engen Gassen des zweiten Wiener Gemeindebezirks waren zu dieser späten Stunde wie leergefegt. Wer dennoch durch die Gegend lief, war entweder Zuhälter, Geldeintreiber, ging auf den Strich oder wollte sein Geld um jeden Preis in einer Bar loswerden. Noch dazu sahen die Gassen bei Nacht verheerender aus als bei Tag. An manchen Stellen war die Straßenbeleuchtung ausgefallen. Müllsäcke stapelten sich auf und neben den vollen Tonnen, Hundekot lag an jeder Häuserecke, und aus manchen Wohnungen drang der übliche Ehestreit.

Das Geschrei erinnerte Evelyn an die Auseinandersetzungen ihrer Eltern, die sie als Mädchen belauscht hatte. Eigentlich war ihre Kindheit nicht so schlecht verlaufen – bis zu jenem Zeitpunkt, als sie den Mann kennengelernt hatte, der alles veränderte. Ab diesem Moment war ihre Kindheit zu Ende gewesen.

Sie stieg über die leeren Holzpaletten eines Gemüseladens, dessen Rollläden zur Hälfte unten waren. Nachdem sie die Punkte des Autopsieberichts mehrmals in ihrem Büro durchgegangen war, hatte sie versucht, Patrick am Handy zu erreichen – ihre *dubiose Quelle.* Ab und zu war er ihr bei Ermittlungen behilflich, doch diesmal ging er nicht ans Telefon. Aber sie würde auch ohne ihn herausfinden, was vor zwei Wochen in der Czerningasse passiert war.

Evelyn hatte die Kanzlei durch die Hintertür verlassen, ohne den anderen ein Wort zu sagen. Noch ein paar Gläser Sekt, und nicht einmal Krager würde ihre Abwesenheit bemerken. Während der Autofahrt hatte sie mit der Tochter ihrer Nachbarin telefoniert, die einen Schlüssel zu Evelyns Wohnung besaß. Conny liebte es, wenn sie Bonnie und Clyde mit Hühnchen aus der

Dose füttern durfte. Natürlich tat das Mädchen damit auch ihr einen Gefallen. Wegen all der Geschäftsessen und Abendtermine, die oft bis Mitternacht dauerten, hätten die beiden Katzen bestimmt schon längst den Aufstand geprobt, in Evelyns Schuhe gepinkelt oder die Vorhänge von den Gardinenstangen gefetzt.

Evelyns Ford Fiesta parkte unter einer der wenigen funktionierenden Laternen an der Häuserecke. Von dort war sie zu Fuß in die Czerningasse gegangen. Das Klappern ihrer Stöckelschuhe hallte von den Hauswänden wider. Nach wenigen Metern erreichte sie den Ort, wo Kieslinger vor zwei Wochen gestorben war. An der Ecke befand sich eine winzige Bankfiliale mit einem Geldautomaten, auf der gegenüberliegenden Straßenseite eine Bar. Die bunten Neonröhren über dem Eingang des *Entrez-Nous* waren zur Hälfte ausgefallen und surrten mehr, als dass sie blinkten. Die Autos, die vor dem Club parkten – ein Porsche, ein Mercedes und zwei Audis –, passten nicht in diese schäbige Wohngegend. Anscheinend ließen sich ihre Besitzer gern in einer Bar volllaufen, in der sie niemand vermuten würde.

Der Asphalt in der Straßenmitte war aufgerissen. Hinter der Baustellenabsperrung befand sich der offene Kanalschacht. Der Deckel lag immer noch daneben im Sand. Evelyn war schon einmal hier gewesen, doch nicht weit gekommen, da die Kripo den Unfallort abgeriegelt hatte. Mittlerweile scherte sich niemand mehr um die Baustelle. Was hatte Rudolf Kieslinger, den renommierten Kinderarzt im Ruhestand, wohl in diese Gegend geführt? Der Geldautomat?

Nicht einmal drei Tage nach seinem Tod führte die Witwe bereits eine Privatklage gegen Onkel Jan. Der Sachverständige von Onkel Jans Haftpflichtversicherung hatte die Baustelle für ausreichend gesichert befunden. Deshalb war die Versicherung ausgestiegen und hatte keinen Cent gezahlt. Falls Onkel Jan den Prozess verlor, haftete er mit seinem Privatvermögen.

Der raffinierte Anwalt der Gegenseite hatte beim ersten außergerichtlichen Vergleichsgespräch behauptet, Kieslinger sei nach dem Besuch einer Benefizveranstaltung für krebskranke Kinder zur U-Bahn-Station gelaufen, wegen der schlechten Beleuchtung über die angeblich fahrlässig abgesicherte Absperrung gestolpert und kopfüber in den offenen Schacht gestürzt. Es gab schon blöde Zufälle! Vor allem weil die nächste U-Bahn-Station verdammt weit entfernt lag.

Jedenfalls wollte die Witwe sieben Millionen, was in Anbetracht der Begräbniskosten, Schmerzensgeldforderungen und Unterhaltsansprüche wegen Einkommensverlust völlig überzogen war.

Evelyn kannte die Richterin, und die Sache sah düster aus. Falls es hart auf hart ging, müsste Onkel Jan Konkurs anmelden. Dann säßen sieben Arbeiter, eine Bürokraft und ein Lehrling auf der Straße. Das wäre der letzte Schlag in einer langen Kette von Unglücksfällen, die ihre Familie seit ihrer Kindheit hatte hinnehmen müssen – und Evelyn hatte es satt, immer auf der Verliererseite zu stehen.

Sie knipste die kleine Stabtaschenlampe an, die immer im Handschuhfach ihres Wagens lag, schlüpfte aus den Stöckelschuhen, zog den Rock hoch und stieg über die Absperrung. Während sie die Lampe mit den Zähnen hielt, band sie ihr langes blondes Haar zu einem Zopf. Anschließend kletterte sie über die Eisenleiter in den Schacht. Er war eng und roch nach Kloake. Eigentlich hatte sie damit gerechnet, wadentief in Dreck zu treten, doch am Ende der Leiter berührte sie trockenen Boden. Nach dem Unfall hatten die Stadtwerke wohl die Wasserzufuhr zum Kanaltrakt abgesperrt, und bei den warmen Temperaturen dieser Septembertage wunderte es sie nicht, dass der Kanal binnen weniger Tage ausgetrocknet war.

Hier hatte Kieslinger, ein Bär von einem Mann, also kopfüber gesteckt – und zwar so fest, dass ihn die Feuerwehrleute mit einer Seilwinde rausziehen mussten. Zu der Zeit, als es passiert war, hatte sich niemand mehr auf der Straße befunden, der Kieslinger hätte helfen können. Wie jetzt. Evelyn versetzte sich in seine

Lage, bewegungslos hier zu hängen, mit dem Gesicht unter Wasser. Das eigene Gewicht drückte ihn immer tiefer nach unten, und er bekam die Arme nicht frei, um sich hochzustemmen. Das Wasser lief ihm in Nase und Ohren. Er konnte nicht um Hilfe rufen. Irgendwann musste er atmen, konnte aber nicht, und …

… sie spürte wieder den Jutesack über dem Gesicht, roch die feuchten Wände und fühlte die Kälte des Bodens, die ihre Finger klamm werden ließ. Sie konnte sich nicht bewegen. Das Seil schnitt immer tiefer in ihre Gelenke, und sie würgte die Magensäure hoch, konnte aber nicht ausspucken, weil das Klebeband so fest um ihren Mund …

Evelyn schrie auf und öffnete die Augen. Nicht schon wieder! Ihr Herz raste. Sie wischte sich den Schweiß von der Stirn. Ohne es bemerkt zu haben, hatte sie sich in dem engen Schacht auf den Boden gekauert und die Knie an der Betonwand aufgeschürft. Die Taschenlampe war ihr aus der Hand gefallen und in die Seitenröhre gerollt. Zum Glück litt sie nicht an Klaustrophobie, sonst hätte sie in diesem Moment eine Panikattacke bekommen.

Evelyn kauerte sich tiefer hinunter, doch die Röhre war zu eng. Sie konnte die Lampe nicht mit den Fingern erreichen. Da bemerkte sie den Rand eines glänzenden Gegenstands, der aus dem getrockneten Schlamm ragte. Vermutlich eine Münze. Sie grub die Stelle auf und zog das Objekt heraus. Es war zu groß für eine Münze und sah eher wie eine kleine, ovale Kunststoffhülle aus. Evelyn wischte den Dreck ab. Ein Porschelogo kam zum Vorschein.

Ein Funkschlüssel!

3

Ohne die Taschenlampe kletterte Evelyn aus dem Schacht. Mit dem Autoschlüssel in der Hand hievte sie sich aus der Öffnung. Dabei betätigte sie irrtümlich den Auslöser der Fernbedienung. Nicht weit entfernt ertönte ein schrilles *Quäk-Quäk,* gefolgt vom Öffnen einer Zentralverriegelung.

»Was für ein Schnäppchen!«, murmelte sie.

Die Innenbeleuchtung eines Porsches, der auf der gegenüberliegenden Straßenseite in der Nähe des Nachtclubs parkte, ging an. Für einige Sekunden leuchteten auch die orangefarbenen Blinker des Wagens.

Der Schlüssel lag bestimmt schon seit Tagen im Schlamm, aber die Batterie war intakt geblieben. Vermisste niemand seinen Porsche? Evelyn nahm ihre Stöckelschuhe, kletterte über die Absperrung und lief barfuß zu dem Wagen. Der silbergraue Porsche 911 Carrera war ein schnittiger Zweisitzer mit Hardtop, Leichtmetallfelgen und einem Auspuffrohr aus Edelstahl. Einige Strafzettel klebten hinter dem Scheibenwischerblatt. Dieser Wagen kostete mindestens 120 000 Euro. Dafür bekam man schon ein kleines Einfamilienhaus in günstiger Lage.

Aus dem Nachtclub drang ein dumpfer Bass. Kein Türsteher, keine Warteschlange von Gästen, nur schwarze, heruntergelassene Rollläden und das surrende Geräusch der Neonreklame. *Entrez-Nous.* Evelyn öffnete den Wagen und ließ sich auf den Fahrersitz fallen. Als sie die Tür schloss, ging die Innenbeleuchtung aus. Erst jetzt bemerkte sie, dass ihre Bluse den Gestank der Kloake angenommen hatte. Ihre Füße waren bis zu den Knöcheln schmutzig, aber irgendwie fühlte sie sich lebendig. Das Lenkrad, die Armlehne und die Sitzbezüge aus Raffleder rochen wie frisch aus der Werkstatt. Sie steckte den Zündschlüssel ein. Durch den Bordcomputer und das Multifunktionslenkrad wirkte das Wageninnere wie das Cockpit eines Flugzeugs. Die Anzeige des Tachometers ging bis 300 km/h. Die Armaturentafel zeigte gerade mal einen Stand von dreitausend Kilometern.

Als Evelyn das Handschuhfach öffnete, schlug ihr Herz bis zum Hals. Ein Handy, Feuerzeug, Zigaretten, Kugelschreiber, eine Parkscheibe und … Kondome kullerten ihr entgegen. Wie praktisch! Sämtliche Geschmacksrichtungen, von Erdbeere bis Vanille.

Als jemand an das Seitenfenster klopfte, fuhr Evelyn hoch. Das rote, aufgedunsene Gesicht eines Mannes blickte durch die Scheibe. Er war an die fünfzig, sein Anzug war schäbig und die Krawatte saß schief. Die wenigen Haare hatte er sich wirr über den Kopf gekämmt, um die beginnende Glatze zu verbergen.

Instinktiv drückte Evelyn den Zigarettenanzünder in die Konsole. Dann blickte sie nach vorne und in den Rückspiegel. Der Mann war allein auf der Straße. Sie ließ die Scheibe nach unten fahren.

»Hallo …« Eine Alkoholfahne wehte zu Evelyn ins Auto. Der Mann war so abgefüllt wie ein Spirituosenladen auf zwei Beinen.

»So ein hübsches, blondes Ding, ganz allein in *so* einem Flitzer.« Er zerrte an seinem Krawattenknoten, als benötigte er dringend Frischluft.

»Falls Sie nicht in Gefahr sind oder Hilfe benötigen, muss ich Sie bitten, mich nicht zu belästigen.«

Der Mann lehnte sich an die Fahrertür und grinste in den Wagen. »Muss ich Sie bitten, mich nicht zu belästigen«, äffte er ihre Stimme nach. »Dein Freund ist wohl ein ziemlich feiner Pinkel, was? Die Typen kenne ich. War selbst auch mal einer.«

Bestimmt war er das. Evelyn wollte die Scheibe bereits wieder nach oben fahren, als der Mann am Türgriff zu hantieren begann.

»Finger weg!«, rief sie scharf. »In Ihrem eigenen Interesse!«

»In Ihrem eigenen Interesse …« Er taumelte einen Schritt zurück. Unbeholfen kramte er einen Schlüsselbund aus der Hosentasche und drehte ihn lässig am Finger. »Du hast doch nichts dagegen, wenn ich mich zu dir setze?« Er grinste. »Oder begleitest du mich lieber zu mir nach Hause?«

Was für Alternativen!

»Hast du dich schon entschieden?«

»Im Handschuhfach liegt ein Pfefferspray!«, log sie. »Eine Dosis davon verätzt Ihre Bindehaut, und falls Sie Asthmatiker sind, verkrampfen sich Ihre Bronchien, und Sie ersticken.«

Für einen Moment hielt er inne, doch dann überlegte er es sich anders und griff durchs Fenster ins Wageninnere. Sie umklammerte seine Hand, bevor diese ihren Hals erreichte, und …

… wieder spürte sie den Jutesack über dem Gesicht …

In diesem Moment sprang der erhitzte Zigarettenanzünder aus der Konsole. Evelyn griff mit der freien Hand danach, zog den Stöpsel heraus und fuhr dem Mann mit der glühenden Metallspirale über die Finger.

Ruckartig wich er zurück. Evelyn ließ seine Hand los, und er stolperte rücklings über seine eigenen Beine. Als er stürzte, fiel ihm der Schlüsselbund aus der Hand. Während er auf allen vieren danach suchte und sich anschließend aufrappelte, ließ Evelyn die Scheibe nach oben fahren und betätigte die Zentralverriegelung.

Als sie im nächsten Augenblick durchs Fenster blickte, war er fort. Im Rückspiegel sah sie, wie er in einer Seitengasse verschwand.

Ihr Herz raste. Sie atmete tief durch und steckte den Zigarettenanzünder zurück. Seit Jahren wollte sie einen Judokurs besuchen, hatte jedoch nie die Zeit dafür gefunden. Sie hätte auf ihre tägliche Joggingrunde durch den Stadtpark verzichten müssen, aber daran lag ihr zu viel. Vergiss den Idioten, sagte sie sich. Konzentrier dich!

Sie beugte sich auf den Beifahrersitz und wühlte im Chaos des

Handschuhfachs herum. Zwischen den Kondomen und Zigarettenpackungen stieß sie auf einen zusammengefalteten Flyer.

»Wer sagt's denn«, murmelte sie.

Das Sankt-Anna-Kinderspital.

Die Werbebroschüre lud zu einer Benefizveranstaltung für krebskranke Kinder ein. Zweifellos saß sie in Kieslingers Wagen. Stand der Porsche etwa schon seit zwei Wochen hier? Kieslingers Witwe hatte keinen Porsche erwähnt. Möglicherweise wusste sie nichts von dem Auto. Evelyn starrte auf die roten Erdbeer-Kondome. Dann sah sie durch die Seitenscheibe auf die blinkenden Neonröhren des *Entrez-Nous.* Ein Nachtclub in dieser Gegend war zwar nicht gerade exklusiv und nobel – aber gewiss diskret. Andernfalls würden keine Audis oder Mercedes davor parken.

Bestimmt wusste Kieslingers Witwe weder von diesem Porsche noch was ihr Mann nach seinen Besuchen bei diversen Benefizveranstaltungen trieb. Evelyn würde es herausfinden.

4

Der Nachtclub sah von innen besser aus als von außen – ein so genannter Insidertipp für Besucher, die zu viel Geld in der Tasche hatten. Der billigste Drink kostete fünfzehn Euro. Dass sich ein solcher Club ausgerechnet in dieser Gegend ansiedelte, konnte nur an der billigen Miete liegen.

Jetzt, um zehn Uhr nachts, war der Schuppen noch nicht von Zigarettenqualm vernebelt. Das Geschäft lief sicherlich erst in ein paar Stunden an. Evelyn ging zur Bar, nahm auf einem Hocker Platz und bestellte einen Daiquiri. Als der Barkeeper mit dem Getränk ankam, winkte sie ihn näher zu sich.

»Draußen torkelt ein Kerl im Anzug um die Autos herum«, rief sie gegen den Lärm, der aus den Boxen dröhnte.

Der Glatzkopf mit Kinnbart, Piercing in der Lippe und Spinnennetz-Tattoo auf dem Hals lehnte sich über den Tresen. »Das ist Rudi. Um diese Zeit ist er meistens hier. Ein Stammkunde.«

»Er ist ziemlich voll.«

»Zweimal pro Woche trinkt er sich seinen Frust von der Seele. Burnout, Ehekrach, Firmenpleite, Alimentezahlungen an die Ex … Es ist immer dasselbe. Hat er Sie belästigt?«

Evelyn gab keine Antwort.

»Der tut keinem was, braucht bloß jemanden zum Reden.«

Evelyn hatte den Eindruck, dass Burnout-Rudi etwas anderes von ihr gewollt hatte. Sie versuchte, ihn zu vergessen. »Haben Sie auch am Samstag vor zwei Wochen gearbeitet?«, fragte sie.

»Scheiße, ja. Ich bin *jede* Nacht hier.«

Sie schob die Mappe mit Kieslingers Autopsiebericht über den Tisch. Der Glatzkopf sah sie fragend an.

»Öffnen Sie die Mappe«, forderte sie ihn auf.

Der Barkeeper zögerte, dann schlug er den Deckel auf. Sein Blick starrte auf Kieslingers aufgequollenes Gesicht, das unter der Neonröhre auf dem Autopsietisch so bleich wirkte, als hätte er wochenlang im Schacht gehangen. Neben dem Foto lag ein Hunderteuroschein.

»Kennen Sie den Mann?«, fragte Evelyn.

Der Barmann schob den Geldschein beiseite. »Nicht seinen Namen.«

»Der ist unwichtig. Kennen Sie ihn?«

»Er ist ab und zu hier.«

»*War* ab und zu hier«, korrigierte Evelyn ihn. »Ein pensionierter Kinderarzt. Kam er auch am Samstag vor zwei Wochen her?«

Als ein zweiter Barkeeper mit einem leeren Tablett hinter die Theke trat, ließ der Glatzkopf den Geldschein verschwinden und schlug die Mappe zu. »Sind Sie von der Polizei?«

»Sehe ich so aus?«

Er musterte sie, dann grinste er plötzlich. »Mit diesen rehbraunen Augen? Nein, dafür sind Sie zu hübsch.«

Evelyn spürte, wie ihr die Hitze zu Kopf stieg. Sie hatte kein Problem mit Pennern, Kriminellen oder Drogensüchtigen, auch nicht, wenn sie nachts allein mit der U-Bahn durch die Stadt fuhr – aber mit Komplimenten dieser Art hatte sie noch nie umgehen können. »War der Mann nun hier oder nicht?«

»Er war hier.« Der Glatzkopf blickte zum Ende der Theke. »Er saß in der Nische da drüben, unterhielt sich mit einer schlanken Blondine, befummelte die Kleine ein wenig, aber dann zahlte er und verschwand.«

»Und die Frau?«

Der Glatzkopf zuckte mit den Achseln. »Hat wohl einen anderen Freier gefunden.«

Plötzlich musste Evelyn an den betrunkenen Stammkunden denken, der auf allen vieren vor dem Porsche herumgekrochen war. *Auf allen vieren!* Das war's!

»Wie viel hat der Kinderarzt getrunken?«, fragte sie aufgeregt.

»Ein paar Gläser.«

»Wie viele?«

»Ich führe keine Statistik.«

»Denken Sie nach«, drängte sie.

Der Glatzkopf verzog das Gesicht. »Er hat ziemlich getankt – eine Flasche Sekt mindestens.«

Im Autopsiebericht stand, dass Kieslinger alkoholisiert gewesen war – daher hatten der Gerichtsmediziner und die Kripobeamten wohl angenommen, dass er auf der Benefizveranstaltung einige Gläser Sekt oder Wein gekippt hatte, anschließend zur nächsten U-Bahn-Station gegangen und über die angeblich fahrlässig aufgestellte Absperrung gestolpert war.

Die Wahrheit sah vollkommen anders aus. Unbeabsichtigt hatte Burnout-Rudi sie auf die richtige Spur gebracht. Evelyn nippte an dem Daiquiri, bezahlte ihn und legte einen Extraschein auf den Tresen. Der Glatzkopf warf einen Blick auf die Geldnote und hob fragend die Augenbrauen.

»Laden Sie Rudi das nächste Mal auf einen starken Kaffee ein, bevor er die Bar verlässt – ich bin ihm was schuldig.«

Sie verließ die Bar. Morgen früh würde es eine hübsche Überraschung für Kieslingers Witwe und ihren Anwalt geben.

Dienstag, 16. September

5

Die Sonne war noch nicht über den Horizont geklettert, als Walter Pulaski bereits im Wagen saß und auf der B2 zum südlichen Stadtrand Leipzigs fuhr. Das Scheinwerferlicht zerschnitt die Dämmerung. Es waren nur wenige Autos unterwegs. Normalerweise lag er um diese Zeit noch im Bett, aber diesmal hatten sie ihn bereits kurz nach sechs Uhr früh zu Hause angerufen und nach Markkleeberg geschickt.

Pulaski verließ die Schnellstraße und bog auf die Seenallee ein. Er schnippte die Zigarettenkippe durch das heruntergekurbelte Fenster und ließ die frische Morgenluft ins Wageninnere strömen. Er musste wach werden. Zwar hatte er seiner Tochter ein rasches Frühstück zubereitet, aber kurz darauf war er auch schon losgefahren. Hier draußen roch es anders als in der Stadt. So viele Grünanlagen hatte er schon lange nicht mehr gesehen. Bald würde er die Parkanlagen und das Schilfufer des Cospudener Sees erreichen. Wenn er ankam, brauchte er zuerst einmal einen Kaffee. Eine starke schwarze Brühe ohne Zucker und nicht so einen Cappuccinodreck aus dem Automaten mit Pulver und Aromastoffen, bei dem sich sein Magen zusammenkrampfte. Er hoffte, dass sie das für ihn auf die Reihe bekamen.

Nachdem er mehrmals versucht hatte, einen Radiosender mit klarem Empfang einzustellen, gab er schließlich auf und knipste das Gerät aus. Die Morgennachrichten waren ohnehin schon vorbei, und bestimmt hatten sie noch nichts darüber gebracht, was in Markkleeberg passiert war.

Minuten später lenkte er den klapprigen Skoda in die Nähe des Keesscher Parks. Am Ende einer Sackgasse erreichte er eine etwa zwei Meter hohe Mauer aus groben Steinen. Das schmiedeeiserne Tor stand offen. Man erwartete ihn. Die Kameralinse an der Mauer filmte jede seiner Bewegungen. Er holperte mit dem Skoda über eine Bodenwelle und fuhr durch eine gepflegte Gartenanlage. Die Wiese glitzerte in der Morgendämmerung. Die Rasensprenger zirpten links und rechts, und die Wassertropfen verschmierten die Windschutzscheibe seines Wagens. Am Ende des Schotterwegs erreichte er ein dreistöckiges Backsteinhaus. So also sah die Anstalt aus, die er nur von Erzählungen kannte. Das lang gezogene Gebäude mit den bungalowähnlichen Seitentrakten wirkte kleiner als erwartet. Trotzdem waren hier ein halbes Dutzend Stationen, zahlreiche Therapieräume und siebzig Patientenzimmer untergebracht.

Pulaski parkte den Skoda direkt vor dem Eingang. Er schlüpfte in das Sakko, nahm den schweren Koffer vom Rücksitz und stieg die Treppe hinauf zu der massiven Eichentür. *Psychiatrie und Psychotherapie Markkleeberg* stand an der Tafel zu lesen. Früher hatten die Leute das Areal schlicht als »Landesirrenanstalt« bezeichnet. Heute nannte man es oft nur »Steinerne Glocke«, weil abends die Glocke aus der Kapelle bis zum Ufer des Cospudener Sees hinüberklang. Es wirkte unheimlich, wenn Nebel über dem Wasser lag, und tatsächlich gab es immer noch Menschen, die sich bekreuzigten, sobald die Glocke ertönte. Pulaski war nicht abergläubisch, dafür machte er seinen Job schon zu lange.

Er betätigte die Klingel. Instinktiv griff er zum Hemdkragen, um die Krawatte zu richten. Doch er hatte sie heute Morgen nicht angelegt. Sie lag im Büro, und zu Hause besaß er keine. Falsch. Seine Frau hatte ihm mal einen Schlips geschenkt, doch der befand sich in irgendeiner Schublade, die er schon seit fünf Jahren nicht mehr geöffnet hatte. Er wusste nicht einmal mehr, wie die Krawatte aussah. Die Ärzte würden ihn auch ohne Schlips reinlassen. Bisher hatte ihn noch jeder empfangen – egal wo.

Nach dem zweiten Läuten öffnete eine junge blonde Frau mit Hornbrille die Tür. Sie sahen sich einen Moment lang schweigend an.

Schließlich deutete sie auf das Schild mit den Öffnungszeiten. »Es tut mir leid, die Besuchszeiten sind dienstags erst ab zehn …«

»Ich bin hier, um die Leiche zu sehen«, unterbrach Pulaski sie.

Die Frau zuckte zusammen und musterte ihn skeptisch. Wen hatte sie erwartet? Manfred Krug? Eigentlich war Skepsis das Fachgebiet von Pulaski – aber das würden die Ärzte hinter diesen Mauern noch früh genug herausfinden.

Da sie ihn nicht hereinbat, sondern sich vor der Tür umblickte, ob er jemanden mitgebracht hatte, zog Pulaski schließlich seinen Dienstausweis aus der Tasche und klappte das Lederetui auf.

»Walter Pulaski, Kriminalpolizei Leipzig. Haben Sie einen starken Kaffee für mich?«

6

Der Kaffee schmeckte gar nicht so schlecht. Mit dem dampfenden Becher in der Hand folgte Pulaski der jungen Frau durch die Gänge der Anstalt.

Ein Mann kam ihnen entgegen, Mitte dreißig, weißer Kittel, schwarzes Haar, Seitenscheitel und rahmenlose Brille. Sie stellten sich einander vor. Der Mann hieß Steidl, war zweifacher Doktor und Chefarzt der Erwachsenenpsychiatrie. Vielleicht noch etwas jung für diesen Posten, dachte Pulaski, aber mit den richtigen Beziehungen war alles möglich. Der Mediziner war ihm nicht von vornherein unsympathisch. Pulaski mochte bloß das aufdringliche Rasierwasser nicht. Außerdem war ihm aufgefallen, dass der Doppeldoktor darauf verzichtet hatte, ihm die Hand zu geben – und solche Kleinigkeiten genügten Pulaski, um sich ein Bild zu machen.

»Wo sind Ihre Kollegen?«, fragte Steidl.

»Welche Kollegen?«

Steidl schnappte nach Luft. »Ich dachte, Sie würden den Todesfall untersuchen und …«

Pulaski warf einen demonstrativen Blick an sich hinunter. Sah er etwa nicht so aus, als könnte er die Leiche untersuchen? »Es handelt sich doch um Selbstmord?«, vergewisserte er sich. Zumindest hatte der Anrufer das bei dem Telefonat mit der Kripo behauptet. »Falls das stimmt, sind wir mit den Formalitäten in einer Stunde fertig.«

Und falls nicht …

Jeder Gesichtszug und vor allem der Blick, mit dem Steidl ihn musterte, sprach Bände. Mittlerweile glaubte Pulaski sogar, dass der Mann seine Gedanken nicht einmal verbergen wollte. Ja, so einen alten, heruntergekommenen Knaben hatte die Kripo ihnen geschickt! Einen Mann, der wegen seiner Asthmaanfälle, die sich von Jahr zu Jahr verschlimmerten, knapp vor der Frühpensionierung stand und der deshalb im Kriminaldauerdienst nur noch Standardermittlungen übernahm: die üblichen Todesfälle, bei denen man nicht gleich mit Gerichtsmediziner, Kripofotograf und Spurensicherungsteam anrückte. Eine gewöhnliche Aktennotiz genügte, ein bisschen Bürokram – Fall abgeschlossen. Es sei denn, der Staatsanwalt entschied anders, dann wurden die Mordkommission oder das LKA hinzugezogen, aber das kam so gut wie nie vor. Die Gerichte wurden seit Jahren bis oben hin mit Arbeit zugemüllt. Für eine Irre, die Selbstmord begangen hatte, interessierten sich höchstens die Schmierblätter.

»Wo ist die Leiche?«

»In ihrem Zimmer.«

»Wer hat sie entdeckt?«

»Ich.«

»Wann?«

»Bei der Morgenvisite.«

Das war ja wohl klar. »Und wann *genau?*«, fragte Pulaski.

»Kurz vor sechs Uhr früh.«

»Was passiert um diese Zeit?«

»Die Morgendosis der Medikamente wird ausgegeben.«

»Übernehmen das nicht die Pfleger?«

»Bei manchen Patienten mache ich das wegen der Mundkontrolle selbst.«

Wenn das so weiterging, war er heute Abend noch hier. Dabei hatte sich bei dem Notruf alles nach einem Routinefall angehört. Andererseits war er es gewohnt, nicht mit offenen Armen empfangen zu werden. Niemand mochte Schnüffler im eigenen Haus.

Pulaski nahm seinen Koffer und folgte dem Arzt durch das Gebäude, bis sie einen langen Korridor erreichten. Auf beiden Seiten bemerkte er eine Reihe von Türen.

»Wer weiß noch von der Toten?«

»Mein Ärztlicher Direktor, Doktor Wolf, und meine Assistentin Hanna … sonst niemand.«

Hanna war die Blondine mit der Hornbrille, die ihn empfangen und ihm anschließend den Kaffee gebracht hatte.

Pulaski nippte an dem Becher. *Mein* Ärztlicher Direktor, nicht *unser* Ärztlicher Direktor. Wieder so eine Kleinigkeit.

»Wie lange sind Sie schon Chefarzt?«, fragte Pulaski.

Steidl hielt inne. Die pechschwarzen Augenbrauen verengten sich. »Ist das wichtig?«

Pulaski schüttelte den Kopf. »Unwichtig.« Er kannte die Antwort bereits. Der junge Schnösel schmiss die Abteilung seit höchstens vier oder fünf Monaten. Bestimmt erwähnte er bei jeder Cocktailparty mindestens fünfmal, dass er nun Chefarzt der Erwachsenenpsychiatrie war. Pulaski wusste, seine Vorurteile wurden mit zunehmendem Alter schlimmer. Seine Frau hatte ihn jedes Mal daran erinnert, wenn sie jemanden kennenlernten. Aber er sagte sich: besser eine vorgefasste Meinung als gar keine.

Steidl hielt vor einer Tür mit der Nummer 27. *Natascha Sommer* stand auf dem Plastikschild an der Wand. Ein hübscher Name.

Pulaski trat ein, während Steidl im Türrahmen stehen blieb. Auf den ersten Blick konnte Pulaski keine Einbruchspuren feststellen. Die aufgehende Sonne warf ihre Strahlen zwischen die Lamellen der Jalousie. Der Raum war lediglich so groß, dass ein Bett, ein Schrank, ein Tisch mit Stuhl und eine Waschgelegenheit hineinpassten. Pulaski fiel auf, dass kein Handtuch auf der Halterung hing. Eigentlich hatte er mit einem Sturz aus dem Fenster gerechnet, mit einem Mädchen, das an einem Gürtel aufgeknüpft am Heizungsrohr an der Decke baumelte, oder mit einem blutgetränkten Bettlaken und einer geöffneten Pulsader, in der noch eine rostige Büroklammer steckte … Doch nichts dergleichen war hier zu sehen.

Natascha Sommer war nicht älter als neunzehn Jahre. Ein zartes Wesen mit kurzen, brünetten Haaren, burschikoser Frisur und einer mit Sommersprossen übersäten Stupsnase. Ihr hübsches Antlitz wies osteuropäische Gesichtszüge auf. Möglicherweise stammte sie aus Rumänien oder der Ukraine. Ihre Arme waren dünn, vermutlich wog sie nicht einmal vierzig Kilo.

Die Kleine lag mit dem Rücken auf dem Bett – keine Würgemerkmale, keine Spuren von Erbrochenem –, beinahe friedlich. Wenn da nicht ihr Blick gewesen wäre. Dieser entsetzliche Blick!

Pulaski betrachtete die Anstaltskleidung. Ein cremefarbenes Nachthemd mit blauen Punkten, das ihr gerade mal bis zu den Knien reichte. Der linke Ärmel war hochgerollt. In Nataschas Armbeuge steckte eine Nadel, daran hing eine 50 ml große Spritze, mit der man einen Gaul hätte ruhigstellen können. Ein sauber gesetzter Stich. Intravenös. Spuren von Blut befanden sich an der Unterseite und am Rand des Kolbens. Unter dem Bett lag eine Durchstichflasche. Leer bis auf den letzten Tropfen.

An der Innenseite von Nataschas Handgelenken bemerkte Pulaski die ziemlich langen Narben eines Selbstmordversuchs, der bestimmt schon mehrere Jahre zurücklag. Manchmal verging viel Zeit, aber irgendwann war es so weit, und dann kam jede Hilfe zu spät.

Pulaski stellte Koffer und Kaffeebecher auf den Tisch und ging ums Bett herum. Nataschas Pupillen waren noch nicht getrübt, sie war keinesfalls länger als zwei Stunden tot. Er schloss ihre Augenlider. »Hatte sie Angehörige?«

»Nur ihren gesetzlich vorgesehenen Betreuer«, antwortete Steidl. »Sie kam bereits als Waisenkind zu uns.«

»Wie lange ist Ihr Vorgänger eigentlich schon im Ruhestand?«, fragte Pulaski, ohne den Arzt anzusehen.

»Seit vier Mon...« Steidl sprach den Satz nicht zu Ende. Vermutlich biss er sich gerade auf die Lippe.

Pulaski grinste innerlich. Er zog sich Latexhandschuhe an und fischte die Flasche unter dem Bett hervor. 100 ml Perfalgan. Laut Aufkleber enthielt das Präparat 1000 mg der Substanz Paracetamol, ein Schmerzmittel, das bei Migräne, Arthrose oder Zahnschmerzen verabreicht wurde. Im Gummistopfen am Flaschenhals entdeckte Pulaski zwei Einstiche. Die Kleine hatte die Spritze also zweimal aufgezogen und damit die ganze Flasche geleert.

Er betrachtete die Armbeuge des Mädchens. Neben der Stelle, wo die Nadel unter die Haut ging, befanden sich drei weitere Einstiche. Offensichtlich zwei gescheiterte Versuche, die Vene zu treffen. Beim dritten und vierten Mal hatte es dann geklappt. Warum so kompliziert? Weshalb hatte sie sich keinen Butterfly gesetzt? Außerdem war Selbstmord durch Spritze bei Frauen unüblich. Ein einfacher Schnitt in die Pulsader hätte es auch getan. Das war der Klassiker. Oder war sie aus Erfahrung klug geworden?

»Ab wie viel Milligramm wirkt Paracetamol tödlich?«, fragte Pulaski.

»Kommt darauf an.« Steidl wiegte den Kopf. »Mit dieser Dosis hätte man zwar die Schmerzen aller Patienten dieser Station wegzaubern können. Aber tödlich? Unwahrscheinlich, selbst bei einer so mageren Person wie Natascha.«

»Also *keine* Überdosis?«

»Nur in Verbindung mit Alkohol.«

In Verbindung mit Alkohol. Pulaski ließ Nadel, Spritze und Flasche in Plastiktüten verschwinden. Vielleicht war es gar nicht nötig, Glas und Kunststoff nach Fingerabdrücken zu untersuchen. Aber das konnte man im Voraus nie wissen!

»Wo ist der Abschiedsbrief?«, fragte er, während er sich ächzend erhob.

»Welcher Abschiedsbrief?«

Pulaski deutete auf Nataschas Fingerkuppen. Rückstände von blauer Tinte hafteten an der Haut.

Noch bevor Steidl antworten konnte, war Pulaski zum Tisch gegangen. »Ich darf doch?« Er zog die Schublade auf. Doch bis auf einen leeren Notizblock, eine Füllfeder, einen Radiergummi und einige Buntstifte befand sich nichts darin. Pulaski durchsuchte die Wäschefächer des Schranks. Nichts. Auch in den Büchern auf dem Wandregal lag kein Zettel. Neben Bukowskis *Hot Water Music* stand eine nahezu leere Flasche Gin.

»Gehören Gin und Bukowski zur Therapie in dieser Anstalt?« Pulaski wartete keine Antwort ab und drehte die Flasche, um das Etikett zu lesen. *Cadenheads Old Raj Gin.* 55 Prozent Alkohol.

Tödlich – nur in Verbindung mit Alkohol.

Er war zwar einen Schritt weiter, hatte aber immer noch nicht gefunden, wonach er suchte. Irgendwo musste es eine Nachricht des Mädchens geben! Wo hast du sie versteckt?

Steidl stand immer noch im Türrahmen. »Ich glaube nicht, dass …«

»Pst!« Pulaski hob die Hand. Er betrachtete Nataschas feine Gesichtszüge. Dieses Mädchen nahm sich nicht so einfach das Leben, ohne einen Brief zu hinterlassen.

Die blaue Tinte war höchstens einen Tag alt. Vielleicht sogar erst wenige Stunden. Dieses Mädchen *hatte* etwas zu sagen gehabt. Er musste es nur finden.

Pulaski hob Nataschas Kopf, doch darunter befand sich nur das Kissen. Er öffnete ihren Mund und blickte in den leeren Rachen. Alkoholdunst schlug ihm entgegen. Gin. Er kannte den Geruch. Doch kein Zettel. Schließlich tastete er ihr Kleid ab. Ein merkwürdiges Gefühl erfasste ihn, als er ihren Schambereich berührte und den Gummizug ihres Slips unter dem dünnen Stoff spürte. Etwas Hartes befand sich in ihrem Höschen, das dem Druck seiner Finger standhielt – und es war keine Damenbinde.

Pulaski schob das Kleid über Nataschas Oberschenkel und entblößte ihren Unterleib. Der weiße Slip war eng geschnitten.

»Was zum Teufel machen Sie da?«

Pulaski hörte, wie Steidl an seine Seite trat.

»Wonach sieht es denn aus?« Pulaski tastete mit den Fingern unter den Slip und bekam ein mehrfach zusammengefaltetes Blatt Papier zu fassen.

Auf dem mit Füllfeder beschriebenen Bogen standen nur wenige Sätze.

7

Nach einer halben Stunde war Pulaski mit der Untersuchung des Zimmers fertig. Er hatte Fotos von dem Raum und der Leiche geschossen, Nataschas Fingerabdrücke abgenommen, Füllfederhalter, Brief, Kamm und Zahnbürste für spätere DNS-Spuren in Plastiktüten verpackt, ebenso das in Leder gebundene Tagebuch, das er unter Nataschas Kopfkissen entdeckt hatte. Er kannte das von seiner Tochter. Wie fast jeder Teenager in diesem Alter schrieb auch sie ihre Gedanken und Gedichte in ein Heft.

Die Schrift in Nataschas Tagebuch war dieselbe wie auf dem Abschiedsbrief. Für den Vergleich brauchte er keine Expertenmeinung. Der letzte Eintrag stammte vom Samstag. Natascha hatte vermerkt, dass sie keine Albträume mehr habe und sich mit Sonja, ihrer Therapeutin, nun besser verstehe. Kein Wort von einem Alkoholproblem. Kein Anzeichen einer Depression.

Und zwei Tage später dieser Abschiedsbrief.

Die Wände kommen näher. Ich halte es in diesem Zimmer nicht mehr aus.

Pulaski ließ seinen Koffer zuschnappen. »Kommen wir zum interessantesten Punkt.«

Steidl sah ihn fragend an.

»Woher hatte Natascha den Gin, die Spritze und die Flasche mit dem Schmerzmittel?«

Sie verließen das Zimmer und Pulaski versiegelte den Raum mit einer Plombe, die er über den Türstock und das Schloss klebte.

»Ist das notwendig?«

Pulaski dachte an den Brief. »Im Moment schon. Warten wir ab, was wir noch finden.«

Mittlerweile erwachte die Anstalt zum Leben. Es war kurz vor acht Uhr morgens, und Pulaski brauchte dringend eine Zigarette. Aus den Zimmern drangen die ersten Stimmen, in den Gängen hallten das Klappern von Schuhen und das metallene Quietschen von Rollwägelchen wider. Es konnte sich nur noch um wenige Minuten handeln, bis sich herumgesprochen hatte, dass Natascha nicht wie sonst zum Frühstück in den Speiseraum kommen und zur anschließenden Morgenrunde erscheinen würde, weil sie mit einem halben Liter Gin und 1000 mg Paracetamol im Körper tot auf ihrem Bett lag … *und mit einem Abschiedsbrief in ihrem Slip.* An welcher Stelle hätte sie den Brief sonst verstecken sollen, um sicherzugehen, dass ihn nur der Leichenbeschauer, der Gerichtsmediziner oder ein Kripobeamter finden würde? *Nur?* Wer kam sonst noch in Frage?, dachte Pulaski.

Er folgte dem Chefarzt zu einer Kammer mit der Aufschrift »Hausapotheke«. Die Tür war offen. Der fensterlose Raum bestand lediglich aus Regalen, einem Kühlschrank und versperrbaren Vitrinen, in denen sich Hunderte Ampullen, Salben und Medikamentenschachteln stapelten. In den offenen Schränken lagen Decken, Spritzen, Mullbinden, Pflasterpackungen und Fieberthermometer. In dem Raum stank es beklemmend nach Krankenhaus. Ein Geruch, den Pulaski seit dem Tod seiner Frau mehr hasste als alles andere auf der Welt.

Neben der Medikamentenkammer lag das Schwesternzimmer. Soeben kam ein großer Mann mit dichtem Vollbart und buschigen Augenbrauen aus dem Raum. Er war etwa in Pulaskis Alter, Anfang fünfzig, und musste sich nicht vorstellen: *Dr. Heinrich Wolf* stand auf der Brusttasche seines Kittels. Steidl hatte den Ärztlichen Direktor bereits erwähnt – der darauf verzichtete, Pulaski die Hand zu geben. Pulaski hatte nichts anderes erwartet. Noch mehr als den Gestank von Medizin und Krankenhäusern hasste er Ärzte. Und dieser Dr. Wolf war ihm noch dazu sehr ähnlich. Nicht nur wegen der gelben Fingerkuppen, die ihn als starken Raucher verrieten. Seine Gesichtszüge waren ebenso alt, verbittert und zynisch wie die von Pulaski. Er musterte sie jeden Morgen beim Rasieren, wenn er sich fragte, wie lange er seinen Job noch ertrug. Kein Zweifel, sie heulten im selben Rudel. Er erkannte seinesgleichen auf den ersten Blick. Dagegen war der smarte Chefarzt so harmlos wie ein Damenrevolver mit nassem Zündhütchen.

Soweit Pulaski wusste, hatte Dr. Wolf bei Natascha ein EKG gemacht, ihren Tod festgestellt, den Totenschein ausgestellt und die Kripo verständigt. Normalerweise übernahm das der nächstbeste Dorfarzt, doch in diesem Fall war das nicht notwendig gewesen. Nach dem Eindruck zu schließen, den Pulaski bisher gewonnen hatte, verfügte die Anstalt über mehr Ärzte, als ihm lieb war.

Wieder dachte er an den Brief.

Immer wieder sind es andere, die nachts zu mir kommen.

Wer, Natascha? Die Ärzte?

Pulaski betrat die Kammer. »Ist dieser Raum immer offen?«

Wolf lehnte seine massige Gestalt an den Türstock und spähte ins Zimmer. »Die Vitrinen mit den Psychopharmaka und verschreibungspflichtigen Medikamenten sind versperrt. So lautet die Vorschrift.«

Alles nach Vorschrift! Natürlich. Pulaskis Verstand sagte ihm jedoch, dass auch der Raum versperrt und nur während der Medikamentenausgabe offen sein sollte.

»Wenn die Schwestern dringend Mullbinden brauchen, müssen sie rasch ans Depot kommen«, ergänzte Steidl. »Es ist nicht notwenig, diesen Raum auch noch zu verschließen.«

»Nicht notwendig?« Pulaski ging ächzend in die Hocke. »Dann werfen Sie noch mal einen Blick in Zimmer siebenundzwanzig.« Mit welchen Idioten hatte er es hier zu tun?

Pulaski schoss ein paar Fotos, dann schob er die Glasscherben auf dem Boden zur Seite und kniete sich vor die Vitrine. An den Rändern der zersplitterten Glasscheibe befanden sich blaue

Stofffasern. Während Pulaski einige Scherben in eine Plastiktüte packte, flüsterten Wolf und Steidl hinter seinem Rücken. Ziemlich spät, um sich abzusprechen, dachte er.

»Keine der Nachtschwestern hat etwas gehört«, knurrte Wolf schließlich.

Kein Wunder. Pulaski betrachtete das blaue Stoffknäuel, das unter einer Stellage lag. Das fehlende Handtuch aus Nataschas Zimmer. »Jemand hat das Splittern der Scheibe mit dem Tuch gedämpft und die Scherben vorsichtig aus dem Rahmen entfernt«, erklärte er.

»Jemand?«, echote Wolf. »Wer außer Natascha sollte sich Zutritt zu den Medikamenten verschafft haben?«

»Sagen *Sie* es mir!« Pulaski konnte den zynischen Ton nicht unterdrücken. In dieser Anstalt waren wohl alle überzeugt, dass die Kleine sich das Leben genommen hatte. Allerdings ließ sich eine labile Person auch in den Selbstmord *treiben.*

Wolf kniff die Augenbrauen zusammen. »Steidl sagte mir, Sie hätten einen Abschiedsbrief gefunden. Was steht darin?«

»Das würde wohl jeden hier brennend interessieren«, antwortete Pulaski knapp. »Aber er ist ein Beweismittel. Den kann ich Ihnen nicht zeigen.«

Die Abstände werden kürzer. Immer wieder kommen sie.

Wer, Natascha? Die Ärzte?

In der Dunkelheit.

Diese Schmerzen!

Pulaski dachte an den Brief – und an die Stelle, wo Natascha ihn versteckt hatte. *Diese Schmerzen!* Die Worte in dem Schreiben waren ein gefundenes Fressen für jeden Gerichtspsychiater. Nachdem der Staatsanwalt den Brief gelesen hatte, würde er wohl kaum zögern, einer Obduktion zuzustimmen. Wie lange war es her, dass Pulaski die letzte Obduktion beantragt hatte? Fünf Jahre? O Gott, arbeitete er tatsächlich schon so lange beim Kriminaldauerdienst, dass ihm der Gedanke an eine Autopsie wie eine Ewigkeit vorkam?

Diese Schmerzen!

Er musste herausfinden, ob Spuren einer Vergewaltigung vorlagen oder ob Natascha sogar schwanger gewesen war. Allerdings stimmte hier etwas nicht. In ihrem Tagebuch gab es weder Hinweise noch Andeutungen auf einen sexuellen Missbrauch. Nur in ihrem Abschiedsbrief – der zweifellos aus ihrer Hand stammte.

Aber warum sollte Natascha erst jetzt darüber schreiben? Wenige Stunden vor ihrem Tod? Die blaue Tinte an den Fingerkuppen. Warum erst jetzt? Die Spritze. Zweimal aufgezogen. Intravenös, in die Armbeuge. Irgendetwas war hier faul.

Plötzlich wusste er es.

Pulaski schob Wolf zur Seite, stürzte aus der Kammer und lief zurück zu den Schlafräumen.

8

Keuchend riss Pulaski die Plombe von der Tür und hastete in Nataschas Zimmer. Er rollte den rechten Ärmel ihres Kleides bis zur Schulter auf und betrachtete die Tote. Natürlich. Das war's. Verdammt, wie hatte er das übersehen können? Die blaue Tinte auf den Fingerkuppen. Der Einstich in die Armbeuge.

Die blonde Chefarzt-Assistentin mit der Hornbrille, die ihn heute Morgen empfangen hatte, kam an der Tür vorbei und starrte ins Zimmer. Steidl und Wolf bauten sich hinter ihr auf und schoben sie zur Seite.

Steidl betastete die zerrissene Plombe. »Ich dachte, Sie wären fertig.«

»Dachte ich auch.« Pulaski wandte sich an die Frau. »Hanna, richtig? Bringen Sie mir bitte noch einen starken Kaffee. Schwarz. Am besten eine ganze Kanne.«

Direktor Wolf wollte zu Pulaski ins Zimmer treten, doch der wehrte ab. »Niemand betritt den Raum, niemand fasst etwas an. Das Gleiche gilt für die Medikamentenkammer – und zwar so lange, bis die Kollegen von der Spurensicherung eingetroffen sind und ihre Arbeit beendet haben. In der Zwischenzeit brauche ich sämtliche Bänder der letzten vierundzwanzig Stunden von den Überwachungskameras an den Toren.«

Direktor Wolf wollte etwas erwidern, doch Pulaski schnitt ihm das Wort ab. »Außerdem brauche ich eine komplette Namensliste aller Ärzte, Therapeuten, Pfleger, Patienten und des gesamten Hauspersonals sowie die vollständige Krankenakte von Natascha Sommer …«

»Aber …«

»… und kommen Sie mir nicht mit ärztlicher Schweigepflicht.

Der Staatsanwalt besorgt mir binnen vierundzwanzig Stunden einen richterlichen Beschluss für eine Durchsuchung.«

Hanna und Chefarzt Steidl starrten ihn mit offenem Mund an. Nur Direktor Wolf blieb gefasst. Seine Kiefer mahlten. Irgendetwas ging in seinem Kopf vor.

»Und ich möchte mit Nataschas Therapeutin, dieser Sonja, sprechen«, fügte Pulaski hinzu.

»Wie stellen Sie sich das vor? Frau Doktor Willhalm ist heute nicht da.«

»Ist sie im Ausland?«

Wolf schüttelte den Kopf.

»Dann holen Sie sie her!« Pulaski wandte sich an die Assistentin. »Hanna, klopfen Sie bitte an, wenn Sie mit dem Kaffee da sind.«

Pulaski schloss die Tür vor ihren Nasen. Einige Sekunden lang hörte er ihr Gemurmel. Danach holte er das Handy aus der Sakkotasche und wählte die Nummer seines Vorgesetzten. Während er dem Freizeichen lauschte, kramte er die zerknautschte Zigarettenpackung aus der Tasche. Nur noch drei Glimmstängel. Wie sollte er den Tag bloß überstehen?

Er brauchte so rasch wie möglich einen Gerichtsmediziner, der die Leiche vor Ort untersuchte und dann in die Pathologie brachte. Auf den Totenschein von diesem Doktor Wolf konnten sie verzichten. Hier war eine richtige Autopsie notwendig. Außerdem benötigte er ein graphologisches Gutachten, ob der Abschiedsbrief und die Einträge im Tagebuch tatsächlich von derselben Person stammten. Vielleicht hatte er sich ja geirrt.

Immer noch das Freizeichen! Ging denn im Büro keiner ran?

Außerdem musste er seine Tochter anrufen, um ihr zu sagen, dass er nicht wie sonst am Mittag heimkommen würde. Vermutlich auch abends nicht, sondern erst spät in der Nacht ... wenn überhaupt. Das war kein Routinefall, der sich mit einer gewöhnlichen Aktennotiz erledigen ließ. Kein bisschen Bürokram wie sonst. Denn Natascha besaß eine Eigenschaft, die ihr Mörder übersehen hatte. Und beinahe wäre sie ihm auch nicht aufgefallen. Ihr linker Oberarm war kräftiger als der rechte. Dazu kam, dass sich die Tinte an den Fingerkuppen der linken Hand befand. Sie war Linkshänderin.

Endlich hob jemand ab. Horst Fux, der Dezernatsleiter. Pulaski ließ seinen Boss gar nicht erst zu Wort kommen. »Bei der Kleinen in Markkleeberg handelt es sich nicht um Selbstmord.«

»Was macht dich so sicher?«

Pulaski starrte auf die Einstichstelle der Spritze. »Eine Linkshänderin hätte sich die Spritze niemals in die linke Armbeuge gesetzt.«

9

In all den Jahren als Anwältin hatte Evelyn Meyers noch nie ein so verbittertes Gesicht gesehen wie das der Witwe Kieslinger, nachdem sie der Frau erklärt hatte, wie ihr Mann an jenem Abend vor dem Eingang des *Entrez-Nous* gestorben war.

Der Kellner des Lokals in der Wiener Innenstadt brachte soeben die Getränke. Allerdings würde es zu dem geplanten Mittagessen nicht mehr kommen. Die Witwe ignorierte ihr Weinglas, sah zunächst ihren Anwalt an, der einige Notizen in sein Buch kritzelte, dann fixierte sie Evelyn wieder mit diesem Blick, für den ihr jede Behörde einen Waffenschein ausgestellt hätte.

»Wollen Sie Ihre unverschämte Behauptung bitte wiederholen, junge Frau, bevor mein Anwalt Sie wegen Verleumdung fertigmacht?«

Es war so typisch. Immer gleich mit einer Klage drohen, dachte Evelyn. Noch dazu passte die eisige Stimme zu den gefühlskalten Augen dieser Frau. Doch Evelyn ließ sich davon nicht irritieren.

»Selbstverständlich.« Evelyn beugte sich vor und sprach langsam und betont leise. »Ihr Gatte war bloß eine Stunde auf der Benefizveranstaltung des Sankt-Anna-Kinderspitals zu Gunsten krebskranker Kinder. Anschließend fuhr er mit seinem Porsche zum *Entrez-Nous,* einem Nachtclub, wo er sich wieder einmal betrank, diesmal in Begleitung einer jungen Dame, und danach zu seinem Wagen stolperte.«

Die Witwe – mit schmaler Lesebrille in den aufgedonnerten Haaren und Goldklunkern an jeder Hand, die mehr wert waren als Evelyns Wagen – fixierte sie mit eiskaltem Blick.

»Es gibt übrigens Zeugen, die das bestätigen können«, fügte Evelyn wie nebenbei hinzu.

Die Witwe lächelte gekünstelt. Der viel zu dick aufgetragene Lippenstift klebte auf ihren falschen Zähnen – eine Unachtsamkeit, die Evelyn zutiefst verabscheute.

»Als Ihr Gatte vor der Baustelle seinen Autoschlüssel aus der Tasche kramte«, fuhr sie fort, »fiel er ihm aus der Hand und kullerte in den offenen Schacht. Er stieg über die Absperrung, kniete sich hin, kroch auf allen vieren zu dem Schacht, beugte sich hinunter, um den Schlüssel rauszufischen, verlor das Gleichgewicht und rutschte in die Röhre, wo er steckenblieb und ertrank …«

Evelyn hatte richtig getippt. An dem Gesichtsausdruck der Witwe erkannte sie, dass diese weder von dem Porsche noch vom Nachtleben ihres Mannes gewusst hatte. Verblüffenderweise schien sie das aber ebenso wenig zu interessieren wie die Todesursache ihres Gatten. Die Gefahr, ein paar Millionen Schmerzensgeld zu verlieren, war zu groß.

Während die Witwe Kieslinger mit offenem Mund dasaß und vermutlich im Geiste ihr Geld davonschwimmen sah, blieb ihr Anwalt gefasst. Wie immer bewahrte Doktor Jordan sein Pokerface, auch wenn er wusste, dass er den Fall verlieren würde. »Wie wollen Sie das vor Gericht beweisen, meine liebe Kollegin?«

Meine liebe Kollegin! Wie lächerlich Evelyn es fand, in diesem süffisanten Ton angesprochen zu werden, als hätte sie soeben ihr erstes Jahr als Konzipientin hinter sich. Dabei brauchte sie niemandem etwas zu beweisen.

Sie legte den Funkschlüssel neben Frau Kieslingers Weinglas. »Der steckte in der Seitenröhre des Kanals. Viel Spaß mit dem neuen Porsche Ihres Mannes.«

Die Witwe schob sich die Lesebrille auf die Nase und starrte auf den Gegenstand. »Der Wagen gehört mir nicht.«

»Richtig«, bestätigte Evelyn. »Ihnen nicht, aber Ihrem Mann.« Sie reichte der Witwe eine Kopie der Zulassungsbestätigung vom Verkehrsamt. Dann erinnerte sie sich an die Kondome im Auto. »Werfen Sie bitte einen Blick ins Handschuhfach.«

Die Witwe wollte etwas darauf erwidern, doch Doktor Jordan kam ihr zuvor. »Einen Moment …« Aufmerksam betrachtete er die Kopie. Schließlich warf er sein Notizbuch in den Aktenkoffer, ließ ihn zuschnappen und erhob sich vom Tisch. »Wir ziehen die Klage gegen das Bauunternehmen zurück«, sagte er, ohne sich mit seiner Mandantin zu beratschlagen.

Jetzt hatte sie ihn! Er zog die Klage zurück und den Schwanz ein, wie es im Anwaltsjargon hieß – die klügste Entscheidung, die er in dieser Situation treffen konnte.

Die Witwe brachte kein Wort heraus. Es gab nur Ärger, wenn ein Rechtsanwalt seine Klientin zu einem Treffen mit der gegnerischen Partei mitnahm – für gewöhnlich gingen die Emotionen hoch, und darauf konnte Evelyn gern verzichten.

»Bis zum nächsten Mal, *Herr Kollege.*« Sie schüttelte Doktor Jordan die Hand und nickte der Witwe zu.

Als Evelyn das Lokal verließ, tönte hinter ihr Frau Kieslingers Gezeter. Doktor Jordan erläuterte seiner Mandantin wohl gerade die Zusammenhänge, die sie bestimmt nicht begriffen hatte. Dabei konnte sie von Glück reden, dass die Sache so glimpflich für sie ausgegangen war.

Das Gericht hätte die Klage bereits am ersten Verhandlungstag abgewiesen, und sie hätte keinen Cent erhalten und wäre bestenfalls auf den Anwalts- und Gerichtskosten sitzengeblieben. Schlimmstenfalls hätte die Presse ihren verstorbenen Gatten posthum durch den Dreck gezogen. Was für eine Blamage! Evelyn wusste nur zu gut, wie stark Tageszeitungen übertrieben. *Renommierter Kinderarzt alkoholisiert nach Bordellbesuch im Abwasserschacht ertrunken …*

Damit war die Sache für Evelyn vom Tisch.

Die Mittagssonne schien herrlich warm auf die Pflastersteine, und vom Stephansplatz hörte Evelyn das Wiehern und Hufegeklapper der Pferde, welche die Fiaker mit den Touristen durch die Stadt zogen.

Während sie zu ihrem Wagen ging, rief sie mit dem Handy

Onkel Jan an, den Freund ihres Vaters. Sie hatte den kleinen Kanalbauunternehmer soeben vor dem Ruin bewahrt.

Als Evelyn die Kanzlei betrat, fing Krager sie im Foyer ab. Er sah auf die Uhr. »Wie ist es gelaufen?«

Sie kannte diesen Gesichtsausdruck – er bedeutete, sie hatte höchstens drei Minuten. Kragers nächster Termin wartete bereits.

»Ich habe Doktor Jordan den Sachverhalt erklärt.« Evelyn erzählte von ihrem Treffen.

Als sie fertig war, schmunzelte Krager. »Tod durch eigenes fahrlässiges Handeln, kein Fremdverschulden. Großartig, Evelyn. Ich hätte es nicht besser gekonnt.« Er legte ihr vertraulich die Hand auf die Schulter.

Sie zuckte zusammen. Er wusste doch, dass sie das nicht leiden konnte, und trotzdem tat er es immer wieder! Diesmal sagte sie nichts, aber vermutlich bemerkte er ihren Blick, da er die Hand rasch zurückzog.

»Reden Sie mit unserem Sekretariat – wir brummen der Kanzlei Jordan ein saftiges Honorar mit all unseren Kosten auf.« Er wandte sich um und eilte zu seinem nächsten Termin. »Morgen besprechen wir Ihren neuen Fall.« Dann war er verschwunden.

Der nächste Fall! Ich kann es kaum erwarten, dachte Evelyn sarkastisch. Krager zog nur sogenannte lukrative Großkunden als Klienten an Land, bei denen viel Geld zu holen war. An Peanuts war er nicht interessiert, daher ließ er die wirklich interessanten Fälle links liegen. Aber sie hatte es satt, die kleinen Privatkläger vor Gericht zu zerschmettern, damit die Konzerne weiter fröhlich Geld scheffeln konnten. Am liebsten wollte sie Strafrechtsfälle übernehmen – doch ihre innere Stimme sagte ihr, dass die Zeit noch nicht reif dafür war.

Evelyn betrat ihr Büro. Die Kollegen hatten ihr eine Sektflasche und ein Tablett mit übrig gebliebenen Snacks der 25-Jahre-Feier auf den Tisch gestellt. Sie nahm die Alufolie ab. Kaviar und Lachs! Normalerweise liebte sie Fisch, doch im Moment hatte sie keinen Appetit. Wenigstens Bonnie und Clyde würden sich darüber freuen.

Sie warf ihren Blazer über die Sessellehne, schlüpfte aus den Stöckelschuhen und ließ sich auf den Stuhl fallen. Dann öffnete sie die Sektflasche und füllte ein Glas.

»Auf den gewonnenen Fall.« Sie prostete sich selbst zu. Auf dem Schreibtisch standen ein Foto ihrer Eltern – eine der letzten Aufnahmen, bevor das Unglück passiert war – und eines von Bonnie und Clyde, die, erst zehn Wochen alt, nebeneinander im Einkaufskorb lagen. Das war ihre Familie. Zwei grau getigerte Katzen. Es gab keine anderen privaten Sachen in ihrem Büro, bis auf die Kakteen auf dem Fensterbrett – ebenso stachelig wie ihr Gemüt, wie es ein Kollege einmal formuliert hatte. Andere nannten sie Igel, weil sie sich einrollen und die Stacheln ausfahren konnte – was auch nicht wesentlich charmanter klang.

Ihre Schränke waren voll mit Ordnern und Gesetzestexten, und auf dem Schreibtisch türmten sich die Unterlagen des Kanaldeckel-Falls: Dutzende Protokolle, Fotos und Gedächtnisnotizen.

Evelyn begann, die Papiere zu ordnen. Als sie die Farbfotos von der Kamera des Geldautomaten in der Hand hielt, überkam sie das gleiche Déjà-vu-Gefühl wie vor wenigen Tagen im Landesgericht. Hatten das merkwürdige Gefühl und ihr Bauchkribbeln mit diesen Fotos zu tun? Sie starrte auf die Bilder. Die Aufnahmen der 24-Stunden-Überwachungskamera wollten ihr etwas sagen. Aber was?

Evelyn betrachtete die Fotoserie genauer. Sie stammte von jenem Abend, als Kieslinger im Schacht ertrunken war. Die Baustelle war nur am linken Rand zu sehen. Im Grunde genommen waren die Bilder uninteressant, denn der offene Kanaleingang lag außerhalb des Kamerablickfeldes. Aber es waren die einzigen Aufnahmen, die es von diesem Ort zur Unfallzeit gab, und Patrick, ein befreundeter Privatdetektiv, hatte sie ihr besorgt. Natürlich lagen sie auch der Kripo vor – die hatte sie von der EDV-Abteilung der Bankfiliale zuerst erhalten. Doch die Spurensicherung hatte ebenso wenig wie Evelyn etwas damit anfangen können.

Sie trank einen Schluck Sekt und studierte die Fotos. Der aufgerissene Asphalt, die Eimer und Spaten, die Holzbalken und Eisengestänge, die Mischmaschine, im Hintergrund die Leuchtreklame des *Entrez-Nous.* Der Eingang lag außerhalb des Blickfeldes, andernfalls wäre Kieslinger vielleicht zu erkennen gewesen, wie er die Bar verlassen hatte.

Auf den nächsten Bildern stand ein Mann vor der Linse, hob Bargeld ab und verschwand wieder. Wenn man die Fotos wie bei einem Daumenkino durch die Finger laufen ließ, sah man sogar einen Film. Dann war plötzlich ein Mädchen zu erkennen: dünn, etwa zwanzig Jahre alt, in einem leichten Sommerkleid. *Das Mädchen!* Evelyn setzte sich auf. Es stand im Laternenlicht und blickte die Straße hinunter. Evelyns Herzschlag beschleunigte sich. Sie kramte eine Lupe aus der Schublade. Bei der nächsten Aufnahme stand die Frau näher vor der Kamera, danach war sie verschwunden. Die ganze Zeit hatte sich Evelyn auf die Gegebenheiten der Baustelle konzentriert und sich nicht um die junge Frau gekümmert. War das die Blondine, mit der Kieslinger in der Bar getrunken hatte?

Evelyn fuhr ihren PC hoch, klickte das Verzeichnis mit den erhaltenen E-Mails an und öffnete die von Patrick. Er hatte ihr die Fotos als Attachement geschickt. Sie vergrößerte das entsprechende Bild, zoomte den Ausschnitt mit dem Mädchen heran, hellte den Hintergrund auf und verschärfte die Konturen.

Das Mädchen war tatsächlich kaum älter als zwanzig, sah blass und schwächlich aus und trug ein blaues Kleid mit Spaghettiträgern. Das lange blonde Haar wirkte ebenso dünn und zerbrechlich wie die gesamte Erscheinung.

Trotz der spätsommerlichen Temperaturen rieselte Evelyn ein Schauer über den Rücken. Endlich hatte sie die Ursache ihres Déjà-vu-Gefühls gefunden.

Sie kannte das Mädchen. Doch woher?

10

Seit Stunden saß Evelyn in ihrem Büro und betrachtete das Foto des Mädchens im Spaghettiträgerkleid. Der Farbausdruck war zwar unscharf, doch was darauf zu sehen war, genügte ihr. Sie wusste, sie hatte die junge Frau schon einmal gesehen, doch je mehr sie sich das Gehirn zermarterte, desto weniger kam sie dahinter – als läge ihr die Antwort auf der Zunge, schien aber gleichzeitig so weit entfernt, dass sie die Lösung nicht greifen konnte.

Zudem saß ihr Krager im Nacken. Er wollte ihr einen neuen Fall übertragen. Meistens ging es darum, die kleinen Konkurrenzfirmen seiner Klienten fertigzumachen. Andererseits gab es aber auch Geschichten wie den Fall, den er kürzlich erwähnt hatte, bei dem ein Politiker während der Autofahrt von einem Kofferradio erschlagen wurde, weil der Airbag aufgegangen war. Zum Glück hatte nicht sie, sondern Kragers Partner Holobeck den Fall übernommen, da die Verhandlung zu einem Fiasko geworden war, weil …

Evelyn hielt inne. Sie schob das Glas und die Sektflasche zur Seite und starrte erneut auf das Foto. Das Mädchen mit den dünnen Haaren und dem blauen Spaghettiträgerkleid! »Jetzt weiß ich, woher ich dich kenne«, flüsterte sie.

Holobecks Airbag-Fall! Sie zog ihren Timer aus der Handtasche und blätterte einige Wochen zurück. Anfang August hatte sie mit Peter Holobeck im *Andante* zu Mittag gegessen, einem italienischen Spezialitätenrestaurant in der Wiener Innenstadt. Sie aßen die Tagesspezialität im Gastgarten, einen Meeresfrüchtesalat mit Riesengarnelen, und deklarierten die Rechnung anschließend als Geschäftsessen – was es auch gewesen war.

Holobeck war Kragers Jahrgang, wenn nicht sogar älter. Doch selbst wenn er dreißig Jahre jünger gewesen wäre, bestünde keine Gefahr. Holobeck war homosexuell, das wusste sie, obwohl gerade er die meisten Schwulenwitze erzählte. Scheinbar war Angriff immer noch die beste Verteidigung.

Evelyn überflog die Notizen, die sie während des Essens in ihren Timer gekritzelt hatte. Holobeck hatte einen seiner Fälle vertraulich mit ihr besprechen wollen. Soweit sie sich erinnerte, ging es dabei um den Münchner Stadtrat Heinz Prange, der mit seinem Wagen viel zu schnell auf einer Gebirgsstraße durch die Berchtesgadener Alpen gerast war. Als der Wagen über eine Bodenwelle holperte, knallte das Radio, das aus unerklärlichen Gründen auf der Armaturenablage gestanden hatte, auf das Lenkrad, worauf sich angeblich der Airbag öffnete und dem Fahrer das Radio ins Gesicht schleuderte. Zumindest hatte es Holobeck dem Gericht so dargestellt. Stadtrat Prange war auf der Stelle tot gewesen, und seine Witwe wollte die Herstellerfirma des Airbags verklagen. Da sich der Unternehmensstandort der Austrobag GmbH in Graz befand, engagierte die deutsche Witwe *Krager, Holobeck & Partner.* Warum Holobeck erstmalig von den Kanzleiprinzipien abgewichen war und eine Privatperson als Klientin gegen ein Unternehmen vertrat, wusste niemand so genau. Die Chancen, den Fall zu gewinnen, standen nicht schlecht, doch letztlich ging die Sache anders aus als erwartet: Der Grazer Anwalt der Herstellerfirma, ein Hai im Nadelstreif, konnte vor Gericht beweisen, dass der Airbag zu Recht aufgegangen war, weil Prange mit dem Wagen einen Felsen gerammt hatte. Kein Fremdverschulden! Drei Gutachter bestätigten diese Behauptung, und Holobeck konnte kein Gegengutachten auftreiben. Peng, die Akte wurde geschlossen, und Holobeck verlor den Fall.

Gedankenverloren starrte Evelyn auf ihre leere Kaffeetasse neben dem Computermonitor. Die beiden Comicfiguren Tweety und Sylvester grinsten zurück. *Mach sie platt,* stand im Cartoon-

Schriftzug auf der Tasse. *Sonst machen sie dich platt!*, ergänzte Evelyn in Gedanken. Sie musste sich auf das Treffen im Lokal konzentrieren. Als die meisten Besucher gegangen waren, hatte Holobeck sämtliche Unterlagen des Falls auf dem Tisch ausgebreitet und die Papiere mit Aschenbechern beschwert, damit sie nicht davonflogen. Ein Protokoll war am interessantesten gewesen: Zeugen wollten gesehen haben, wie Stadtrat Prange mit einer jungen Dame in einem Café in Bad Reichenhall gesessen hatte und anschließend mit ihr in seinem Wagen weggefahren war. Doch trotz detaillierter Personenbeschreibung war die Frau nicht gefunden worden. Möglicherweise hätte sie dem Fall eine Wendung geben oder zumindest aufklären können, woher das batteriebetriebene Kofferradio stammte, das Prange die Stirn zertrümmert hatte. Irgendwo in Holobecks Unterlagen befand sich eine Personenbeschreibung dieser jungen Dame. Und an die musste sie rankommen!

Wieder starrte Evelyn auf das Foto von dem Mädchen. *Die dünnen Haare und die Spaghettiträger* ... War sie schon verrückt? Litt sie an Wahnvorstellungen?

Schließlich griff sie zum Telefon und wählte Holobecks Nummer. Der Anruf wurde von seinem Büro zur Empfangsdame weitergeleitet, die ihr mitteilte, dass sich Holobeck seit gestern im Urlaub befinde und am Abend nur wegen der 25-Jahre-Feier in der Kanzlei erschienen sei.

Evelyn rief Holobeck unter dessen privater Handynummer an. Er besaß ein Penthouse im 23. Stock des futuristischen Wohnparks Alt-Erlaa, einem Monsterbau mit riesigen Balkonen, Loggias und Terrassen. Bestimmt verbrachte Holobeck die Urlaubstage zu Hause. Er verreiste nie, bis auf gelegentliche Spritztouren nach Thailand.

Nach dem fünften Klingeln hob Holobeck ab. Im Hintergrund lief das Radio.

»Doktor Holobeck, hier spricht Evelyn Meyers.«

»Ja ...?«

Evelyn stutzte. Wo blieb das übliche *Hallo-meine-Kaktusblüte-was-kann-ich-für-Sie-tun?*

»Ich wollte mich mit Ihnen kurz über den Airbag-Fall unterhalten. Die Berchtesgadener Alpen, Sie erinnern sich?«

»Natürlich, was wollen Sie wissen?«

So kurz angebunden? Kein Scherzchen wie sonst? So kannte sie ihn gar nicht. Plötzlich spürte sie dieses heiße Kribbeln, das sie immer befiel und ihren Magen zusammenzog, wenn sie merkte, dass etwas nicht stimmte.

»Weshalb haben Sie bei diesem Fall eigentlich zum ersten Mal eine Privatperson als Klientin gegen eine Firma vertreten?« Evelyn wollte die Frage wie beiläufig stellen, doch sie wusste, dass ihr das nicht gelungen war.

»Evelyn, was wollen Sie wissen?«

Okay. Sie atmete tief durch. »Ich möchte Sie bitten, mir Einsicht in die Akte zu gewähren. Ich sehe da eine Verbindung zu einem Fall von mir, der …«

»Die beiden Fälle hängen nicht zusammen«, unterbrach er sie.

Er war seit gestern im Urlaub – wie konnte er wissen, von *welchem* Fall sie sprach? Wieder dieses Kribbeln. »Ich …«

»Evelyn, halten Sie sich aus dieser Sache raus.« Er hielt inne. »Einen Moment bitte, es läutet an der Tür.«

Sie wartete. Himmel, die Angelegenheit war schwieriger, als sie gedacht hatte. Was war schon dabei, wenn sie seine Akte nahm und einen Blick in die Protokolle warf? Im Gastgarten des *Andante* war er kein solcher Geheimniskrämer gewesen. Da hatte ihn ihre Meinung zu diesem Fall interessiert. Aber jetzt?

Sie hörte seine Schritte, als er durch die Wohnung ging. Ein erneutes Surren der elektronischen Klingel. Das Klimpern der Sicherheitskette.

Stille.

Dann Holobecks entfernte, dumpfe Stimme. *»Sie …?«*

Kurz darauf wurde die Verbindung unterbrochen.

11

Walter Pulaski saß im Besprechungszimmer der »Steinernen Glocke«, der Psychiatrie Markkleeberg.

Moderne Psychotherapie hin oder her – im Prinzip war das Haus immer noch dasselbe wie früher: eine Landesirrenanstalt. Mittlerweile glaubte Pulaski sogar, dass die Neurologen, Therapeuten und Fachärzte für Psychosen, Traumata oder depressive Erkrankungen, die innerhalb dieser Mauern ihren Dienst schoben, einen ebenso großen Schaden hatten wie so manche Patienten. Möglicherweise lag das merkwürdige Verhalten des Personals auch darin begründet, dass jemand Natascha Sommer, die junge Patientin aus Zimmer 27, mit einer Flasche Gin und einer Überdosis Paracetamol ermordet hatte. Es kam eben nicht alle Tage vor, dass ein Kripobeamter einige Räume mit Plomben versiegelte, eine Pathologin von der Gerichtsmedizin kam, um eine Leiche abzutransportieren, und zwei Spurensicherer mit Lampen, Leitern und großen Koffern auftauchten und alles untersuchten, fotografierten und eintüteten, was nur irgendwie mit der Toten zu tun hatte.

Bei ihrem Eintreffen hatten die Kollegen Pulaski noch belächelt und hinter seinem Rücken das Gesicht verzogen – was ihm natürlich nicht entgangen war. Meike, die Gerichtsmedizinerin, hatte die Vorbehalte ausgesprochen. *Ist der Aufwand wirklich notwendig? Die Kleine hat sich die Spritze höchstwahrscheinlich selbst gesetzt.* Wie immer wollte jeder den Weg des geringsten Widerstandes gehen. Nur nicht mehr tun als unbedingt nötig!

Nachdem Pulaski der Gerichtsmedizinerin Nataschas Abschiedsbrief gezeigt und ihr anschließend erklärt hatte, dass eine Linkshänderin sich wohl kaum zwei Mammutspritzen mit insgesamt 100 ml in die linke Armbeuge setzen würde, war sie nachdenklich geworden. Natürlich wäre es einfacher gewesen, wenn der alte Pulaski – der früher mal eine große Nummer beim LKA gewesen war und jetzt als Beamter des Dauerdienstes nur noch Routinetatorte untersuchte, weil ihm seine Asthmaanfälle so zu schaffen machten – durchgedreht wäre und Morde sähe, wo es keine gab. Aber so verhielt es sich nun einmal nicht.

Als die Kollegen gegen Mittag mit ihrer Arbeit in der Anstalt fertig waren, hatte Pulaski ihnen zweierlei eingeschärft: Erstens wollte er so rasch wie möglich wissen, ob Natascha vergewaltigt worden und vielleicht sogar schwanger war. Zweitens musste ein Gutachten erstellt werden, ob die Handschriften auf dem Abschiedsbrief und in dem Tagebuch tatsächlich von Natascha stammten. Und dann war da natürlich die Todesursache. Reichten eine Flasche Gin und 1000 mg Paracetamol tatsächlich aus, um ein Mädchen von vierzig Kilogramm ins Jenseits zu befördern?

Mittlerweile war es drei Uhr nachmittags. Pulaski saß mit einem Berg von Akten in dem Besprechungszimmer der Anstalt. Hanna, die blonde Chefarzt-Assistentin mit der Hornbrille, kümmerte sich notgedrungen um ihn und versorgte ihn widerwillig mit frischem Kaffee, Eier- und Käsesandwiches und einer Packung Ernte 23, die sie irgendwo für ihn aufgetrieben hatte.

Der Aschenbecher war voller Zigarettenkippen. Obwohl das Fenster offen war, hing der Rauch im Raum. Es war ein warmer Septembertag. Die Sonne stand noch einigermaßen hoch, und draußen rauschten die mächtigen Silberlinden im Wind. Irgendwo knatterte ein Rasenmäher. Ab und zu trug der Luftzug den Geruch von Blättern und frisch gemähtem Gras herein. Doch Pulaski war zu sehr mit den Unterlagen beschäftigt, um sich in der Parkanlage die Beine zu vertreten.

Sein Handy läutete permanent. Entweder war es Horst Fux, der Dezernatsleiter, der ihn stündlich mit neuen Fragen nervte, jemand von der Presse, die in der Zwischenzeit herausgefunden hatte, was passiert war, ein Kollege von der Spurensicherung oder der Staatsanwalt, der erst einmal handfeste Fakten auf dem Tisch haben wollte, bevor er auch nur *einen* Antrag ans Gericht weiterleitete. Doch wie sollte Pulaski ohne Durchsuchungsbefehl an handfeste Beweise rankommen? Da biss sich die Katze in den Schwanz! Wie immer!

Unterdessen wusste das gesamte Hauspersonal, was in Zimmer 27 passiert war. Heinrich Wolf, der Ärztliche Direktor mit dem plumpen Auftreten eines Grizzlybären, hatte sogar schon die Rechtsanwälte der Klinik aktiviert, die Pulaski bei jedem Handgriff auf die Finger sahen. Dank des Eingreifens von Fux konnte Pulaski die Unterlagen in dem Besprechungszimmer allein durchsehen, ohne dass eine Hand voll Anwälte auf seinem Schoß saß. Aber wie lange noch? Bei seiner Ankunft an diesem Morgen hatten sich die Ärzte noch gewundert, warum er nicht mit einem Dutzend Kollegen im Schlepptau gekommen war. Mittlerweile wollte man ihn so rasch wie möglich aus der Anstalt draußen haben – und je mehr unbequeme Fragen er stellte und je mehr Unterlagen er sehen wollte, desto undurchdringlicher wurde die Mauer des Schweigens. Während er hier saß und die ersten Akten las, lief das Politspiel hinter seinem Rücken bereits auf Hochtouren. Bald würde der Oberbürgermeister von Markkleeberg in die Sache involviert werden, und wenn die ersten Presseautos vor der Tür parkten und die Reporter ihre Kameras zückten, war es vorbei mit der Ruhe. Immerhin standen Landtagswahlen bevor. Ein blöder Zeitpunkt für einen Mord in einer Landesklinik.

Pulaski hatte nicht nur einmal erlebt, dass begonnene Ermittlungen plötzlich im Sand verliefen, weil der Staatsanwalt das Verfahren überraschend einstellte und bei einer Pressekonferenz verkündete, nach – sogenannten – »intensiven« Recherchen habe sich Selbstmord als Todesursache bestätigt. Manchmal zweifelten die Ermittler an der offiziellen Version, doch auch sie verrichteten nur ihren Job – vor allem dann, wenn die Staatsanwaltschaft eine Order des Justizministeriums erhielt. All das war nicht korrekt, aber es kam vor.

Hier lief mit Sicherheit ein ähnliches Marionettentheater im Hintergrund ab. Es ging um Macht- und Ränkespiele, den guten Ruf der Anstalt, die Verteilung von Posten und Gehältern und um riesige Summen von Steuergeldern, die Jahr für Jahr in der Klinik verschwanden. Wer über Beziehungen verfügte, saß auf dem längeren Ast – und Natascha, das Mädchen mit der burschikosen Kurzhaarfrisur, den osteuropäischen Gesichtszügen und den Sommersprossen auf der Stupsnase, hatte auf dem kürzesten Ast gesessen, den es nur gab. Ein Waisenkind ohne Angehörige, das seit zehn Jahren in der Klapse lebte. Ihr Tod kümmerte niemanden und wirbelte in den Augen vieler Politiker nur unnötig Staub auf. Pulaski sah das anders.

Umso schneller musste er sich durch den Aktenberg arbeiten, wollte er die ersten konkreten Spuren und Zusammenhänge finden, bevor Fux erneut anrief. Und das konnte bald sein.

Pack deine Sachen zusammen und komm aufs Revier. Ich hatte soeben ein Telefonat mit dem Polizeipräsidenten. Der Fall ist abgeschlossen.

Pulaski spürte, dass in dieser Anstalt etwas im Argen lag. Er brauchte nur dem bärtigen, zynischen Ärztlichen Direktor Dr. Wolf in die Augen zu sehen, um zu wissen, dass er ihm etwas verheimlichte.

Als es an der Tür klopfte, zerdrückte Pulaski gerade eine weitere Zigarette im Aschenbecher.

Hanna zuckte für einen Moment vor der Rauchwolke zurück, dann betrat sie mit zwei dicken Mappen im Arm das Besprechungszimmer, das er kurzerhand in ein Ermittlungsbüro umfunktioniert hatte.

»Sie sollten weniger rauchen.«

»Danke, weiß ich. Rauchen und Asthma vertragen sich wie

Feuer und Benzin – sagt zumindest meine Tochter.« Pulaski lächelte. Andere Kollegen soffen sich ihren Frust und die Belastung des Jobs von der Seele und waren schon zu Mittag hackedicht. Wenigstens ernährte er sich vegetarisch, trieb regelmäßig Sport und rührte keinen Alkohol an. Das hatte er seiner Tochter versprochen, und daran hielt er sich. Als Alleinerziehender musste man Kompromisse eingehen. Seine einzigen Laster blieben Zigaretten und literweise schwarzer Kaffee – seine Art, mit der Belastung des Berufs und der privaten Situation fertig zu werden.

»Was haben Sie für mich?«

Hanna legte die Mappen auf den Tisch. »Eine Namensliste aller Angestellten und Patienten mit den zugehörigen Stammdatenblättern.«

»Das ging ja schnell. Ich habe nicht einmal sechs Stunden darauf gewartet«, erwiderte Pulaski. »Sind die Krankenakten dabei?«

»Die rückt Direktor Wolf nicht raus.«

Ärztliche Schweigepflicht! Pulaski musste Druck beim Staatsanwalt machen. Er brauchte die Krankenakten, insbesondere die von Natascha Sommer.

»Von wie vielen Personen reden wir?«, fragte Pulaski.

»Zwanzig Ärzte, vierzehn Therapeuten, zwanzig Pfleger und Krankenschwestern, fünf Sozialarbeiter, siebzig Patienten und ungefähr zehn Leute vom Hauspersonal.«

Brav auswendig gelernt! Pulaski öffnete die erste Mappe und schob die Blätter wie einen Satz Spielkarten auf dem Tisch auseinander. 140 Personen also. Fux hätte von 140 Zeugen gesprochen.

Pulaski sah das anders.

Für ihn waren es 140 Verdächtige.

12

Die Durchsicht der Dossiers hatte nichts gebracht. Die meisten Leute vom Hauspersonal – Pförtner, Köchinnen, Gärtner, Hauselektriker, Putzfrauen – lebten in der Nähe der Anstalt, in Dölitz, Knauthain oder Großdeuben, und waren seit mindestens zehn Jahren in der »Steinernen Glocke« beschäftigt. Mit den Fachärzten und Therapeuten verhielt es sich ähnlich. Die meisten besaßen bereits eine Inventarnummer. Bei den Pflegern und Krankenschwestern herrschte hingegen ein ständiges Kommen und Gehen. Scheinbar war es in der Branche üblich, dass man nach ein bis zwei Jahren in eine andere Anstalt wechselte, weil man ausgebrannt war.

Der Ärztliche Direktor nahm eine Sonderstellung ein. Soweit Pulaski das zurückverfolgen konnte, kam nach jeder Landtagswahl ein neuer Direktor. Die Vergabe dieses Postens war also ein reines Politikum, und Pulaski wollte gar nicht darüber nachdenken, sonst wäre ihm die Galle hochgekommen.

Nachdem er die Mappe geschlossen hatte, widmete er sich den Stammdatenblättern der Patienten, die nicht wesentlich aufschlussreicher waren. Er überflog Alter, Namen, Geburtsorte und Krankheitsbilder der siebzig Patienten und betrachtete die zugehörigen Fotos. Die meisten Kranken waren unter fünfundzwanzig und weiblich. Alle trugen die cremefarbene Anstaltskleidung mit den blauen Punkten – die Mädchen Kleider, die Jungs Hosen und Hemden. Weder Jeans, Pullis, Sweatshirts oder Jogginganzüge von der Caritas oder dem Roten Kreuz. Kein Platz für Individualität.

Wie es schien, war die »Steinerne Glocke« eine Spezialklinik für Missbrauchsopfer mit multipler Persönlichkeitsstörung. Fast nur Langzeittherapie-Patienten. Kaum jemand war kürzer als fünf Jahre in der Anstalt. Trotz der Sonnenstrahlen lief Pulaski ein Schauer über den Rücken. Er dachte wieder an Nataschas letzte Zeilen.

Die Wände kommen näher. Ich halte es in diesem Zimmer nicht mehr aus. Immer wieder sind es andere, die nachts zu mir kommen. Die Abstände werden kürzer. Immer wieder kommen sie. In der Dunkelheit. Diese Schmerzen!

Die Rückseite des Zettels klang aufschlussreicher.

Ich bin schuld daran, dass sie das alles mit mir tun müssen. Ich versuche, immer gut zu sein, aber in meinem Inneren bin ich böse, schmutzig und eine Hure.

Im Prinzip hätte jeder in der Anstalt, der vertrauenswürdig genug war, um nahe genug an Natascha heranzukommen, sie töten können. Der Mörder hätte sie nur mit der Flasche Gin betrunken machen müssen, um ihr dann die zwei Spritzen zu verabreichen. Meike, die Gerichtsmedizinerin, würde bei der Obduktion herausfinden, ob Natascha sich zuerst das Schmerzmittel injiziert und dann den Gin geschluckt hatte oder ob der Mörder sie zunächst betrunken und gefügig gemacht hatte, um ihr anschließend die Spritzen zu verabreichen.

Es klopfte an der Tür. Pulaski sah auf. Eine attraktive Frau Mitte vierzig betrat den Raum. Wie eine Rechtsanwältin sah sie nicht aus.

»Sie wollten mich sprechen?«

Pulaski sah sie fragend an. »Wollte ich?«

»Doktor Sonja Willhalm, ich bin … *war* Nataschas Therapeutin.«

Pulaski erhob sich. »Nehmen Sie bitte Platz.«

Sie blieb stehen. Als sie die Nase rümpfte, begriff Pulaski. Er blickte auf den vollen Aschenbecher. Gleich zwei angezündete Zigaretten qualmten nebeneinander. »Wir können uns im Garten unterhalten«, schlug er vor. »Ein paar Schritte würden mir nicht schaden.«

Sie musterte ihn mit kritischem Blick. »Bestimmt nicht.«

Doktor Willhalm erinnerte ihn an seine Frau. Sie trug das brünette Haar zu einem Knoten hochgesteckt, mit grauen Strähnen an der Seite, die Sonnenbrille im Haar, und Modeschmuckketten über der Bluse und an den Handgelenken, wie Karin sie auch getragen hatte.

Als sie über den Kiesweg gingen, reichte Doktor Willhalm ihm eine Mappe.

»Nataschas Krankengeschichte?«

Sie schüttelte amüsiert den Kopf. »Nataschas komplette Historie ist mittlerweile fünf Ordner dick. Das ist nur die aktuelle Akte: Krankheitsbild, Therapie, medikamentöse Einstellung, die Einträge der Pfleger und der Krankheitsverlauf der letzten zwei Monate.«

Überrascht nahm Pulaski das Dokument an sich. »Wie komme ich zu der Ehre?«

»Ich kenne den Staatsanwalt«, erklärte sie. »In spätestens drei Stunden hätte ich die Mappe sowieso rausrücken müssen. Ein kurzes Telefonat hat die Sache nur beschleunigt.«

»Sie sind der erste freundliche und hilfsbereite Mensch, der mir in dieser Anstalt begegnet.«

»Das ist mein Beruf.« Sie lächelte auf eine besondere Art. Auch die erinnerte ihn an seine Frau.

»Darf ich fragen, warum Sie diesen Beruf gewählt haben?«, fragte er.

»Natürlich.«

Sie sagte lange Zeit nichts, und er dachte schon, dass sie es dabei belassen würde, doch schließlich antwortete sie.

»Kinder sind die schwächsten Glieder der Gesellschaft. Gerade deshalb werden sie oft zu Opfern von Gewalt und sexuellem Missbrauch.«

Immer wieder sind es andere, die nachts zu mir kommen.

»Haben Sie Kinder?«

Sie schüttelte den Kopf. »Nur meine Klienten. Mit Natascha habe ich sieben Jahre lang gearbeitet. Vor allem in letzter Zeit haben wir großartige Fortschritte erzielt. Sie war medikamentös perfekt eingestellt, eine leichte Mischung aus Sedativa, Neuroleptika und Antidepressiva. Sie hätte zu diesem Zeitpunkt nie und nimmer Selbstmord begangen.«

»Ich weiß.«

Am Ende des Kieswegs kamen sie zu einer Reihe von Sitzbänken, auf der einige jugendliche Patienten mit Pflegern saßen. Pulaski hörte das Klappern von Spielwürfeln in einem Becher. Dahinter lag ein bungalowartiges Gebäude mit breiten Fenstern im Schatten einer großen Linde, das ihn an einen Kindergarten erinnerte. Die Kinderpsychiatrie. Hinter den Scheiben sah er eine Gruppe von Buben und Mädchen im Kreis sitzen und malen.

»Weshalb war Natascha hier?«

»Nun, Sie können das alles nachlesen. Aber kurz gefasst beginnt ihre Krankengeschichte so: Mit neun Jahren wurde sie in eine Klinik in Bremerhaven eingeliefert und erstbehandelt.«

Die Therapeutin erzählte ihm, dass Natascha zigfach vergewaltigt worden war. Die Kripo hatte den Täter nie ermittelt. Da Natascha eine Vollwaise ohne Angehörige war, wurde das Jugendamt aktiv. Wegen der schweren Traumatisierung des Mädchens entschied sich die Behörde jedoch gegen die Vormundschaft durch Pflegeeltern und wollte Natascha nach ihrer körperlichen Gesundung in die Obhut eines Kinderheims überstellen. Sowohl das Rote Kreuz als auch das SOS-Kinderdorf hätten sich um sie gekümmert, doch unterschiedliche ärztliche Gutachten verhinderten die Aufnahme. Nach einem Behördenkrieg, der fast achtzehn Monate dauerte, stand Nataschas Krankheitsbild endgültig fest: Sie litt an multipler Persönlichkeitsstörung und benötigte eine Psychotherapie und wegen ihrer Selbstmordversuche eine ganztägige Betreuung. Es gab nur zwei Spezialeinrichtungen für solche Fälle: eine Klinik in Göttingen, wo zu diesem Zeitpunkt kein Platz frei war, und Markkleeberg.

Sie kamen an einem Rosenbeet vorbei. Doktor Willhalm knickte eine Blüte ab und zerrieb die Blätter gedankenverloren zwischen den Fingern. »Seit dieser Zeit arbeite ich mit Natascha.« Sie roch an den Rosen.

»Haben Sie jemals herausgefunden, was ihr mit neun Jahren zugestoßen ist?«

Willhalm schüttelte den Kopf. »Die Mädchen einigermaßen lebensfähig zu machen, damit sie den Alltag bewältigen können, ist oft schwieriger, als die Vergangenheit aufzuarbeiten. Natascha hat drei Selbstmordversuche hinter sich, aber die liegen Jahre zurück.«

Pulaski dachte an die langen Narben an den Handgelenken.

»An guten Tagen hatte sie ein so sonniges Gemüt.« Willhalm lächelte. »Daher nannten wir sie so.«

Pulaski sah sie fragend an.

»Sommer, Natascha Sommer«, erklärte sie.

»Das war gar nicht ihr richtiger Name?«

»Nein.« Willhalm schmunzelte, als erinnerte sie sich an das kleine Mädchen von damals. »Wir nannten sie so wegen der vielen Sommersprossen auf ihrer Nase.«

»Und wie lautete ihr richtiger Name?«

Doktor Willhalm blieb abrupt stehen und starrte Pulaski an. »Das wissen Sie nicht?«

Pulaski verneinte.

»Ich erzählte ja vorhin, sie war eine Vollwaise. Bis heute kennen wir weder ihre Herkunft noch ihre wahre Identität.«

Pulaskis Gedanken überschlugen sich. Die osteuropäischen Gesichtszüge. »Sprach sie damals schon Deutsch, als man sie in der Klinik in Bremerhaven behandelte?«

Willhalm sah ihn traurig an. »Natascha hat bis zu ihrem Tod kein einziges Wort gesprochen.«

Während sie zur Anstalt zurückgingen, griff Pulaski in die Innenseite des Sakkos und holte eine Kopie von Nataschas

Abschiedsbrief heraus. Bisher hatte er das Schreiben niemandem außer seinen Kollegen gezeigt. Aber sein Gefühl sagte ihm, dass er Sonja Willhalm vertrauen konnte.

»Was halten Sie davon?«

Die Therapeutin kramte ein Etui aus der Handtasche und setzte eine schmale Lesebrille auf. Aufmerksam studierte sie die Zeilen. »Das ist Nataschas Handschrift.«

»Ich weiß«, antwortete Pulaski.

Doktor Willhalm schüttelte den Kopf. »Nein, Sie haben keine Ahnung, wovon ich spreche. Ich meinte, *sie selbst* hat das geschrieben, keine ihrer Teilpersönlichkeiten.«

»Reden Sie weiter«, sagte Pulaski.

Sie nahm die Brille wieder ab. »Die Aussetzer wurden innerhalb der letzten Jahre immer seltener. Es ist schwierig, das bei einer stummen Patientin festzustellen, aber sie fand zu sich selbst. Sie festigte ihre Persönlichkeit. Daher habe ich mich heute Morgen so gewundert, als ich erfuhr, dass sie sich das Leben genommen hat.«

Und damit lag sie richtig, dachte Pulaski. »Was halten Sie von dem Hinweis auf den sexuellen Missbrauch? Wurde der innerhalb der Klinik weitergeführt?«

Willhalm schüttelte entschieden den Kopf. »Das macht mich ja gerade stutzig. Natascha hat das zweifellos geschrieben. Aber weder Inhalt noch Wortwahl passen zu ihr. Niemand in der Anstalt hätte Natascha ein Haar gekrümmt.«

»Wie sicher sind Sie diesbezüglich?«

»So sicher, wie ich weiß, dass Sie mich betrachten, als würde ich Sie an jemanden erinnern, den Sie – vielleicht vor kurzem – verloren haben. Ihre Frau? Aber Sie tragen einen Ehering.«

Pulaski spürte, wie ihm das Blut in den Kopf schoss. Wer mochte es schon, analysiert zu werden?

»Habe ich Recht?«, hakte sie nach.

Schließlich gab er sich einen Ruck. »Karin hatte Krebs. Allerdings starb sie an einer falschen Dosierung der Chemotherapie.« Er räusperte sich. »Das ist fünf Jahre her.«

»Tut mir leid.«

»Das braucht es nicht. Vielmehr sollte es den behandelnden Ärzten leidtun.«

Er atmete tief durch und bemühte sich, Doktor Willhalm nicht wieder so anzustarren wie vorhin. »Aber weshalb sonst sollte Natascha so etwas schreiben? Hatte sie Wahnvorstellungen?«

Wieder schüttelte sie den Kopf. »Natascha war nicht schizophren, sie hatte keine Wahnvorstellungen. Ihre Erlebnisse waren real. Allerdings hatte sie eine gespaltene Persönlichkeit. Das sind zwei grundverschiedene Krankheiten.«

Pulaski wollte nicht glauben, dass dem stummen, anonymen Mädchen, dessen Herkunft niemand kannte, in der Anstalt nie etwas angetan worden war. Warum sonst hätte sie so etwas schreiben sollen, kurz bevor sie sich das Leben nahm … oder bevor der Mörder sie in ihrem Zimmer besuchte?

Natascha wollte mit ihrer Geschichte an die Öffentlichkeit gehen, doch der Killer war ihr zuvorgekommen. Ihre einzige Chance, eine Botschaft zu hinterlassen, hatte darin bestanden, einen kleinen Zettel in ihrem Slip zu verstecken. Nur ein paar Zeilen, für mehr hatte die Zeit nicht gereicht. Mit dieser Annahme stand oder fiel seine gesamte Mordtheorie.

Als sie den Hintereingang der Anstalt erreichten, läutete sein Handy. Meikes Nummer erschien auf dem Display. Möglicherweise hatte sie einen ersten Hinweis gefunden.

»Entschuldigen Sie mich bitte.« Er wandte sich ab. »Was hast du für mich?«

»Die Tote war keine Jungfrau mehr.«

Wie auch – Natascha war mit neun Jahren zum ersten Mal sexuell missbraucht worden. »Weiß ich bereits. Weiter!« Er spürte förmlich, dass er mit dem Abschiedsbrief auf der richtigen Spur war.

»Ich habe einen Abstrich gemacht. Sie wurde nicht vergewaltigt. Keine Verletzung der Vagina, keine Spuren von Sperma.«

Das war genau die Antwort, die er *nicht* hören wollte.

»Und abgesehen davon« – Meikes Stimme veränderte sich, und er ahnte, dass seine Theorie gleich wie ein Kartenhaus in sich zusammenstürzen würde – »hatte sie seit mindestens acht Wochen keinen ungeschützten Geschlechtsverkehr mehr.«

13

Am Abend saß Evelyn Meyers im Gastgarten des *Andante* in der Wiener Innenstadt und starrte auf das Blumenmuster des Tischtuchs. Zunächst hörte sie die Frage des Kellners nicht, doch dann winkte sie ab. Diesmal hatte sie keine Lust auf Meeresfrüchtesalat mit Riesengarnelen. Er erinnerte sie an Holobeck. Sie wollte nur hier sitzen und warten. Ihr Freund Patrick hatte versprochen, so schnell wie möglich zu kommen.

Wieder dachte sie an Peter Holobeck. Der schwule Anwalt, schmächtig, grauhaarig, selbstironisch, aber schlagfertig wie ein Showmoderator. Er hatte ihr alle Tricks beigebracht, die man als Jurist kennen musste, bevor man zum ersten Mal in den Ring stieg. Sie konnte es immer noch nicht glauben … Ihr Chef, Krager, hatte es von der Kripo erfahren, noch bevor die Meldung in den Radionachrichten kam. Angeblich war Holobeck, kurz nachdem sie mit ihm telefoniert und jemand an seiner Tür geläutet hatte, bei einem Unfall gestorben. Mehr wusste sie nicht. Die Kripo hatte eine Nachrichtensperre verhängt, und Krager war zum Sitz der Bundespolizeidirektion auf die Rossauer Lände gebeten worden.

»Hallo, Spitzmausigel!«

Evelyn fuhr hoch. »Nenn mich nicht so.«

»Ooohh.« Patrick verzog das Gesicht. »Der Igel fährt die Stacheln aus!«

Wenn man ihn so sah, glaubte man nicht, einen Privatdetektiv vor sich zu haben, sondern eher ein Model für eine Aftershave-Werbung. Braungebrannt, Jeans, schwarzes, eng geschnittenes Hemd, die obersten Knöpfe offen.

Er gab ihr einen Kuss auf die Wange, setzte sich an den Tisch und bestellte eine Cola light. »Was ist der Unterschied zwischen einem Anwalt und einem Vampir?« Wie immer legte er gleich los.

»Bitte, Patrick«, unterbrach sie ihn. »Nicht heute, ich …«

»Der Vampir saugt nur nachts Blut.« Patrick grinste.

Sie sah ihn ernst an.

Sein Grinsen erstarb. »Okay, was ist passiert?«

Sie erzählte ihm vom Tod des Kinderarztes, der im Kanalschacht ertrunken war, dem Porsche, dem Besuch im *Entrez-Nous* und wie sie die Witwe des Arztes dazu gebracht hatte, die Klage zurückzuziehen. Dann beschrieb sie, wie sie das Mädchen auf den Fotos der Geldautomatenkamera entdeckt hatte. Patrick nickte. Immerhin hatte er ihr die Bilder gemailt, an die er über seinen Draht zur Kripo gekommen war.

Sie erzählte von ihrer Vermutung, das Mädchen von einem anderen Fall zu kennen, und erwähnte schließlich den Airbag-Fall ihres Kollegen Holobeck, das merkwürdige Telefonat mit ihm und die Nachricht von seinem Tod.

Patrick hörte die ganze Zeit aufmerksam zu, ohne sie zu unterbrechen. Nachdem sie geendet hatte, schwieg er eine Weile.

»Dein Kollege ist tot, das tut mir leid.«

Evelyn wusste, dass er es nicht bloß so dahersagte. Immerhin kannte er Holobeck von früher und wusste, was er ihr bedeutet hatte.

Patrick griff nach ihrer Hand. Diesmal zuckte sie nicht zurück. »Und du glaubst, dieses Mädchen auf dem Foto und die junge Frau aus dem Café in Bad Reichenhall sind ein und dieselbe Person?«

»Es ist ein Bauchgefühl – seit einigen Tagen habe ich dieses seltsame Déjà-vu, als würde ich diese Frau kennen. Und das Merkwürdige: Vor seinem Tod betonte Holobeck noch ausdrücklich, dass die Fälle nichts miteinander zu tun hätten … und kurz darauf ist er selber tot.«

»*Selber tot …*«, wiederholte Patrick nachdenklich. »Das klingt seltsam aus deinem Mund.«

»Patrick, hör zu.« Sie rutschte näher. »Stadtrat Prange stirbt in den Berchtesgadener Alpen, der Kinderarzt Kieslinger ertrinkt im knietiefen Abwasser – und falls ich Recht habe, taucht an beiden Unfallorten dasselbe Mädchen auf. Holobeck vertrat einen der Fälle vor Gericht und stirbt …«

Patrick wurde bleich. »Lynnie, mach dich nicht verrückt!«

Sie beugte sich vor. »Weder in deinem noch in meinem Job gibt es Zufälle. Nichts passiert ohne Grund.« Sie sah ihn lange an. »Kannst du die Hintergründe von Holobecks Tod herausfinden?«

»Wie schnell brauchst du das? Ich …«

»Rasch.«

Patrick verzog das Gesicht zu einer unglücklichen Miene. »Ausgerechnet jetzt? Ich habe im Moment zwei Beschattungsaufträge laufen.«

»Bitte.«

»Wie kann ich diesen rehbraunen Augen nur widerstehen?« Er überlegte. »Alt-Erlaa … Für den dreiundzwanzigsten Bezirk ist das KK-Süd zuständig, die Gruppe Bernecker. Ein zäher Hund, aber ich kenne ihn. Womöglich weiß ich in ein paar Stunden mehr. Falls …« Er lehnte sich zurück, fuhr sich mit den Fingern durch das gewellte, an den Schläfen bereits ergraute Haar und bekam diesen Blick, mit dem er sie immer aufzog. Als wäre das nicht genug, stellte er den Hemdkragen auf. Damit wirkte er mehr als lächerlich, aber trotzdem sah er immer noch verdammt gut aus – wie sein Vater. Dennoch waren die beiden wie Hund und Katz.

»Falls was?«

»Falls ich dich endlich zu einem Candle-Light-Dinner überreden kann.«

»Ich dachte, du arbeitest an zwei Beschattungsaufträgen?«

»Doch nicht nachts …« Er zwinkerte frech.

Sie stöhnte auf. »Patrick, bitte. Wie kannst du ausgerechnet jetzt an so etwas denken?«

»Ich muss *jedes Mal* daran denken, wenn ich dich sehe.«

Oh Gott. Wie sein Vater.

»Nein! Vergiss es! Besorg mir lieber den Polizeibericht.«

»Wie du willst.« Patrick klappte den Hemdkragen wieder um. »Und du beschaffst in der Zwischenzeit die Akte dieses Airbag-Falls. Vielleicht ist alles nur falscher Alarm, und die Frau aus dem Café ist eine fette Fünfzigjährige mit Gesichtslähmung.«

»Das wird nicht leicht. Krager hält sie in seinem Büro unter Verschluss.«

Patrick grinste. »Dann musst du meinen Vater eben becircen.«

14

Nach dem Treffen mit Patrick fuhr Evelyn nach Hause und fütterte ihre Katzen, bevor sie sich auf den Weg in die Kanzlei machte. Ihr Magen knurrte, doch der Appetit war ihr vor Stunden gründlich vergangen. Sie konnte immer noch nicht glauben, dass Holobeck tot war.

Die Hiobsbotschaft hatte sich wie ein Lauffeuer in der Kanzlei herumgesprochen. Die meisten waren schon gegangen, mit hängendem Kopf und früher als sonst. Evelyn saß mit ihrer Kaffeetasse in der Küche. Tweety und Sylvester grinsten sie an. *Mach sie platt, sonst machen sie dich platt!*, dachte sie. Doch das kam für Holobeck zu spät.

Mittlerweile war der Kaffee kalt. Sie wartete auf Kragers Rückkehr von der Bundespolizeidirektion. Sollte er je erfahren, dass sie sich mit seinem Sohn getroffen und ihm Details über Firmenfälle erzählt hatte, würde er ihr gründlich den Kopf waschen. Wenn er sie nicht sogar rausschmeißen würde.

Krager und sein Sohn Patrick liebten sich wie zwei zähnefletschende Rottweiler bei einem Hundekampf. Früher war es anders gewesen, doch seit Patrick die Kanzlei verlassen hatte, um Privatdetektiv zu werden, gingen sie sich aus dem Weg, als hätten beide das Ebola-Virus in sich getragen. Jeder behauptete über den anderen, ein verlogener Dreckskerl zu sein. Möglicherweise irrten sich beide – aber vielleicht auch nicht.

Evelyn hörte das metallene Rattern des Fahrstuhls im Treppenhaus. Sekunden später klimperte ein Schlüssel in der Eingangstür. Es war Krager. Sein Krawattenknoten saß locker, und er war mit den Nerven völlig runter. Draußen dunkelte es bereits, und mittlerweile waren er und Evelyn die Einzigen in der Kanzlei.

Er kam an der Teeküche vorbei. »Was treiben Sie noch hier?«

Ohne ihre Antwort abzuwarten, ging er zu seinem Büro weiter. »Gestern die Feier – fünfundzwanzig Jahre *Krager, Holobeck & Partner* – und heute das! Gehen Sie nach Hause, und ruhen Sie sich aus«, rief er über die Schulter.

Evelyn folgte ihm. »Ich wollte Sie bitten …«

»Sie wollen wissen, was die Polizei gesagt hat?«, unterbrach er sie. »Holobeck ist vom Balkon gestürzt, mehr weiß ich nicht.«

Vom Balkon? Evelyn hielt für einen Moment inne. Sein Penthouse lag im dreiundzwanzigsten Stock. »Selbstmord?«, fragte sie.

»Die Beamten sind sicher, dass es ein tragischer Unfall war. Morgen sind die Zeitungen wahrscheinlich voll davon. Mehr kann ich Ihnen nicht sagen, Evelyn. Ich habe im Moment viel um die Ohren.«

Er sperrte die Tür zu seinem Büro auf und marschierte hinein. In den nächsten Tagen standen ihm Dutzende Behördenwege bevor – vor allem auch deshalb, weil Holobeck keine Angehörigen hatte. Wenn es einen ungünstigen Moment gab, ihn um etwas zu bitten, dann jetzt. Aber sie konnte nicht warten.

Sie betrat sein Büro. »Ich möchte Sie um einen Gefallen bitten.«

Krager sah auf. »Wollen Sie mir etwa Ihre Juniorpartnerschaft anbieten?«

Sie schluckte. Selbst in einem Augenblick wie diesem verlor er seinen Galgenhumor nicht. »Ich würde gern Einsicht in Holobecks Akte *Prange gegen Austrobag GmbH* nehmen.«

»Der Airbag-Fall?« Krager runzelte die Stirn. »Wozu? Der Fall ist verloren. Haben Sie die Zustimmung der Mandantin eingeholt?«

»Nein, ich wollte nur …«

»Die Mandantin hat ausdrücklich darum gebeten, den Fall vertraulich zu behandeln. Die Schweigepflicht verbietet mir, die

Unterlagen an Sie weiterzugeben, selbst für eine Sekunde, das wissen Sie haargenau! Tut mir leid.«

Zum Glück wusste er nicht, dass sie den Fall beim Mittagessen im *Andante* bereits mit Holobeck besprochen hatte. Sonst wäre er wohl die Wände hochgegangen.

Krager nahm einige Papiere aus dem Safe. Evelyns Blick fiel auf Firmenbuchauszüge und eine Mappe mit Verträgen. »Ich treffe mich jetzt noch mit den Pressefritzen, die einen Nachruf auf Holobeck bringen wollen. Morgen früh muss ich wegen der Todesfallaufnahme zum Notar, danach zur Rechtsanwaltskammer, die Stellvertretung für die laufenden Verfahren besprechen, und anschließend die Beerdigung veranlassen.« Er stöhnte auf. »Außerdem kommt noch die Änderung im Firmenbuch auf mich zu.«

Mit diesen Worten schob er sie aus seinem Büro.

Bitte nicht die Tür abschließen, dachte sie, als sie neben ihm im Gang stand. »Wenn ich Ihnen irgendwie helfen kann, dann …«

»Nicht nötig, Evelyn. Danke.«

Er sperrte die Tür ab und ließ den Schlüssel in seiner Hosentasche verschwinden.

Evelyn starrte aus dem Fenster der Teeküche und lauschte dabei dem Rattern des Fahrstuhls, als Krager ins Erdgeschoss fuhr. Der nächtliche Verkehr wälzte sich durch die Innenstadt. Die Leuchtreklamen verwandelten die Dunkelheit in ein buntes Lichtermeer. Ihr Spiegelbild in der Scheibe sah müde aus. Wie hatte ihr Vater immer gesagt? Mach dir keine Sorgen, vom vielen Grübeln bekommst du nur Falten.

Als das Handy schrillte, zuckte sie zusammen. Es war Patrick.

»Was hast du rausgefunden?«, fragte sie.

»Dein Kollege ist über den Balkon gesegelt.«

Wie feinfühlig! »Das weiß ich bereits. Irgendwelche Details?«

»Nicht am Telefon.«

»Ziehst du jetzt wieder deine Candle-Light-Nummer durch?«

»Nein, darum geht es nicht. Die Unterlagen, über die wir reden, kauft man nicht einfach am Kiosk – und man bespricht sie nicht am Telefon.«

»Sag mir wenigstens, ob es ein Unfall war!«

Patrick seufzte. »Ja – aber falls die Kripo sich irrt, wurde dein Kollege so raffiniert um die Ecke gebracht, dass es wie einer aussah.« Er machte eine Pause. »Was hast du über die junge Frau aus dem Café in Bad Reichenhall rausgefunden?«

Sie sah in den Korridor zu Kragers versperrter Tür. »Nichts.«

»Was heißt *nichts?*«, entfuhr es Patrick. »Während ich Himmel und Hölle in Bewegung setze und rausfinde, wie dein Kollege über die Brüstung gehüpft ist, kommst du nicht mal an eine lausige Akte ran?«

»Ich müsste die Tür zum Büro deines Vaters aufbrechen, und meine Ausbildung im Baader-Meinhof-Camp liegt schon lange zurück.«

Er lachte. »Wenigstens hast du deinen Humor nicht verloren. Bist du noch im Büro?«

»Ja, aber nicht mehr lange. Entweder gehe ich noch eine Runde joggen, oder ich fahre nach Hause und fange mit einem neuen Buch an.«

»Bleib dort«, bat Patrick. »Ich komme zu dir. Erstens will ich dir das Polizeiprotokoll von diesem angeblichen Unfall zeigen – und zweitens habe ich immer noch den Zweitschlüssel zum Büro meines Vaters.«

15

Das dumpfe Läuten der »Steinernen Glocke« drang aus der Kapelle durch den Park. Walter Pulaski hörte die Schläge wegen der dicken Mauern nur leise. Er hockte im Keller des Psychiatriegebäudes. Angeblich gab es in diesem fensterlosen Raum den einzigen Videorekorder, aber er wusste, dass die Ärzte ihn in den Keller verbannt hatten, um ihn loszuwerden. Ihm war das gleichgültig, solange er einen Blick auf die Filme der Überwachungskameras werfen konnte.

Vor einer Stunde hatte er mit seiner Tochter telefoniert, um ihr zu sagen, dass er diesmal später heimkommen würde. Mittlerweile war es längst Nacht, aber hier unten, in dem nach Schimmel und feuchtem Kalk miefenden Raum mit den frei liegenden Heizungsrohren, war das ohnehin egal. Pulaski wechselte die Videokassette. So alt wie das Gebäude selbst, so altertümlich wirkte auch die Art der Videoüberwachung. Kein digitales System auf dem Server, mit Dutzenden Festplatten, Bewegungsmeldern und automatischer 48-Stunden-Überwachung. Hier liefen die Uhren noch anders. Die drei bei den Toren der Anstalt montierten Kameras filmten von Sonnenuntergang bis zum Morgengrauen. Der Nachtportier wechselte die Videobänder alle vier Stunden. Falls es keine besonderen Vorkommnisse gab, wurden die Filme nach zwei Tagen überspielt.

Doch diesmal gab es einen Vorfall. Jemand hatte Natascha Sommer heimtückisch eine Überdosis Schmerzmittel verpasst. Daran bestand für Pulaski kein Zweifel, auch wenn er bisher kein Motiv für einen Mord gefunden hatte. Außer ihm krähte kein Hahn danach, ob sich das stumme Mädchen, dessen Name und wahre Identität niemand kannte, intravenös selbst eine Überdosis verabreicht hatte oder nicht. Ohne Motiv ließ sich Mordverdacht vor dem Staatsanwalt nur schwer rechtfertigen. Wer sollte schon einem Mädchen das Licht ausknipsen, das seit zehn Jahren unauffällig in der Irrenanstalt hockte? Bisher war Nataschas Abschiedsbrief Pulaskis wichtigstes Indiz gewesen. Aber nachdem im ersten gerichtsmedizinischen Befund nichts über Hinweise auf Vergewaltigung oder äußere Gewaltanwendung stand, war der Inhalt des Abschiedsbriefs der geistigen Unzurechnungsfähigkeit des Mädchens zugeschrieben worden – und Pulaskis Indiz hatte sich wie Rauch im Wind verflüchtigt.

Noch dazu hatte dieser Lackaffe von Staatsanwalt weder seinen Antrag auf einen Durchsuchungsbeschluss an das Gericht weitergeleitet noch der Einsicht in die Krankenakten oder dem Verhör der Patienten zugestimmt. Offensichtlich sah er die Sache anders als Pulaski. Oder fürchteten die Politiker, dass zu viel negative Publicity aufgewirbelt werden könnte?

Umso mehr ging Pulaski die Sache an die Nieren. Den genauen Grund kannte er nicht. Entweder waren es die osteuropäischen Gesichtszüge des Mädchens, das möglicherweise aus der Ukraine stammte und ihn an die Herkunft seiner Eltern erinnerte – oder einfach nur die Tatsache, dass die zarte und zerbrechliche Natascha bloß ein paar Jahre älter gewesen war als seine Tochter.

Nach dem Tod seiner Frau war es nicht einfach gewesen, das Mädchen ohne fremde Hilfe aufzuziehen. Noch dazu bei seinem Job. Im Moment saß die Zwölfjährige bestimmt allein zu Hause, zappte durch die Fernsehprogramme und wartete auf ihn, auch wenn er sie gedrängt hatte, schlafen zu gehen.

Gedankenverloren öffnete er die Brieftasche und betrachtete das Foto seiner Tochter. *Wenn dich jemand mit 1000 Milligramm Paracetamol getötet und es als Selbstmord getarnt hätte, wäre die gesamte Leipziger Kripo auf den Beinen – das schwöre ich dir.* Bei Natascha gab es keinen Druck durch die Öffentlichkeit. Im Gegenteil. Man wollte die Sache unter den Teppich kehren –

und wie so oft waren die Bestrebungen größer, den Fall abzuschließen, als die Recherchen voranzutreiben. Tatsächlich gab es nur zwei Personen, denen die Aufklärung am Herzen lag: ihn selbst und Sonja Willhalm. Die Therapeutin musste sich soeben ein Stockwerk höher eine Standpauke des Chefarztes anhören, weil sie Nataschas Krankenakte ohne Zustimmung des Direktors an Pulaski weitergegeben hatte. In der Zwischenzeit würde er so lange weitermachen, bis der Staatsanwalt die Ermittlungen einstellte – womit jeden Augenblick zu rechnen war.

Pulaski hatte im Schnellvorlauf das Ende des Videobandes erreicht. Darauf war nichts Verdächtiges zu sehen gewesen. Er schob die nächste Kassette in den Rekorder: die Einfahrt an der Rückseite des Grundstücks, zwischen zwei und sechs Uhr früh. Schnellvorlauf. Die Kamera schwenkte automatisch in einem Halbkreis über das Gelände. Das geschlossene schmiedeeiserne Tor, die hohe Mauer, der Kiesweg, die Linden, die sich im Wind bogen, und die Wiese, die im silbernen Mondlicht glänzte. Das übliche weiße Flimmern im oberen und unteren Drittel der Mattscheibe. Sonst keine Bewegung.

Pulaskis Augen tränten bereits vom Zigarettenqualm, dem Flimmern des Bildschirms und dem Flackern der Neonröhre. Da riss ihn das Läuten seines Handys aus dem Halbschlaf. Er starrte aufs Display, und sein Magen zog sich zusammen. Horst Fux, sein Chef.

»Pulaski, bist du noch bei den Irren?«

»Ja«, knurrte er. Zwecklos, seinem Chef den Unterschied zwischen einer Irrenanstalt und einer psychiatrischen Klinik für multiple Persönlichkeitsstörung zu erklären.

Die digitalen Ziffern rasten im Zeitraffer über den Bildschirm. 03:15:47 Uhr. Die Äste der mächtigen Silberlinden zappelten im Wind hin und her. Die weißen Streifen ruckten auf und ab.

»Ich hatte eben ein interessantes Gespräch. Konferenzschaltung.« Die Stimme von Horst Fux klang blechern. Offensichtlich hatte er die Lautsprecherfunktion aktiviert. »Der Untersuchungsrichter, die Anwälte der Klinik, der Oberbürgermeister, der Kriminaldirektor und Staatsanwalt Kohler.«

Staatsanwalt Kohler! Er hasste den Lackaffen. »Und?«

03:16:51 Uhr. Bis auf die flimmernden weißen Streifen war keine Bewegung auf dem Bildschirm zu sehen.

»Die Spurensicherung fand nur die Fingerabdrücke der Kleinen auf den Beweismitteln. Außerdem keine Vergewaltigung, keine Anzeichen einer Gewaltanwendung ...«

»Erzähl mir was Neues.« Pulaski nippte am kalten Kaffee.

03:18:31 Uhr. Nur der Wind.

»Was Neues?«, bellte Fux. »Erzähl *du* mir was Neues! Was denkst du dir dabei, dem Staatsanwalt die Öffnung sämtlicher Krankenakten vorzuschlagen, ohne mich vorher darüber zu informieren? Der Ärztliche Direktor der Klinik und sein Chefarzt haben sich schon über dich beschwert. Du fuhrwerkst wie ein Berserker in der Klinik ...«

Seit wann fuhrwerkten Kripobeamte *nicht* wie Berserker?

»... und du hast die Therapeutin der Kleinen dazu genötigt, dir ihre Akte auszuhändigen.«

»Was?« Pulaski fuhr vom Stuhl hoch. Sonja Willhalm hatte sie ihm freiwillig gegeben. Was für ein Mist lief hier?

»Jedenfalls bewertet Kohler den Sachverhalt anders als du. Das Verfahren wurde eingestellt. Er hat die Leiche zur Beerdigung freigegeben. Pack zusammen. Das vorläufige und vermutlich auch endgültige Urteil der Gerichtsmedizin lautet: Selbstmord.«

Pulaski verschüttete den Kaffee, als er die Tasse hastig auf den Tisch stellte, um nach der Fernbedienung zu greifen. In dem Moment, als die Kamera von der Mauer wegschwenkte, bewegte sich etwas am rechten Bildschirmrand.

»Hast du mich gehört?«, bellte Fux.

»Was ...? Ich habe kein Wort verstanden ...« Pulaski hielt das Band an, spulte zurück und drückte auf Wiedergabe.

Fux wiederholte seine Worte, diesmal noch gereizter.

Pulaski hörte nur mit einem Ohr zu. Seine Augen fixierten den Monitor.

03:22:39 Uhr. Eine Gestalt kletterte unbeholfen über die Mauer. Als die Kamera wieder an die Stelle zurückschwenkte, war gerade noch zu erkennen, wie die Person im Schatten der Linden über den Rasen zum Hintereingang der Anstalt lief.

»Was …?«, rief Pulaski. Er kratzte mit dem Fingernagel über das Mikrofon des Handys. »Die Verbindung … ich verstehe dich … nicht.« Mit der anderen Hand spulte er den Film noch einmal an jene Stelle zurück, an der die Gestalt über die Mauer kletterte.

»Keine weiteren Ermittlungen, der Aktendeckel ist zu!«, rief Fux.

»Hallo …?«

Fux tobte.

»Die Verbindung …«, nuschelte Pulaski. Er hielt das Handy von sich und rieb mit dem Finger über das Mikrofon. »Ich glaube, ich …« Dann unterbrach er die Verbindung und schaltete das Handy aus. Fux, der Staatsanwalt, die Politiker und Anwälte konnten ihn kreuzweise.

Er starrte auf das Standbild des Monitors. Am Bildschirmrand reckte eine Person den Oberkörper über die Mauer. Im Mondschein war zumindest etwas zu erkennen: ein älterer Mann mit grauen Haaren.

16

Zehn Uhr nachts. Die Gänge der Kanzlei *Krager, Holobeck & Partner* lagen im Dunkel. Nur in der Teeküche brannte gedimmtes Licht. Evelyn Meyers drehte soeben das Radio lauter. In den Spätnachrichten wurde Holobecks tragischer Unfall erwähnt. Doch der Sprecher sagte nur, dass der Anwalt über die Balkonbrüstung gestürzt und sofort tot gewesen sei. Genervt schaltete Evelyn das Gerät aus. Würde sie je mehr darüber erfahren?

Endlich hörte sie das Rattern des Fahrstuhls im Treppenhaus. Mit einem *Kling* öffneten sich die Türen. Kurz darauf klimperte ein Schlüssel im Schloss. Patrick steckte den Kopf durch den Türspalt und sah sich vorsichtig um, ehe er eintrat.

Evelyn drehte das Licht im Vorraum an. »Du kannst reinkommen, Angsthase, ich bin allein.«

Er schloss die Tür hinter sich. »Du weißt, dass du deinen Job verlierst, falls uns mein Vater erwischt.«

»Der hat im Moment andere Sorgen.«

Patrick küsste sie auf die Wange. Er roch immer dezent nach Aftershave, selbst wenn er den ganzen Tag unterwegs war – eine der vielen Kleinigkeiten, die sie an ihm mochte.

»Wie laufen deine Beschattungsaufträge?«

»Ganz gut. Die eine Frau ist zu Hause bei ihren Kindern, und die andere hat sich eine Pizza geholt und in der Videothek zwei Filme ausgeliehen … *Jacob's Ladder* und *Nightmare on Elm Street.* Die verbringt die Nacht garantiert allein unter der Bettdecke.«

Patrick folgte ihr ins Büro. Er trug dieselbe Kleidung wie am Abend, als sie sich mit ihm im *Andante* getroffen hatte: eine Jeans und das schwarze, eng geschnittene Hemd. Ein Kugelschreiber klemmte in der Brusttasche. Außerdem hielt er eine Mappe in der Hand.

»Das Polizeiprotokoll?«, fragte sie.

»Der vorläufige Stand der Ermittlungen«, korrigierte er sie. »Mein Informant in Berneckers Team hat mir hundertfünfzig Euro dafür abgeknöpft.«

»Die ersetze ich dir.«

»Nicht nötig«, antwortete er. »Du bist mir ein Abendessen schuldig.«

»Candle-Light-Dinner, ich weiß«, seufzte sie. »Aber nur, wenn es die Information wert ist.«

Er zog eine Augenbraue hoch. »Viel haben Bernecker und seine Kollegen zwar nicht rausgefunden, aber es reicht, um die Akte mit dem Vermerk ›Unfall‹ zu schließen.«

»Schieß los.«

Er breitete die Papiere auf ihrem Schreibtisch aus: der Spurensicherungs- und Tatortbericht, die Protokolle der Zeugenaussagen, ein erster gerichtsmedizinischer Befund und jede Menge Skizzen und Fotos. Evelyn drehte die Fotos auf die Rückseite, ohne einen Blick darauf zu werfen. Sie konnte sich vorstellen, wie Holobeck nach einem Sturz aus dem dreiundzwanzigsten Stock aussah.

Patrick beugte sich über die Unterlagen. »Folgendes ist passiert …« Obwohl sie allein waren, flüsterte er. »Um drei Uhr nachmittags steht Holobeck auf dem Balkon. Er hat die beiden Käfige seiner Kanarienvögel, die im Freien auf Deckenhaken hängen, zunächst mit dem Staubsauger gereinigt. Danach balanciert er auf einem Bürosessel mit feststellbaren Rollen. Die Sonne scheint kräftig, es ist windstill. Er säubert das Gitter mit einem Putztuch. Einer der Kanarienvögel muss durch das offene Gitter geschlüpft sein, Holobeck will nach ihm greifen, der defekte Feststellbügel des Stuhls löst sich, der Sessel fängt an zu rollen, und dein Kollege beginnt mit den Armen zu rudern. Er will sich an dem Vogelhaus festklammern, reißt es vom Haken und stürzt mitsamt dem Käfig über die Balkonbrüstung. Als er unten aufschlägt, kracht er mit dem Kopf in das Vogelhaus. Von seinem Gesicht ist nicht mehr …«

»Danke, ich kann es mir vorstellen«, unterbrach Evelyn ihn. Sie tippte sich durch die Menüfunktion ihres Bürotelefons und überprüfte die Uhrzeiten der letzten Gespräche. »Ich habe um sieben vor drei mit Holobeck telefoniert, also kurz bevor der Unfall geschehen ist. Er klang ziemlich gestresst, dann läutete es an seiner Tür. Er öffnete, danach war die Verbindung tot.«

»Holobeck auch«, sagte Patrick.

Wie feinfühlig!

»Wenn das stimmt, was du sagst«, mutmaßte Patrick, »müsste sein Besucher in der Wohnung gewesen sein und gesehen haben, wie es passiert ist.«

»Oder sein Besucher war die Ursache des Unfalls.« Evelyn massierte ihre Schläfen. »Ich muss mit der Polizei reden.«

»Vergiss es.« Patrick kramte eine Mitschrift hervor. »Weder der Portier noch die Bewohner der angrenzenden Apartments haben jemanden gesehen. Außerdem war Holobecks Wohnung abgesperrt.«

Evelyn deutete auf ihr Telefondisplay. »Aber ich kann beweisen, dass ich unmittelbar vor seinem Tod mit ihm gesprochen habe – und es *war* jemand an der Tür.«

»Handy oder Festnetz?«

»Handy.«

»In der Wohnung wurde kein Handy gefunden«, erwiderte Patrick.

Evelyn überlegte. »Dann hat es der Mörder mitgenommen.«

»Der *Mörder?* Du ziehst voreilige Schlüsse. Vielleicht …«

»Vielleicht aber auch nicht«, unterbrach sie ihn. »Wir werden es rausfinden.«

Sie aktivierte die Freisprechanlage ihres Telefons und wählte Holobecks Handynummer. Während das Freizeichen aus dem Lautsprecher ertönte, sahen sie sich gespannt an.

Endlich knackte es in der Leitung. Jemand hatte abgehoben. Sie hörten das zaghafte Atmen einer Person.

Patrick nickte Evelyn zu, doch bevor sie etwas sagen konnte, hörten sie eine leise Frauenstimme mit norddeutschem Akzent.

»Lisa. Hallo? Ich habe deinen Anruf er…« Die Frau stockte.

Evelyns Herz schlug bis zum Hals. »Mit wem spreche ich?«

17

Pulaski rückte näher an die Mattscheibe heran. Mit den technischen Mitteln in diesem Kellerloch konnte er das Standbild weder ausdrucken noch als Datei speichern. Die flimmernde Aufnahme war alles, was er hatte: ein alter Mann, der sich einige Stunden vor Nataschas Tod auf illegale Weise Zutritt zur Anstalt verschafft hatte.

Falls es sich bei dem Grauhaarigen um Nataschas Mörder handelte, war er bis jetzt auf der falschen Fährte gewesen. Der Killer gehörte nicht zum Anstaltspersonal, sondern war von *außen* gekommen. Steckte etwas völlig anderes hinter Nataschas Tod, als er bisher angenommen hatte?

Vielleicht war der Grauhaarige nicht zum ersten Mal in die Anstalt eingebrochen …

Einen Versuch war es wert. Pulaski starrte auf sein ausgeschaltetes Handy. Bestimmt versuchte Fux gerade mit geschwollenen Halsschlagadern und hochrotem Kopf, ihn zu erreichen. Pulaski blieb nicht viel Zeit, bis ein Wagen der Kollegen vor dem Areal parkte, um ihn abzuholen. Zuvor musste er noch einige Dinge herausfinden.

Er schaltete das Handy ein. Drei Anrufe in Abwesenheit. Wie nicht anders zu erwarten, war Fux die Hartnäckigkeit in Person. Bevor es wieder klingelte, wählte Pulaski die Nummer des Reviers.

Malte, einer seiner Kollegen, hob ab. Seine Stimme wurde schrill, als sich Pulaski meldete. »Pulaski? Der Chef versucht dich seit …«

»Hör zu!«, unterbrach er ihn. »Ich brauche eine Systemabfrage. Es ist dringend.«

Malte schwieg eine Weile. »Der Chef tobt, dass sich die Bürowände biegen.«

Pulaski hörte es. »Vergiss ihn für eine Minute.« Er starrte auf das Standbild des Grauhaarigen. »Staatsanwalt Kohler hat meinen Fall abgeschlossen. Er irrt sich! Aber es gibt eine Möglichkeit, wie ich die Ermittlungen wieder ins Rollen bringen kann …«

Er hörte Maltes Atem am anderen Ende der Verbindung und sah förmlich, wie die kleinen Räder seines Gehirns arbeiteten. *Klick, klack … klick, klack.* Wenn es darum ging, dem Staatsanwalt eins auszuwischen, zogen zumindest einige von ihnen am selben Strang.

»Was für eine Abfrage?«

»Das Standesamt.«

»Nein, Scheiße, das mache ich nicht«, zischte Malte ins Telefon.

Herrgott! Pulaski ballte die Faust, dass die Knöchel knackten. Musste ausgerechnet Malte der junge Pupser, Nachtdienst haben? »Ich gebe dir mein Passwort und meine Dienstnummer. Du eröffnest eine neue Behördenkennzahl und loggst dich für eine Standardabfrage ins System des Standesamts ein.«

Malte schwieg. *Klick … klack.* »Und wenn sie mich erwischen?«

»*Mein* Passwort, *meine* Dienstnummer«, erwiderte Pulaski so ruhig wie möglich. Das war doch nicht so schwer zu begreifen!

»Warte einen Moment«, flüsterte Malte schließlich. »Ich wechsle den Apparat und stell dich in ein anderes Büro durch.«

Eine Minute später war das Gespräch beendet. Malte würde sich bei ihm melden, sobald die Abfrage durch war. Pulaski stellte sein Handy auf lautlos.

Während er auf das flimmernde Standbild starrte, dachte er fieberhaft nach. Es gab nur eine Person innerhalb der Anstalt, die ihm helfen würde: Nataschas Therapeutin.

Er verließ den Kellerraum und lief durch das Treppenhaus in

das obere Stockwerk. Das Quietschen seiner Schuhsohlen hallte von den Wänden wider. Mittlerweile hatte die Nachtruhe begonnen. Nur das matte Notlicht schimmerte in den Gängen. Er musste Sonja Willhalm finden. Ihr Büro war abgesperrt, ebenso die Büros des Chefarztes und des Ärztlichen Direktors. Im Aufenthaltsraum saßen nur zwei Schwestern, die Nachtdienst schoben, Tee tranken und Sudokus lösten.

Bevor Pulaski sie ansprechen konnte, sah er durch das hohe Fenster des Treppenhauses zufällig auf den Angestelltenparkplatz hinaus. Soeben öffnete sich die Tür des Seitenausgangs. Im Schein der Laterne ging Sonja Willhalm zu ihrem Auto. Das Klappern ihrer Stöckelschuhe drang durch das gekippte Fenster.

»Können wir Ihnen helfen?«, fragte eine der Schwestern. Die andere kicherte.

»Hat sich erübrigt.«

Pulaski hetzte ins Freie und erreichte die Therapeutin, bevor sie in ihren Wagen steigen konnte.

»Mein Gott, sind Sie außer Atem.«

»Ich weiß, ich ... sollte mit dem Rauchen aufhören.« Ein Hustenanfall trieb ihm die Tränen in die Augen. Während er sich mit einer Hand auf dem Autodach abstützte, zog er das Spray aus der Tasche, schüttelte es und inhalierte kräftig.

»Sie haben Asthma?«

Er wischte sich die Tränen aus den Augen. »Ich brauche Ihre Hilfe ... bloß eine Minute«, keuchte er.

Sie sah ihn bedauernd an. »Ich glaube, ich habe Ihnen bereits genug geholfen. Der Chefarzt hat mir die Leviten gelesen, weil ich Ihnen Nataschas Krankenakte ohne sein Einverständnis gegeben habe.«

»Ich dachte, Sie kennen Staatsanwalt Kohler und haben mit ihm besprochen, dass ich Einsicht nehmen darf?«

Sie verzog das Gesicht – so, wie es seine Frau immer getan hatte, wenn ihr etwas unangenehm gewesen war. In diesem

Moment wusste er, dass sich die Sache ganz anders abgespielt hatte als vermutet.

»Staatsanwalt Kohler« – sie atmete tief durch – »ist mein Exmann.«

Pulaski glaubte, sich verhört zu haben. »Sie und dieser …« Er stockte.

»… Lackaffe?«, half sie ihm weiter.

Ein neuerlicher Hustenanfall trieb Pulaski die Tränen in die Augen. Diese Frau konnte zulangen! Er inhalierte erneut. »Wenn Sie es so ausdrücken wollen …«, krächzte er.

»Ich hoffe, Sie haben nichts dagegen, wenn ich ihn so bezeichne. Aber offenbar kennen Sie ihn gut genug. Ich muss Ihnen also nichts vormachen.«

»Bestimmt nicht.« Pulaski atmete tief durch. Er dachte an die Kollegen auf dem Revier. »Mit Ihrer Meinung stehen Sie jedenfalls nicht allein da.«

»Schön.« Sie schmunzelte flüchtig. »Da es sich bei der Toten um eine meiner Klientinnen handelte, habe ich ihn telefonisch darüber informiert, dass ich mit der Kripo zusammenarbeiten und den Beamten sämtliche Unterlagen zur Verfügung stellen werde.« Sie lächelte. »Natürlich hat er getobt.«

»Ihr Exmann hat Sie jedenfalls in Schutz genommen und behauptet, ich hätte Sie genötigt, mir die Unterlagen auszuhändigen.«

Doktor Willhalm verzog das Gesicht. »Das sieht ihm ähnlich.«

»Er hat den Fall übrigens abgeschlossen. Offizielles Statement: Selbstmord.«

Willhalm seufzte. »Das habe ich befürchtet. Wie kann ich Ihnen helfen?«

»Ich möchte Ihnen ein Bild auf einem Überwachungsvideo zeigen.«

Als sie im Keller ankamen, war die Tür zum Videoraum geschlossen. Pulaski wusste, dass er sie offen gelassen hatte.

Er öffnete den Raum und trat ein. Die Mattscheibe war schwarz. Jemand hatte das Band aus dem Videorekorder entfernt. Sein Herz raste. Gehetzt sah er sich um. Sämtliche Bänder fehlten. Die Schachtel, die ihm der Portier zur Verfügung gestellt hatte, war ebenfalls weg.

18

Pulaski unterdrückte einen Fluch. Welcher Mistkerl hatte den Raum während seiner Abwesenheit betreten?

Sonja Willhalm stand ratlos im Türrahmen und hielt in einer Hand ihre Handtasche, in der anderen den Autoschlüssel. »Wie kann ich Ihnen nun helfen?«

»Gar nicht mehr.«

In diesem Moment erschien Direktor Heinrich Wolf hinter der Therapeutin.

»Wo sind die Bänder?«, rief Pulaski.

Wolf war die Ruhe in Person. »Darum hat sich der Pförtner gekümmert.«

War der Arzt noch bei Sinnen? »Das ist Beweismaterial!«, entfuhr es Pulaski.

»Beweismaterial *wovon?*«, fragte Wolf. »Soeben kam der Anruf von Ihrer Dienststelle, dass die Ermittlungen eingestellt wurden.« Er verschränkte die Arme hinter dem Rücken. Aus den Augen mit den buschigen Brauen blitzte der nackte Hohn.

Eins zu null für dich, Klugscheißer, dachte Pulaski. Aber noch war er nicht aus der Klinik draußen, und bis dahin gab er nicht auf. Wie sagte seine Tochter immer? *Nur Briefe werden aufgegeben.*

Wolf nickte zum oberen Stockwerk. »Ich darf Sie also bitten, Ihre persönlichen Unterlagen aus dem Besprechungszimmer zu entfernen. In einer Viertelstunde sind Sie weg. Wir benötigen den Raum morgen früh, und ich muss noch etwas vorbereiten. Den Weg nach draußen kennen Sie ja. Guten Abend.« Er wandte sich kurz zu Doktor Willhalm. »Bis morgen.«

Als Wolf aus dem Raum verschwunden war, vibrierte Pulaskis

Handy in der Hosentasche. Er hob ab und stellte sich bereits auf eine Standpauke seines Chefs ein. Doch die Stimme einer anderen Person, die er längst vergessen hatte, erklang.

»Die Abfrage im Standesamt ist durch. Ich habe alle Sterbeurkunden gecheckt«, flüsterte Malte.

Pulaski sah kurz zu Doktor Willhalm, die unschlüssig neben der Tür stand. Mit einer Handbewegung bedeutete er ihr, nicht wegzugehen. »Und?«

»In der Psychiatrie Markkleeberg gab es innerhalb der letzten fünf Jahre nur einen einzigen Todesfall. Ein Patient namens Martin Horner, neunzehn Jahre alt. Er starb an Herzversagen. Natürlicher Tod, keine polizeiliche Untersuchung.«

Pulaskis Mund war plötzlich trocken. »Wann war das?«

»Du wirst es nicht glauben ... vor drei Tagen.«

»Sie haben es gehört. Die Ermittlungen wurden eingestellt, ich kann Ihnen nicht mehr helfen«, sagte Sonja Willhalm.

Pulaski und die Therapeutin waren die Treppe aus dem Keller hinaufgestiegen und standen nun in der großen Halle vor dem Seitenausgang. Hinter der Glastür lag der Angestelltenparkplatz. Doktor Willhalms Wagen war einer der letzten auf dem Gelände.

Pulaski führte sie am Arm in eine Nische. »Ich habe nur eine Bitte ...«, flüsterte er. »Ich brauche Martin Horners Krankenakte.«

Sie schüttelte den Kopf. »Martin ist tot.«

»Eben deshalb.«

Unsicher verzog sie das Gesicht. »Damit verstoße ich gegen die Anweisung meines Vorgesetzten und die ärztliche Schweigepflicht. Falls das rauskommt, bin ich meinen Job los.«

Er dachte an das Telefonat mit seinem Chef, das er abgewürgt hatte, und Maltes Abfrage mit seiner Dienstnummer. »Meinen bin ich schon los«, antwortete er. »Ich kann ihn nur behalten, wenn ich diesen Fall neu aufrolle. Und der Schlüssel dazu liegt möglicherweise in Martins Akte.«

Sie blickte unschlüssig durch die Scheibe zu ihrem Wagen.

»Denken Sie an Natascha«, drängte er.

»Mein Exmann hat den Fall abgeschlossen.«

»Ihr Exmann irrt sich«, konterte er. »Auf einem der Überwachungsvideos existiert eine Aufnahme des Mörders, die in wenigen Stunden gelöscht wird. Damit ich an das Band rankomme, muss das Verfahren wieder aufgenommen werden.«

»Wie soll ich Ihnen die Akte zukommen lassen?«

»Ich bin noch etwa zehn Minuten im Besprechungszimmer, um meine Unterlagen zusammenzupacken.«

Sie nickte. »Ich schiebe eine Kopie unter dem Türspalt durch.«

Walter Pulaski wartete fünfzehn Minuten in dem Besprechungsraum. Der Tisch war leer, sein Koffer stand neben dem Stuhl. In der Zigarettenpackung befand sich nur noch ein einziger Glimmstängel. Er hatte heute eineinhalb Schachteln geraucht. Das Rauchen würde ihn noch ins Grab bringen.

Nach weiteren fünf Minuten war auch die letzte Zigarette nur noch ein ausgedrückter Stummel im Aschenbecher. Mittlerweile hatte er mindestens hundertmal auf die Uhr gesehen. Sonja Willhalm würde nicht mehr auftauchen. Möglicherweise kam sie nicht an die Information heran. Wahrscheinlicher jedoch war, dass sie kalte Füße bekommen hatte. Mit fünfundvierzig Jahren einen Job zu verlieren war kein Honiglecken. Mit etwas Pech konnte er sich morgen früh seine eigene Suspendierung bei Fux abholen.

Endlich hörte er Schritte im Gang. Die Person verharrte vor der Tür. Pulaski erhob sich.

Jemand drückte die Klinke hinunter, und die Tür ging auf, aber nicht Willhalm trat ins Zimmer. »Sind Sie fertig?« Direktor Wolf sah sich um und zog arrogant die Augenbrauen hoch.

Das war's dann wohl, dachte Pulaski. Er nahm seinen Koffer und warf sich das Sakko über die Schulter. »Fertig.«

»Ich begleite Sie raus.«

Natürlich. Auf dem Weg nach draußen könnte er ja noch etwas anstellen.

Während Pulaski dem Direktor durch die Halle zum Ausgang folgte, warf er einen Blick durch die Glastür des Seitenausgangs. Der Parkplatz war leer. Willhalms Wagen fehlte. Das Warten war umsonst gewesen. Er hatte sich in der Therapeutin getäuscht … Dabei hätte er die Hand dafür ins Feuer gelegt, dass sie ihm helfen würde.

Draußen verabschiedete sich Wolf mit knappen Worten. Zwischen den Zeilen glaubte Pulaski so etwas mitschwingen zu hören wie *Und-Sie-möchte-ich-hier-nie-wieder-sehen.* Kein Problem! Der Zutritt zur Anstalt würde ihm ohne triftigen Grund für immer verwehrt bleiben.

»Gute Nacht.«

Pulaski antwortete nicht. Hinter ihm knallte die Tür zu. Er ging zu seinem Wagen. Im Mondschein sah er einen Zettel an der Windschutzscheibe. Durch die Nachtfeuchtigkeit war das Papier etwas aufgeweicht. Er zog es vorsichtig hinter dem Scheibenwischerblatt hervor, setzte sich in den Wagen und betrachtete das Dokument im gelben Schein der Innenbeleuchtung.

Sein Herzschlag beschleunigte, als er den Namen *Martin Horner* las. Also hatte er sich doch nicht in Sonja Willhalm getäuscht! Er hielt eine Kopie des Stammdatenblatts in der Hand. Hastig überflog er die Zeilen. Was er las, schnürte ihm die Kehle zu. Solche Zufälle gab es nicht!

Eilig kramte er die Kopie von Nataschas Krankenblatt aus dem Koffer, die er noch für seinen Abschlussbericht brauchte. Er legte die beiden Blätter nebeneinander auf das Lenkrad und verglich die Daten.

Sowohl Martin Horner, der vor drei Tagen an Herzversagen gestorben war, als auch Natascha Sommer waren neunzehn Jahre alt. Auch Martin war als Neunjähriger missbraucht worden, und auch dieser Täter war nie gefasst worden. Doch das war noch nicht alles. Martin und Natascha waren Waisenkinder gewesen und hatten seit ihrer Erstbehandlung in dieser Anstalt gelebt.

Und da war noch eine Gemeinsamkeit! Pulaskis Kehle wurde eng. Mit zitternden Händen tastete er nach seinem Spray.

Martin Horners Erstbehandlung nach dem Missbrauch hatte am 17. August stattgefunden, die von Natascha zwei Tage später, am 19. August. Beide im gleichen Jahr: 1998. Und beide waren damals im Klinikum Bremerhaven von demselben Arzt behandelt worden.

19

»Mit wem spreche ich?« Evelyn hatte kaum ihre Frage wiederholt, da unterbrach die Frau am anderen Ende die Verbindung. Rasch drückte Evelyn auf die Wahlwiederholungstaste, doch diesmal hob niemand ab. Nach dem fünften Klingeln sprang Holobecks Mailbox an.

»Verdammter Mist.« Evelyn legte auf.

»Ich nehme an, du hast die Stimme nicht erkannt«, vermutete Patrick.

»Keine Ahnung.« Evelyn dachte nach. »Wir sollten im Büro deines Vaters nach den Unterlagen des Airbag-Falls suchen. Möglicherweise stoßen wir da auf eine Spur.«

Wie auf Kommando erhob sich Patrick und fischte den Schlüsselbund aus der Hosentasche. »*Taraaa!*« Er nickte ihr zu. »Gehen wir einbrechen.«

In Kragers Büro standen Dutzende, in Mahagoni eingefasste Aktenschränke. Hinter einem Raumteiler aus Teakholz, von dessen Regalen grüne Schlingpflanzen hingen, folgte ein weiterer Bereich mit offenen Schränken, die mit Ordnern gefüllt waren.

Patrick sah sich um. »Seit ich das letzte Mal hier war, hat sich nicht viel verändert.«

Evelyn nickte zum Schreibtisch. »Stimmt, er hat nur dein Bild aus dem Rahmen entfernt.«

»Das ist mir aufgefallen. Ist die Dunkelhaarige seine dritte oder vierte Frau? Mann, die ist ja jünger als ich. Der alte Pitbull geht ganz schön ran.« Patrick fuhr mit der Hand über eine Kommode und betrachtete die Fingerkuppen. Keine Staubschicht.

»Sauber wie immer, nur dass sich hier mittlerweile doppelt so viele Akten stapeln.«

»Was hast du erwartet? Wir sind fleißig. Gestern Abend war die Fünfundzwanzig-Jahr-Feier«, erklärte sie.

»Ich weiß, ich war nicht eingeladen.«

»Wärst du Anwalt geblieben und kein« – sie imitierte Kragers sonore Stimme – »schmieriger, kleiner Privatschnüffler, dann …«

»… dann wärst du an viele Informationen nie rangekommen«, fiel ihr Patrick ins Wort.

»Wie wahr.« Evelyn zog eine Schublade auf und begann zu suchen. »Warum hat dir dein Vater den Schlüssel zur Kanzlei und zu seinem Büro eigentlich nicht weggenommen? Normalerweise vergisst er so etwas nie.«

»Hat er auch nicht vergessen.«

Evelyn sah kurz auf.

»Ich habe mir beim Schlüsseldienst eine Kopie anfertigen lassen, bevor ich den Originalschlüssel zurückgegeben habe.«

Evelyn hielt inne. »Du bist tatsächlich ein schmieriger, kleiner Ganove.«

»Das sagt ausgerechnet eine Frau, die ihre Katzen Bonnie und Clyde nennt.« Er grinste. »Wenn schon, im Gegensatz zu dir kann ich mir meine Fälle wenigstens aussuchen.«

»Das stört mich nicht«, sagte Evelyn.

»Wer's glaubt …« Patrick öffnete sämtliche Aktenschränke. »Wir wissen beide, dass dich der Job hier unglücklich macht.« Er blies die Staubschicht von den Akten. »Du bist eine viel zu brillante Anwältin, als dass du dich von meinem Vater mit seinen millionenschweren Fällen gern verheizen lässt.«

»Und was ist die Alternative?«

»Frag nicht so blöd! Wozu hast du Jura studiert und alle Zusatzseminare im Strafrecht absolviert? Bekommst du eigentlich noch immer dein berühmtes Kribbeln im Magen, wenn du jemanden triffst, mit dem etwas nicht stimmt?«

»Nein«, log sie.

»Jammerschade«, seufzte Patrick. »Dein Bauchgefühl war stets wie ein Radar für Lügner und Betrüger.«

Evelyn dachte an Holobeck. Zuletzt hatte sie es bei dem Telefonat mit ihm bemerkt. Was für ein seltsames Gefühl. Er war fast zehn Jahre lang ihr Mentor und engster Kollege gewesen, und sie hatte ihm all ihre Ängste und Zweifel anvertraut.

»Lynnie, du hast trotzdem eine verdammt gute Menschenkenntnis. Du solltest endlich deine eigene Kanzlei gründen und dich als Strafverteidigerin selbständig machen.«

»Ich bin noch nicht so weit.«

»Blödsinn«, widersprach er. »Du bist zweiunddreißig. Wie lange möchtest du noch warten? Und wem möchtest du hier etwas beweisen? Nach dem Unfall deiner Eltern gibt es niemanden, der …«

»Ich *bin* noch nicht so weit!«

»Puh, schon gut.« Er hob abwehrend die Hände. »Der Igel fährt seine Stacheln aus.«

Schweigend durchsuchten sie eine Schublade nach der anderen, ohne etwas zu finden.

»Kennst du eigentlich den Unterschied zwischen einem Anwalt und einem Eimer Pferdekacke?«, fragte Patrick schließlich.

»Ja, der Eimer … sehr witzig! Hast du schon was gefunden?«

»Nein. Wonach suchen wir eigentlich?«

Evelyn stöhnte auf. Sie fragte sich, wie Patrick und seine Sekretärin mit der Detektei bloß überleben konnten, so dämlich, wie er sich manchmal anstellte.

Plötzlich schlenderte er auf sie zu und wedelte mit einer Mappe vor ihrer Nase herum. »Suchen wir nach so einem Ding: *Gabriele Prange gegen Austrobag GmbH?*«

Der Airbag-Fall! Statt Patrick die Mappe aus der Hand zu nehmen, musterte sie ihn von oben bis unten. »Was ist der Unterschied zwischen einem toten Hund auf der Straße und einem toten Privatdetektiv?«

Er sah sie mit großen Augen an. »Keine Ahnung.«

»Vor dem Hund sind Bremsspuren.« Sie nahm ihm die Mappe aus der Hand und sortierte die Unterlagen auf Kragers Schreibtisch auseinander.

»Ganz ehrlich, an dem Witz solltest du noch feilen, aber wenigstens hast du deinen Humor wiedergefunden.«

»Komm, hilf mir. Wir suchen nach der Personenbeschreibung dieser Frau aus dem Café.«

Nachdem sie die Hälfte der Papiere durchgesehen hatten, die Evelyn bereits von dem Geschäftsessen mit Holobeck kannte, stießen sie auf die Protokolle einiger Zeugenaussagen. Eine Kellnerin, ein älterer Herr und ein Zeitungsverkäufer hatten unabhängig voneinander gesehen, wie die junge Dame nach dem Kaffeehausbesuch in den Wagen von Stadtrat Prange gestiegen und mit ihm von Bad Reichenhall in Richtung Alpenstraße gefahren war. Es gab kein Phantombild, bloß die Personenbeschreibung der jungen Frau.

»Hochgewachsen, schlank, fast schon zerbrechlich, blasses Gesicht, zwischen achtzehn und zwanzig Jahre«, las Patrick vor. »Sie hatte langes, blondes Haar. Niedlich!«

»Da!« Evelyn rieselte ein Schauer über den Rücken. Endlich hatte sie es gefunden. »Die junge Frau trug ein hellblaues Sommerkleid *mit Spaghettiträgern.*« Sie flüsterte die beiden letzten Worte beinahe.

»Ist sie das?«, fragte Patrick.

»Entscheide selbst.« Evelyn nahm den Ausdruck des Fotos aus der Seitentasche ihres Blazers und faltete das Papier auseinander. Auf dem vergrößerten Bildausschnitt war ein Mädchen unter der Straßenlaterne zu sehen.

»Heilige Scheiße!«, entfuhr es Patrick. »Das ist ja unheimlich.«

Das Gefühl, das sie seit Tagen quälte, hatte sie also nicht getrogen.

Als ein Schlüssel in der Eingangstür klirrte, fuhr Evelyn hoch. »Ausgerechnet jetzt«, flüsterte sie.

Patrick begann bereits, die Unterlagen in die Mappe zu schieben, während Evelyn zur Tür lief und das Licht in Kragers Büro ausknipste.

»Ich sehe nichts«, zischte Patrick.

»Sei still«, wisperte sie. »Vielleicht ist es nur die Putzfrau, die etwas vergessen hat.«

Evelyn tastete sich an der Wand entlang und begann, die offenen Schubladen möglichst leise zu schließen. Hinter ihr raschelte Patrick mit den Papieren. Plötzlich stockte er.

Im Gang waren Schritte zu hören.

Evelyn hielt den Atem an. Das war nicht die Putzfrau – es waren die Schritte eines großen, schweren Mannes. Und sie näherten sich dem Büro, in dem sie sich befanden …

Plötzlich wurde die Tür aufgerissen. Das Licht flackerte auf. Ein Mann im Anzug stand im Türrahmen. Sein Blick wanderte zwischen Evelyn und Patrick hin und her. Blanker Zorn lag darin.

Evelyns Gaumen trocknete aus.

»Hallo Vater«, murmelte Patrick.

Zwei Wochen zuvor …

Sie bahnte sich einen Weg zwischen den Menschen hindurch, spürte die Blicke der Männer auf ihrem Körper, ignorierte das Wispern hinter ihrem Rücken aber. Einige Schritte weiter gingen die Stimmen bereits zwischen Gläserklirren und Pianogeklimper unter. Die subtilen Klänge geistiger Seichtheit …

Einige Tische weiter das Gleiche: Achselschweiß, Zigarrenqualm und eine süße Melange aus Parfüm und Aftershave. Smalltalk, wohin man hörte, nichtssagende Worte nichtssagender Menschen. Es schien, als redeten sie nur, um sich oder ihrem Gesprächspartner zu gefallen.

Dann sah sie ihn endlich. Er wirkte älter als auf dem Foto, das sie gefunden hatte – und beleibter. Das Hemd spannte sich wie die Hülle eines prallen Ballons über seinen Bauch, die Krawatte baumelte viel zu kurz über der Wölbung, der Knoten so eng gezogen wie der Gürtel seiner Hose. Schweiß auf der Stirn, im Nacken und auf den Wangen. Im Licht der Deckenstrahler glänzte er wie ein Schwein. Und er war so fett, dass er das Sakko nicht hätte zuknöpfen können, selbst wenn er gewollt hätte. Gestenreich unterhielt er sich mit einigen anderen Männern. Weit und breit war keine Frau in der Nähe … Es würde leicht werden, zumindest leichter als in den Tagen davor.

Sie steuerte direkt auf ihn zu. Noch wusste sie nicht, was sie sagen sollte. Etwas Geistreiches wäre pure Verschwendung gewesen. Also sagte sie etwas Belangloses, als sie vor ihm stand und ihn mit ihren Stöckelschuhen beinahe um einen Kopf überragte.

»Wissen Sie, wo die Toiletten sind?«

Die Männer warfen sich für einen Moment diesen Blick zu, der alles sagte. Verhalten – mit dem Anflug eines Schmunzelns im Mundwinkel.

Da sie die anderen geflissentlich ignorierte und nur ihn betrachtete, machte er als Erster den Mund auf.

»Eine junge Dame in Nöten.« Er grinste. »Folgen Sie mir, an meiner Seite sind Sie sicher, ich bahne Ihnen den Weg.«

Was für ein Idiot!

Sie hakte sich schamlos bei ihm unter und folgte ihm zu den Toiletten. Er schnaubte wie ein Pferd. Sie spürte förmlich den Schweiß durch den Ärmel seines Sakkos. Unter den Kleidern stank er bestimmt wie ein Tier. Der Gedanke verursachte ihr Übelkeit.

»Könnten Sie das für mich halten?« Sie drückte ihm ihr Täschchen in die Hand und verschwand, ohne eine Antwort abzuwarten, auf die Toilette.

In der Kabine zählte sie langsam bis zehn, betätigte die Spülung, atmete jeweils tief durch und versuchte, seinen Geruch zu verdrängen. Anschließend kehrte sie in den Korridor zurück, wo er wie ein Hündchen auf sie wartete.

»Kommen Sie aus Deutschland?«, fragte er.

Wie geistreich!

»Ich bin durstig wie ein Pferd«, sagte sie statt einer Antwort.

Er hielt nach dem Kellner Ausschau. »Ich könnte …«

»Der Sekt hier schmeckt wie das Eiswasser im Kübel«, fiel sie ihm ins Wort, bevor er auf eine blöde Idee kam. »Und das Gedränge geht mir auf die Nerven.«

»Ich mag Benefizveranstaltungen auch nicht.« Er zögerte. »Ich kenne ein Lokal, in dem wir ungestört wären.«

Wären? Sprach da etwa die Hoffnung aus ihm? Manchmal wunderte sie sich, ob Männer überhaupt etwas im Kopf hatten. Was dachte er bloß? Dass sie tatsächlich mit jemandem wie ihm ein Lokal betreten würde?

»Wo?«, fragte sie.

»Gleich um die Ecke.«

Sie zwinkerte ihm zu. »Sind wir dort entrez-nous*?«*

Er überlegte einen Moment. »Wenn Sie möchten, könnten wir auch ins Entrez-Nous *fahren, das ist zwar etwas weiter, aber …«*

»Ah, oui.*« Es war perfekt! Sie lächelte. »Ich sage nur rasch meinen Eltern Bescheid.«*

Für einen Moment fiel ihm die Kinnlade runter.

Sie lachte laut auf und hielt sich die Hand vor den Mund. »War nur ein Scherz. Mein Begleiter hat mich hier sitzen lassen. Fahren wir!«

Das Entrez-Nous *hielt, was es versprach. Eine kleine, miese, schummrige Bar, in der man zumindest ungestört war. Besonders in der Nische am Ende des Tresens. Zum Glück erkannte sie der Kellner nicht wieder, als sie an ihm vorbeimarschierte.*

Nach ein paar Gläsern Sekt, die ihren Begleiter bestimmt eine schöne Stange Geld kosten würden, begann er endlich, sie zu befummeln. Normalerweise ließ sie einen Spaghettiträger des Sommerkleids wie zufällig über die Schulter fallen, um ihrem Gegenüber einen tieferen Einblick in ihr Dekolleté zu gewähren. Doch diesmal war es nicht notwendig. Am liebsten wäre er schon während der Autofahrt zur Bar wie ein Hengst auf sie gesprungen. Sie hatte ihn gerade noch überreden können, ihr einen Drink zu spendieren, bevor er ihr im Wagen an die Wäsche gehen konnte. Bei ihm zu Hause ging es nicht – seine Alte war da und wartete, dass er von der Veranstaltung heimkam.

Als er endlich genug getankt hatte, beugte sie sich über den Tisch und flüsterte ihm ins Ohr. »Bist du so weit?«

»Seit Stunden.«

»Bist du geil?«

»Und wie!«

»Ich will es von hinten – jetzt gleich!«

Er sprang so ruckartig auf, dass die Gläser über die Tischplatte tanzten, und fummelte an seiner Hose herum.

Sie hatte schon befürchtet, dass der Idiot mitten im Lokal beginnen würde, sich auszuziehen, doch er kramte nur seine Brieftasche hervor. Eilig warf er einen Geldschein auf den Tisch, nahm sie an der Hand und zog sie eilig aus dem Lokal.

Draußen war es kühl. Sie spürte eine Gänsehaut auf den Unterarmen. Ihre Brustwarzen versteiften sich. Während er seinen Autoschlüssel aus dem Sakko fingerte, klebten seine Augen auf ihren Brüsten.

»Kleine, ich bin genauso geil wie du.«

Was für ein Trottel!

Er stolperte zu seinem Wagen, doch sie stellte sich ihm in den Weg.

So schnell, dass sie gar nicht reagieren konnte, klebte seine Hand auf ihrem Po und begann, ihn zu kneten. Sie nahm ihm den Autoschlüssel aus der Hand und entwand sich seinem Griff. Er stolperte ihr hinterher.

»Wir werden in diesem Zustand doch nicht mehr mit dem Auto fahren, oder?«

Er grinste. »Ich fahr bestimmt nirgendwo mehr hin.«

Sie wich vor ihm zurück.

»Uuups …« Mit einem hohen Schritt kletterte sie über die Baustellenabsperrung.

Er deutete über die Schulter. »Der Wagen steht in der anderen Richtung.«

Sie kicherte. »Ich dachte, wir wären mit diesem Porsche dort gekommen?« Schwungvoll zeigte sie zu einem anderen Wagen, wobei ihr der Schlüssel aus den Fingern glitt und in den Kanalschacht plumpste.

Fassungslos blickte er auf die Öffnung im Boden. »Du blöde Schlampe!«, rief er nach einer Weile.

Unbeholfen kletterte er über die Absperrung und taumelte zum Rand des Schachts. »Den holst du wieder rauf!«

»Ich zerreiß mir doch nicht das Kleid!«

»Scheiße«, fluchte er. »Es dauert Stunden, bis die Feuerwehr hier ist.«

»Es ist doch nicht tief.«

Er starrte in das Loch.

Als er sie aus dem Augenwinkel betrachtete, zog sie einen

Schmollmund. »Dann werden wir heute nicht mehr vögeln?« Seufzend presste sie sich die Hand in den Schoß.

»Verdammte Kacke«, fluchte er und ließ sich auf die Knie fallen. Als er sich vornüberbeugte, stellte sie sich hinter ihn.

»Das ist verflucht tief, ich weiß nicht, ob ...«

Weiter kam er nicht mehr.

Mittwoch, 17. September

20

Es war erst neun Uhr morgens, doch seit knapp zwei Stunden klingelte Walter Pulaskis Telefon auf dem Kommissariat permanent im Fünf-Minuten-Takt.

Martin Horners Krankenakte enthielt einiges an brisantem Stoff – und damit hatte wohl niemand gerechnet, am allerwenigsten der Staatsanwalt. Der Patient, der vor drei Tagen an einem Herzinfarkt verstorben war, schien eine gemeinsame Vergangenheit mit Natascha Sommer zu haben. Diese Fakten rüttelten Staatsanwalt Kohler endgültig auf. Nach einer heißen, frühmorgendlichen Debatte mit Pulaski und Dezernatsleiter Fux hatte Kohler entschieden, dass das Beweisverfahren erneut aufgenommen wurde. Der Kriminaldauerdienst ermittelte wieder.

Pulaski wollte endlich an seinem schwarzen Kaffee nippen, der mittlerweile kalt geworden war, ohne dass er ihn bisher angerührt hatte, als erneut das Telefon klingelte.

Er klemmte sich den Hörer zwischen Wange und Schulter und klickte die Kugelschreibermine rein und raus. »Pulaski.«

»Hallo, mein Großer.« Meike von der Gerichtsmedizin. Ihre raue Stimme klang, als hätte sie die Nacht durchgearbeitet. »Wie geht's dir?«

Pulaski drehte sich mit dem Stuhl zum Fenster. »Danke, im Moment ist es ziemlich hektisch. Was gibt es Neues?«

»Mir geht's auch gut, danke der Nachfrage.«

»Komm schon«, murrte er. Im Moment war wirklich keine Zeit für persönliches Geplänkel.

Sie seufzte. »Ich muss die Gewebeproben der Kleinen erst zur DNS-Analyse ins Labor schicken.«

Pulaski wusste, dass Wochen vergehen konnten, bis das endgültige Ergebnis von Nataschas Autopsie vorlag. Aber deshalb hatte Meike sicherlich nicht angerufen. »Irgendwelche vorläufigen Erkenntnisse?«

»Deine kleine Brünette aus der Psychiatrie war nicht schwanger.«

Pulaski massierte sich das Genick. Der nächste Rückschlag!

»Aber ich habe etwas Interessantes herausgefunden. Diese Natalia …«

»Natascha!«, korrigierte er sie.

»Sie hat zuerst eine halbe Flasche Gin auf nüchternen Magen runtergekippt und erst dann das Paracetamol injiziert bekommen.«

Injiziert *bekommen?* »Das bedeutet, sie war bereits alkoholisiert, als sie die Spritzen mit dem Schmerzmittel bekam«, folgerte Pulaski.

»Die Kleine war so betrunken, dass sie mit der Spritze nicht einmal ihren eigenen Arm getroffen hätte, und schon gar nicht die Vene.«

»Und noch dazu als Linkshänderin in die linke Armbeuge«, ergänzte Pulaski. Er dachte an die Standbildaufnahme des Grauhaarigen, der um drei Uhr nachts über die Mauer der Anstalt geklettert war. »Weißt du, *wann* Natascha gestorben ist?«

»Entsprechend der Temperatur in der Leber zwischen 4.30 Uhr und 5.00 Uhr früh. Ich muss noch den Laborbefund abwarten, aber ich schätze, Folgendes ist passiert …«

Pulaski hörte, wie sie durch einige Papiere blätterte.

»Paracetamol wird in der Leber abgebaut. Bei einer Überdosis können die Stoffe nicht mehr neutralisiert werden und greifen die Leberzellen an. In Verbindung mit Alkohol kommt es zu einer Übersäuerung im Stoffwechsel …«

»Klartext bitte, ich bin kein Arzt.«

»Natürlich … sie hatte ein Leberversagen und starb an dem darauf folgenden Gehirnkoma.«

»Klingt danach, als wäre der Mörder ein Arzt?«

»Nicht unbedingt. Er hätte nur einen Blick in ihre Akte werfen müssen, um festzustellen, dass sie magersüchtig war und an einer Lebererkrankung litt. Den Rest schlägt er bei Wikipedia nach.«

So einfach war es sicher nicht gewesen, dachte Pulaski. Er sah, wie die Taste der zweiten Leitung auf seinem Telefon blinkte.

»Danke, Meike, ich muss …«

»Eine Sache ist mir noch aufgefallen«, unterbrach sie ihn.

»Rasch!« Er starrte auf das Blinken.

»Keine Spuren eines Kampfes, keine Spuren äußerer Gewaltanwendung, keine fremden Haut- oder Blutspuren unter ihren Fingernägeln. Zuerst dachte ich, die Kleine kannte ihren Mörder und hat sich deshalb nicht gewehrt, doch dann entdeckte ich den wahren Grund.«

Pulaski starrte auf die Lampe. »Und?«

»Zwei winzige Einstiche in den Schultern, durch den Stoff des Nachthemds. Mir fiel auf, dass die Muskeln ihrer Oberarme unnatürlich schlaff waren. Die toxikologische Untersuchung des Blutes fehlt noch, aber ich nehme an, sie bekam eine Dosis Botox intramuskulär verabreicht.«

»Schlangengift?«

»So ähnlich. Das Mittel wird gewöhnlich gegen Krämpfe verwendet. Es blockiert die Nervenimpulse, wodurch sich die Muskeln nicht mehr wie gewohnt anspannen lassen. Hoch dosiert wirkt es wie ein Lähmungsgift, das auf der Stelle bewegungsunfähig macht.«

»Ihr Mörder hat sie zuerst betäubt, dann betrunken gemacht und ihr anschließend die Spritzen gesetzt«, sinnierte Pulaski. »Danke, du bist ein Schatz!« Er legte auf und nahm das Gespräch auf der anderen Leitung entgegen.

Es war Biber, der Graphologe des Kommissariats.

»Ich habe die Schrift des Abschiedsbriefs mit der in dem Tagebuch und der aus den anderen Unterlagen der Anstalt verglichen.«

Pulaski griff zur Kaffeetasse. »Stammen sie von derselben Person?«

»Das solltest du dir selbst ansehen.«

Pulaski setzte die Tasse ab, ohne davon getrunken zu haben. »Biber, das ist eine einfache Frage! Ist es die Handschrift derselben Person?«

»Ja und nein … am besten, du kommst rüber.«

21

Zwei Büros weiter starrte Pulaski auf den Monitor. Biber hatte die unterschiedlichen Dokumente eingescannt. Grüne Linien verbanden die markanten Punkte der Schrift.

»Einige Kritzeleien aus den Therapiesitzungen stimmen mit der Schrift aus dem Tagebuch vollkommen überein.«

Biber klickte weitere Bilder an. »Aber einige Mitschriften sind definitiv von anderen Personen, obwohl sie laut Angabe des Chefarztes von Natascha stammen.«

Pulaski dachte an Doktor Sonja Willhalms Worte. *Nein, Sie haben keine Ahnung, wovon ich spreche. Ich meinte,* sie selbst *hat das geschrieben, keine ihrer Teilpersönlichkeiten.*

Natascha hatte an multipler Persönlichkeitsstörung gelitten. Die Folgen dieser Krankheit trieben wohl jeden Schriftexperten zur Verzweiflung.

»Und der Abschiedsbrief?«

»Der stimmt wiederum zu achtzig Prozent mit dem Tagebuch überein.« Biber klickte auf ein weiteres Bild.

Grüne Linien verbanden die Wörter.

Ich versuche, immer gut zu sein, aber in meinem Inneren bin ich böse, schmutzig und eine Hure.

»Die geringe Abweichung kommt zustande, weil die Schrift fahrig und kraftlos ist, als hätte das Mädchen unter Alkoholeinfluss gestanden.«

... oder unter einer Dosis Botox in der Schulter, dachte Pulaski.

Er war mit seinen Ermittlungen bisher auf dem Holzweg gewesen. Natascha hatte den Abschiedsbrief nicht geschrieben, *bevor* sie ihrem Mörder in die Hände gelaufen war. Ihr Mörder hatte sie mit Botox gelähmt, anschließend betrunken gemacht und danach gezwungen, diesen Brief zu schreiben. Er wollte die Ermittler auf eine falsche Fährte führen und ihnen einen Grund für den Selbstmord liefern, der innerhalb der Anstalt zu finden war. Das bestätigte Pulaski einmal mehr, dass der Mörder von außen gekommen sein musste und nichts mit dem Personal der Psychiatrie zu tun hatte.

»Gute Arbeit, Biber. Ich brauche schnellstens einen Bericht darüber.« Pulaski verließ das Büro. Endlich kam etwas Schwung in den Fall. Trotzdem musste er dringend an eine Tasse heißen Kaffee, ein Käsesandwich und eine Zigarette rankommen. Sein Magen knurrte wie eine ganze Diensthundestaffel.

Auf dem Weg in die Küche hörte er, wie jemand seinen Namen durch den Gang rief.

Malte vom Erkennungsdienst rollte mit dem Stuhl von seinem Büro in den Korridor und winkte Pulaski herbei. »Komm, ich zeig dir was.«

»Dringend?«

»Du wirst staunen.«

Kaffee und Zigarette konnte er sich vorerst abschminken.

Auf Maltes Schreibtisch stapelten sich die Videokassetten aus den Überwachungskameras der Anstalt, welche die Beamten vor einer Stunde beschlagnahmt hatten.

Malte wedelte mit einem Ausdruck in der Hand. »Du hattest Recht. Die Rückseite der Anstalt. 03.22 Uhr. Dieser Kerl hat nicht den üblichen Weg genommen.«

Malte reichte ihm das Papier.

»Nicht schlecht«, entfuhr es Pulaski.

»Aufgehellt und mit verschiedenen Rastern bearbeitet. Mehr ist leider nicht drin.«

Pulaski betrachtete die Konturen des Profils, die der Computer zusammengesetzt hatte. Es würde reichen, um eine Fahndung rauszugeben. Der grauhaarige Mann war etwa sechzig Jahre alt und hatte schmale, fast eingefallene Gesichtszüge.

»Pulaski!«, brüllte jemand durch den Gang. »Das Telefon in deinem Büro treibt mich zum Wahnsinn. Wenn du nicht rangehst, zieh ich den Stecker aus der Dose!«

Pulaski ließ sich in seinen Stuhl fallen. Gleichzeitig fischte er den Hörer von der Gabel. Ein externer Anrufer, dessen Nummer er nicht kannte.

»Ja?«, knurrte er und goss den kalten Kaffee in den Übertopf seiner Yuccapalme.

»Guten Morgen, Herr Kommissar.«

Er entspannte sich, und ein Lächeln huschte über sein Gesicht. Sonja Willhalm.

»Guten Morgen. Ich wollte Sie anrufen, aber im Moment überschlagen sich die Ereignisse.«

»Haben Sie gestern Abend meine Nachricht erhalten?«

Er dachte an die Kopie von Martin Horners Stammdatenblatt an seiner Windschutzscheibe. »Ja, vielen Dank. Deshalb ist hier die Hölle los. Der Staatsanwalt hat das Beweisverfahren wieder aufgenommen.«

»Ich weiß, er hat mich heute Morgen angerufen und wollte wissen, wie Sie an Martins Akte rangekommen sind.«

Staatsanwalt Kohler hätte ihn selbst fragen können, statt seine Exfrau damit zu belästigen.

»Und?«

»Ich habe ihm die Wahrheit erzählt«, antwortete die Therapeutin. »Die Akte steckte irrtümlich in dem Stapel mit den Patientendossiers, die Ihnen Hanna in das Besprechungszimmer gebracht hat. Vermutlich hat sie vergessen, das Stammdatenblatt des Toten auszusortieren.«

Pulaski sah sie am anderen Ende der Leitung förmlich schmunzeln. »Ganz schön raffiniert.«

»Danke.« Die Therapeutin lachte. »Im Moment läuft es ziemlich gut, oder? Nach Martins Autopsie weiß man vermutlich mehr, immerhin war die Beerdigung erst gestern und …«

Autopsie? Pulaski hörte nicht länger zu. Willhalms Stimme klang, als würde sie irgendwo im Äther verschwinden. Er starrte auf den Aktenberg, der sich auf seinem Schreibtisch stapelte. Ganz oben lag der Antrag auf Exhumierung von Martin Horners Leiche, den er noch nicht ausgefüllt hatte. Er wollte das Formular im Lauf des Vormittags an die Staatsanwaltschaft Leipzig faxen, nachdem er den ersten vorläufigen Bericht für Kohler zusammengestellt hatte.

»Welche Autopsie?«, unterbrach er die Therapeutin.

»Wie bitte?« Sie machte eine Pause. »Sie haben doch beantragt, dass Martins Leiche exhumiert wird … oder etwa nicht?«

Pulaski starrte auf das zur Hälfte ausgefüllte Formular. Befand er sich im falschen Film?

»Findet die Exhumierung etwa schon statt?«, fragte er.

»Auf dem Waldfriedhof in der Nähe der Anstalt.«

Irgendetwas lief hier nicht rund …

»Ich hatte noch kein Frühstück und brauche dringend einen starken Kaffee.« Pulaski räusperte sich. »Haben Sie Lust, sich dort mit mir zu treffen?«

22

Der kleine idyllische Waldfriedhof in der Koburger Straße lag in der Nähe des Cospudener Sees. Martin Horners letzter Weg von seinem Zimmer in der psychiatrischen Anstalt ins Armengrab hatte mit dem Leichenwagen gerade mal ein paar Autominuten gedauert.

Pulaski parkte seinen Skoda vor dem Eingang des Friedhofs. Sonja Willhalm wartete bereits vor dem Tor. Wie gestern waren ihre Haare hochgesteckt. Sie trug Modeschmuckketten über der Bluse und einen eng anliegenden Rock. Für ihr Alter hatte sie eine verteufelt gute Figur.

Als er sie erreichte, hielt sie ihm einen Styroporbecher mit schwarzem Kaffee und ein in Klarsichtfolie verpacktes Käsesandwich entgegen.

»Vegetarier, nicht wahr?«

Dankend nahm er beides entgegen. »Erinnern Sie mich beizeiten daran, dass ich Ihnen ein Abendessen schulde.«

»Ich warne Sie, ich komme darauf zurück.«

»Das hoffe ich.«

Sie lächelte.

Wie lange war es her, seit er das letzte Mal mit einer Frau geflirtet hatte? Mein Gott, Jahre! Und nun musste es ausgerechnet vor einem Friedhof passieren. Der Anblick der Grabreihen, der Kerzen, Kränze und Inschriften auf den Marmortafeln erinnerte ihn an Karins Beerdigung. Einmal im Monat besuchte er ihr Grab, meistens zu einem Zeitpunkt, an dem seine Tochter entweder in der Schule oder bei Freunden war. Sie sollte nie erfahren, dass er ihre Mutter maßlos vermisste und wie ein Hund litt.

Sie gingen an dem Friedhofswärterhaus vorbei. Zahlreiche

Sträucher und Heckenreihen säumten die Kieswege. Die Sonne blinzelte durch das dichte Blätterwerk der Bäume, die den Friedhof umgaben. Wie gestern knickte die Therapeutin eine Blüte ab und rollte die Blätter gedankenverloren zwischen den Fingern.

Pulaski zeigte ihr den Computerausdruck von dem grauhaarigen Mann.

»Ist das etwa die Mauer an der Rückseite der Anstalt?«, fragte Willhalm.

»Ja. Kennen Sie den Mann?«

Sie schüttelte den Kopf. »Sollte ich?«

Er erzählte ihr, dass Martin Horner und Natascha Sommer vor zehn Jahren im Abstand weniger Tage in das Klinikum Bremerhaven eingeliefert und vom selben Arzt behandelt worden waren. An Martins komplette Krankenakte war er immer noch nicht herangekommen. Das entsprechende Formular, das Chefarzt Steidl von seiner Schweigepflicht entband und Pulaski Einsicht in die Akte gewähren würde, lag auf seinem Schreibtisch im Kommissariat. Die Unterschriften von Fux und dem Staatsanwalt fehlten noch.

»Kannten sich Martin und Natascha von früher?«, fragte er.

»Solange Natascha bei mir in Therapie war, hat sie nicht ein Wort gesprochen. Sie lebte zurückgezogen und hatte kaum Kontakt zu anderen Patienten. Ich habe nie eine mögliche Verbindung zu Martin gesehen. Schließlich wurde sie erst nach einem achtzehn Monate dauernden Bürokratiekrieg in die Psychiatrie Markkleeberg überwiesen. Vielleicht ist es ja ein Zufall, dass beide vor zehn Jahren in Bremerhaven erstbehandelt wurden.«

»Mag sein, aber ist es auch Zufall, dass beide zehn Jahre später innerhalb weniger Tage sterben?«

Willhalm schwieg. Sie kamen an einem Brunnen vorbei, vor dem ein gutes Dutzend Blechgießkannen stand. Von weitem drang das Geräusch eines Spatens zu ihnen, der in die Erde gestochen wurde. Schon bald würden sie hören, wie das Schaufelblatt auf einen Sargdeckel traf.

Pulaski biss von dem Sandwich ab und nippte an dem Kaffee. »Weswegen kam Martin in die Anstalt?«

Sie hob die Schultern. »Weswegen kommt man schon in so eine Anstalt? Ein Opfer, das an der Gewalt zerbrochen ist, die man ihm angetan hat.«

»Im Stammdatenblatt stand, dass er als Kind ebenfalls missbraucht worden ist.«

»Martin wurde von meiner Kollegin betreut. Soviel ich weiß, kennen wir auch bei ihm nicht die Details, die zu seiner Traumatisierung geführt haben. Auf Grund der Vorfälle in seiner Kindheit hat er eine dissoziative-lokalisierte Amnesie entwickelt.«

Offensichtlich hatte sie Pulaskis Blick bemerkt, da sie rasch fortfuhr. »Das bedeutet, dass er sich an die sexuellen Übergriffe nicht mehr erinnern konnte. Fest steht, dass er – ebenso wie Natascha – unter einer Identitätsstörung litt.«

»Multiple Persönlichkeit?«

»Das ist der alte Begriff dafür. Die Therapie mit solchen Klienten ist schwieriger als mit anderen. Diese Kinder haben alles durchgemacht, was sich kranke Menschen an Qualen, Züchtigungen oder sexuellem Missbrauch nur ausdenken können.«

»Was könnte Martin zugestoßen sein?«

Erneut hob sie die Schultern. »Ein vergewaltigender Vater, eine sadistische Mutter, ein Pornoring? Wir wissen es nicht. Jedenfalls müssen es so schreckliche Dinge außerhalb der üblichen menschlichen Erfahrung gewesen sein, dass andere Kinder daran gestorben wären. Manche wiederum, wie Martin oder Natascha, haben die Fähigkeit, die unangenehmen Erlebnisse weit in ihr Inneres zu drängen, als wären die Vorfälle nie passiert. Die Gewalt reißt ihre Persönlichkeit buchstäblich in Stücke, ihr Geist beamt sich sozusagen weg.«

Pulaski schnippte mit den Fingern. »Und das passiert einfach so?«

»Natürlich nicht. Missbrauchte Kinder verdrängen das Erlebte zunächst ins Unterbewusstsein, bei weiteren Vorfällen distanzieren sie sich und nehmen den Missbrauch aus einer Art Zuschauerperspektive wahr. Nimmt die Gewalt jedoch kein Ende, zersplittert die Seele in einer letzten Stufe. Vier, fünf oder mehr Teilidentitäten entstehen, die sich abspalten. Diese Personen werden richtiggehend dafür geboren, um die Gewalt an Stelle des Opfers zu erdulden, weil sie besser damit umgehen können.«

»Klingt nach einer Überlebensstrategie.« Pulaski warf die Folie und den leeren Becher in einen Mülleimer. »Ist es normal, dass die Jugendlichen zehn Jahre oder länger in der Psychiatrie bleiben müssen?«

»Nicht nur bleiben«, korrigierte Willhalm ihn. »Einige von ihnen *leben* in der Anstalt. Offiziell heißen sie nicht Patienten oder Klienten, sondern Bewohner. Sie sind nicht fähig, in eine von Sozialarbeitern betreute Wohngemeinschaft entlassen zu werden.«

»Was würde im Wohnheim passieren?«

»Einige Bewohner sind aggressiv, andere leiden unter permanenten Angstzuständen, Allergien, Zwängen, Depressionen, Ess- und Schlafstörungen, Herz-Kreislauf- und Magen-Darm-Beschwerden oder dem Borderline-Syndrom. Die Liste ließe sich endlos fortsetzen …« Sie zuckte mit den Achseln. »Manche sind magersüchtig wie Natascha und tragen Narben zahlreicher Selbstmordversuche. Sie bekommen ihr Leben nicht auf die Reihe, weil sie immer wieder vergessen, was vor wenigen Stunden, Tagen oder Wochen geschehen ist. Weil die Qualen einer *anderen Person* passiert sind und sie sich nicht daran erinnern, können sie nicht daraus lernen … Sie sehen mich so fragend an.«

»Das ist schwer zu begreifen.«

Sie breitete die Arme aus. »Stellen Sie sich einen Menschen mit Identitätsstörung wie eine Apartmentwohnung mit zehn oder zwölf Zimmern vor. Jede Teilpersönlichkeit glaubt, die Wohnung bestünde nur aus *einem* Zimmer. Sie kennt die anderen Räume gar nicht. Sie weiß nicht einmal, dass sie existieren.«

Ein Schauer rieselte Pulaski über den Nacken. »Das ist unheimlich.«

Endlich erreichten sie das Grab, aus dem die Schürfgeräusche stammten.

Zwei Männer mit Holzfällerhemden und gelben Arbeitshosen standen in der Grube und hantierten mit Seilen, die sie unter den Sarg schoben.

»Gestern zubuddeln – heute wieder ausbuddeln«, murrte der eine.

»Die großen Herren wissen einfach nicht, was sie wollen«, maulte der andere.

»Ruhe! Arbeiten Sie weiter!«

Die Stimme gehörte zu einem hochgewachsenen jungen Mann im dunklen Anzug, der im Schatten der Bäume stand und den Totengräbern bei der Arbeit zusah. Als er Pulaski und Willhalm bemerkte, löste er sich aus seiner starren Haltung und kam auf sie zu.

»Verflucht«, zischte Pulaski der Therapeutin zu. »Den kenne ich.«

»Jemand, den Sie mal eingebuchtet haben?«, flüsterte sie.

»Schön wär's«, antwortete Pulaski. »Ab jetzt ist die Sache für uns gelaufen.« In diesem Augenblick läutete sein Handy.

Es war Malte. »Pulaski, wo treibst du dich herum?«

»Auf dem Friedhof in Markkleeberg.«

»Schaufelst du dir dein eigenes Grab?« Malte gackerte, aber im nächsten Moment wurde er wieder ernst. »Du solltest schleunigst herkommen. Die haben die Ermittlungen übernommen und sich die Beweismittel unter den Nagel gerissen.«

»Das sehe ich gerade.« Die Frage, wen Malte mit *die* meinte, hatte sich erübrigt. Pulaski steckte das Handy weg.

Im nächsten Moment stand der Mann im dunklen Anzug vor ihnen. Stahlrahmenbrille, Rolex, steifer Hemdkragen und Seidenkrawatte mit silberner Nadel und Kettchen.

»Landeskriminalamt Sachsen«, sagte der Junge, der dem Alter nach Pulaskis Sohn hätte sein können. »Ich hoffe, Sie können sich ausweisen.«

23

Pulaski wusste, dass der Knabe Klaus Winteregger hieß. Er war der jüngste Kommissar des Landeskriminalamts in Dresden. Pulaskis Kollegen hatten schon einige Male mit ihm zu tun gehabt.

Winteregger betrachtete Pulaskis Ausweis und wiegte den Kopf. »Kommissar Pulaski.«

So wie er es aussprach, klang es wie eine peinliche Krankheit. Dass Pulaski Kriminaloberkommissar war, überlas Winteregger geflissentlich. Schnösel wie er glaubten, sie wären etwas Besseres, weil sie studiert hatten und in einem Büro in Dresden hockten. In deren Augen waren die Beamten vom Dauerdienst sowieso das Letzte – nichts weiter als gefällige Handlanger, die den Tatort sicherten, Zeugen verhörten, Fingerabdrücke nahmen und die Fakten so aufbereiteten, dass sich die Leute vom Landeskriminalamt nicht die Finger schmutzig machen mussten.

Aber so war Pulaskis Job beim Dauerdienst nun einmal: gestern ein Einbruch in der Wohnsiedlung Lindenau, heute Vandalismus am Bahnhof Meusdorf, morgen ein Drogentoter im Bürgerpark Paunsdorf oder eine Wasserleiche im Elsterbecken. Meist bekam er gar nicht mit, wie die Fälle weiterbehandelt wurden, da er schon den nächsten Tatort sicherte.

Es war nicht immer so gewesen. Vor fünf Jahren hatte er sich zum Leipziger Dauerdienst versetzen lassen. Er kannte seine ehemaligen Kollegen noch, die alten Hasen beim LKA, doch davon hatte der junge Schnösel natürlich keine Ahnung.

»Ich habe bereits mit Ihrer Dienststelle telefoniert«, sagte Winteregger, während er immer wieder zum Grabaushub schielte und die Brille über die Nase schob, sodass die Rolex an seinem

Handgelenk herumrutschte. Was für ein nervöser Kerl! Bestimmt war das seine erste Exhumierung. Der Bursche trug sogar silberne Manschettenknöpfe. Pulaski konnte gar nicht hinsehen.

»Hören Sie mir überhaupt zu?«

»Natürlich.« Pulaski schüttelte eine Zigarette aus der Schachtel und zündete sie an. Karin hatte Recht behalten: Seine Vorurteile wurden mit zunehmendem Alter schlimmer. Wenn das so weiterging, sperrte er sich am besten zu Hause ein und vermied jeglichen Kontakt zu Fremden.

»Ich sagte, Staatsanwalt Kohler hat die Ermittlungen an das LKA Sachsen übertragen. Wir übernehmen jetzt die Koordination in diesem Fall, und die Mordkommission Leipzig arbeitet uns zu.«

Zuarbeiten! Wenn er das schon hörte. Das würde Fux, Biber, Malte und den anderen nicht schmecken.

»Dafür ist es noch zu früh, wir stecken mitten in den Auswertungen.« Hatte es überhaupt einen Sinn, derartige Fragen mit diesem Schnösel zu diskutieren?

Winteregger lächelte. »Ich weiß, wie Sie arbeiten, *Kollege.*« Er warf der Therapeutin, die schweigend neben ihnen stand, einen bedauernswerten Blick zu. »Ab jetzt muss niemand mehr zu etwas genötigt werden. Die Sache wird korrekt über die Bühne gehen.«

Pulaski spürte, wie seine Halsschlagadern auf Pipelinegröße anschwollen. Von daher wehte also der Wind! *Korrekt* über die Bühne gehen. Kohler war es nicht recht gewesen, dass er auf eigene Faust recherchiert und brisantes Material ans Tageslicht gebracht hatte, als der Fall eigentlich schon abgeschlossen war. Aber falls er Recht behielt, hatte er einen heimtückischen Mord – womöglich sogar zwei – aufgedeckt. War es da nicht gleichgültig, mit welchen Methoden gearbeitet wurde?

Doch wozu machte er sich Sorgen? Ab jetzt übernahmen ja die Sesselpupser vom LKA die Ermittlungen.

»Mit welchem Kollegen arbeiten Sie an dem Fall?«, fragte Pulaski.

Winteregger blickte zum Grab. Die beiden Arbeiter hoben soeben den Sarg aus dem Erdloch. »Kennen Sie nicht.«

Junge, du würdest dich wundern, wen ich alles kenne, dachte Pulaski.

»Ein erfahrener Kollege.« Winteregger blickte Pulaski wieder an. »Lars Goteinik – wie gesagt, Sie kennen ihn nicht.«

Goteinik! Und ob er Goteinik kannte. Pulaski sah auf die Armbanduhr. Elf Uhr vormittags. In spätestens drei Stunden war Goteinik so voll wie ein Spirituosenladen. Der einzige Grund, weshalb Goteinik im Rausch keinen Autounfall verursachte, war, dass sein Wagen beim Schrotthändler stand und er keinen Führerschein mehr besaß. Dabei hatte er mal den Ruf eines guten Ermittlers gehabt. Sie waren früher sogar Kumpels gewesen und hatten gemeinsam an Mordfällen ermittelt. Vor fünf Jahren, als Karin an den Folgen der Chemotherapie gestorben war, hatte Goteiniks Frau einen tödlichen Unfall gehabt. Die Wahrscheinlichkeit, dass man eine Woche vor Weihnachten auf einer Eisplatte vor dem eigenen Haus ausrutschte, mit dem Hinterkopf gegen die Bordsteinkante schlug, ins Koma fiel und am Heiligen Abend an einer Gehirnblutung starb, war verschwindend gering. Trotzdem war es passiert.

Goteinik und er hatten fast zur gleichen Zeit ihre Ehepartner verloren. Doch das hatte sie nicht zusammengeschweißt – im Gegenteil. Goteinik hatte zu trinken begonnen, und höchstwahrscheinlich hätte Pulaski ein ähnliches Schicksal gedroht, wäre nicht seine damals erst sieben Jahre alte Tochter gewesen. Plötzlich war er alleinerziehend und musste nach seinem Job beim Landeskriminalamt im Supermarkt einkaufen, zu Hause kochen, Wäsche bügeln, staubsaugen, Fenster putzen und mit Jasmin Hausaufgaben machen. Und Karin fehlte ihm so sehr! Nach einem halben Jahr war er nervlich ein Wrack. Er verschwand aus Dresden, wollte alle Erinnerungen auslöschen, nahm sich eine Mietwohnung in Leipzig, wo er aufgewachsen war, und ließ sich wegen der regelmäßigen Arbeitszeit zum Dauerdienst versetzen. Vom Landeskriminalamt Dresden zur Polizei Leipzig degradiert. Er kannte niemanden, der sich das in seinem Alter freiwillig antat. Aber seine Tochter hatte nun mal Vorrang. Das war er Karin und sich schuldig.

»... die Unterlagen!«

Winteregger tippte ihm an die Schulter.

Pulaski zuckte zusammen. Er war schon wieder weg gewesen ... Er brauchte dringend Schlaf. »Welche Unterlagen?«

»Mann.« Winteregger verdrehte die Augen. »Ich möchte die Videobänder, Zeugeneinvernahmen, Stammdatenblätter und den vorläufigen Autopsiebericht in einer Stunde auf meinem Schreibtisch sehen. Und halten Sie sich innerhalb der nächsten vierundzwanzig Stunden zur Verfügung. Vielleicht habe ich noch ein paar Fragen.«

Bestimmt, dachte Pulaski. Du hast nämlich keine Ahnung von dem Fall. Er zertrat die Zigarette auf dem Boden. »Finden Sie heraus, woher die Flasche Gin stammt.«

Winteregger verzog das Gesicht. »Sonst noch Ratschläge?«

»Ja. Das Verhör des Personals können Sie sich sparen. Der Mörder kommt nicht aus der Anstalt, sondern von außen.«

»Haben Sie vielleicht auch seinen Namen, die Adresse und seine Handynummer?«

Was für ein Zyniker! Pulaski ging nicht darauf ein. »Der Abschiedsbrief stammt zwar von Natascha, aber der Mörder hat sie dazu gezwungen, ihn zu schreiben.«

Sonja Willhalm sah Pulaski mit großen Augen an. Das war sogar für sie neu.

»Er ist eine falsche Spur«, erklärte Pulaski.

»Und welches ist die richtige Spur?«

Wieder dieser zynische Ton. Hatte es überhaupt einen Sinn weiterzureden?

»Natascha und Martin haben eine gemeinsame Vergangenheit«, versuchte Pulaski es erneut. »Suchen Sie in Bremerhaven. Dort werden Sie Antworten finden.«

Winteregger lächelte milde. »Ja, natürlich. Sie haben den Fall mit Ihren Methoden natürlich längst gelöst.«

Es war zwecklos! Da hatte das LKA die beiden richtigen Ermittler für diesen Fall in ein Team gespannt: einen verbitterten Alkoholiker, der den Tag mit einer Flasche Schnaps begann, und einen junger Pupser, der frisch von der Hochschule in Rothenburg kam und sich beim Anblick einer Wasserleiche erst einmal übergeben würde. Pulaski wusste schon jetzt, dass die Ermittlungen im Sand verlaufen würden, und bei der Landtagswahl krähte kein Hahn mehr danach.

»Jedenfalls danke für die erleuchtenden Worte.« Winteregger wandte sich an die beiden Totengräber. »Schaffen Sie den Sarg zum Hinterausgang. Dort steht ein Wagen, der die Leiche in die Gerichtsmedizin bringt.«

Pulaski verließ den Friedhof, ohne ein weiteres Wort zu sagen. Er hatte eine Stunde Zeit, die Unterlagen des Falls abzugeben. Ab jetzt würden sich Stan und Laurel um die Ermittlungen kümmern.

Sonja Willhalm folgte ihm zum Wagen. »Natascha wurde gezwungen, diese Zeilen zu schreiben?«

»Davon können Sie ausgehen«, antwortete Pulaski. »Was uns verrät, dass der Mörder mit ihrer Vergangenheit bestens vertraut ist … Sie entschuldigen mich bitte.«

Pulaski griff zum Handy und wählte Maltes Nummer, der nach dem zweiten Klingeln abhob.

»Hör zu!«, unterbrach Pulaski den Redeschwall seines Kollegen. »Bevor du den Jungs vom LKA die Schachtel mit den Unterlagen gibst, kopierst du alle Patientendossiers.«

»Du hast sie wohl nicht alle! Das sind siebzig Akten!«, stöhnte Malte.

»Mach es!«

»Warum, zum Teufel?«

»Ich habe nicht vor, den Fall abzugeben.«

24

Elf Uhr vormittags. Endlich läutete Evelyn Meyers' Telefon. Ein interner Anruf. Das Display zeigte die Nummer von Kragers Sekretärin. Nun war es so weit. Evelyns Herz schlug bis zum Hals, als sie abhob.

»Der Chef ist fertig, Sie können kommen.«

Mehr nicht. Scheinbar wusste die Sekretärin Bescheid. Der Pitbull hatte gerufen!

Evelyn verließ ihr Büro und ging zum anderen Ende der Kanzlei. Als sie vor Kragers Tür stand, überprüfte sie ihre Bluse, den Blazer und zog den Rock straff. Sie hatte das lange blonde Haar zu einem Zopf geflochten – wie sie es immer tat, wenn sie in eine Verhandlung ging. Und ein Prozess würde es werden!

Sie klopfte an und trat ein. Krager lehnte in seinem Stuhl und führte ein Telefonat. Wie üblich trug er einen Anzug von Armani. Sie hatte ihn noch nie in einer anderen Kleidung gesehen. Vermutlich hatte er den Anzug auch sonntags in seinem Apartment an.

Sein Anblick erinnerte sie an Patrick. Vor allem das kantige Kinn und die durchdringenden blauen Augen. Der Sohn war dem Vater wie aus dem Gesicht geschnitten. Doch bis auf die unmissverständliche Art, mit einer Frau zu flirten, konnten die beiden nicht unterschiedlicher sein. Darauf würde Krager sicherlich noch zu sprechen kommen.

Als sie vor ihm stand, legte er auf. »Setzen Sie sich, Evelyn.«

Sie nahm Platz, überschlug aber nicht wie sonst die Beine, sondern blieb an der Stuhlkante sitzen.

Krager lehnte sich entspannt zurück. »Evelyn, wie lange kennen wir uns schon?«

Eine rhetorische Frage. Sie antwortete nicht darauf.

»Als Sie noch auf dem Juridicum studierten, haben Sie in den Sommermonaten als Ferialpraktikantin bei uns gearbeitet. Schon damals waren Sie ein hübsches und intelligentes Mädchen, und ich wusste, dass Sie es weit bringen würden. Trotz des tragischen Unfalls Ihrer Eltern haben Sie die Uni mit dreiundzwanzig Jahren als eine der besten Ihres Jahrgangs abgeschlossen und sich fünf Jahre lang während Ihrer Ausbildung als Konzipientin nach oben gearbeitet. Holobeck ist immer stolz auf Sie gewesen – bis zuletzt.«

Er warf einen kurzen Blick zur Seite. Auf dem Schreibtisch lag Peter Holobecks Totenzettel, daneben vermutlich der erste handschriftliche Entwurf für den Nachruf.

»Mit achtundzwanzig die Anwaltsprüfung«, fuhr Krager fort. »Die Eintragung in die Liste der Rechtsanwälte, und seither arbeiten Sie als angestellte Anwältin für mich.« Er nahm eine Zigarre aus der Schatulle, drehte sie zwischen den Fingern und roch daran, ohne sie anzuzünden. Er würde sich nie erlauben, in ihrer Gegenwart zu rauchen. Eine der Eigenschaften, die sie an ihm schätzte.

»Sie wissen, ich wollte Sie schon vor einem Jahr als Juniorpartnerin für diese Kanzlei haben.«

Wie hätte sie das vergessen können? Krager und Holobeck hatten sie zum Mittagessen eingeladen und ihr die Partnerschaft angeboten. Sie hatte abgelehnt, und Krager hatte die peinliche Situation mit einem Scherz überspielen müssen. Bei einem Gespräch unter vier Augen hatte sie ihm anschließend gestanden, dass sie sich mit dem Gedanken trage, dem Zivilrecht den Rücken zu kehren und Strafverteidigerin zu werden.

Krager richtete sich auf und stützte die Ellenbogen auf den Schreibtisch. Der Tonfall seiner Stimme änderte sich. Er wurde sachlich und verlor jede Spur von Charme und Herzlichkeit. »Gestern Abend sind Sie in mein Büro eingebrochen, haben es durchwühlt und sich unbefugten Zutritt zu Akten verschafft, obwohl ich Ihnen wenige Stunden zuvor ausdrücklich klargemacht habe, dass die Mandantin darum gebeten hat, die Umstände des Todes ihres Mannes vertraulich zu behandeln.«

Der Airbag-Fall!

»Ich …«

Er würgte ihre Worte mit einer raschen Handbewegung ab. »Aber damit nicht genug. Wie ich feststellen musste, hat mein Sohn Ihnen illegal beschaffte Kripounterlagen über den Tod meines Partners und sogar Fotos des Leichnams besorgt.«

Zutiefst beschämt schloss sie für einen Moment die Augen. »Ich habe …«

»Evelyn«, unterbrach er sie. »Es ist mir gleichgültig, ob Sie sich außerhalb der Arbeitszeit mit meinem Sohn treffen oder nicht. Sie wissen, was ich von ihm halte, aber Sie müssen selbst entscheiden, ob Sie den privaten Umgang mit einem schmierigen Detektiv, der es mit den Gesetzen nicht sehr genau nimmt, pflegen oder nicht.«

Kragers Stimme wurde leiser. »Er hätte es als Anwalt zu etwas bringen können«, sagte er mehr zu sich selbst als zu Evelyn. Dann pochte er mit dem Finger auf den Schreibtisch. »Aber in diesem Beruf hat ein derartiges Verhalten nichts verloren! Evelyn, ich weiß genauso gut wie Sie, dass unser Job nicht immer fair ist. Wahrheit ist Auslegungssache, und vor Gericht bekommt der Mandant zwar ein Urteil, aber nicht immer Gerechtigkeit. Doch lassen Sie sich um Himmels willen von meinem Sohn nicht in illegale Machenschaften hineinziehen. Schließlich sind Sie eine vernünftige, junge Frau.«

Vernünftig! Eben deshalb sah sie ja die Zusammenhänge, vor denen andere die Augen verschlossen. »Ich …«

»Ich bin noch nicht fertig!« Krager beugte sich weiter nach vorne und senkte die Stimme. »Normalerweise müsste ich den Vorfall der Rechtsanwaltskammer melden. Bei einem Disziplinarverfahren könnte Ihnen die Kammer untersagen, weiterhin als Anwältin zu arbeiten. Ihr Traum vom Strafrecht wäre damit für immer geplatzt.« Er lehnte sich zurück. Sein Stuhl knarrte. »Aber ich bin davon überzeugt, dass so etwas nie wieder vorkommt, darum sehe ich von einer Meldung ab.«

Was für eine Standpauke! Evelyn schwieg. Normalerweise war das nicht ihre Art, doch diesmal würde sie Krager nicht noch einmal ins Wort fallen. Nachdem er eine Weile lang nichts gesagt hatte, forderte er sie mit einer Geste auf zu reden.

Statt sich bei ihm zu bedanken, weil er die Sache unter den Tisch fallen ließ, hatte sie das überwältigende Bedürfnis, ihm die Zusammenhänge zu erklären. Nur wusste sie nicht, wie sie beginnen sollte, da ihr so viele Gedanken durch den Kopf schossen. Das Foto des Mädchens im Spaghettiträgerkleid, die Beschreibung der Frau in dem Café in Bad Reichenhall und die beiden Unfälle, die womöglich keine waren. Das merkwürdige Telefonat mit Holobeck und schließlich sein mysteriöser Tod.

Sie biss sich auf die Lippe. »Wollen Sie nicht wissen, wonach ich in Ihrem Büro gesucht habe?«

»Wollen *Sie* nicht wissen, weshalb ich nachts ins Büro gekommen bin?«, konterte er.

»Natürlich.« Sie hatte sich deswegen bereits das Hirn zermartert.

»Auf dem Nachhausweg habe ich von der Straße aus zufällig Licht hinter den Vorhängen meines Bürofensters gesehen. Zunächst dachte ich an Einbrecher, doch der stille Alarm auf meinem Handy war nicht losgegangen, also beschloss ich, der Sache nachzugehen.« Er atmete tief durch. »Wenn ich die Wahl gehabt hätte, wären mir Einbrecher lieber gewesen.«

»Wollen Sie nun wissen, wonach ich gesucht habe?«

»Nein.«

Die Antwort kam wie aus der Pistole geschossen.

Trotzdem musste sie mit ihm darüber reden. »Sowohl an dem Ort, wo der Kinderarzt Rudolf Kieslinger ums Leben gekommen ist, als auch in der Nähe des Ortes, wo Stadtrat Heinz Prange …«

»Evelyn, wollen Sie das nicht verstehen? Es interessiert mich nicht! Die beiden Verfahren sind abgeschlossen. Lernen Sie, Abstand von erledigten Dingen zu nehmen! Holobeck hat den Prozess gegen die Austrobag GmbH verloren, und Sie haben erreicht, dass die Witwe des Kinderarztes die Klage zurückgezogen hat. Beide Fälle sind Geschichte.«

»Aber Holobeck …«

»Aber Holobeck!« Krager wurde laut. »Er ist bei einem schrecklichen Unfall zu Tode gekommen! Die Kripo hat die ganze Nacht Zeugen einvernommen. Die Wohnung war versperrt. Der Idiot hat seinen Vogelkäfig auf einem Drehstuhl gesäubert und ist über die Balkonbrüstung gestürzt. Tragisch genug!«

Er griff in die Schublade und legte eine Mappe auf den Schreibtisch. »Sie sollten einen neuen Fall übernehmen, damit Sie auf andere Gedanken kommen. Ich sagte Ihnen ja bereits gestern, dass ich an einer lukrativen Sache dran bin, die ich Ihnen übertragen möchte.«

Oh Gott, Kragers lukrative Fälle. Was war es diesmal?

Krager schob die Mappe über den Tisch. Sie warf einen Blick auf den Aktendeckel. *Angelika Bäumler gegen Matthias Windbichler.* Eine Privatklage!

Sie kannte den zweiten Namen. Diplomkaufmann Windbichler war Direktor einer Bank, die sie vertraten.

»Ich weiß, die Wirtschaftsfälle unserer Kanzlei sind nicht unbedingt Ihr Steckenpferd, doch diesmal geht es um etwas anderes. Direktor Windbichler ist einer unserer Klienten. Er bat mich, den Fall seines Sohnes Matthias zu übernehmen.« Kragers Stimme wurde wieder sachlich. Er konnte innerhalb weniger Sekunden von einem emotionalen Gespräch zu einem geschäftlichen Thema umschwenken, ohne auch nur einen Gedanken an die vorherige hitzige Diskussion zu verschwenden. Evelyn gelang das nicht. In ihrem Kopf turnten die Gedanken immer noch auf und ab.

Daher hörte sie auch nur mit einem Ohr zu, als Krager erzählte, dass Matthias und seine Freundin Angelika im Haus seiner

Eltern einen heftigen Streit hatten. Das Mädchen behauptete, es sei zu Handgreiflichkeiten gekommen, und ihr Freund habe sie geschlagen. Er wiederum beteuerte, sie sei von selbst gegen den Tisch mit der Glasplatte gestürzt und habe sich die anderen Verletzungen Tage später selbst zugefügt. Es gab keine Anzeige bei der Polizei, aber zwei Wochen nach dem Vorfall klagte das Mädchen auf Schmerzensgeld.

Widerwillig schlug Evelyn den Aktendeckel auf. Sie zuckte zurück. Ein Farbfoto aus dem Krankenhaus lag auf dem Stapel. Instinktiv hielt sie den Atem an. Das Mädchen hatte Schürfwunden im Gesicht, eine blutige Lippe und blau und grün schillernde Blutergüsse unter dem geschwollenen Auge. Diese Wunden sollte sie sich selbst zugefügt haben?

Krager rollte die Zigarre zwischen den Fingern. »Boxen Sie den Jungen aus der Sache raus.«

Aus der Sache rausboxen?

Sie starrte auf die Schrammen des wahrscheinlich gerade mal siebzehnjährigen Mädchens. So sah niemand aus, der sich selbst verletzte!

Die Blutergüsse, die blutige Lippe, die Kratz- und Schürfspuren. Wahrscheinlich hatte sie die Augen zugepresst und die Arme hochgerissen, um die Schläge abzuwehren …

… aber trotzdem die Schmerzen im Handgelenk gespürt, als ihr die Arme auf den Rücken gedreht wurden. Die Seile spannten sich immer straffer um ihre Gelenke und schnitten so tief ein, bis die Finger taub wurden. Sie spürte die Schläge auf den Hinterkopf und den Jutesack, der sich über ihren Kopf legte …

Evelyn schnappte nach Luft. Ihr Herz raste. Sie wischte sich den kalten Schweiß von der Stirn und bemerkte erst jetzt, dass auch ihre zitternden Finger eiskalt waren. »Das kann ich nicht«, flüsterte sie.

Krager stellte ihr ein Glas Wasser hin, aber sie ignorierte es.

»Ich weiß, was Sie empfinden, Evelyn.« Er schlug den Aktendeckel zu. »Aber wie wollen Sie Strafverteidigerin werden und mutmaßliche Kriminelle vor Gericht vertreten, wenn Sie noch an Ihrer eigenen Vergangenheit zu arbeiten haben?«

Verteidiger konnten sich ihre Fälle aussuchen, antwortete sie in Gedanken. Sie hatte Prinzipien und würde niemals Vergewaltiger oder Kinderschänder vor Gericht vertreten.

Krager betrachtete sie mit einer bedauernden Miene. »Ich wiederhole es nur ungern, aber lernen Sie endlich, mit Ihrer Vergangenheit abzuschließen!«

Abschließen? Wie konnte sie das? Sie träumte fast jede Nacht von dem Mann, der ihr das angetan hatte, als sie zehn gewesen war. Es war nicht abgeschlossen – noch lange nicht!

25

Evelyn bekam Magenkrämpfe, als sie in ihrem Büro saß, die Akte durchblätterte und das Protokoll des behandelnden Arztes las. Innerlich sträubte sie sich so sehr gegen den Fall, dass ihr tatsächlich schlecht wurde.

Hatte Krager am Ende doch Recht? Musste sie ihre Vergangenheit bewältigen? Aber wie? Der Mann hatte nicht nur ihr Leben, sondern auch das ihrer Familie zerstört. Wieder ertappte sie sich dabei, dass ihre Gedanken um die Vergangenheit kreisten …

… zu der Jagdhütte im Wald. Die endlos lange Treppe in den Keller hinunter. Der dunkle Raum mit dem verschmierten Oberlicht, der Geruch der feuchten Wände, das Seil, der Eisenring auf dem Boden … und das Wimmern aus dem Nebenraum.

Das Klingeln des Telefons riss sie aus dem Grübeln. Sie hob ab.

»Hallo, Spitzmausigel. Was ist der Unterschied zwischen einem Anwalt und einem Hai?«

Sie lachte erleichtert auf.

Am anderen Ende der Leitung murmelte Patrick verwirrt: »Aber ich habe dir die Pointe doch noch gar nicht verraten.«

»Brauchst du nicht.« Sie lachte wieder. »Es tut nur gut, deine Stimme zu hören, weil …« Sie verstummte, als sie Stimmen im Gang hörte.

»Einen Moment.« Evelyn stand auf, um die Tür ihres Büros zu schließen. Es musste nicht jeder in der Kanzlei erfahren, worüber sie sprachen.

Sie ließ sich auf den Stuhl fallen, schlüpfte aus ihren Schuhen und legte die Beine auf den Tisch. Dann erzählte sie ihm, wie sein Vater ihr die Leviten gelesen hatte, dass ihn die Parallelen im Airbag- und im Kanaldeckel-Fall nicht im Geringsten interessierten und welchen neuen Prozess sie übernehmen sollte.

Nachdem sie sich eine gute Viertelstunde den Frust von der Seele geredet hatte, ohne dass Patrick sie auch nur ein einziges Mal unterbrach, machte sie eine kurze Pause. »Weshalb rufst du eigentlich an?«

»Habe ich vergessen, ist schon so lange her.«

Was für ein alberner Kerl! Sie musste schmunzeln.

Plötzlich wurde er ernst. »Ich habe ein wenig im Leben von Rudolf Kieslinger und Heinz Prange rumgestöbert …«

»Ich dachte, du hättest keine Zeit?«, unterbrach sie ihn.

»Spitzmausigel«, seufzte er. »Ich habe alle Zeit der Welt. Ab jetzt bin ich rund um die Uhr für dich da.«

War er plötzlich verrückt geworden? »Und deine Beschattungsaufträge? Die Pizzadame mit den Horrorfilmen?«

»Musste ich an einen Kollegen abgeben.«

Sie wurde stutzig. »Du hast doch noch nie einen Auftrag abgegeben.«

»Diesmal schon … Was soll's, du erfährst es sowieso.« Er atmete tief durch. »Nachdem du gestern Nacht gegangen warst, hatte ich noch einen heftigen Streit mit meinem alten Herrn. Er, der tyrannische Vater – ich, der missratene Sohn. Wir sprachen über Mutter, und dann kam alles raus. Die leidige Beziehungskiste wieder einmal. Hat er nichts davon erwähnt?«

»Kein Wort.«

»Typisch! Jedenfalls stürzte ich aus seinem Büro, mit Blutdruck dreihundert, rannte auf die Straße, sah das Auto nicht kommen und wurde von der Stoßstange erfasst.«

Evelyn fuhr hoch. »Bist du verletzt?«

»Verletzt? Ich wäre fast überfahren worden!«

Na klar! Wie immer musste er übertreiben. Sie sank in den Stuhl zurück. »Und was hast du?«

»Eine leichte Gehirnerschütterung, nichts Dramatisches. Aber ich habe mir das Bein verdreht. Die Seitenbänder im linken Knie sind gerissen. Innerhalb einer Stunde wurde das Knie so dick wie ein Medizinball. Im Krankenhaus haben sie mir mit einer Nadel das Blut aus dem Bluterguss entfernt.«

»Du übertreibst, oder?«

»Kein bisschen!« Er klang todernst. »Nach dem Röntgen und einer Computertomographie haben sie mir einen Spaltgips vom Knöchel bis zur Hüfte verpasst. Um vier Uhr morgens war ich zu Hause. Seitdem versuche ich, mit Krücken zu laufen.«

»Das tut mir leid.« Irgendwie war es auch ihre Schuld. Immerhin hatte sie ihn in diese Situation gebracht. »Brauchst du etwas? Soll ich dich besuchen?«

»Nicht nötig. Ich nehme schmerzstillende Mittel und habe alles im Griff. Jedenfalls kann ich mir die Beschattungsaufträge abschminken und habe nun mehr Zeit, als mir lieb ist. Willst du nun hören, was ich rausgefunden habe?«

Sie sah ihn in seinem Büro förmlich vor sich – das Gipsbein hochgelagert, neben sich den PC und das Telefon, während er auf seinen Block kritzelte und seine Sekretärin nervte, die ihm ständig frischen Kaffee bringen musste. »Schieß los.«

»Also, der Kinderarzt und der Stadtrat haben gar kein so braves und vorbildliches Leben geführt.«

»Kannten sich die beiden?«

»Das nicht gerade, aber sie hatten eine ähnliche Vergangenheit.«

Sie hatten auch ein ziemlich ähnliches Ende gefunden, dachte Evelyn. Der Kinderarzt war in einem offenen Kanalschacht ertrunken, dem Stadtrat war von dem sich öffnenden Airbag ein Radio ins Gesicht geschleudert worden. Beides keine hübsche Art, um abzudanken.

»Ich bin auf drei interessante Punkte gestoßen …« Patrick raschelte mit einigen Papieren. »Erstens: Rudolf Kieslinger und Heinz Prange hatten mehrere Anzeigen wegen Kinderpornografie im Internet, die aber nie verhandelt wurden. Angeblich war die Beweislage zu dünn, und der Staatsanwalt stellte das Strafverfahren jeweils nach einigen Wochen ein.«

Kinderpornografie! Ihre Kehle verengte sich. Die Sache nahm eine Wendung, die ihr überhaupt nicht behagte.

»Zweitens: Den Kontoauszügen der beiden zufolge, an die ich rangekommen bin – frag bitte nicht, wie –, zahlten sie seit 1998 einmal im Quartal eine Summe von tausend Euro auf ein anonymes Konto. Und diese Beträge waren garantiert keine freiwilligen Spenden an Kinderheime.«

»Dubiose Mitgliedsbeiträge?«

»Möglich. Vielleicht wurden sie auch erpresst. Doch das Beste kommt noch: Das anonyme Konto ist dasselbe. Leider lässt sich nicht herausfinden, wem es gehört.«

Evelyn wurde heiß im Gesicht. »Ich wusste, dass außer dem Mädchen im Spaghettiträgerkleid eine weitere Verbindung zwischen den beiden existiert!«

»Ich bin noch nicht fertig«, unterbrach Patrick sie.

Instinktiv nahm Evelyn die Beine vom Tisch, als sie Schritte im Gang hörte.

»Der dritte Punkt ist der interessanteste: Ich habe recherchiert, wo Kieslinger und Prange im Sommer '98 waren, zu dem Zeitpunkt, als die Zahlungen begannen …«

Ein Schatten baute sich hinter der Milchglastür auf.

»… und bin auf eine weitere Gemeinsamkeit gestoßen.«

Es klopfte an der Tür, und Krager trat ein.

Evelyn nahm den Hörer vom Ohr.

Krager legte eine Visitenkarte auf den Schreibtisch. »Hier ist die Telefonnummer von Matthias Windbichler. Der Anwalt der Klägerin ist übrigens wieder einmal Doktor Jordan. Das Vergnügen hatten Sie ja bereits.«

Evelyn hörte Patricks Gemurmel aus der Muschel und legte den Hörer auf die Gabel. Sie schenkte der Visitenkarte keine Beachtung. »Ich weiß, Sie wollen es nicht hören, aber Rudolf Kieslinger und Heinz Prange hatten eine gemeinsame Vergangenheit«, sagte sie mit kalter Stimme.

Kragers Gesicht rötete sich, aber sie sprach weiter. Er konnte doch nicht so stur sein und ihr nicht zuhören … Sie erzählte von den Zahlungen, von dem anonymen Konto, von dem Foto des Mädchens mit den langen, dünnen Haaren und dem Sommerkleid. Als sie ihr Telefonat mit Holobeck erwähnte, platzte ihm der Kragen.

»Evelyn!«, brüllte er. »Wir sind nicht die Kripo, sondern Anwälte!« Er nahm die Akte *Angelika Bäumler gegen Matthias Windbichler* und knallte sie demonstrativ auf den Tisch. »*Das* ist Ihr Fall, sonst nichts! Ich habe Ihnen eine Chance gegeben, aber Sie lassen mir keine Wahl.« Er atmete tief durch, um sich selbst zu beruhigen. »Ich beurlaube Sie für den Rest der Woche. Privat können Sie tun und lassen, was Sie wollen. Klären Sie, was Sie klären müssen, aber bekommen Sie einen klaren Kopf.«

Urlaub? Es klang wie ein Fremdwort. Sie wusste gar nicht mehr, was das bedeutete. Der letzte Urlaub lag Jahre zurück. Eine Karibik-Kreuzfahrt mit Freunden. Sie konnte unmöglich noch heute eine Last-Minute-Reise in den Süden buchen. Aber andernfalls würde ihr zu Hause die Decke auf den Kopf fallen.

Sie sah ihn mit eisigem Blick an. »Das ist nicht Ihr Ernst.«

»Und ob das mein Ernst ist!« Krager nahm die Akte vom Tisch. »Bringen Sie Ordnung in Ihr Büro und in Ihr Leben. Nächsten Montag, wenn Sie wieder bei klarem Verstand sind, unterhalten wir uns darüber, wie es weitergeht.«

Er verließ den Raum und knallte die Tür so fest hinter sich zu, dass die Scheibe im Rahmen vibrierte. So wütend hatte sie ihn noch nie erlebt. Offensichtlich waren Holobecks Tod und ihr Auftreten in den letzten beiden Tagen zu viel für ihn gewesen. Und das unmittelbar nach der 25-Jahre-Feier. Nach jedem Hoch kam bekanntlich ein Tief. Außerdem entsprach ihr Verhalten nicht gerade dem, was man von einer künftigen Juniorpartnerin erwartete.

Evelyn starrte auf das Telefon. Keine der Tasten blinkte. Trotz aller Probleme kreisten ihre Gedanken um eine Frage. Was war der dritte Punkt, den Patrick über die beiden Männer herausgefunden hatte?

26

Am späten Nachmittag verließ Walter Pulaski die Halle des Hauptbahnhofs in der Leipziger Innenstadt. Die Stoßzeit hatte soeben begonnen. Die Straßenbahnen knatterten im Minutentakt an ihm vorüber, und die Autos wälzten sich wie ein zäher Lavastrom über die Ringstraße. Eben noch hatte ihn die Musik der zweistöckigen Einkaufspassage im Bahnhof eingelullt, und nun müllte ihn der Verkehrslärm zu.

Eine Peek-&-Cloppenburg-Filiale war überfallen worden, und Dezernatsleiter Fux hatte gemeint, ein Beamter des Dauerdienstes solle sich die Sache ansehen. Die Diebe hatten die Kasse geleert, achthundert Euro Bargeld erbeutet, danach eine Kundin niedergestoßen, ihr die Handtasche geklaut und bei der Flucht eine Kleiderpuppe ins Schaufenster geworfen. Das volle Programm also: Sachbeschädigung, räuberischer Diebstahl, fahrlässige Körperverletzung und möglicherweise noch unerlaubter Waffenbesitz. Pulaski hatte die Zeugen befragt, Fotos geschossen und den Schaden aufgenommen.

Zu seinem Glück hatten die Täter das Bahnhofsgelände jedoch nicht gleich verlassen, sondern waren nach dem Diebstahl noch in einen Kiosk gestürzt, um auch dessen Kasse zu plündern. Dabei war ein Zeitschriftenständer in die Auslage gekracht. Pulaski fragte sich immer wieder, wie man nur so dämlich sein konnte, die Nummer zur selben Zeit am selben Ort zu wiederholen.

Nachdem er eine halbe Stunde im Büro der Bahnhofsverwaltung gesessen hatte, lag ihm eine gestochen scharfe Aufnahme von der Überwachungskamera neben dem Kiosk vor. Damit war der Fall wohl erledigt. Die Fahndung lief wahrscheinlich nicht einmal vierundzwanzig Stunden, und dann würden die beiden Jugendlichen mit Horst Fux im Verhörzimmer der Polizeidirektion in der Dimitroffstraße sitzen. Das war lächerlich, aber wenn es um Jugendkriminalität ging, kümmerte sich Fux meist persönlich darum, auch wenn er noch so viel um die Ohren hatte. Er wollte den Burschen immer einen guten Ratschlag fürs Leben mitgeben. Fux konnte aus seiner sozialen Mentorenrolle eben nicht raus. Manchmal behandelte er die Kriminellen sogar mit mehr Respekt als seine Untergebenen.

Pulaski schirmte die Augen mit der Hand vor der Nachmittagssonne ab. Er ging mit seinem Koffer zum Wagen, der vor der Fußgängerzone parkte. Es blieb noch etwas Zeit, bevor er zum Revier zurückkehren musste. Eigentlich hätte er jetzt, wie schon so oft, an den Läden vorbeispazieren, mit seiner Tochter telefonieren oder in der Nikolaistraße einige Lebensmittel für das Abendessen kaufen können. Er hätte sich auch in einer Eisdiele kurz mit Jasmin treffen können, um die letzten Sommertage auszunutzen. Die Schule hatte gerade erst begonnen, und noch langweilte sich seine Tochter zu Tode. Seit Karin vor fünf Jahren nicht mehr aus dem Krankenhaus heimgekommen war, hing die Kleine besonders an ihm. Sobald er während der Dienstzeit in ihrer Nähe war und ihm einige Minuten blieben, rief er sie an. Dann fuhr sie mit ihrem mittlerweile viel zu kleinen Trekkingrad in die Innenstadt. Vielleicht tat sie das aber auch nur, weil sie dachte, *er* wäre einsam. Wie auch immer – diesmal hatte er keine Zeit, sich den Kopf darüber zu zerbrechen. Er musste etwas anderes erledigen.

Pulaski lief zu seinem Wagen, wuchtete den Koffer auf den Rücksitz, nahm das Kriposchild von der Armaturenablage und ließ sich hinter das Lenkrad fallen. Er steckte sich eine Zigarette an und hob den gewaltigen Papierstoß, den Malte im Revier für ihn kopiert hatte, vom Beifahrersitz auf seinen Schoß. Siebzig Patientenakten! Alle aus der Psychiatrie Markkleeberg. Er hatte die Unterlagen zwar gestern Abend im Besprechungsraum der Anstalt schon durchgelesen, doch jetzt suchte er nach etwas anderem: nach Parallelen.

Gab es unter den Patienten ein weiteres Waisenkind, das in seiner Kindheit sexuell missbraucht, im Klinikum Bremerhaven erstbehandelt und von dort in die Psychiatrie Markkleeberg überwiesen worden war? Und hatte sich das alles vor zehn Jahren zugetragen?

Nach einer halben Stunde schob er das letzte Aktenblatt zur Seite. Fehlanzeige! Zwar war er auf Fälle gestoßen, bei denen das eine oder das andere geschehen war. Doch bei keiner Akte trafen *alle* Eckdaten zu. Nur bei Martin und Natascha. Also doch ein Zufall? Er wollte nicht daran glauben. Da war dieses Bauchgefühl, das ihn bisher noch selten getrogen hatte. Die Autopsie von Martin Horners Leiche würde wohl zeigen, ob der Junge tatsächlich eines natürlichen Todes gestorben war oder nicht. Aber so lange wollte Pulaski nicht warten. Er spürte förmlich, dass mehr hinter der Fassade dieses Falls steckte. Und er wollte mit einer Abrissbirne dagegenkrachen, damit die Geheimnisse ans Licht kamen.

Seine Gedanken rasten.

Die Todesfälle der beiden Kinder innerhalb weniger Tage.

Herzversagen und Selbstmord.

Der Grauhaarige.

Der gefälschte Abschiedsbrief.

Die Spur nach Bremerhaven.

Er ahnte, dass Goteinik, sein ehemaliger Kollege vom LKA, und der junge Schnösel Winteregger dieser vagen Spur keine Aufmerksamkeit schenken würden. Irgendwie vermutete Pulaski, dass der Grauhaarige wieder zuschlagen würde – oder vielleicht war er *davor* schon einmal aktiv gewesen? Bei diesem Gedanken richtete Pulaski sich auf.

Aber außer Martin und Natascha gab es keine Todesfälle in der Psychiatrie Markkleeberg. Da erinnerte er sich an etwas, das Sonja Willhalm gestern bei ihrem Spaziergang durch den Park gesagt hatte.

Es gab nur zwei Spezialeinrichtungen für solche Fälle: eine Klinik in Göttingen und Markkleeberg.

Göttingen! Die Stadt lag nur etwa 230 Kilometer von Leipzig entfernt. Drei Stunden mit dem Auto. Eine weitere Spezialanstalt für multiple Persönlichkeiten. Er musste herausfinden, ob es auch dort Todesfälle unter den Patienten gegeben hatte. Falls nicht …

… standen sie vielleicht noch bevor.

27

Evelyn stand in der Küche, nahm die Pizzen aus den Kartons, schob sie auf die Teller und goss Sekt in die Gläser. Aus dem Wohnzimmer klang das Knarren der Sitzgarnitur. Sie blickte kurz um die Ecke.

Patrick streckte sich, so gut es ging, auf der Couch aus, mit einem Bein auf dem Boden und dem Gipsbein auf zwei Kissen. Clyde lag schnurrend und faul wie immer neben seinem Fuß, während Bonnie auf Patrick herumturnte und mit den Vorderpfoten gegen seinen Bauch trat, als suchte sie nach einem bequemen Platz zum Liegen.

»Was ist nun diese dritte interessante Gemeinsamkeit, die du über den Kinderarzt und den Stadtrat herausgefunden hast?«, rief Evelyn ins Wohnzimmer.

Nachdem sie die Aktenberge in ihrem Büro sortiert und eine knappe Abwesenheitsnotiz in ihrem E-Mail-Account hinterlegt hatte – *bis Freitag im Urlaub* –, war sie wütend nach Hause gefahren.

Bereits vom Auto aus hatte sie Patrick angerufen, um ihm zu erzählen, dass Krager sie für den Rest der Woche vom Dienst freigestellt hatte. Natürlich hatte Patrick kein gutes Haar an seinem Vater gelassen. Er wollte mit dem Taxi sofort zu ihr fahren und stand eine Stunde später tatsächlich mit Krücken vor ihrer Tür – in Begleitung des Taxifahrers, der eine Sektflasche, einen Rosenstrauß und zwei Pizzakartons im Arm hielt. Nach einem kräftigen Trinkgeld war er grinsend verschwunden. Der hatte bestimmt gedacht, dass eine Versöhnungsfeier oder ein romantischer Abend folgen würden. Evelyn hatte keinen Appetit, schon gar nicht auf lauwarme Pizza, aber so war Patrick nun mal. Nicht davon abzubringen, wenn er sich etwas in den Kopf gesetzt hatte.

Mittlerweile war es Abend, im Wohnzimmer brannten einige Kerzen, und aus der Stereoanlage klangen die Songs von Enya. *Shepherd Moons.* Patrick hatte darauf bestanden, alles so zu arrangieren, um sie auf andere Gedanken zu bringen. Sie wusste, welche Gedanken *er* verfolgte – und darauf konnte sie gern verzichten, ob mit oder ohne Gips. Zumindest im Moment.

»Was ist nun mit Punkt drei?«, fragte sie, während sie mit einem Tablett mit den Pizzen und den Sektgläsern ins Wohnzimmer ging.

»Einen Moment noch, Urlauberin!« Patrick versuchte, sich aufzurichten, während Bonnie mit der Schnauze gegen sein Gesicht stupste.

Evelyn legte ihm seinen Teller auf den Schoß und reichte ihm das Besteck.

Rasch schnitt er ein Stück von der Pizza ab. »Mir dröhnt zwar immer noch der Schädel, aber ich habe einen Mordshunger«, murmelte er mit vollem Mund.

»Nicht zu übersehen.«

Er grinste. »Wenn der Berg nicht zum Propheten kommt, geht der Prophet eben zum Berg.«

Wieder eine Anspielung auf das Candle-Light-Dinner, das sie ihm bisher verwehrt hatte. Ob es klug gewesen war, das Dinner in ihre Wohnung zu verlegen?

Evelyn stellte ihren Teller beiseite, und Bonnie und Clyde stürzten sich auf den Schinken.

»Da hat aber jemand mächtig Hunger.« Patrick griff nach dem Sektglas.

Sie setzte sich im Schneidersitz neben ihn und prostete ihm zu. »Ich bin ganz Ohr.«

»Entsprechend den Kontoauszügen begannen Kieslingers und Pranges Zahlungen auf das anonyme Konto vor exakt zehn Jahren«, sagte Patrick kauend. »Ich weiß nur, dass es sich um ein Konto bei der Hamburger Volksbank handelt. Im Sommer 1998, einige Monate *vor* der ersten Zahlung, flog Stadtrat Prange außerdienstlich nach Hamburg-Fuhlsbüttel und …«

»Woher weißt du das?«, unterbrach Evelyn ihn. »Keine Fluglinie bewahrt ihre Passagierlisten zehn Jahre lang auf.«

»Richtig, Watson!« Patrick grinste. »Prange nahm sich beim Flughafen am Sixt-Stand einen Leihwagen und wurde auf dem Weg nach Bremerhaven prompt mit hundertachtzig km/h vom Radar geblitzt. Bei der Rückgabe des Wagens war noch dazu eine Delle im vorderen Kotflügel. Es gab nicht nur eine saftige Anzeige wegen Fahrerflucht und zu schnellen Fahrens, sondern auch einen Versicherungsfall. Schließlich war der Führerschein für ein paar Monate weg.« Patrick machte eine Pause. »Jedenfalls sieht es so aus, als hätte er es ziemlich eilig gehabt, weil der Flieger womöglich verspätet gelandet war.«

Evelyn war beeindruckt, obwohl sie das vor Patrick nie zugeben würde. »Und weiter?« Sie nippte am Sekt.

Patrick schob sich ein Pizzastück in den Mund. »Kieslinger war zur gleichen Zeit auf einem Ärztekongress in Bremerhaven.«

»Haben sich die beiden dort getroffen?«

Er schüttelte den Kopf. »Prange war Politiker, kein Arzt – er hatte dort nichts verloren. Aber jetzt kommt's: Auch Kieslinger war nicht da. Die Kongressleitung hatte zwar ein Zimmer für ihn gebucht, doch er tauchte über eine Woche lang weder in seinem Zimmer noch bei den Veranstaltungen auf.«

»Wo war er?«

»Das ist der springende Punkt.« Patrick beugte sich vor. »Oliven?«

»Nein, weiter!«

»Um das herauszufinden, habe ich mich heute Vormittag mit dem Taxi zu Kieslingers Witwe kutschieren lassen.«

»Was?« Evelyn fuhr hoch. »Statt dich auszukurieren, hast du mit dieser alten Schachtel gesprochen?«

Ihr war das Bild der Frau mit den aufgedonnerten Haaren

und dem viel zu dick aufgetragenen Lippenstift auf den falschen Zähnen noch lebhaft in Erinnerung. »Warum spricht die mit so einem Kerl wie dir?«

»So einem Kerl wie mir?«, echote Patrick. »Erstens« – er warf seine Haare mit einer energischen Kopfbewegung zur Seite – »bin ich ein charmanter junger Mann, dem ältere Damen aus der Hand fressen, und zweitens schreibe ich als Reporter eine Artikelserie über berühmte Ärzte.«

»Die hat sich nicht wegen deines Gipsbeins gewundert?«

»Journalisten sind nie im Krankenstand!«

Sie boxte ihm gegen das gesunde Bein. »Du Schuft schämst dich nicht einmal, die Frau so anzulügen!« Krager hatte schon Recht, wenn er behauptete, sein Sohn sei ein schmieriger Detektiv, der es mit der Wahrheit nicht so genau nehme.

»Also, was hat sie ausgeplaudert?«

Patrick sah beleidigt zur Seite.

»Los, sag schon! Mensch, du bist schlimmer als eine Frau!«

»Auch Privatdetektive haben Gefühle.«

»Ja, ja, nun erzähl schon!«

Er musterte Evelyn von der Seite. »Anfangs war sie ziemlich mies gelaunt und wollte mich nicht empfangen.«

»Kann ich mir vorstellen. Nach meinem Treffen mit ihr hat ihr Anwalt die Klage gegen das Bauunternehmen zurückgezogen, wordurch ihr einige Millionen durch die Lappen gegangen sind.«

»Ich dachte mir so etwas Ähnliches.« Patrick schmunzelte. »Wir haben also in ihrem Wintergarten Kaffee getrunken und uns über ihren Mann unterhalten. Sie hat erzählt, dass er auf seinen Dienstreisen nach Norddeutschland immer Ohrstöpsel, Scopolamin-Pflaster und Bonamine-Tabletten mitgenommen hat … spezielle Mittel gegen die Seekrankheit.« Er betrachtete sie, als wartete er darauf, dass der Groschen fiel.

»Und?«

»Watson, ich bin enttäuscht.« Patrick breitete die Arme aus. »Wozu braucht man Ohrstöpsel und solche Medikamente?«

»Gegen Brechreiz auf hoher See und die Stampfgeräusche von Turbinen?«

»Und was gibt es in Bremerhaven?«, fragte er weiter.

»Schiffe?«

»Gar nicht einmal so schlecht! Offensichtlich war Kieslinger ein großer Schiffsliebhaber, denn im Haus hingen zahlreiche Fotos, die ihn mit Mütze und Schal an einer Reling zeigen. Seine Witwe erzählte, dass er sich immer besonders auf Dienstreisen freute, die ihn nach Norden führten, weil er Jachthäfen so gerne besuchte. Sie dagegen hasst das Wasser.«

Patricks Stimme wurde geheimnisvoll. »An dem Tag, als Prange mit dem Leihwagen nach Bremerhaven fuhr und Kieslinger nicht in seinem Hotelzimmer erschien, liefen mehrere kleine Passagierschiffe aus, aber nur eines davon legte exakt an dem Tag wieder im Hafen an, als der Kongress zu Ende ging.«

»Prange und Kieslinger unternahmen eine Kreuzfahrt?«

»Mit der *Friedberg,* die einem gewissen Edward Hockinson gehört – einem reichen, spleenigen Reeder«, vollendete Patrick seine Geschichte.

»Wow!«, entfuhr es Evelyn. Natürlich war es Patricks Job, solche Sachen herauszufinden, aber *damit* hatte sie nicht gerechnet.

Sie dachte nach. Die Spuren führten nach Norddeutschland: das anonyme Konto, auf das zehn Jahre lang eingezahlt worden war, und die Reise der beiden Männer nach Bremerhaven. Sie fragte sich, was das mit dem Mädchen im Spaghettiträgerkleid zu tun hatte. Damals war sie wohl kaum älter als zehn gewesen. »Hast du Adresse und Telefonnummer von diesem Hockinson?«

Patrick sah sie entgeistert an. »Dazu bin ich nicht mehr gekommen. Ich habe stundenlang mit Uwe, einem Kollegen in Deutschland, telefoniert, mit der Volksbank, der Hamburger Kripo, der Wiener Ärztekammer und zuletzt mit dem Hotel Columbus in Bremerhaven. Da wäre vielleicht ein nettes *Dankeschön* angebracht!«

»Danke, mein Held«, sagte sie schmunzelnd und gab ihm

einen Kuss auf die Wange. »Warum hast du dich eigentlich so dahintergeklemmt? Sicher nicht deshalb, weil du sonst den ganzen Tag tatenlos mit deinem Gipsbein im Büro gesessen hättest.«

Er sah zur Seite. »Weil ich der Einzige bin, der an deine verrückte Idee glaubt.«

Sie spürte, dass sie einen Augenblick lang errötete. Rasch griff sie zum Handy. »Lass uns Hockinsons Adresse rausfinden.«

Während Patrick die Katzen betrachtete, die soeben das letzte Schinkenstück von ihrer Pizza zerrten, wählte sie die Nummer der internationalen Auskunft.

Nach einigen Minuten schrieb sie Edward Hockinsons Telefonnummer auf den Rand der Serviette, die auf dem Tisch lag.

Patrick starrte auf die Ziffern. »Das ist nicht die Vorwahl von Bremerhaven«, murmelte er.

»Richtig«, antwortete Evelyn. Nachdem er den ganzen Tag mit Deutschland telefoniert hatte, kannte er vermutlich alle Vorwahlen Norddeutschlands auswendig.

»Die Nummer stammt aus Cuxhaven.« Evelyn betätigte die Freisprechanlage ihres Handys und wählte den Anschluss.

Sie wusste, Cuxhaven lag ebenfalls an der Nordsee, nur wenige Kilometer nördlich von Bremerhaven. Da es sich bei »Edward Hockinson« nicht gerade um einen Allerweltsnamen handelte, war sie davon überzeugt, den Richtigen erwischt zu haben.

Sie legte das Handy auf den Tisch. Patrick setzte sich mühsam auf und rückte näher. Gespannt lauschten sie dem Klang des Freizeichens.

»Was sagst du, wenn er rangeht?«, wisperte er.

Evelyns Herz schlug bis zum Hals. »Keine Ahnung.«

Endlich hob jemand ab.

Eine tiefe Männerstimme mit norddeutschem Akzent ertönte. »Hier spricht Edward Hockinson …«

28

Als es draußen zu dämmern begann, saß Pulaski in seinem Büro und starrte auf den Monitor. Die Zeit verging so zäh wie nur selten.

Horst Fux, der Hüne mit dem Schnauzbart, kam an seinem Zimmer vorbei und steckte den Kopf zur Tür herein. »Ist der Bericht vom Hauptbahnhof endlich fertig?«

»Ich arbeite daran«, log Pulaski. Der Bericht lag seit einer halben Stunde fertig in der Schreibtischschublade. Aus dem Augenwinkel blickte er auf den Monitor.

Suchabfrage zu 96% erledigt.

»Mach schnell, ich möchte die Fahndungsfotos der beiden Jugendlichen noch heute Abend rausgeben.«

»Ja, klar.«

Suchabfrage zu 97% erledigt.

Fux wollte schon wieder gehen, als Pulaski ihm nachrief. »Was gibt es Neues von Goteinik und Winteregger?«

»Das ist nicht mehr dein Fall.«

»Das ist nichts *Neues!*«

Fux drehte sich um und stemmte sich mit der Hand am oberen Türpfosten ab. Unter seinen Achseln waren große Schweißflecken zu sehen. Immerhin befand er sich schon seit sieben Uhr früh im Dienst, und bestimmt würde es wieder Mitternacht werden. So war nun mal der Job eines Dezernatsleiters. »Soweit ich weiß, verhören sie die Ärzte und Pfleger der Psychiatrie.«

Diese Idioten! Pulaski stöhnte auf. »Reine Zeitverschwendung.«

»Möglich, aber es ist nicht mehr dein Fall.«

»Die machen einen Fehler.«

»Wäre ja nicht das erste Mal.« Fux hob die Schultern. »Was kümmert es dich?«

»Hinter der Sache steckt mehr«, erwiderte Pulaski. »Das spüre ich.«

»Pulaskis berühmter sechster Sinn!« Es klang spöttisch. Doch plötzlich musterte Fux ihn mit zusammengekniffenen Augenbrauen. »Du hörst es nicht gern, aber wärst du beim LKA geblieben, könntest *du* die Ermittlungen leiten. Du bist dort mal eine große Nummer gewesen, aber mittlerweile bist du weg vom Fenster – zumindest in deren Augen.«

Ja, verdammt. Die alte Leier. Er hatte nichts gegen die Jungs vom LKA, aber mussten ausgerechnet diese beiden Versager die Ermittlungen führen? Wie all die anderen hatte er oft genug weggesehen, wenn Beweise verschwanden und etwas unter den Tisch gekehrt wurde. Doch diesmal wollte er das nicht zulassen. Immerhin ging es um Jugendliche. Was konnten sie schon großartig gegen ihn unternehmen, wenn er auf eigene Faust weiterrecherchierte? Ihn versetzen? Wohin? Er arbeitete ja schon beim Dauerdienst und schrieb den halben Tag Berichte. Schlimmer konnte es nicht mehr kommen.

Pulaski schielte auf den Monitor.

Suchabfrage zu 99% erledigt.

»Du hast Recht.«

»Denk an den Bericht!« Fux nickte ihm zu und verschwand.

In diesem Moment piepste es aus dem Monitor.

Suchabfrage beendet. 1 Treffer.

Er hatte sich mit einer neuen Behördenkennzahl in das System des Standesamts eingeloggt und eine Abfrage über die Sterbefälle der letzten drei Monate in der Psychiatrie Göttingen gestartet. *1 Treffer!* Die Sterbeurkunde war vor einer Woche ausgestellt worden.

Trotz der Hitze im Büro hatte Pulaski eiskalte, starre Finger, als er auf die Tastatur tippte. Der Patient – ein gewisser Sebastian Semmelschläger – hatte Selbstmord verübt. Laut Geburtsdatum war er neunzehn Jahre alt gewesen. Wie Natascha und Martin. Mehr ließ sich mit seinem Computer und seiner Berechtigung nicht herausfinden.

Pulaski griff zum Hörer und rief das Landeskriminalamt Sachsen an. Er würde sich hüten, mit Goteinik oder Winteregger zu reden. Dafür war es zu früh. Aber es gab genügend andere in Dresden, die er aus seiner aktiven Zeit als Kriminaloberkommissar kannte und die ihm noch einen Gefallen schuldig waren.

Während er auf den Rückruf aus Dresden wartete, trank er in der Teeküche einen Kaffee und rauchte eine Zigarette. Er hatte den Umweg zur Küche genommen, um nicht am Büro von Fux vorbeizulaufen.

In der Küche war es dunkel. Pulaski lehnte mit der Stirn am Fenster und starrte auf die Gasse hinunter. Die Straßenbeleuchtung ging soeben an, und die Menschen eilten mit Einkaufstüten heim. Er würde später als geplant nach Hause kommen – wie gestern. Eigentlich hatte Fux Recht. Was kümmerte ihn der Fall? Besser wäre es, er ginge heim, solange die Abende noch mild waren. Er hatte Jasmin versprochen, diese Woche mit ihr und dem Nachbarshund Rex zum Johannapark zu radeln, wo sie Frisbee spielen wollten. Aber heute nicht mehr. Dieser einen Sache wollte er noch auf den Grund gehen. Wenn auch nur, um sein Gewissen zu beruhigen.

Endlich läutete sein Handy. Er drückte die Zigarette aus.

Aber es war keine Nummer aus Dresden, sondern Meikes Anschluss. Sie rief aus der Pathologie an.

»Hallo, mein Großer. Wie geht's?«

»Noch im Dienst?«, fragte er. »Hast du zu Hause nichts zu tun?«

»Du weißt, Schnippeln ist mein Hobby. Wo steckst du?«

»Auf dem Revier.«

Sie lachte. »Ausgerechnet du beklagst dich über mich, dabei

wohnst du selbst schon im Büro.« Sie machte eine Pause. »Wie lange noch?«

»Höchstens eine Viertelstunde«, sagte er. Hoffentlich!

»Gehen wir nachher etwas trinken?«

Die Frage war schon lange nicht mehr gekommen, und er hatte gehofft, Meike hätte aufgegeben. Vom Universitätsklinikum zur Dimitroffstraße waren es gerade mal fünfzehn Minuten zu Fuß. Ein Besuch in einer Kneipe nach Dienstschluss bot sich regelrecht an, trotzdem war er erst ein paar Mal mit ihr ausgegangen. Nie allein, immer mit Kollegen. Wenn sie ihn fragte, dachte er meistens an Karin. Bestimmt hätte sie gewollt, dass er sich nach ihrem Tod mit anderen Frauen traf. Schließlich konnte er nicht ewig zu Hause hocken und ihre Fotos anstarren, die er vor seiner Tochter in einer Schublade versteckte. Doch diesmal musste er seltsamerweise nicht an Karin, sondern an Sonja Willhalm denken. Seit er die Therapeutin gestern zum ersten Mal gesehen hatte, ging sie ihm nicht mehr aus dem Kopf. Finger weg von Staatsanwalt Kohlers Exfrau, sagte er sich – trotzdem waren seine Gedanken ständig bei ihr. War das vielleicht auch ein Grund, weshalb er die Ermittlungen im Todesfall von Natascha Sommer und Martin Horner weiterverfolgen wollte? Um den Draht zu ihr nicht abreißen zu lassen? Seine verworrenen Gefühle und zwiespältigen Motive wären ein gefundenes Fressen für einen Psychiater gewesen.

»Nein, heute nicht«, sagte er schließlich. »Ich möchte heim zu meiner Tochter.«

»Ah ja, klar.« Meike schien zu ahnen, dass seine Antwort nicht ganz der Wahrheit entsprach. Aber was machte das schon aus? Zwischen ihnen war nie etwas gewesen.

»Ich habe heute Mittag übrigens einen zweiten Patienten aus der Psychiatrie auf den Tisch bekommen.«

Er wurde hellhörig. »Martin Horner?«

»Du bist ja bestens informiert. Da haben die Jungs vom LKA einen Volltreffer gelandet.«

Die Jungs vom LKA, dass ich nicht lache, dachte Pulaski. Die und einen Volltreffer!

»Ist er etwa nicht an Herzversagen gestorben?«

»Kann ich noch nicht sagen. Jedenfalls litt er laut medizinischem Bericht an einer Herzinsuffizienz, weshalb er regelmäßig ein Medikament bekam, das seinen Herzschlag beschleunigte«, antwortete die Gerichtsmedizinerin. »Dich wird jedoch mehr interessieren, dass ich eine Punktion in beiden Schultern festgestellt habe.«

»Wie bei Natascha.«

»Offenbar hat der Pathologe die Einstiche übersehen, als er nach dem Tod die Obduktion durchgeführt hat. Normalerweise wären sie mir auch nicht aufgefallen, aber ich habe ja nach Gemeinsamkeiten gesucht.«

»Botox?«

»Möglich.«

Er hatte es geahnt … »Martin ist keines natürlichen Todes gestorben.«

»Die berühmte Ferndiagnose von Professor Pulaski«, spottete Meike. »Weshalb interessiert dich der Fall so?«

»Halt mich bitte einfach auf dem Laufenden.«

Nach dem Telefonat ging Pulaski wieder in sein Büro. Zehn Minuten später kam der ersehnte Anruf aus Dresden – von Philip Koch, der für Datenverarbeitung und Auskunftsdienst zuständig war. Er hatte Pulaski seinerzeit auf einer Feier mit Karin bekannt gemacht und war sein Trauzeuge gewesen.

Philips Stimme klang wie immer einschläfernd, als hätte er eine Hunderter-Packung Valium geschluckt. »Der Patient Sebastian Semmelschläger hat in der Psychiatrie Göttingen Selbstmord verübt. Details sehe ich keine, da müsstest du mit dem Chefarzt telefonieren, aber der wird dir nichts sagen.«

»Weiß ich, Philip, außerdem habe ich das selbst herausgefunden«, unterbrach Pulaski ihn.

»Wie geht es dir eigentlich in Leipzig?«

»Bestens, danke.« Jetzt bloß keinen Smalltalk! »Wie sieht es mit dem Klinikum Bremerhaven aus?«

Philip klapperte auf der Tastatur. »Du hattest Recht. Der Junge wurde tatsächlich dort behandelt, im August 1998, und anschließend nach Göttingen überwiesen.«

Ein Kälteschauer erfasste Pulaski. »Die zweite Abfrage!«, drängte er. »Gab es noch jemanden?«

»Im Sommer '98 wurde ein zweites Kind, damals acht Jahre alt, vom selben Arzt behandelt und ebenfalls in die Psychiatrie Göttingen überwiesen.«

Volltreffer! Pulaskis Herz raste. »Wie hieß der Arzt?«

»Kann ich dir nicht sagen, ist vertraulich.«

Pulaski versuchte, ruhig zu bleiben. »Und der Name des Kindes?« Er griff zum Kugelschreiber.

»Lesja …« Philip zögerte. »Prokopow…«

»Prokopowytsch«, half Pulaski ihm. Ein ukrainischer Name.

Vier Kinder im gleichen Alter, die man zur selben Zeit in Bremerhaven behandelt hatte. Möglicherweise war es in allen Fällen derselbe Arzt gewesen. Zwei der Kinder waren nach Markkleeberg gekommen, zwei nach Göttingen – und mittlerweile waren drei davon tot.

»Ist das Mädchen noch dort?«

»Kann ich hellsehen?«, murrte Philip.

»Danke, du hast mir sehr geholfen.«

»Alles klar, aber du weißt, dass diese Abfragen normalerweise …«

»Danke, Philip.« Pulaski legte auf, griff nach dem Bericht in der Schublade und verließ das Büro.

Er warf Fux die Mappe bezüglich der beiden Diebstähle in der Einkaufspassage des Leipziger Hauptbahnhofs auf den Tisch. »Fahndungsfotos, Zeugenaussagen, Aufnahme der Schadensfälle … der übliche Mist.«

Fux zog nur eine Augenbraue hoch und tat so, als überhörte er Pulaskis Kommentar.

»Kann ich mir morgen frei nehmen?«, fragte Pulaski.

Fux sah nicht auf, während er durch die Akte blätterte. »Wozu?«

»Ich muss ausspannen.«

Fux lachte heiser auf. »Wer muss das nicht?« Dann blickte er zur Wanduhr. »Kommst ziemlich spät damit. Die Ferien sind vorüber, die letzten Sommertage brechen an, und jeder will frei haben.«

Pulaski erwiderte nichts. Er hoffte, Fux würde ihn nicht nach dem Grund fragen. Er verbrachte ohnehin zu wenig Zeit mit seiner Tochter, dann sollte sie zumindest nicht für eine Notlüge herhalten müssen. In dieser Hinsicht funktionierte sein schlechtes Gewissen so präzise wie ein Schweizer Uhrwerk.

Fux klappte den Aktendeckel zu. »Der Bericht ist in Ordnung. Von mir aus. Sprich mit Malte, er soll deinen Dienst übernehmen.« Er griff in die Schublade, holte ein Formular hervor und reichte es Pulaski. Dabei musterte er ihn, als ahnte er, was in Pulaskis Kopf vorging. Trotzdem klang die nächste Frage wie beiläufig. »Einen Tag Urlaub. Was hast du vor?«

Pulaski unterzeichnete das Formular. »Einen Ausflug ins Grüne.«

»Schön.« Fux senkte die Stimme. »Melde dich, falls du in Schwierigkeiten kommst.«

Schwierigkeiten? Pulaski hielt für einen Moment inne.

Er fuhr bloß nach Göttingen. Wie sollte er da in Schwierigkeiten geraten?

29

Enya war längst verklungen, und draußen herrschte die dunkle Nacht. Evelyn war in keiner romantischen Stimmung und verzichtete auf weiteren Kerzenschein. Stattdessen hatte sie das Deckenlicht im Wohnzimmer angedreht.

Während Patrick und sie die Sektflasche zur Hälfte geleert hatten, waren sie alle möglichen Konstellationen des Falls durchgegangen. Ohne es zu bemerken, sprachen sie bereits von einem *Fall,* und als es ihr schließlich auffiel, steckte sie mit ihren Gedanken bereits zu tief in den absurdesten Vermutungen.

Gegen zweiundzwanzig Uhr drückte sie die Wahlwiederholungstaste ihres Handys erneut. Wieder ertönte die sonore Männerstimme mit dem norddeutschen Akzent. »Hier spricht Edward Hockinson …«

Der Anrufbeantworter spulte dieselbe Nachricht ab, die sie an diesem Abend bereits ein Dutzend Mal gehört hatten.

»… ich befinde mich zurzeit auf einer Dienstreise und kehre am Mittwochabend heim. Falls Sie mir eine Nachricht hinterlassen möchten, rufe ich verlässlich und unverzüglich zurück.«

Es *war* Mittwochabend, und trotzdem hob er nicht ab. Evelyn hatte keine Nachricht hinterlassen. Was hätte sie auch sagen sollen? *Mein Name ist Evelyn Meyers, ich bin eine Wiener Anwältin, rufen Sie mich bitte zurück.* Sie wusste ja nicht einmal, was sie sagen sollte, falls Hockinson plötzlich abheben würde. Derartige Dinge ließen sich schlecht am Telefon besprechen. Wie würde er wohl reagieren, wenn sie ihn fragte, ob er zehn Jahre lang vierteljährlich Zahlungen von Rudolf Kieslinger und Heinz Prange erhalten habe und Näheres über die Todesumstände der beiden Herren wisse? Ob sie ihm ein Foto faxen dürfe, und ob er diese junge Dame mit den langen Haaren im Spaghettiträgerkleid kenne?

Je länger sie darüber nachdachte, desto absurder kam ihr die Sache vor. Schließlich sprang sie auf und marschierte genervt durchs Wohnzimmer. »Ich gehe zur Polizei.«

Patrick stöhnte auf. »Lynnie, das haben wir schon tausendmal durchgekaut! Es ist noch zu früh. Was sollen die Beamten machen? Mit diesen vagen Indizien werfen sie dich höchstens aus dem Revier.«

»Dann müssen wir mehr herausfinden.«

Er sah sie traurig an.

»Aber irgendetwas muss ich unternehmen!«

»Rufen wir Hockinson morgen noch einmal an«, schlug er vor.

»Und was sage ich ihm? Ich würde gern eine Reise auf der *Friedberg* buchen?«

Patrick gab keine Antwort. Für ihn war die Situation offensichtlich genauso unbefriedigend wie für Evelyn. Sie gestand es sich nur ungern ein, aber sie traten auf der Stelle. Dazu kam, dass die Zusammenhänge so unklar waren. Erneut dachte sie an die Anzeigen wegen Kinderpornografie. Ausgerechnet! Vielleicht war es besser, den Kopf in den Sand zu stecken und die ganze Sache zu vergessen. Andererseits hallten Kragers Worte in ihrem Kopf nach. *Lernen Sie endlich, mit Ihrer Vergangenheit abzuschließen. Bringen Sie Ordnung in Ihr Leben!* Sie betrachtete ihr Spiegelbild in der Fensterscheibe. Er hatte verdammt nochmal Recht. Wie lange wollte sie noch davonlaufen? Es gab nur einen Weg aus der Sackgasse. Sie musste sich dem Thema stellen.

»Sämtliche Spuren führen nach Norddeutschland«, sinnierte sie, während sie mit dem Handy eine SMS tippte.

»Was für eine Erkenntnis!«, kommentierte Patrick.

Sie tippte die SMS zu Ende, dann sah sie ihn auffordernd an. »Erinnere dich an die junge Frauenstimme, die wir gehört haben, als wir Holobecks Handynummer wählten. Der norddeutsche Akzent.«

»Ach, das Handy«, murmelte Patrick, als handelte es sich um eine Nebensächlichkeit. »Ich habe übrigens mit Bernecker vom KK-Süd darüber gesprochen. Die Kripobeamten haben Holobecks Mobiltelefon mit einer Handypeilung geortet und nach langer Suche in einem Mülleimer am Wiener Westbahnhof gefunden. Es war immer noch eingeschaltet und über den Masten beim Bahnhof eingeloggt.«

»Das sagst du mir erst jetzt?«

»Es ist doch völlig unwichtig, zumal keine Fingerabdrücke darauf waren.«

»Aber damit wissen wir, dass jemand kurz nach Holobecks Tod sein Handy aus seinem Penthouse in Alt-Erlaa mitgenommen, Stunden später meinen Anruf entgegengenommen und das Handy anschließend am Westbahnhof in einen Mülleimer geworfen hat.«

»Leider hilft uns das nicht weiter.«

»Womöglich ist diese Frau mit dem norddeutschen Akzent am Westbahnhof in den erstbesten Zug nach Hamburg gestiegen.«

Patrick seufzte. »Du lässt dich einfach nicht davon abbringen, dass diese Frau, die nur *Lisa. Hallo? Ich habe deinen Anruf erwartet* gesagt hat, etwas mit Holobecks Unfall zu tun hat.«

»Richtig«, bestätigte sie. »Und genau das werde ich herausfinden. Zumindest werde ich nicht tatenlos darauf warten, bis *mich* jemand über die Balkonbrüstung stößt.«

Sie ging ins Schlafzimmer, öffnete den Schrank und warf ihren Koffer und eine Reisetasche aufs Bett. Als sie den Verschluss des kleinen Hartschalentrolleys aufschnappen ließ, strömte ihr ein vertrauter Geruch nach Wäsche und Toilettenartikeln entgegen. Die letzte Dienstreise lag nicht lange zurück. Der Reisepass steckte noch im Seitenfach des Koffers, neben originalverpackten Erfrischungstüchern und einer Ausgabe der *Presse,* die sie im Flugzeug erhalten hatte.

Sie griff in ihre Kleiderfächer und stopfte Unterhosen, Jeans, Sweater und Pullover in den Trolley.

Sie hörte, wie Patrick auf den Krücken in den Gang humpelte. Als sie sich umdrehte, stand er im Türrahmen.

»Ich hoffe nicht, dass du vorhast, wonach es aussieht.«

Sie warf ihm einen traurigen Blick zu. Er stemmte sich in die Krücken, um das Gipsbein zu entlasten. Irgendwie wirkte er ein wenig unbeholfen, als wagte er es nicht, ihr Schlafzimmer zu betreten. Das Bett war nicht gemacht, und ihr Pyjama lag zerknüllt unter dem Kopfkissen. Einige Romane von Mary Higgins Clark stapelten sich neben der Nachttischlampe.

»Dein Vater hat mich beurlaubt und mir geraten, mich endlich meiner Vergangenheit zu stellen.«

Sie stopfte Socken, Bücher und den Reisewecker in die Tasche. »Daran halte ich mich.«

»Lynnie, das ist doch nicht dein Ernst!«

»Und ob – mir war noch nie etwas so klar wie das.«

Bonnie und Clyde zischten zwischen Patricks Beinen hindurch und sprangen mit einem Satz aufs Bett. Schnurrend vergruben sie sich unter der Decke.

»Ich muss rausfinden, was hinter der Sache steckt«, sagte Evelyn. »Für Holobeck und mich. Falls ich es nicht tue, machen mich die Gedanken an seinen Tod und die beiden ungelösten Unfälle verrückt.«

»Das verstehe ich, aber gib mir noch ein paar Tage Zeit, um mehr über Hockinson und diese Schiffsfahrt herauszufinden«, sagte Patrick. »Sobald wir handfeste Beweise haben, gehen wir zur Kripo und legen den Fall dar. Dann *müssen* sie etwas unternehmen. Beginnen wir damit, dass wir morgen früh noch einmal …«

»Wir haben genug spekuliert. Ob und wie dieser Edward Hockinson in der Sache drinsteckt, lässt sich nicht am Telefon klären. Wenn ich ihm von Angesicht zu Angesicht gegenüberstehe, finde ich mehr raus als bei einem Telefonat.«

»Du handelst überstürzt. Lass mich …«

»Du hast genug getan«, unterbrach sie ihn. »Jetzt bin ich an der Reihe – und ich habe bis Montagmorgen Zeit, dann möchte mich dein Vater wieder in der Kanzlei sehen.«

Sie ging an Patrick vorbei, um ihre Kosmetiktasche aus dem Badezimmer zu holen. Als sie den Trolley schließlich verschloss, schüttelte Patrick verständnislos den Kopf.

»Du weißt ja noch nicht mal, wann ein Flieger geht.«

In diesem Moment piepte ihr Handy. Die eingehende SMS stammte vom Informationsdienst des Flughafens Schwechat.

Sie las die Nachricht. Der nächste Direktflug von Wien nach Hamburg ging um 6.25 Uhr. Eine Maschine von airberlin.

»Ich bin morgen früh um 7.50 Uhr in Hamburg«, sagte sie.

»Lass mich dich wenigstens begleiten.«

Sie starrte auf sein Gipsbein. »Am Sixt-Stand miete ich einen Wagen, mit dem ich nach Cuxhaven fahre.«

»Pass bloß auf, dass dich die Radarbox nicht mit hundertachtzig Sachen blitzt, so wie Prange.«

Typisch Patrick – wenn er nicht weiterwusste, versuchte er, witzig zu sein. Doch im nächsten Moment wurde er wieder ernst.

»Lynnie, wie kann ich dich von dieser Reise abbringen?«

»Bleib Tag und Nacht auf deinem Handy erreichbar«, antwortete sie.

Zwei Monate zuvor …

Sie hatte den Mann im Café angesprochen und sich an seinen Tisch gesetzt. Es war einfacher gewesen, als sie gedacht hatte. Er war Politiker, ein cleverer Kerl, hinterhältig und gerissen – sie dagegen war nur blond. Eine unschlagbare Waffe. Sie erzählte von dem Studentenheim, dass sie kein Geld mehr besitze und dringend nach Ramsau müsse. Den letzten Bus habe sie versäumt, das Ticket wutentbrannt in den Mülleimer geworfen.

Während des Gesprächs hafteten seine Augen die ganze Zeit auf ihren Brüsten. Ihre übereinandergeschlagenen Beine, die zarte Haut ihrer Oberschenkel und der Ansatz ihrer Hüften interessierten ihn kaum. Auch nicht, als sie ihre Reisetasche auf den Schoß hob und dabei ihr Kleid absichtlich zur Seite wischte. Aber jeder Mann hatte eine Achillesferse – auch er. Die kleinen Knospen unter ihrem blauen Trägerkleid hatten es ihm angetan.

Eine halbe Stunde später saß sie auf dem knarrenden Ledersitz seines Mercedes.

»Ist Ihnen nicht heiß?«, fragte sie, während er sich anschnallte.

Artig wie ein Hündchen betätigte er einen Knopf auf dem Armaturenbrett. Mit einem Knacks löste sich das Dach und klappte nach hinten weg. Dann startete er den Wagen.

Sie fuhren über die Alpenstraße nach Ramsau. Nur ein kleiner Umweg. Eigentlich musste er nach Berchtesgaden. Zumindest hatte er das behauptet. Die einsamen Serpentinen waren perfekt. Sie musste nur nach der richtigen Stelle Ausschau halten.

Während der Fahrt öffnete sie die Reisetasche und nahm den batteriebetriebenen Kassettenrekorder heraus. Ein buntes Kinderspielzeug mit großen Minni-Maus-Ohren.

»Der Wagen hat Radio.« Er wollte bereits auf eine Taste inmitten des Displays drücken, doch sie war schneller.

Ihre Kassette spielte »Summer in the City«.

»Sind Sie von hier?«, fragte er.

Statt zu antworten, begann sie mitzusingen und ihren Körper im Rhythmus des Songs zu bewegen. Als das Leder unter ihr knirschte, sang sie lauter. Der Fahrtwind zersauste ihr Haar. Sie roch den Nadelwald, die frische Erde und ließ sich die Sonne ins Gesicht scheinen.

In einer ausladenden Kurve, die im Schatten der Bäume lag, griff sie plötzlich nach seiner Hand. »Halt an, ich muss pinkeln.«

Er steuerte den Wagen über eine Bodenwelle an den Straßenrand. Mit einem Satz war sie draußen, lief über den Nadelboden in die Nähe eines Baumes, zog sich das Kleid bis zu den Hüften hoch und hockte sich hin. Dabei rutschte ihr ein Spaghettiträger über die Schulter.

»Da drüben ist ein Gebüsch!«, rief er.

»Zu spät.« Sie blickte zur Seite. Aus dem Wagen klang »Summer in the City«. Sie wusste, dass er sie sehen konnte und zu ihr herüberstarrte.

Als sie fertig war, griff sie sich in den Schritt und roch an ihrer Hand. Gleichzeitig schielte sie zu ihm und bemerkte, dass er den Kopf rasch zur Seite riss.

Sie wusste, dass sie ihn hatte.

Als sie wieder in den Wagen stieg, war sein Gesicht gerötet.

»Hast du etwa einen Steifen?«, fragte sie unverblümt.

»Ich …« Die Luft blieb ihm weg.

»Ich wette, du hast einen.« Mit einem Satz kletterte sie zu ihm hinüber und setzte sich rittlings auf ihn.

»Oh, Jesus, ist das eine Latte!«, entfuhr es ihr, als sie seinen Ständer spürte.

»Aber was fällt Ihnen ein …« Nach einem kurzen Blick in den Rückspiegel versuchte er, sie von sich zu schieben. »Gehen Sie runter … verflucht, was soll das?«

Sie presste ihm die flache Hand auf die Nase und rieb ihm den Uringeruch auf Lippen und Wangen. Manchmal wirkte es wie ein Aphrodisiakum.

Plötzlich umfassten seine Hände ihre Pobacken. Sie wiegte ihre Hüften.

»Um Himmels willen«, stöhnte er auf.

Seine Hände wanderten hinauf. Plötzlich weiteten sich seine Augen. »Du hast kein Höschen an!«

»Ich brauche keines«, hauchte sie.

Eilig fummelte er an seiner Hose herum und begann, den Reißverschluss aufzuziehen. Jetzt schien es ihm völlig egal zu sein, ob ein anderes Auto vorbeifahren oder jemand sehen könnte, wie sie im Cabrio auf dem Schoß des Herrn Politikers hockte.

Verzweifelt versuchte er, sein erigiertes Glied aus der Hose zu zerren.

Es hatte schon viel zu lange gedauert. Sein Keuchen verursachte ihr Übelkeit. Mit einem kurzen Blick vergewisserte sie sich, dass kein Auto die Bergstraße emporkam, dann tastete sie nach dem Kassettenrekorder, der hinter ihr auf der Armaturenablage stand. Er spielte längst den nächsten Song.

»Oh Mist, rutsch ein bisschen rüber«, keuchte er.

Sie nahm das Radio und schlug ihm die Kante mit voller Wucht an die Stirn.

Die Bewegung der Spulen erstarb, »Knockin' on Heaven's Door« verstummte. Seine Augen brachen. Langsam sank sein Kopf auf die Nackenstütze.

Es war leichter gewesen als erwartet.

Sie lockerte die Handbremse, legte ihm das Minni-Maus-Radio in den Schoß, nahm ihre Reisetasche vom Beifahrersitz und stieg aus dem Wagen.

Der Mercedes rollte bereits, als sie die Tür zuschlug. Sie musste nicht einmal anschieben. Vorsichtshalber ging sie von der Straße. Immer noch war weit und breit kein anderes Fahrzeug zu sehen.

Der Mercedes kam vom Asphalt ab und rollte über den Nadelboden auf den Abhang zu.

Sie sah noch, wie der Kotflügel an einem Felsen entlangschrammte und sich der Airbag öffnete. Dann kippte der Wagen über die Kante in die Schlucht.

Sie wusste nicht, wie tief das Auto fiel, doch es konnte nicht weit sein. Der Aufprall folgte unmittelbar nach dem Sturz.

Ihre Kassette!, schoss es ihr durch den Kopf.

Sie steckte noch im Rekorder.

Sollte sie das Band holen? Unschlüssig sah sie sich um. Es war zu riskant. Jemand könnte sie sehen, doch andererseits …

Da drang fernes Motorengeräusch über den Hügel zu ihr. Einige schwere Maschinen kamen im Konvoi die Straße hinauf. Vergiss die Kassette, dachte sie.

Rasch schlüpfte sie aus den Stöckelschuhen und lief auf dem Forstweg in den Wald. Wenige hundert Meter weiter unten parkte ihr Wagen auf einer Lichtung …

Donnerstag, 18. September

30

Die Maschine von airberlin landete zehn Minuten früher als geplant in Hamburg.

Vom Flughafen bekam Evelyn nicht viel zu sehen. Kurz nach der Ankunft hastete sie bereits durch das Parkhaus zu ihrem Sixt-Leihwagen, einem Audi mit Klimaanlage, CD-Player und Navigationssystem. Der Mann vom Sixt-Stand hatte befremdet den Mund verzogen, als sie ihm erklärte, dass sie noch nicht wisse, wie lange sie das Auto benötige und wo sie es schließlich zurückgeben werde. Nachdem alle Papiere unterzeichnet waren, erhielt sie endlich den Schlüssel.

Während Evelyn aus dem Parkhaus fuhr, berechnete das Navigationssystem zwei Routen nach Cuxhaven. Die kürzere, südliche Strecke führte durch die Hamburger Innenstadt und Bremen und dauerte zwei Stunden. Die nördliche dauerte eine knappe Stunde länger und verlief entlang der Elbe. Da in den Nachrichten vor kilometerlangen Staus zwischen Hamburg und Bremen gewarnt wurde, entschied sich Evelyn für die nördliche Strecke entlang des Flusses.

Während der Fahrt verzichtete sie auf die deutschen Radiosender und legte eine CD von Enya ein, die sie in das Seitenfach ihrer Reisetasche gesteckt hatte. Die Musik erinnerte sie an den gestrigen Abend und die Gespräche mit Patrick. Er hockte jetzt bestimmt in seiner Detektei, mit hochgelagertem Gipsbein, und zermarterte sich das Gehirn, wie es ihr wohl ergehen würde. Aber es war noch zu früh, ihn anzurufen. Er würde sie bloß mit guten Ratschlägen bombardieren, sie vor diesem und jenem warnen und am liebsten wieder zum Flughafen zurückdirigieren. Außerdem musste er noch etwas für sie herausfinden.

Auf der Bundesstraße durch Uetersen und Elmshorn war erstaunlich wenig Verkehr. Nachdem Evelyn beinahe die Hälfte der Strecke zurückgelegt hatte, endete der Weg, den der Routenplaner berechnet hatte, in Glückstadt am Ufer der Elbe. Als sie den breiten Fluss sah, der sich durchs Land wälzte, wusste sie, warum keine Brücke darüber führte. Dagegen wirkte die Wiener Donau wie ein Rinnsal, über das man spucken konnte. Insgesamt schien Norddeutschland aus anderen Dimensionen zu bestehen als der Rest der Welt. Die Städte waren langgezogen, die Flüsse breiter, die Landschaft weit, und die wenigen Menschen, denen sie bisher begegnet war, hatten unerschütterliche Ruhe ausgestrahlt. Mittlerweile hatte sie sich sogar an das obligatorische »Moin, Moin« gewöhnt, das ihr ständig begegnete, sobald sie sich nach dem Weg zur Fähre erkundigte.

Eine halbe Stunde später rollte sie mit dem Wagen auf die Autofähre. Während das Boot ruckelnd Richtung Wischhafen ablegte, lehnte sie am Oberdeck an der Reling und hielt die Nase in den Wind. Die Böen fuhren ihr durchs Haar, und sie bildete sich ein, das Salzwasser zu riechen, obwohl das eigentlich noch nicht der Fall sein konnte. Zum Glück hatte sie auf Blazer und Anzughose verzichtet und trug stattdessen Turnschuhe, Jeans und einen Rollkragenpullover – den blauen Norweger ihrer Mutter mit dem Zopfmuster, der sogar bei Minusgraden warm hielt.

Die Überfahrt dauerte etwas länger als zwanzig Minuten. Die Fähre pflügte durch milchigen Dunst, der über dem Wasser lag. Ein eisiger Wind strich über den Fluss. Während die Nebelhörner der Schiffe, die sich auf der Elbe tummelten, erklangen, telefonierte Evelyn zunächst mit Conny, der zehnjährigen Tochter ihrer Nachbarin, um sie zu bitten, Bonnie und Clyde während ihrer Abwesenheit mit Dosenfutter zu versorgen. Dann rief sie Patrick an.

»Moin«, meldete er sich lapidar.

»Wie geht's dem Bein und der Gehirnerschütterung?«

»Nichts, was nicht mit Parkemed und einem Eisbeutel im Genick zu kurieren wäre. Wo bist du gerade?«

»Auf der Fähre nach Wischhafen.«

»Wischhafen?«, wiederholte er und schwieg einen Moment, als müsste er diese Information erst verdauen. »Warum bist du nicht über Bremen gefahren?«

Klugscheißer, dachte sie. »Diese Gegend ist viel romantischer«, flunkerte sie. »Fischer an den Molen, Schafe auf den Weiden, Nebel über dem Wasser. Was gibt es Schöneres, als den Morgen so zu beginnen?« Insgeheim fragte sie sich, ob es nicht doch schneller gegangen wäre, wenn sie den Stau riskiert hätte.

»Es heißt *Moin*«, belehrte er sie. »Das solltest du in regelmäßigen Abständen sagen.«

Ein Fischer mit Wollmütze und Holzfällerhemd marschierte an Evelyn vorbei. »Warum?«, fragte sie. »Um mich unbeliebt zu machen?«

»Damit du in der Nebelsuppe nicht irrtümlich mit einem Ostfriesen zusammenstößt.«

»Ach, bist du heute wieder witzig.« Evelyn verdrehte die Augen. Es war ein Fehler gewesen, ihn anzurufen – aber notwendig. »Hast du die Adresse?«

»Natürlich, nenn mich Sherlock! Villa mit Grundstück, in der Nähe des Kurparks, da, wo die Elbe in die Nordsee mündet.«

Patrick gab ihr Straßennamen und Hausnummer durch. Sie notierte es im Geiste.

»Danke, ich melde mich wieder, sobald ich mehr über den Reeder weiß.« Sie legte auf, ohne seine Antwort abzuwarten.

Gegen Mittag erreichte Evelyn Cuxhaven. Die Sonne hatte sämtliche Nebelfelder vertrieben. Sie ließ das Seitenfenster herunter und lauschte dem Kreischen der Möwen, die entlang des Döser Seedeichs flatterten. An manchen Stellen hörte sie sogar die Brandung an die Kaimauern schlagen. Hier roch es tatsächlich nach Salzwasser und Fisch.

Die Nordseeluft schmeckte herrlich. Evelyn liebte Fischrestaurants – und die im Wind schaukelnden Netze und die Klipper, die an den Molen ankerten, passten irgendwie zu der Idylle des Städtchens.

Die Elbe wurde immer breiter, und bald sah sie das offene Meer. Dann tauchten die ersten Bäume der Parkanlage auf, die Patrick beschrieben hatte. Zahlreiche Villen, Apartmenthäuser und Ferienwohnungen reihten sich aneinander. Irgendwo in der Nähe musste sich Hockinsons Privatgrundstück befinden. Evelyn kurvte durch die Gassen, bis sie endlich die richtige Hausnummer fand. Ein schmiedeeiserner Zaun verlief entlang der Grundstücksgrenze. Sie fuhr langsam daran vorbei und hielt einige Meter nach dem Eingang an. Das mächtige Tor stand offen. In der Einfahrt parkte ein Transporter der Firma Sicuro. Dem Logo zufolge ein Unternehmen, das Alarmanlagen baute.

Evelyn stieg aus dem Auto, drückte sich an dem Kastenwagen vorbei und betrat das Grundstück. Ein breiter Kiesweg führte zum Gebäude. In der Auffahrt stand ein metallic-schwarzes Motorrad. Der Schlüssel steckte. Ein Vollvisierhelm hing am Lenker. Dahinter lag die Villa. Mit offenem Mund starrte Evelyn auf das Haus. Normalerweise irrte sich Patrick nie. Noch einmal betrachtete sie die Hausnummer auf dem Tor. »Reeder müsste man sein«, murmelte sie.

Die zweistöckige Jugendstilvilla mit der großen Terrasse, den beiden Erkern und dem Türmchen mit dem grünen Kupferdach wirkte auf den ersten Blick wie ein Märchenschloss. Die Fensterläden, Blumenkästen und Weinranken, die sich an einem Holzgestell zur Regenrinne emporwanden, ließen das Haus schmuckvoll erscheinen.

Der Eindruck des Märchens verblasste jedoch, als sie die Kameras bemerkte, die unter dem Dachvorsprung hervorlugten und in den Garten blickten. Einige Arbeiter mit grünen Overalls marschierten über die Wiese und rollten eine Kabeltrommel auf. Aus dem Garten hörte Evelyn das Fluchen einer dumpfen

Männerstimme. Zwei Arbeiter stritten sich in einem Pavillon, der im Schatten einer mächtigen Tanne stand. Hinter der Gartenlaube lag ein kleiner Seerosenteich, an dessen Ufer grünes Schilf wucherte.

Die Arbeiter ignorierten Evelyn. Unbemerkt betrat sie die Terrasse. Zwischen den Korbstühlen und einem Tisch, auf dem ein mit einem Hammer beschwerter Bauplan im Wind flatterte, hielt sie inne und sah sich um. Von hier aus konnte sie bis zum Meer sehen. Die Möwen kreisten über dem Strand. Das Rauschen der Wellen drang sogar bis zum Haus.

Evelyn klopfte an die offene Glastür.

»Hallo?«

Sie lugte ins Hausinnere und klopfte noch einmal an die Scheibe.

Endlich hörte sie ein Geräusch aus dem Haus. Eine Frau mit schwarzen Reiterstiefeln kam telefonierend die Treppe herunter und blieb im Wohnzimmer stehen. Als sie Evelyn erblickte, schaltete sie das Handy aus und kam zur Terrasse.

»Sind Sie von der Firma Sicuro?«

»Nein, mein Name ist Evelyn Meyers. Ich …«

»Sie kommen aus Österreich?« Die Frau trat einen Schritt zurück und musterte Evelyn mit dem kritischen Blick einer Schwiegermutter. Sie war etwa Mitte vierzig, gab jedoch in der Bluse und der engen Reiterhose eine beneidenswert gute Figur ab. Ihr dunkles Haar war straff nach hinten gebunden. Allerdings sahen die Augenbrauen unnatürlich aus – sie bestanden lediglich aus zwei dünnen Bögen –, und die langen Wimpern waren bestimmt unecht.

»Aus Wien, ich bin Anwältin«, sagte Evelyn.

»Wien, der Kaiser, Schönbrunn, das Riesenrad …« Es klang ein wenig spöttisch. »Was kann ich für das gnädige Fräulein Anwältin tun?«

»Bin ich hier richtig bei Hockinson?«, fragte Evelyn.

»Ja.«

»Beim Reeder Hockinson?«

Die Frau musterte Evelyn neugierig. »Soviel ich weiß, haben Sie keinen Termin. Was führt Sie von so weit hierher?«

Evelyn überlegte, wem sie gegenüberstand. Etwa Hockinsons Frau? War sie auf dem Weg zur Reitstunde, während ihr Mann vom Büro aus seine Schiffe dirigierte? Und wem gehörte das Motorrad in der Auffahrt?

»Ich würde gern mit Herrn Hockinson sprechen.«

Die Dame lächelte. Evelyn kannte diese Miene, die eine Mischung aus Bedauern und milder Schadenfreude bedeutete. »Da sind Sie ein paar Tage zu spät dran, Herzchen.«

Herzchen?

»Aber die Nachricht auf seinem Anrufbeantworter besagt, dass …«

»Ach was, der Anrufbeantworter!« Die Frau stemmte eine Hand in die Hüfte. »Ich hätte das Band längst ausschalten oder löschen sollen. Aber ich komme zu nichts. Seit Tagen schlage ich mich mit der dämlichen Alarmanlage herum. Die Arbeiter bekommen die Einstellung nicht hin. Kennen Sie ein Videoüberwachungssystem, das fehlerfrei funktioniert?«

»Nein, ich …«

»Jedenfalls kann ich Ihnen von Sicuro abraten. Legen Sie sich lieber einen Hund zu. Es sei denn, Sie wollen einen Alarm, weil der Bewegungsmelder eine eingehende Nachricht aus dem Faxgerät für einen Einbrecher hält.« Sie blickte sich auf der Terrasse um und hielt nach den Männern Ausschau, die mit Sensoren und Kabeltrommeln über das Grundstück liefen. Scheinbar wurde alles rund ums Haus bis zum Holzpavillon verkabelt.

»Was sagten Sie noch gleich, wollen Sie hier?«

Das Gerede der Frau nervte Evelyn. »Ich würde mich gern mit Herrn Hockinson unterhalten.«

»Ach ja.« Sie griff sich an die Schläfe, als plagte sie eine schwere Migräne. »Mein Vater ist letzte Woche gestorben.«

31

Vom Wintergarten der Hockinson-Villa aus sah man geradewegs zum Meer. Hinter den Hecken lag der Strand mit den gelben Korbstühlen und zusammengeklappten Sonnenschirmen. Wegen des Windes waren nur wenige Pärchen am Ufer unterwegs. Einige Papierdrachen erhoben sich in den Himmel, und ab und zu flog ein Ball durch die Luft, dem ein Hund hinterherjagte.

Greta Hockinson kam mit Tassen und einer Teekanne auf einem Tablett aus der Küche. »Evelyn … Ich darf Sie doch so nennen?« Sie wartete Evelyns Antwort gar nicht erst ab, sondern nickte in Richtung Fensterscheibe. »Sehen Sie, die Idylle trügt. Das Watt ist feucht und schlammig. Salzwasser überall. Ständig pfeift einem der Wind um die Ohren. Entweder man gewöhnt sich daran, oder es treibt einen in den Wahnsinn. Genau wie das Kreischen der Möwen.«

Nachdem sie das Tablett auf den Korbtisch gestellt hatte, setzte sie sich neben Evelyn in einen Rattanstuhl. Sie überschlug die langen Beine und wippte mit dem Reiterstiefel.

»Was hatte mein Vater mit einer Wiener Anwältin zu tun? Und sagen Sie bloß nicht, es gibt ein Testament in Wien, und er hat zwei uneheliche Töchter. Das kann ich jetzt brauchen wie eine Lungenentzündung.«

Trotz der unangenehmen Situation konnte sich Evelyn ein Schmunzeln nicht verkneifen. Greta Hockinson war ein Unikat. Doch bekam Evelyn ein merkwürdiges Kribbeln im Magen, sobald sie Gretas unruhige Hände beobachtete.

»Es geht um eine Schiffsreise, die Ihr Vater vor einigen Jahren veranstaltet hat«, begann Evelyn. »Zwei unserer Klienten nahmen daran teil. Heinz Prange und Rudolf Kieslinger.« Sie beobachtete Greta, doch auf deren Gesicht zeigte sich keine Reaktion.

»Kieslinger war ein pensionierter Kinderarzt aus Wien und Prange ein Münchner Stadtrat.«

»War?«

»Beide kamen innerhalb der letzten zwei Monate bei mysteriösen Unfällen ums Leben.«

Wiederum keine Reaktion. Greta Hockinsons Bein wippte auf und ab. »Was bezeichnen Sie als mysteriös?«

Evelyn erzählte, was sie über die Todesfälle wusste, verheimlichte jedoch, dass eine junge Frau im blauen Spaghettiträgerkleid in unmittelbarer Nähe beider Tatorte gesehen worden war.

Greta verzog das Gesicht. »Klingt für mich, als hätten die beiden Herren zu viel getrunken.«

»Möglich. Fakt ist, dass sie sich auf einem Schiff Ihres Vaters kennengelernt haben, der *Friedberg* …«

Gretas Bein stoppte in der Bewegung.

»Die Jacht hat Bremerhaven damals verlassen und ist neun Tage später wieder dort eingelaufen.« Evelyn füllte ihre Tasse mit Tee. »Kennen Sie das Schiff?«

»Die *Friedberg* …?« Greta klopfte mit dem Fingernagel gedankenverloren gegen ihre Schneidezähne. Schließlich setzte sie sich auf. »Sehen Sie, mein Vater besaß früher einige Jachten und Passagierschiffe, die er an Reiseveranstalter vermietete. Der größte Kahn hatte etwas mehr als fünfzig Kabinen. Möglich, dass eines der Schiffe *Friedberg* hieß. Ich habe mich kaum um Vaters Geschäfte gekümmert, und er selbst zog sich vor Jahren aus der Branche zurück.«

Weil er mit den Erpressergeldern gut leben konnte?, fügte Evelyn in Gedanken hinzu.

»Woran denken Sie gerade?«, fragte Greta.

Evelyn versuchte, sich nichts anmerken zu lassen. »Hockinson ist kein typisch deutscher Name.«

»Viele amerikanische Besatzungssoldaten blieben nach dem

Krieg hier. Mein Großvater stammte aus Illinois, meine Großmutter aus Hamburg.«

Evelyn deutete zu den Bilderrahmen auf der Kommode. Eines der Fotos zeigte Greta Hockinson mit Gerte und Reiterhut neben einem edlen Rappen. Daneben stand ein gut aussehender Herr mit grauen Schläfen. »Ist das Ihr Vater?«

Greta erhob sich und reichte Evelyn das Bild. »Vater hat es immer zum Meer gezogen. Er liebte Leuchttürme, Spritztouren mit dem Wagen entlang der Küstenstraße oder mehrtägige Segeltörns nach Föhr, Sylt oder zu den ostfriesischen Inseln. Mich fasziniert das alles nicht. Sehen Sie, ich führe einen Reiterhof südlich von Cuxhaven – meine Welt sind die Pferde, nicht das Meer.«

Evelyn gab ihr das Foto zurück. »Ihr Vater war ein attraktiver Mann.«

Sie schmunzelte. »Keine Sorge, er wusste, dass er nicht schlecht aussah – und er hatte das nötige Kleingeld. Seine Freundinnen waren oft jünger als ich.« Ein Hauch von Abscheu schwang in ihrer Stimme mit.

Die gleiche Missbilligung hatte Evelyn schon in Patricks Stimme gehört, sobald er über seinen Vater sprach. Womöglich lebte Gretas Mutter nicht mehr – und falls sie keine Geschwister hatte, war sie die Alleinerbin der Villa und sonstigen Vermögenswerte, die ihr Hockinson hinterlassen hatte. »Darf ich fragen, wie er gestorben ist?«

»Durch eine Dummheit ...« Greta ging zur Glastür und blickte zum Strand. Lange verharrte sie so. »Es ist kein Geheimnis und stand ohnehin in allen Zeitungen«, sagte sie schließlich. »Er starb wegen eines seiner Spleens. Am Wochenende fuhr er gern die Küstenstraße runter nach Bremerhaven, manchmal sogar bis nach Wilhelmshaven oder gar zur holländischen Grenze. Er nannte es *Geschäftsreise.* Meist traf er sich mit Freunden. Sie besuchten Casinos und Nachtclubs, übernachteten in teuren Motels und unterhielten sich über die Finanzmärkte. Nachdem

Vater seine Schiffe verkauft hatte, legte er sein Geld in Aktien an – eines seiner Steckenpferde.«

Greta streifte gedankenverloren über die Blätter einer Yuccapalme. »Doch letzten Freitag kam er nicht weit. An der Küstenstraße beim Wurster Watt gibt es einen steilen Felshang in der Nähe des Leuchtturms. Vater war mit seinem Cabrio unterwegs gewesen und trug einen langen, mit Perlen bestickten Seidenschal, den der Wind aus dem Auto blies. Irgendwie muss sich der Schal im hinteren Fahrwerk verheddert haben …«

Evelyn hielt den Atem an, obwohl sie bereits wusste, wie die Geschichte ausging.

»Vater wurde stranguliert. Er stürzte mit dem Wagen in den Abgrund und brach sich beim Aufprall das Genick.«

»Wie schrecklich – mein aufrichtiges Beileid.«

»Danke.« Greta löste sich vom Anblick des Meeres und setzte sich wieder an den Tisch. Bisher hatte sie ihren Tee nicht angerührt. »Das Merkwürdige an der Sache ist, dass Vater keinen Seidenschal besaß. Nie im Leben hätte er ein so hässliches Ding getragen, nicht einmal sturzbetrunken in einem Nachtclub.«

»Woher hatte er ihn?«

Greta klopfte sich wieder mit dem Fingernagel gegen die Zähne. »Sehen Sie, das habe ich mich auch gefragt. Ich kenne einen ehemaligen Juristen, der wiederum einen guten Draht zum Staatsanwalt hat. Kurzum: Die Kripo begann zu ermitteln. Eigentlich versprach ich mir nicht viel davon, doch die Beamten fanden heraus, dass der Schal einen Tag vor Vaters Unfall in einer Boutique in Cuxhaven verkauft worden war.«

»An wen?« Eine dunkle Ahnung beschlich Evelyn. Unwillkürlich fröstelte sie.

»Die Ladenbesitzerin erinnerte sich an die Kundin«, erzählte Greta. »Es wurde ein Phantombild angefertigt, das alle lokalen Zeitungen brachten.«

Evelyn hörte nicht länger hin. Ihre Gedanken überschlugen sich. Zunächst zögerte sie, doch dann kramte sie das Foto der

Geldautomatenkamera aus ihrer Handtasche, das aus jener Nacht stammte, in der Rudolf Kieslinger gestorben war. Sie reichte den Ausdruck Greta, die lange auf das Bild der jungen, blonden Frau im blauen Spaghettiträgerkleid starrte.

»Woher haben Sie das Foto?«

»Kennen Sie diese Frau?«, entgegnete Evelyn.

Statt eine Antwort zu geben, erhob sich Greta und ging zur Kommode. Sie wühlte in einer Schublade und zog einen Packen Dokumente hervor. Evelyn erkannte unter anderem den Briefkopf einer Rechtsanwaltskanzlei. Schließlich gab Greta ihr ein Blatt Papier. »Das ist die Phantomzeichnung der Frau, die den Schal gekauft hat.«

Evelyn stockte der Atem. Der Anblick der langen Haare war ihr vertraut, ebenso die schmalen, zerbrechlichen Gesichtszüge und dieser Blick, der sich verträumt in weiter Ferne verlor.

Das Mädchen im Spaghettiträgerkleid.

32

Evelyn betrachtete abwechselnd das Phantombild und die Aufnahme der Kamera. Die Ähnlichkeit der beiden jungen Frauen war so offensichtlich, dass kein Zweifel bestand: Es handelte sich um dieselbe Person.

»Was hat das zu bedeuten?«, fragte Greta.

»Wenn ich das wüsste.« Evelyn hatte sich von ihrer Reise nach Deutschland Antworten erhofft. Stattdessen wurden weitere Fragen aufgeworfen.

»Diese junge Dame wurde kurz vor Stadtrat Pranges Tod in dessen Nähe gesehen. Und sie hielt sich in jener Nacht an dem Ort auf, an dem Kieslinger starb.« Evelyn bemerkte, wie schwer es ihr fiel, das Wort *Tatort* zu vermeiden.

»Sie denken, diese Frau hat etwas mit dem Tod der beiden Männer zu tun?«

»Es sieht ganz danach aus.«

»Waren Sie deswegen schon bei der Polizei?«, fragte Greta.

Wieder dieses heiße Kribbeln im Magen. Was stimmte hier nicht? Evelyn schüttelte den Kopf.

»Hätte ohnehin nichts gebracht«, seufzte Greta. »Die Kripo jagt dieses Phantombild seit Tagen durch die Medien, doch bisher kam kein einziger Hinweis – als gäbe es diese Person nicht. Ich dachte bereits an ein Hirngespinst der Boutiquenbesitzerin, doch ...«

»Dieses Foto ist der beste Beweis, dass die Frau existiert.«

»Aber niemand kennt sie«, murmelte Greta.

»Jedenfalls stellt sich die Frage, welches Geheimnis Prange, Kieslinger und Ihren Vater verband.« Evelyn machte eine längere Pause. »Was ist damals auf dem Schiff passiert?«

Sie wusste nicht, ob sie Greta vertrauen konnte. War sie ebenso ahnungslos wie Evelyn, oder wusste sie etwas über die Zusammenhänge? Sicherheitshalber behielt sie die Tatsache für sich, dass jemand mit einem Hamburger Konto die beiden Männer seit dem Zeitpunkt der Schiffsreise erpresst hatte.

»Wie sagten Sie doch gleich, hieß das Schiff? Die *Friedberg?*« Greta dachte nach. »Mein Gott, es ist unmöglich zu rekonstruieren, was vor zehn Jahren passiert ist. Vielleicht gibt es Unterlagen im Arbeitszimmer meines Vaters. Aber ich habe das Büro schon als Mädchen nie betreten, und erst recht nicht nach seinem Tod.«

Für einen Augenblick sah sie unwillkürlich in den dunklen Korridor. »Dieser ehemalige Jurist, der den Staatsanwalt kennt, war ein enger Freund meines Vaters. Seit einem Reitunfall ist er im Ruhestand, doch er kümmert sich um die finanziellen Angelegenheiten der Verlassenschaft. Ohne seine Hilfe wäre ich heillos überfordert. Im Moment habe ich keinen Kopf für den ganzen Behördenkram. Vor etwa zwei Monaten wurde in dieses Haus eingebrochen und sämtlicher Familienschmuck gestohlen. Vater bildete sich eine Alarmanlage ein, doch das verdammte Mistding funktioniert bis heute nicht. Irgendetwas mit der Verkabelung. Noch dazu beginnt gerade die Reitsaison, ich habe bis über beide Ohren mit dem Reiterhof zu tun … und jetzt zeigen Sie mir einen Tag vor der Beerdigung meines Vaters dieses Foto.« Sie griff sich an die Schläfe.

In diesem Moment betrat ein Arbeiter den Wintergarten. Er hielt eine winzige Fernbedienung in der Hand. »Wir sind fertig.«

Greta erhob sich. »Sie entschuldigen mich, Test Nummer zweiundvierzig, wieder erfolglos, das weiß ich jetzt schon.« Sie warf dem Arbeiter einen verächtlichen Blick zu.

Evelyn erhob sich ebenfalls.

»Wohnen Sie in einem Hotel in der Nähe?«, fragte Greta.

»Eigentlich hatte ich vor, heute Abend wieder nach Wien zu fliegen.«

»Lassen Sie Ihre Telefonnummer da. Ich melde mich bei Ihnen, sobald ich etwas herausgefunden habe – und danke, dass Sie sich die Mühe gemacht haben herzukommen.« Greta reichte ihr die Hand und verschwand mit dem Arbeiter im Garten.

Evelyn sah ihr nach, während sie dem Techniker zum Pavillon folgte. Schließlich kramte sie ihre Visitenkarte aus der Handtasche und legte sie neben das Phantombild auf den Korbtisch. Danach faltete sie das Foto der Kamera zusammen und steckte es in ihre Tasche. Wollte Greta tatsächlich versuchen, mehr über die Sache rauszufinden? Evelyn war sich dessen nicht mehr sicher. Zwei Sachen machten sie stutzig. Erstens hatte Greta sie nicht um eine Kopie des Geldautomatenfotos gebeten – und Evelyn hätte an ihrer Stelle darauf gebrannt, endlich ein echtes Foto der mysteriösen Frau in Händen zu halten.

Zweitens hatte Evelyn mit keinem Wort erwähnt, dass die *Friedberg* vor zehn Jahren in See gestochen war.

33

Gegen Mittag erreichte Pulaski Göttingen. Die psychiatrische Anstalt Herberhausen lag außerhalb der Stadt. Sonja Willhalm hatte ihm den Weg dorthin beschrieben. Der Vormittag war wie im Flug vergangen.

Nachdem Pulaski seine Tochter an diesem Morgen mit dem Wagen zur Schule gebracht hatte, fuhr er zum Kaffeehaus Lütgenstein im Süden Leipzigs. Dort traf er sich mit der Therapeutin. Eigentlich hatte er nicht damit gerechnet, dass sie seine Einladung zum Frühstück tatsächlich annehmen würde, zumal er am Telefon nur erwähnt hatte, dass er etwas mit ihr besprechen müsse. Doch offensichtlich wollte sie genauso wie er, dass Nataschas Mörder gefasst wurde. Als Pulaski eintraf, saß sie bereits mit einem Cappuccino in einer Nische.

Während er Kaffee trank, eine Zigarette rauchte und sich die Seele aus dem Leib hustete, erzählte er ihr von den Ermittlungen und danach von seinen Plänen. Willhalm hörte ihm aufmerksam zu, allerdings nahm sie ihm, während er sprach, die Zigarette aus der Hand und drückte sie vor seinen Augen aus. Schmunzelnd ließ er es geschehen. Schließlich erwähnte sie, dass sie ihre Ausbildung in Göttingen absolviert habe und den Chefarzt der Kinderpsychiatrie kenne. Doch der würde Pulaski wegen der Schweigepflicht nichts sagen. Pulaski wollte es trotzdem riskieren. Willhalm versprach ihm, den Arzt anzurufen und seinen Besuch anzukündigen. Mehr konnte sie nicht tun – immerhin arbeitete Pulaski nicht mehr an dem Fall und war offiziell im Urlaub.

Um neun brachte er sie mit dem Wagen zur Psychiatrie Markkleeberg, wo sie ihren Dienst antrat, danach fuhr er weiter nach Göttingen.

Die Schranke hob sich, und der Portier winkte Pulaski in seinem klapprigen Skoda durch. Offensichtlich hatte es hier am Vormittag geregnet. Der Asphalt war noch nass, und am Straßenrand standen die Pfützen.

Das Gelände war ungewöhnlich groß – wie Willhalm es ihm beschrieben hatte. Im Grunde genommen glich das psychiatrische Areal einer riesigen Parkanlage mit einzelnen Gebäuden, so genannten historischen Pavillons. Pulaski fuhr im Schritttempo über die brüchigen Asphaltwege, die zwischen dem weitläufigen Labyrinth aus Alleen, Hecken und Rosenbeeten hindurchführten. Wenn er nicht wüsste, dass in den uralten, zwei- und dreistöckigen Bauwerken schwer kranke Patienten untergebracht waren, hätte er geglaubt, er befände sich im Park einer Kuranstalt aus der Kaiserzeit. Doch was sich hinter den Mauern abspielte, hatte bestimmt nichts mit einem gemütlichen Kuraufenthalt zu tun.

Die Wegweiser führten ihn zu einem Bereich der Kinderpsychiatrie, der *Dissoziative Persönlichkeitsstörung* hieß. Hier war Sebastian Semmelschläger untergebracht gewesen, bevor er sich vor einer Woche das Leben genommen hatte – und hier lebte Lesja Prokopowytsch.

Pulaski lenkte den Wagen auf den Besucherparkplatz neben dem Pavillon 27b. Er war zu früh dran. Doktor Pinsger würde ihn erst um 13.00 Uhr empfangen. Also blieb er im Auto sitzen und nahm das Buch vom Beifahrersitz. *Hot Water Music.* Stories von Charles Bukowski. Irgendwo mitten in der sechsten Geschichte hatte er eine Seite eingeknickt. Weiter war er heute Morgen und während seines Aufenthalts in der Autobahnraststätte nicht gekommen. In dem Text ging es um Bars, Drinks, einsame Blondinen, die Zigarillos rauchten, und Betrunkene, die Münzen für die Musicbox schnorrten. Nichts Weltbewegendes. Stories, die er täglich auf der Straße erlebte. Warum las bloß jemand diesen deprimierenden Mist? Und warum hatte ausgerechnet Natascha Sommer das getan, bevor ihr der grauhaarige

Kerl den Gin eingeflößt und die Überdosis Schmerzmittel injiziert hatte?

Natascha hatte in ihrer Kindheit bestimmt genug mitgemacht. Wollte das Mädchen, das nie ein Wort gesprochen hatte, mehr über das wahre Leben erfahren? Darüber, wie Männer dachten und weshalb sie Frauen bestimmte Dinge antaten? Die Hintergründe kennenlernen, was in diesen kranken Gehirnen vorging? Dann war sie bei Bukowski richtig. »Der Mensch war der Abschaum des Universums«, hieß es in einer der ersten Geschichten. Vielleicht war Bukowski kein Poet gewesen – das konnte Pulaski nicht beurteilen –, aber der Mann hatte nicht einmal so Unrecht mit dem, was er schrieb. Allerdings gab es auch Dinge, die das Leben erträglich machten, worüber Bukowski kaum Worte verlor.

Pulaski hatte den schmalen Band in seiner Wohnung gefunden, in einer der vielen zugeklebten Schachteln, in denen sich Karins persönliche Gegenstände befanden und die er gestern Nacht allesamt aufgerissen hatte. Sie war Lektorin eines Kinderbuchverlags gewesen. Bevor der Krebs begonnen hatte, sie innerlich zu zerfressen, hatte sie pro Woche mindestens zwei Bücher gelesen. Meistens am Abend, wenn Pulaski in Dresden seine Nachtschichten beim LKA schob. Obwohl er mit Literatur nichts anfangen konnte, waren ihm einige Namen in Erinnerung geblieben. Salinger, Hemingway, Faulkner oder Burroughs. Er selbst kannte nichts davon. Er hatte zwar mal etwas von Boris Pasternak gelesen, das Buch aber nach zwanzig Seiten wieder weggelegt. In seiner Welt gab es keinen Platz für Poesie – und schon gar nicht seit Karins Tod. Im Moment erinnerte ihn bloß der Gedanke an seine Tochter, die unfähigen Beamten und den Mörder, der sich in die Psychiatrie schlich und Kinder tötete, dass er weiter funktionieren musste.

Als er umblätterte, erfasste ihn eine innere Unruhe. Er las die Geschichte nicht zu Ende, sondern stieg aus dem Wagen und betrat den Pavillon. Es war kurz vor eins.

Doktor Pinsger erwartete ihn bereits. Der Mann war knapp sechzig, reichte Pulaski bis zur Schulter und wog mit seinem Kittel bestimmt nicht mehr als ein nasser Kartoffelsack. Pulaski hatte gehofft, auf einen normalen Menschen zu treffen, aber den Gefallen tat Pinsger ihm nicht. Mit der Halbglatze, dem wirren weißen Haarkranz und den großen Augen hinter den dicken Brillengläsern wirkte er wie ein aufgeschrecktes Huhn.

Doktor Pinsger reichte Pulaski die Hand und führte ihn in den Vorraum. Es roch nach Bratensoße und frittiertem Fisch. Durch eine gläserne Schwingtür tönte das Klappern von Tellern und Besteck.

»Wir haben gerade Mittagspause«, erklärte Pinsger. »Was kann ich für Sie tun?«

Pulaski hängte seinen Mantel auf den Kleiderständer. Dabei klaffte sein Sakko auf. Aus dem Augenwinkel bemerkte er, wie der Arzt auf seine Dienstwaffe im Schulterholster starrte.

Pinsger räusperte sich. »Doktor Willhalm erwähnte am Telefon, dass Sie Kripoermittler in Leipzig seien und sich für Lesja und Sebastian interessieren.«

»Das ist richtig.« Pulaski knöpfte das Sakko zu, damit niemand die Waffe sehen konnte. Er hatte das Holster heute Morgen aus reiner Gewohnheit angelegt. Im Geiste steckte er zu tief in den Ermittlungen des Falls, als dass er den heutigen Tag tatsächlich als Urlaub wahrnahm. Umso wichtiger, dass er sich immer wieder ins Gedächtnis rief, nur als Privatperson hier zu sein, vor allem, weil er sich so weit von seinem Territorium entfernt hatte.

»Dürfte ich die Erklärung des Staatsanwalts sehen, die mich von der Schweigepflicht entbindet?«

Pulaski atmete tief durch. Ihm war klar gewesen, dass es nicht so einfach ablaufen würde. »Ich bin zurzeit im Urlaub und aus privaten Gründen hier«, gab er zu.

»Weiß Ihre Dienststelle von unserem Treffen?«, fragte der Arzt.

»Nein.«

Der Arzt kaute an der Unterlippe. Möglicherweise hielt er alles für einen schlechten Scherz. »Kennen Sie einen der beiden Jugendlichen persönlich?«

»Nein.«

»Verraten Sie mir eines, Herr Pulaski.« Der Arzt senkte die Stimme. »Sie kommen außerhalb Ihrer Dienstzeit als Privatperson her, um sich nach Patienten zu erkundigen, die Sie nicht kennen. Wozu benötigen Sie die Waffe?«

Das Gespräch nahm eine Wendung, die ihm nicht behagte. Er hätte die Walther PK im Handschuhfach des Wagens liegen lassen sollen, dann wären ihm die Fragen dieses Gnoms erspart geblieben.

»Wenn Sie es wünschen, lege ich die Dienstwaffe ins Auto.«

Pinsger schüttelte den Kopf. »Nicht nötig. Ich fürchte, unser Gespräch ist beendet. Wenn Sie etwas von mir über unsere Bewohner wissen möchten, sollten Sie vorher mit Ihrer Dienststelle in Leipzig reden oder sich mit den Beamten in Göttingen kurzschließen. Außerdem kann ich ohne Anweisung des Staatsanwalts sowieso nichts für Sie tun.«

Pulaskis Blut begann zu kochen. »Ich bin ganze *drei Stunden* mit dem Auto hergefahren!«

»Und wenn Sie zehn Stunden hergefahren wären. Es tut mir leid, aber Sonja Willhalm erwähnte nicht, dass es sich um eine private Angelegenheit handelt. Und dann betreten Sie unsere Anstalt auch noch mit einer Schusswaffe.«

Verdammte Scheiße! Am liebsten wäre Pulaski die Decke hochgegangen.

»Gehen Sie bitte!«

Der Mann ließ ihm keine andere Wahl. Pulaski trat einen Schritt näher, senkte den Kopf und flüsterte in Pinsgers Ohr: »Hören Sie mir jetzt genau zu. Ich weiß, dass Sebastian Semmelschläger Selbstmord verübt hat. Aber ich bezweifle, dass er sich freiwillig das Leben genommen hat. Meines Erachtens haben Sie eine Sicherheitslücke in Ihrer Anstalt.«

Pinsger bekam einen roten Kopf. Er wollte sich abwenden, doch Pulaski hielt ihn am Mantelkragen fest.

»Eine Minute noch, Doktor«, zischte er. »Dort, wo ich herkomme, wurden letzte Woche zwei Jugendliche in einer psychiatrischen Anstalt ermordet. Höchstwahrscheinlich kannte Sebastian die beiden, denn sie wurden zur gleichen Zeit vor zehn Jahren in derselben Klinik in Bremerhaven behandelt. Damals gab es dort noch ein viertes Kind: Lesja Prokopowytsch. Möglicherweise schwebt sie in Lebensgefahr. Und Sie sollten mich schleunigst zu ihr bringen, damit wir herausfinden, was vor zehn Jahren passiert ist, bevor der Killer erneut zuschlägt und Sie ein weiteres Kind im Leichensack hier rausschaffen müssen.«

Pulaski ließ den Arzt los. Dieser schnappte zunächst nach Luft, dann überlegte er. Womöglich sah Pinsger einen schwarzen Leichensack vor sich, den die Beamten über Lesja verschlossen.

»Die Sache bleibt unter uns?«, flüsterte er.

»Natürlich.«

Pinsger nickte zur Treppe. »Lesja ist oben in ihrem Zimmer. Folgen Sie mir.«

34

Pulaskis Schritte hallten durch das Treppenhaus. Die gekachelten Wände, das schmiedeeiserne Geländer und die hohen vergitterten Fenster erinnerten ihn an ein Zuchthaus. So entzückend die Häuser von außen wirkten, so bedrückend sah der Pavillon von innen aus.

»Was können Sie mir über den Jungen erzählen?«, fragte Pulaski.

»Sebastian hat wie Lesja in diesem Trakt gewohnt. Seine Therapie war erfolgreich. Nächsten Monat wäre er in ein betreutes Wohnheim übersiedelt. Er hatte bereits Freunde gefunden und sogar ein Jobangebot erhalten. Darum hat niemand verstanden, dass er …«

»Wie hat er sich das Leben genommen?«, fragte Pulaski.

Der Arzt deutete durch das Treppenhaus zur Decke des dritten Stockwerks. »Dort oben befindet sich die Auszugstreppe in den Speicher. Sebastian ist raufgeklettert und vom Dach gesprungen.«

»Gab es Zeugen?«

»Es geschah in der Nacht.«

Wie der Mord an Natascha Sommer, dachte Pulaski.

Sie erreichten den ersten Stock.

»Leidet Lesja ebenfalls unter dissoziativer Identitätsstörung?«

Pinsger hob überrascht die Augenbrauen. »Sie kennen diesen Begriff?«

»Sonja Willhalm hat mir etwas darüber erzählt.«

»Eine integre Frau.« Pinsger lächelte. »Mit Leib und Seele Therapeutin, eine der besten, die wir je hatten.«

Bestimmt, dachte Pulaski. »Und Lesja?«

»Nächste Woche wird sie in die Erwachsenenpsychiatrie überwiesen. Eine schwierige Patientin, die eine heikle Therapie benötigt. Es existiert kein vollständiges Ich. Wir unterstützen Lesja dabei, sämtliche Teilidentitäten zu integrieren.«

»Wie funktioniert das?«

»Mit hypnotherapeutischen Methoden. Stellen Sie sich vor, die fragmentierten Personen sind innere Puzzleteile, die wir zueinander in Verbindung bringen und zu einem Ganzen zusammenfügen müssen.«

Sie erreichten den zweiten Stock. Der Arzt nahm die nächste Treppe in Angriff, als Pulaski kurz stehen blieb, keuchend sein Asthmaspray hervorholte und inhalierte.

»Benötigen Sie Hilfe?«

Er schüttelte den Kopf. »Reden Sie weiter.«

»Während der Therapie gelang es Lesja, mehrere Teilpersönlichkeiten sozusagen unter einen Hut zu bringen. Mittlerweile weiß sie, dass sie nicht verrückt ist, und hat entdeckt, dass ihre Psyche aus vielen verschiedenen Persönlichkeiten besteht. Wir bringen eine Struktur in das Chaos, sodass sie ihr Leben organisieren kann. Schließlich muss sie lernen, ihren Körper mit andern zu teilen. Die Vorstellung, dass jemand anders in ihrem Körper wohnt und diesen übernimmt, während sie einen ›Filmriss‹ hat, ist nicht angenehm.«

Das konnte Pulaski sich lebhaft vorstellen. »Wird sie jemals wieder gesund?«

Pinsger lächelte nachsichtig. »*Gesund* ist ein umfassender Begriff. Wir haben bereits erreicht, einige Persönlichkeiten miteinander zu verschmelzen. Das ist schon ein großer Fortschritt.«

Sie erreichten den dritten Stock, und der Arzt ging in einen langen, dunklen Gang, an dessen Ende sich nur ein Fenster befand.

»Haben Sie jemals herausgefunden, was ihr vor zehn Jahren zugestoßen ist?«

»Dieses Trauma den anderen Persönlichkeiten bewusst zu

machen ist der schwierigste Aspekt, da viele Teile von Lesja nicht einmal wissen, warum sie hier ist. Dazu kommt, dass die Person, welche die traumatischen Vorfälle erlebt hat, erst seit wenigen Monaten ansprechbar ist.«

»Und woran kann sich Lesja erinnern?«

Der Arzt hielt vor einer Tür mit der Nummer 311. Unwillkürlich senkte er die Stimme. »Lesja wurde als Kind mehrfach missbraucht. Einer der Männer schenkte ihr ein flauschiges Kuscheltier, das sie zu sich ins Bett nehmen durfte. Einen gelben Hasen mit langen Ohren. Sie nannte ihn Elvira. Eines Nachts, als der Mann wieder zu ihr kam, schlitzte er das Stofftier auf und drohte Lesja, das Gleiche mit ihr zu tun, falls sie je über die Ereignisse sprechen sollte.«

Pulaskis Gaumen wurde trocken. »Was für ein Scheißkerl!«

»Kein Wort darüber«, flüsterte der Arzt. »Überlassen Sie das Reden besser mir.« Er klopfte an die Tür und drückte die Klinke nieder.

Pulaski wollte dem Doktor ins Zimmer folgen, doch der Arzt erstarrte mitten in der Bewegung. Der Raum bestand nur aus einem Bett, einem Schrank, einem Tisch und einer Waschgelegenheit … und alles war voller Blut.

35

Evelyn saß in ihrem Leihwagen, der immer noch neben dem Eingang der Villa parkte, und grübelte über Greta Hockinson nach. Was verschwieg diese Frau? Und aus welchem Grund? Doch Evelyn wusste, es führte zu nichts, auch wenn sie sich das Hirn noch so sehr zermarterte. Schließlich griff sie zum Handy und rief Patrick im Büro an.

»Hallo Spitzmausigel«, meldete er sich auf Anhieb, als hätte er neben dem Apparat auf ihren Anruf gewartet. »Was hast du über den alten Knaben herausgefunden?«

»Er ist tot …«

»Du hast ihn doch nicht etwa …?«

»Ach, Quatsch.« Sie erzählte von der Bekanntschaft mit Greta, Hockinsons Autounfall, der Phantomzeichnung und dem Gespräch im Wintergarten.

»Junge, Junge – Leichen pflastern deinen Weg«, murmelte Patrick, nachdem Evelyn geendet hatte. »Und du bist absolut sicher, dass du mit keinem Wort erwähnt hast, dass die *Friedberg* vor zehn Jahren mit Prange und Kieslinger an Bord ausgelaufen ist?«

»Patrick, ich bin Anwältin. Glaubst du, ich vergesse, was ich sage?«

»Auch wieder wahr.« Er schien zu überlegen. Überraschenderweise schob er diesmal keinen Anwaltswitz nach. »Gehen wir also davon aus, dass diese Greta nicht nur einen Reitstall führt, sondern auch mehr über die Geschäfte ihres Vaters weiß, als sie zugibt. Du hast doch hoffentlich das Phantombild mitgenommen?«

»Nein.«

»Oh, Sch…ande!«, zischte Patrick.

»Ich denke, es wird Zeit, die Kripo einzuschalten.«

»Was sollen die bitte schön unternehmen?«, wandte er ein. »Das Foto von der Kamera eines Geldautomaten, die Zeugenaussagen in einem abgeschlossenen Gerichtsfall, den mein Vater unter Verschluss hält, und ein anonymes Konto in Hamburg sind einfach zu wenig.«

Evelyn senkte den Kopf und blickte durch das Seitenfenster in den Garten. Hinter dem schmiedeeisernen Zaun sah sie, wie Greta soeben wütend gestikulierend aus dem Pavillon lief. Zwei Techniker folgten ihr. »Mittlerweile wissen wir aber, dass Edward Hockinson in der Sache mit drinsteckt und dass die junge Frau im Spaghettiträgerkleid auch etwas mit *seinem* Tod zu tun hat.«

»Ich sage es nur ungern …« Patrick sog die Luft zischend ein. »Aber wir bräuchten das Phantombild oder zumindest ein paar andere Beweise.«

»Das sagt sich so leicht. Soll ich die Informationen aus Greta rausprügeln?«

»Besser wären Bankbelege oder eine Buchungsbestätigung dieser Schiffsreise.«

Greta und die beiden Techniker verschwanden im Treppenabgang, der neben dem Haus in den Keller führte. Im nächsten Moment war der Garten menschenleer.

»Bis später.« Evelyn unterbrach die Verbindung und warf das Handy auf den Beifahrersitz. Dann griff sie nach dem Foto und stieg aus dem Wagen.

Mit rasendem Herzen stand sie im Wintergarten und sah sich um. Die Tür war nur angelehnt gewesen. Greta und die Techniker von Sicuro befanden sich nach wie vor im Keller.

Mit angehaltenem Atem schlich Evelyn zum Korbtisch, auf dem das Phantombild lag. Während sie durch die Scheiben in den Garten spähte, faltete sie das Blatt zusammen und ließ es in der Tasche ihrer Jeans verschwinden. Für den Fall, dass Greta sie erwischte, hatte sie sich die Ausrede zurechtgelegt, dass sie noch einmal zurückgekehrt sei, um ihr Foto zu holen, das sie auf dem Tisch vergessen habe.

Eigentlich war sie fertig. Unschlüssig stand sie zwischen den Rattanstühlen und schielte zur Kommode. Falls sie die Schublade öffnete, machte sie sich des Einbruchs schuldig. Nachdem ihr Chef Krager sie und Patrick dabei ertappt hatte, wie sie nachts in sein Büro eingedrungen waren, hatte sie sich geschworen, die Finger von krummen Dingen zu lassen. Doch andererseits wusste sie, dass Greta etwas verheimlichte. Womöglich kannte sie sogar das Mädchen im Spaghettiträgerkleid.

Evelyn trat der Schweiß auf die Stirn, als sie zur Kommode ging und die Schublade aufzog. Mitten im Wintergarten stand sie wie auf dem Präsentierteller. Man hätte sie leicht vom Garten aus beobachten können. Eilig durchwühlte sie die Dokumente, fand jedoch nichts Wichtiges. Nur Verträge, Wertpapiere, Kontoauszüge, eine Vermögensaufstellung, Sterbeurkunde, Briefe einer Rechtsanwaltskanzlei, einen Totenzettel sowie Anweisungen für Begräbnis und Totenmesse. Evelyn bekam ein flaues Gefühl im Magen, als sie die Intimsphäre dieser Frau durchstöberte. Andererseits hatte Greta gelogen.

Plötzlich hörte sie aus dem Garten das Schlagen der Kellertür. Unwillkürlich ging sie in die Hocke. Was tat sie da? War sie verrückt? Jetzt war der Moment gekommen, um durch den Wintergarten auf die Terrasse zu treten und lächelnd zu erwähnen, dass sie das Foto hier vergessen habe. Stattdessen hockte sie neben der Kommode, hielt den Atem an und spähte zwischen den Korbstühlen hindurch. Vorsichtig griff sie nach oben und schob die Lade zu.

Stimmen drangen über die Terrasse ins Haus. Evelyn dachte an Patricks Worte. *Eine Buchungsbestätigung der Reise!* Falls ein derartiges Dokument existierte, dann wahrscheinlich nur in Edward Hockinsons Arbeitszimmer. Sie blickte durch das Wohnzimmer in den dunklen Korridor. Laut eigenen Angaben hatte Greta das Arbeitszimmer ihres Vaters nie betreten. Möglicherweise war auch das eine Lüge gewesen. Vielleicht würde sie bei der nächsten Gelegenheit sämtliche Unterlagen in diesem Büro vernichten, die mit der damaligen Schiffsfahrt zu tun hatten. Falls Greta jedoch die Wahrheit sagte, wäre das Arbeitszimmer der letzte Raum, den sie betreten würde.

Schritte kamen über die Steintreppe zur Terrasse. Geduckt bewegte sich Evelyn langsam ins Wohnzimmer. Als sie in den Schatten eines gewaltigen Wandverbaus eingetaucht war, richtete sie sich auf und verschwand rücklings in den Korridor.

»Holen Sie mich erst wieder, wenn die Bewegungsmelder richtig eingestellt sind!«, rief Greta in den Garten. Sie ging über die Terrasse, öffnete die Tür und betrat den Wintergarten. Die Glastür krachte zu. »Idioten!«

Als Greta sich in den knarrenden Korbstuhl fallen ließ, verschwand Evelyn im Gang. Die erste Tür stand offen und führte in die Küche, die zweite war mit einem Toilettensymbol gekennzeichnet. Evelyn öffnete die nächste Tür so leise wie möglich, doch dahinter befand sich nur das Bad. Hinter der letzten Tür am Ende des Korridors lag ein geräumiges Arbeitszimmer. Die Lamellen der beiden Jalousien waren halb zugeklappt. Lichtfächer fielen in den Raum und rissen Dutzende Buchregale und Stellagen aus der Dunkelheit. Evelyn schloss die Tür langsam hinter sich, lehnte sich mit dem Rücken ans Holz und stieß den angehaltenen Atem aus. In dem Zimmer roch es wie in einer Bibliothek nach altem Papier – und nach Tabak.

Ihre Knie zitterten. Wie sollte sie je wieder unbemerkt aus dem Haus gelangen?

36

Der weiche Teppich schluckte Evelyns Schritte. Behutsam setzte sie sich in den knarrenden Lederstuhl mit den breiten Armlehnen. Es war alles so schnell gekommen. Gestern Nachmittag hatte sie noch nicht einmal gewusst, wer Edward Hockinson war – und nun saß sie an seinem Schreibtisch.

Sie hielt den Atem an und lauschte. Kein Geräusch im Haus. Vorsichtig versuchte sie, die Schubladen zu öffnen. Versperrt. In dem Durcheinander aus Papieren, Bleistiften, Füllfedern und Tabakdosen fand sie keinen Schlüssel – und ihr fehlte der Mut, die Laden gewaltsam aufzubrechen. Schlimm genug, wenn man sie hier überraschte. Diesmal hatte sie nicht einmal eine Ausrede parat, denn der Trick mit dem Foto würde hier nicht ziehen.

Sie sah sich im Zimmer um. Offensichtlich war Hockinson nicht nur ein begeisterter Segler, sondern auch ein Sportschütze gewesen. An den Wänden hingen Köcher, Pfeile und einige Bögen. Manche sahen aus wie japanische Langbögen, die Evelyn aus Bildbänden kannte, andere wie Waffen afrikanischer Ureinwohner. Dazwischen hingen Sportbögen mit Rollen und straff gespannter Sehne. In einer Vitrine stand sogar eine moderne Jagdarmbrust aus Fiberglas mit einem Satz gefährlich aussehender Bolzen.

Auf dem Regal darüber präsentierten sich die in Leder gebundene Brockhaus-Enzyklopädie sowie Werkausgaben von Goethe, Shakespeare und Solschenizyn. Ein musikalischer Mensch war Hockinson nicht gewesen, denn bis auf ein paar Schallplatten von Benny Goodman befanden sich nur Bücher im Raum.

Der große Wandverbau auf der anderen Seite war bis zur Decke mit Büroordnern gefüllt. Evelyn betrachtete die beschrifteten Ordnerrücken. Schriftverkehr, Verträge, Rechnungen, Kontoauszüge, Versicherungspolicen – alles peinlich genau nach Jahren sortiert.

Nachdem Evelyn einige Zeit damit verbracht hatte, im düsteren Zwielicht des Büros die Verträge, Briefe und Policen aus dem Jahr 1998 zu studieren, war sie mehrmals auf den Schiffsnamen *Friedberg* gestoßen. Doch mit diesen Unterlagen ließ sich nichts anfangen. Der Luxusliner hatte eine Länge von fünfundsechzig Metern und bot insgesamt nur dreizehn Passagieren Platz. Dementsprechend groß waren die Suiten. Es gab vier Decks, wobei das Sonnendeck fünfzehn Meter über dem Wasser lag und nur mit einem Lift erreicht werden konnte. Das Schiff verfügte über Sauna, Dampfkammer, Kaltwasserbecken, Ruheräume, einen Schönheitssalon, Massageräume, einen Saal mit Videobeamer sowie ein Fitness-Center mit Laufbändern und Rudergeräten. In einem Prospekt stand, dass die *Friedberg* sogar einen Weinkeller und einen Helikopter-Landeplatz hatte. Auf dieser Megajacht musste man sich fühlen wie Krösus auf einem schwimmenden Schloss.

Allerdings fand Evelyn keine Preisliste. In dieser Kategorie gab man Gebühren nur auf Anfrage bekannt. Und Leute wie Prange oder Kieslinger mussten sich wegen Geld keine Sorgen machen. Auf einer Abbildung in einem Flyer sah das Boot aus wie eine Rakete. Mit drei Dieselgeneratoren erreichte das Schiff eine Spitzengeschwindigkeit von achtzehn Knoten pro Stunde. Damit kam man in neun Tagen ganz schön herum.

Frustriert stellte sie die Ordner an ihren Platz zurück und zog eine weitere Mappe mit dem Aufkleber *Bankauszüge Juli–September 1998* heraus. Staubpartikel stoben auf und tanzten glänzend im Licht, das fächerförmig durch die Jalousien fiel. Über den Kontoauszügen war ein graues Kuvert abgeheftet. Evelyn öffnete es und zog ein vergilbtes Blatt Papier hervor. Auf den ersten Blick sah es aus wie eine Adressliste, doch bei näherer Betrachtung entdeckte sie verblasste Unterschriften.

Ihr Mund trocknete aus, als sie den Namen Rudolf Kieslinger las. Unterhalb der Wiener Adresse befand sich eine Signatur. Diese Liste bestand aus insgesamt einem Dutzend Namen mit Anschriften. Eine Passagierliste! Heinz Pranges Name mit seiner Münchner Adresse befand sich ebenfalls drauf. Evelyns Hände zitterten. Patrick hatte also Recht behalten. Die beiden Männer kannten sich von einer gemeinsamen Schiffsreise auf dem Luxusliner.

Die anderen Namen sagten ihr nichts. Ihr fiel nur auf, dass sich keine Frauen darunter befanden. Die Gäste hießen Rene Manzon, Mark Pelling, Kurt Hanson, Richard Ruschko, Martin Ritter, Thomas Eberhardt, Georg Pallock und …

Ungläubig las sie den nächsten Namen ein zweites Mal. Was für ein Zufall! Sie kannte jemanden, der genauso hieß. Dann bemerkte sie die Adresse. Plötzlich begann sich alles um sie herum zu drehen. Als würde sie rücklings in einen Schacht fallen, wurde ihr schwarz vor Augen. Eine Wiener Adresse. Der futuristische Wohnpark. Ein Penthouse im 23. Stock. Das konnte unmöglich sein.

Wie kam die Adresse auf dieses Papier? Immer wieder las sie den Namen jenes Mannes, der gestern angeblich bei einem Unfall über den Balkon seiner Wohnung gestürzt war: ihr Anwaltskollege Peter Holobeck.

37

Laken, Kissen und der Melanboden waren voller Blut. Eine junge Frau mit bleichem Gesicht lag reglos auf dem Bett. Es sah aus, als triebe sie in einem Meer aus dunklen Rosenblüten. Aus einer Hand ragte die Rasierklinge, mit der sie sich die Pulsadern aufgeschnitten hatte. Das Blut glänzte und pulsierte immer noch schwach aus den Wunden. Die Schnitte konnten nicht älter als ein paar Minuten sein.

Doktor Pinsger sah sich im Zimmer um und schnappte ungläubig nach Luft. Pulaski drängte ihn zur Seite. Der Fensterflügel stand offen und schlug gegen den Rahmen. Hinter ihnen ließ der Wind die Tür ins Schloss fallen.

»Hat ein Fremder das Haus betreten?«, rief Pulaski.

»Nein.«

Pulaski packte den Arzt am Arm und sah ihm in die Augen. »Hören Sie mir zu! Rufen Sie einen Krankenwagen. Die Kleine braucht eine Transfusion. Aber weichen Sie nicht von ihrer Seite. Haben Sie verstanden?«

»Natürlich.«

Der alte Arzt lief zum Bett. Während er das Laken zu einem Druckverband faltete, zog er ein Handy aus dem Kittel.

Indessen stürzte Pulaski zum Fenster und riss den Flügel auf. Kein Gitter. Unterhalb der Fensterbank verlief ein Eisensteg mit Geländer. Er endete bei der Feuerleiter, die mit einem Handlauf spiralförmig nach unten führte.

Pulaski blickte sich im Park um. Nichts als Bäume, Hecken und Rosenbeete, so weit das Auge reichte. Da sah er einen grauhaarigen Mann im dunklen Mantel auf den Wald zulaufen.

»Stehen bleiben!«, brüllte Pulaski.

Verfluchter Mist. Der Mann lief, was das Zeug hielt. Pulaski schwang die Beine aus dem Fenster und sprang auf die Eisenbrücke. Das Gestänge klapperte und wankte gefährlich unter ihm. Er hetzte zur Feuertreppe und lief sie Stockwerk für Stockwerk hinunter. Mehrmals wäre er fast über seine eigenen Füße gestolpert.

Keuchend kam er auf dem Schotterweg an. Er blickte zum Ende des Parks. Etwa zweihundert Meter trennten ihn vom Rand des Waldes, in dem der Grauhaarige soeben verschwunden war. Für einen Augenblick überlegte Pulaski, ob er zum Parkplatz auf der anderen Gebäudeseite laufen sollte, wo sein Wagen stand. Allerdings steckte der Autoschlüssel in der Tasche seines Mantels, und der hing im Vorraum.

»Scheiße!«

Pulaski lief los und hielt auf den Wald zu. Nach wenigen Metern brannten seine Lungen wie Feuer. Seine Atemwege machten nicht mit. Seine Kehle wurde immer enger. Er musste den Scheißkerl kriegen! Diesmal war er ihm so dicht auf den Fersen, dass er ihn nicht so einfach entkommen lassen würde.

Er japste nach Luft. Binnen Sekunden war sein Hemd nass geschwitzt. Im Laufen fingerte er das Spray aus der Sakkotasche und inhalierte gierig. Selbst wenn er die gesamte Dose leeren musste – er würde nicht stehen bleiben.

Als er den Waldrand erreichte, lehnte er sich an einen Baum, um für einen Augenblick zu verschnaufen. Es führte nur ein schmaler Wanderweg durch den Park. Ein Holzschild wies zur Waldkapelle und zum Ausgang. Der Kerl wollte durch das Osttor abhauen! Pulaski setzte sich in Bewegung.

Weiter, weiter, spornte er sich an. Der alte, grauhaarige Mann konnte unmöglich fitter sein als er. Pulaski wischte sich den Schweiß von der Stirn. Er stolperte über Schlammlachen, nasse Wurzeln, preschte direkt durchs Unterholz und kam wieder auf den Wanderweg. Schließlich erreichte er die Kapelle. Sie lag auf einer winzigen Lichtung, unter dem Blätterdach riesiger Ahornbäume.

Eine Holztür knarrte. Pulaski fuhr herum und riss in der Bewegung die Walther aus dem Holster. Das Magazin steckte bereits im Griff. Er entsicherte die Waffe und zog den Schlitten zurück. Vorsichtig, mit der Pistole im Anschlag, schlich er um die Kapelle. Als er zwei jungen Frauen in beiger Anstaltskleidung gegenüberstand, nahm er die Waffe herunter. Sie hielten Zigaretten und Feuerzeug in der Hand und starrten ihn entsetzt an, als hätte er sie soeben bei etwas Verbotenem erwischt.

»Wir wollten nur …«

»Ist hier ein grauhaariger Mann im Mantel vorbeigelaufen?«

Eine der Frauen zeigte Richtung Osttor.

»Danke, bleiben Sie in der Kapelle, bis ich wiederkomme«, sagte er und rannte weiter.

Mit jedem Schritt wurde seine Kehle enger. Der Hustenreiz schnürte ihm die Lunge zu. Er musste tief einatmen, um überhaupt etwas Sauerstoff zu spüren. Sein Herz raste wie eine überlastete Turbine. Wann würde er zusammenbrechen? Wenn er doch mit Doktor Pinsger nicht so lange diskutiert hätte, sondern gleich in Lesjas Zimmer gegangen wäre!

Pulaski stolperte weiter. Nachdem der Weg um eine dichte Hecke bog, sah er den Mann vor sich. Ein großer, kräftig gebauter Kerl im dunklen Steppmantel. Er war etwa hundertfünfzig Meter entfernt. Die Allee führte geradewegs zu einer Mauer, die das Grundstück umgab. Der Ost-Ausgang, ein doppelflügeliges, wuchtiges Holztor, stand einen Spaltbreit offen.

»Stehen bl…« Mehr brachte Pulaski nicht heraus. Der Rest ging in einem Pfeifen und Rasseln seiner Atemwege unter. Er inhalierte, aber der Druck auf seiner Lunge blieb.

Kurzerhand schoss er mit der Waffe in die Luft.

Aber der Mistkerl blieb nicht stehen.

»Polizei!«, presste Pulaski hervor und gab einen weiteren Warnschuss ab.

Der Mann lief unbeirrt auf den Ausgang zu. Nur noch wenige Meter, dann würde er durch den Spalt verschwinden und das

Grundstück verlassen haben. Pulaski wusste nicht, was hinter der Mauer lag.

»Verfluchter Dreckskerl«, schnaufte Pulaski. Er legte mit beiden Händen an, visierte die Beine des Mannes an und drückte ab. Der erste Schuss ging daneben, der zweite traf. Der Mann fiel wenige Meter vor dem Tor der Länge nach hin. Doch er rappelte sich innerhalb weniger Sekunden wieder auf und humpelte weiter.

»Das darf doch nicht wahr sein!«

Pulaski nahm ihn erneut ins Visier, doch ein Hustenanfall schüttelte ihn durch und ließ ihn sich zusammenkrümmen. Tränen schossen ihm in die Augen. Die Beine, die Beine! Ziel auf die verdammten Beine! Obwohl sein Blick verschwommen war, hob er die Waffe und drückte ab. Doch die Kugel verfehlte ihr Ziel. Im nächsten Moment war der Mann durch das Tor verschwunden.

Hustend und mit Schmerzen im Brustkorb, als würde ihm eine glühende Lanze zwischen die Rippen ins Zwerchfell gebohrt, wankte Pulaski auf das Tor zu.

Jeder Schritt bereitete ihm unsägliche Schmerzen. Als er die Stelle erreichte, an der er den Flüchtenden am Bein getroffen hatte, suchte er den Laubboden nach Spuren ab. Er fand tatsächlich Blutspritzer auf Steinen und Blättern. Mit einer gewissen Genugtuung ging er in die Hocke und tauchte die Fingerkuppe in den Tropfen ein und verrieb die Flüssigkeit zwischen den Fingern.

»Ich hoffe, du Mistkerl denkst lange an mich und hast verdammte Schmerzen dabei«, murrte er.

Da hörte er ein leises Motorengeräusch. Mit der Waffe im Anschlag folgte er der Blutspur zum Ausgang. Das Schloss war von außen mit einer Brechstange geöffnet worden. Das Messingblatt hing verzogen zur Seite, und Holzsplitter lagen auf dem Boden. Vorsichtig lugte er um das Tor herum. Neben der Mauer führte eine trostlose Landstraße in die Hügel. Dahinter befanden sich nur Wälder und abgemähte Äcker. Weit und breit waren weder ein Mann noch ein Wagen zu sehen.

Pulaski ging entlang der Blutspur weiter, bis sie nach wenigen Metern abrupt endete. Hier hatte der Fremde sein Fluchtfahrzeug abgestellt. In der feuchten Erde waren Fuß- und Reifenspuren zu erkennen.

Keuchend ließ sich Pulaski ins nasse Gras fallen und lehnte sich mit dem Rücken an die Mauer der Anstalt. Er kramte das Spray aus der Tasche, schüttelte es und wollte inhalieren, doch die Dose war leer. Kraftlos ließ er den Arm sinken. Nur keine Panik! Er atmete tief und langsam durch. Die Muskeln durften sich nicht verkrampfen.

Mit tränenden Augen starrte er zur Mauer empor. Hier gab es keine Überwachungskameras wie in Markkleeberg. Trotzdem lächelte Pulaski. Der Mann, der Lesja die Pulsadern aufgeschnitten hatte, war so gut wie geliefert. Sie hatten nicht nur seine Schuhabdrücke und die Reifenspuren des Wagens, sondern über die Blutspritzer auch seine DNS.

38

Während Pulaski noch im Gras saß, zog er das Handy aus der Tasche und wählte die Büronummer von Horst Fux. Nach dem fünften Läuten sprang die Verbindung auf einen anderen Apparat. Malte hob ab.

»Hallo Urlauber, alles in Ordnung?«, meldete sich der Kollege, der offensichtlich Pulaskis Nummer auf dem Display erkannt hatte.

»Hör zu, ich brauche Fux, es ist dringend!«

»Du bist ja völlig außer Puste. Was treibst du denn? Bist du …?«

»Es ist dringend! Hol ihn her!«

»Der Chef ist in einer Sitzung. Wie stellst du dir das vor? Soll ich in den Besprechungsraum platzen?«

»Ja! Beeil dich!«

Pulaski hörte, wie Malte den Hörer auf den Tisch knallte und abdampfte.

Das Brennen in Pulaskis Brustkorb hielt immer noch an. Er hatte einen ekelhaften Geschmack im Mund und spuckte mehrmals ins Gras.

Endlich hörte er Schritte.

»Pulaski, ich hoffe für dich, dass es verdammt wichtig ist. Im Nebenraum wartet der Staatsanwalt und wir …«

»Vertraust du mir?«

»Was soll das jetzt wieder? Verdammt ja, ich vertraue dir.«

»Okay, hör zu, du musst mir jetzt rasch helfen. Setz dich mit den Kollegen in Göttingen in Verbindung. Wir brauchen Straßensperren im Radius von fünfzehn Kilometer rund um die Psychiatrie Herberhausen im Osten Göttingens. Der Flüchtige ist der grauhaarige Mann, der in der Anstalt Markkleeberg zugeschlagen hat und nach dem wir bereits eine Fahndung rausgejagt haben.«

»Göttingen?«, brüllte Fux. »Was zum Teufel machst du in Göttingen?«

»Verdammt, jetzt hör mir doch mal zu! Wir brauchen Straßensperren, danach soll die hiesige Kripo Kontakt zu allen Ärzten und Krankenhäusern in der Umgebung aufnehmen. Der Verdächtige hat eine Schussverletzung am rechten Bein.«

»Wer zur Hölle …?«

»Ich habe den Kerl an der Wade erwischt.«

»Du hast deine Dienstwaffe dabei?«, brüllte Fux. »Ich fasse es nicht. Ich wusste, dass du was ausheckst.«

Pulaski hörte, wie Fux die Faust auf den Tisch knallte. »Horst … Hallo?«

»Ja!«

»Und dann brauchen wir ein Spurensicherungsteam am Ost-Eingang der Anstalt. Wir haben Fußspuren, Reifenabdrücke und Blutspritzer des Verdächtigen.«

Fux seufzte. »Okay, ich kümmere mich darum, bleib erreichbar.« Er legte auf.

In diesem Moment knatterte ein Helikopter im Tiefflug über Pulaski hinweg. Das war ein gutes Zeichen – es bedeutete, dass Lesja noch lebte und die Sanitäter sie ins Krankenhaus bringen würden. Mit zitternden Knien erhob er sich, stützte sich an der Mauer ab und machte sich auf den Rückweg zur Anstalt. In weiter Ferne sah er, wie der Hubschrauber hinter den Bäumen in den Sinkflug ging.

Als Pulaski die Kapelle an der kleinen Lichtung erreichte und hineinblickte, fand er sie leer vor. Natürlich waren die Frauen angsterfüllt zur Anstalt gelaufen, nachdem sie die ersten Schüsse gehört hatten. Bestimmt breitete sich die Nachricht von der Schießerei wie ein Lauffeuer in der Psychiatrie aus.

Als Pulaski den Waldrand erreichte und auf die Wiese trat, sah er, wie die Sanitäter soeben eine Trage in den Helikopter hievten. Die Türen schlugen kaum zu, da ertönte auch schon das hochtourige Geräusch der Rotorblätter. Die Äste der umliegenden Bäume bogen sich, und Laub wurde über die Wiese gefegt. Sekunden später hob der Helikopter ab und knatterte in die Richtung davon, aus der er gekommen war.

Erst als Doktor Pinsger ihm entgegenlief und ihn von oben bis unten skeptisch musterte, bemerkte Pulaski, dass ihm das Hemd aus der Hose hing.

»Ich habe Schüsse gehört. Sind Sie verletzt?«

»Nein, ich bin in Ordnung.« Pulaski stopfte sich das Hemd in den Hosenbund. »Wie geht es Lesja?«

»Sie hat viel Blut verloren. Ihr Kreislauf ist kollabiert. Sie hatte einen Schock und wurde bewusstlos.«

»Hat sie noch etwas gesagt?«

Der Arzt schüttelte den Kopf. »Es ist fraglich, ob sie durchkommt.«

Am liebsten hätte Pulaski laut geflucht. Er hatte nicht gedacht, dass seine Anspielung auf den Leichensack, mit dem er dem Mediziner gedroht hatte, so rasch Wirklichkeit werden könnte.

In der Zwischenzeit versammelten sich immer mehr Schaulustige vor dem Gebäude.

Pulaski nickte zum Wald. »Das Osttor wurde aufgebrochen.«

»Ich kümmere mich darum«, murmelte der Arzt. »Außerdem muss ich die Kriminalpolizei verständigen.«

»Habe ich bereits gemacht.«

Doktor Pinsger schob die Brille über die Nase. Für einen Moment beschlugen die Gläser. »Falls Lesja überlebt«, druckste er herum, »habe ich das Ihnen zu verdanken.«

»Und falls nicht …« Pulaski hatte ein merkwürdig schweres Gefühl im Magen. Lesja war ihre einzige Zeugin, die letzte Überlebende von vier Jugendlichen, die ihm die Frage beantworten konnte, was vor zehn Jahren in Bremerhaven passiert war. Die

Kleine musste einfach durchkommen, sonst war alles umsonst gewesen.

»Kann ich Ihnen irgendwie helfen?« Pinsgers Stimme klang besorgt.

Pulaski holte den Inhalator hervor. »Mein Asthmaspray ist leer.«

Der Arzt warf einen Blick auf die Marke. »Foster, ziemlich neu auf dem Markt. Ich besorge Ihnen eine frische Dose.«

»Danke – und haben Sie einen starken Kaffee und zwei Aspirintabletten für mich?«

»Kopfschmerzen?«

»Noch nicht.« Pulaski blickte zum Haupteingang. »Aber bald.«

Pinsger drehte sich um.

Soeben kamen zwei metallic schwarze Audis den Weg herauf. Je nachdem, wen Horst Fux verständigt hatte, waren es entweder die Kollegen der Kriminalpolizei Göttingen oder des Landeskriminalamts Niedersachsen.

Jetzt würde der Tanz beginnen.

39

Evelyn hatte keine Zeit, weiter darüber nachzudenken, wie Holobecks Name und Unterschrift auf die Teilnehmerliste der Schiffsreise gekommen waren. Durch die geschlossene Tür von Hockinsons Arbeitszimmer hörte sie Schritte. Danach Gretas Stimme. Die Frau ging durch den Korridor. Anscheinend telefonierte sie mit dem Handy, da keine weitere Person zu hören war.

Eilig faltete Evelyn die Liste zusammen, stopfte sie in die Tasche ihrer Jeans und schob die Mappe in die Stellage zurück.

»Nein, ich werde Sie nicht mehr belästigen«, ertönte Gretas Stimme unmittelbar hinter der Tür.

Als die Klinke niedergedrückt wurde, fiel Evelyn beinahe das Herz in die Hose. Mit einem Satz huschte sie durch den Raum und presste sich neben dem Eingang an die Wand.

Die Tür wurde geöffnet. Evelyn stand dahinter und hielt den Atem an.

»Mein Vater ist tot, aber nicht nur das. Mittlerweile sind zwei weitere Passagiere von damals gestorben.« Greta betrat den Raum. »Irgendjemand möchte etwas ans Tageslicht bringen … keine Sorge, ich werde Sie nicht mehr anrufen. Passen Sie einfach nur auf sich auf.«

Greta war im Begriff, zum Schreibtisch zu gehen, als ein Ruf durchs Haus hallte. Evelyn erkannte die Stimme des Technikers.

»Was *ist* denn?« Genervt knallte Greta das Handy auf den Schreibtisch und drehte sich um. »Ich fasse es nicht, diese Idioten«, murmelte sie zu sich selbst.

Evelyn hielt den Atem an.

Greta trat in den Gang.

»Wir sind so weit«, rief der Mann vom Wintergarten ins Haus.

»Wenn es diesmal wieder nicht klappt, schwöre ich bei Gott, dass ich Sie mitsamt Ihrem Krempel vor die Tür setze.« Greta warf die Tür hinter sich zu und marschierte mit schweren Schritten den Gang hinunter. Langsam kam Evelyn aus ihrem Versteck hervor. Wie viele Sekunden blieben ihr, das Haus zu verlassen?

Ihr Blick fiel auf das Handy. Das Display leuchtete im Dämmerlicht. Sie trat näher und starrte auf die Digitalanzeige. Das letzte Gespräch hatte nicht einmal zwanzig Sekunden gedauert. Mit wem hatte Greta telefoniert? Evelyn betätigte das Menü und ging auf gewählte Rufnummern.

Smolle! lautete der letzte Eintrag.

Hastig griff sie nach einem Stift auf dem Schreibtisch und schrieb die Nummer auf ein Post-it. Anschließend steckte sie den Zettel ein und verließ die Menüfunktion wieder. Es wurde Zeit abzuhauen. Sie wandte sich zur Tür, als sie wieder Schritte im Gang hörte, die auf das Büro zuhielten. Sie hatte ihre Chance zu flüchten vermasselt … Hastig sah sie sich im Raum um. Es gab nur eine Möglichkeit, ihn zu verlassen.

Sie rannte zum Fenster und riss es auf. Der Wind fuhr in den Raum und ließ die Jalousie klappern. Im gleichen Moment begann die Alarmanlage zu heulen. Evelyn erstarrte in der Bewegung.

»Scheiße, verflucht noch mal!«, rief Greta im Korridor.

»Nur ein Fehlalarm, das haben wir gleich!«

Evelyn setzte sich auf das Fensterbrett und schwang die Beine ins Freie. Eineinhalb Meter unter ihr fiel die Böschung steil zur Wiese ab. Ohne lange zu überlegen, sprang sie hinunter.

Beim Aufprall rutschten ihr die Beine davon, und sie überschlug sich, während sie den Hang hinunterkullerte, bis sie vor einem Gebüsch landete. Keuchend rappelte sie sich auf. Solange Greta und die Männer von Sicuro noch damit beschäftigt waren, die Ursache des Fehlalarms zu finden, hatte sie vielleicht eine Chance, unbemerkt zu entkommen. Gebückt lief sie hinter den Hecken zum Kiesweg.

Sie rannte mit rasendem Herzen über den Schotterweg zum schmiedeeisernen Tor. Neben dem Eingang parkte ihr Wagen. Während der letzten Meter fingerte sie den Funkschlüssel aus der Hosentasche, dann öffnete sie die Autotür, riss sie auf und ließ sich hinters Lenkrad fallen.

Keuchend sank ihr Kopf gegen die Nackenstütze. Bestimmt hatte sie sich bei dem Sturz einige blaue Flecken zugezogen. Sie beugte sich auf den Beifahrersitz und blickte durchs Seitenfenster. Soweit sie zwischen den Bäumen hinter dem Zaun erkennen konnte, befand sich niemand im Garten oder sah aus dem Fenster der Villa. Mit etwas Glück war ihre Flucht unbemerkt erfolgt … bis auf das offene Fenster im Arbeitszimmer.

Sie kramte das Post-it hervor und nahm ihr Handy vom Beifahrersitz. Nachdem sie ihre eigene Telefonnummer unterdrückt hatte, wählte sie den unbekannten Anschluss. Gespannt hielt sie das Handy ans Ohr.

Nach dem zweiten Läuten meldete sich eine raue, knarrende Männerstimme.

»Ja?«

Evelyns Puls raste. Sie würde sich hüten zu antworten. In Zeitlupe nahm sie das Handy herunter und unterbrach die Verbindung. Smolle war ein alter Mann. Sie wischte sich den Schweiß von der Stirn und startete den Wagen.

Evelyn fuhr die Straße hinunter, bis sie außer Sichtweite des Hauses gelangte. Dann bog sie in eine Seitengasse ein. Von dort lenkte sie den Wagen durch den Kurpark und die Villensiedlung zurück zum Döser Seedeich, auf dem sie hergekommen war.

Ihre Hände zitterten immer noch. Im Moment hatte sie kein Auge für die Möwen, Segelboote und Fischrestaurants, die sie beim Herfahren bemerkt hatte. Zu viele Gedanken rasten ihr durch den Kopf. Im Prinzip hatte sie mehr herausgefunden, als sie eigentlich erhofft hatte. Und mit etwas Glück würde Greta nicht einmal bemerken, dass die Phantomzeichnung und die

Passagierliste fehlten. Damit hatte sie ein weiteres Puzzleteil, das Patrick auswerten konnte.

Als sie vor einem Fußgängerüberweg anhalten musste und darauf wartete, dass eine Großmutter mit ihren Enkelkindern die Straße überquerte, läutete ihr Handy auf dem Beifahrersitz.

Patrick war ein Quälgeist. Er konnte nicht einmal eine Stunde warten, bis sie sich bei ihm meldete.

Sie hob ab. »Patrick, du nervst!«

Es knackte in der Verbindung. Niemand antwortete.

»Patrick?«, fragte sie.

Nichts.

»Mit wem spreche ich?«, fragte sie, obwohl sie es längst wusste.

»Herzchen, weshalb haben Sie im Büro meines Vaters herumgeschnüffelt?«

Die Oma hatte die Straße längst überquert. Hinter Evelyn hupten die anderen Autos bereits. Wie in Trance legte sie den Gang ein und fuhr los.

»Sie haben Glück, dass meine Überwachungskamera noch nicht funktioniert, sonst hätte ich Sie auf Video. Also …« Greta wiederholte ihre Frage mit einer Ruhe, die beängstigend war.

Evelyn hätte sich vor Wut die Haare raufen können, weil sie ihre Visitenkarte auf dem Korbtisch zurückgelassen hatte. Andererseits war der Zeitpunkt gekommen, an dem sie das Versteckspiel mit Greta bleiben lassen konnte. »Was ist vor zehn Jahren auf der *Friedberg* passiert?«, fragte sie.

»Warum sind Sie in mein Haus eingebrochen?«

Evelyn umklammerte das Lenkrad, sodass die Knöchel weiß hervortraten. Auf diese Weise kamen sie keinen Schritt weiter.

»Eine von uns beiden sollte die Kripo verständigen«, schlug Evelyn vor. »Dann können wir die Sache mit dem Einbruch und der *Friedberg* klären.«

Eine klassische Patt-Situation.

Greta Hockinson legte auf.

40

In dem kleinen Postamt am Ortsende von Cuxhaven saß nur ein junger Mann mit Nickelbrille hinter dem Schalter. Zwei Faxseiten nach Österreich kosteten fünf Euro. Evelyn drückte ihm zehn in die Hand. Dann betrat sie die Nische, in der das Faxgerät stand.

Sie tippte die Vorwahl von Österreich in die Maschine, gefolgt von der Faxnummer in Patricks Büro. Bevor sie die Passagierliste einlegte, überflog sie noch einmal die Namen.

Smolle …

Sie wusste nicht einmal, ob es sich dabei um einen Vor- oder Nachnamen handelte. Verzweifelt suchte sie nach einem Smolle, doch keiner der gut ein Dutzend Gäste hieß auch nur annähernd so. Mit wem hatte Greta telefoniert? Wer war dieser Mann mit der rauen Stimme?

Der letzte Name auf der Liste war durchgestrichen. Sie konnte das Blatt in alle Richtungen drehen und wenden und sogar gegen das Licht halten, doch der Name des letzten Passagiers war unkenntlich gemacht worden. War das Smolle gewesen?

Wieder stachen ihr Holobecks Name und Adresse ins Auge. Und wieder versetzte ihr diese Erkenntnis einen Stich in der Brust. Sie kannte Holobeck seit den Tagen ihrer Ferialpraxis in Kragers Kanzlei. Der Mann hatte ihr alle Tricks beigebracht, die ein Rechtsanwalt kennen musste. Bis auf seine so genannten Spritztouren nach Thailand unternahm Holobeck keine Urlaube. Hatte die Reise auf der *Friedberg* womöglich etwas mit seiner Homosexualität zu tun? Evelyn überflog die Namen ein weiteres Mal. Nur Männer! Ihre Kehle wurde so rau und trocken wie Schleifpapier. Wieder dachte sie an das heiße Kribbeln im Magen, als sie das letzte Mal mit Holobeck telefoniert hatte. Wann immer dieses Gefühl auftauchte, war etwas faul – darauf konnte sie sich verlassen wie auf das Amen in der Kirche.

Falls Holobeck tatsächlich auf dem Schiff gewesen war, hatte er sowohl Rudolf Kieslinger als auch Heinz Prange gekannt. Nun wurde ihr auch klar, weshalb Holobeck entgegen den üblichen Kanzleiprinzipien eine Privatperson als Klient gegen eine Firma vertreten hatte. Der Airbag-Fall! Womöglich hatte Holobeck nicht nur zu Prange, sondern auch zu dessen Witwe Kontakt gehabt und ihr einen Freundschaftsdienst erweisen wollen. Jedenfalls musste Holobeck einen verdammt guten Grund gehabt haben, Evelyn die Zusammenhänge zu verheimlichen. Deutlich waren ihr noch seine Worte bei ihrem letzten Telefonat in Erinnerung. *Evelyn, halten Sie sich aus dieser Sache raus. Die beiden Fälle hängen nicht zusammen.*

Und ob sie zusammenhingen! Holobeck hatte mittendrin gesteckt. Für einen Moment hatte Evelyn das schaurige Bild vor Augen, wie das Mädchen im Spaghettiträgerkleid Holobeck über die Balkonbrüstung stieß. Sie schüttelte den Gedanken ab, legte das Phantombild in das Faxgerät und drückte auf *Senden.*

Während das Papier durchratterte, rief sie Patrick mit dem Handy an.

»Hör mal, leg nie wieder einfach so auf, während ich mit dir rede«, schnauzte er ins Telefon. »Ich habe Todesängste ausgestanden!«

Eine Kundin mit einer Tüte voller Briefe betrat das Postamt.

»Übertreib nicht«, flüsterte sie. »Ich schick dir gerade ein Fax.«

»Doch nicht etwa aus Hockinsons Haus?«

»Keine Sorge, ich bin bei der Post. Erstens bekommst du die Phantomzeichnung unseres blonden Mädchens …«

»Mata Hari, du hast das Bild doch nicht etwa geklaut?«

Evelyn antwortete nicht darauf. Schweigend legte sie die Passagierliste ein. »Und zweitens eine Gästeliste der *Friedberg.* Du wirst staunen, welcher Name sich darauf bef…«

Sie stockte mitten im Satz. Das Blatt wurde vor ihren Augen mit der Rückseite nach oben in das Faxgerät gezogen. Für einen kurzen Moment war der Name Smolle wie ein Geist an ihr vorbeigehuscht.

»Was?«, rief Patrick. »Welche Gästeliste?«

»Einen Moment.« Evelyn zog das Blatt am anderen Ende aus dem Papierschlitz. Während das Gerät wählte, überflog sie die Rückseite der Liste.

Hier stand es, schwarz auf weiß: *Paul Smolle.* Er war der Kapitän der *Friedberg* gewesen.

41

Nachdem Evelyn auf die Faxbestätigung gewartet und sie anschließend zerrissen hatte, war sie wieder in ihren Wagen gestiegen.

Während sie entlang der Elbe zurück zur Autofähre nach Wischhafen fuhr, telefonierte sie über die Freisprechanlage ihres Handys mit Patrick. Es würde ein langes Gespräch werden. Sie musste Patrick allerhand erklären, vor allem, wie sie an die beiden Papiere gekommen war, die sie ihm gefaxt hatte.

»Ziemlich schlau von dir, dass du sicherheitshalber deine Visitenkarte in der Villa gelassen hast – für den Fall, dass dich Greta wegen Einbruchs drankriegen möchte«, ätzte er.

Klugscheißer! Sie wusste selbst, dass es keine Glanzleistung gewesen war.

»Aber es ist okay, Spitzmausigel. Endlich haben wir etwas in der Hand. Die Liste ist leserlich, aber der letzte Name ist durchgestrichen. Kannst du auf dem Original was erkennen?«

»Keine Chance.«

»Vielleicht lässt sich was machen, wenn wir der Kripo das Original geben. Ich fahre mit dem Taxi aufs Revier und …«

Bei dem Gedanken krampfte sich Evelyns Magen zusammen. »Bevor du den Beamten die Liste gibst, möchte ich, dass *du* dir die Namen vornimmst und versuchst, mehr über die Männer rauszufinden.«

»Warum plötzlich so zögerlich, Dornröschen? Gestern konnte es dir nicht rasch genug gehen, dass wir zur … oh, Scheiße!«, fluchte er.

Er hatte es endlich gefunden.

»Unser Freund Holobeck steht auch drauf.«

»Deshalb möchte ich nicht, dass du die Liste gleich den Beamten unter die Nase hältst.«

»Oh, Mann!«

Evelyn hörte förmlich, wie sich Patricks Gedanken überschlugen.

»Weißt du, was das bedeutet?«

»Ja«, antwortete sie leise. »Finde bitte raus, wer die anderen sind. Waren sie auch schwul? Wurden sie auch erpresst?«

»Ja, ja, ich weiß, was zu tun ist.«

Natürlich wusste er das, schließlich verdiente er seine Brötchen mit derartigen Jobs.

Sie drosselte das Tempo und lenkte den Wagen an einer Schafherde vorbei. »Aber vorher möchte ich dich um einen anderen Gefallen bitten. Ein gewisser Paul Smolle war der Kapitän der *Friedberg.*« Sie buchstabierte den Namen. »Finde raus, wo er wohnt, und ruf mich an, sobald du es weißt. Es ist dringend.«

»Mach ich, aber vielleicht lebt der Kerl gar nicht mehr.«

»Oh, doch«, widersprach sie. »Ich habe vor einer halben Stunde mit ihm telefoniert.«

Kurz vor drei Uhr nachmittags stand Evelyn an der Reling der Autofähre, die sich ihren Weg durch die Elbe pflügte. Immer noch zogen Nebelschlieren über das Wasser. Das änderte sich hier wohl nie.

Endlich rückte das Festland auf der anderen Seite näher. Stück für Stück schälten sich zuerst das Fährhaus und dann die Anlegestelle in Glückstadt aus der trüben Suppe. Ein Nebelhorn tönte über den Fluss.

Evelyn hatte sich vor der Abfahrt eine Cola, einen Hotdog und einen Schokoriegel gekauft. Bis zu dem Zeitpunkt, als sie in das Brötchen biss, war ihr gar nicht bewusst gewesen, wie hungrig sie war.

Mittlerweile hatte sie den Rollkragen ihres Norwegers fast bis zu den Ohren gezogen. Es wurde kälter, und ein eisiger Wind kam von Norden auf. Zudem ließen die Ereignisse der letzten Stunden sie auch innerlich zittern. Sie kaute an dem Riegel. Angeblich beruhigte Schokolade die Nerven. Falls das stimmte, hatte sie sie mehr als nötig.

Nachdem sie mit dem Leihwagen von der Fähre gerollt war, hielt sie auf einem Parkplatz neben der Bundesstraße. Das Navigationssystem zeigte ihr den Weg von Glückstadt zum Hamburger Flughafen. Eine knappe Stunde Fahrt. Falls sie heute noch heimfliegen wollte, wäre es jetzt an der Zeit, telefonisch ein Ticket beim airberlin-Schalter zu buchen. Möglicherweise war es aber gar nicht so schlau, von Hamburg abzufliegen. Greta Hockinson kannte ihre Pläne. Vielleicht erwartete sie sie am Flughafen. Ein paranoider Gedanke, aber andererseits konnte sie diese Frau genauso wenig einschätzen wie ihren Kollegen Holobeck. War sie nicht fest davon überzeugt gewesen, ihn und seine kleinen Geheimnisse zu kennen? Wieder einmal war ihr klar geworden, dass man in keinen Menschen hineinschauen konnte und sie umso mehr auf ihr Bauchgefühl hören sollte.

Unschlüssig starrte sie auf das Handy. Heimfliegen oder hier bleiben? Doch im Grunde genommen hatte sie die Entscheidung längst gefällt.

Als es läutete, zuckte sie zusammen. Patricks Nummer erschien auf dem Display.

»Hallo«, meldete sie sich knapp.

»Du klingst angespannt.«

Dem Herrn Detektiv entging auch nichts. »Hast du was für mich?«

»Kapitän Paul Smolle ist Jahrgang 1944. Sein Vater ist im Krieg gefallen, seine Mutter nach seiner Geburt abgehauen. Ein ziemlich übler Bursche, hat das große Seepatent, aber auch mehrere Anzeigen wegen Trunkenheit. Allerdings hat er seit zehn Jahren kein Kommando mehr über ein Schiff geführt. Mehr Details konnte mein Kollege Uwe nicht rausfinden.«

»Die Adresse?«

»Du wirst es nicht glauben ... Er haust in einem alten Wohnwagen, den er sich zu einem Bungalow umgebaut hat.«

»Klingt armselig.«

»Zumindest ist er nicht unser Erpresser.«

»Wo steht der Wohnwagen?«

»An der Küste von Wenningstedt auf Sylt.«

Das klang gar nicht gut. Evelyn tippte die Daten in das Navigationssystem. Es gab nur eine Route nach Sylt, und die dauerte sechs Stunden, die Fahrt mit dem Autotransportzug über den Damm eingeschlossen.

»Wann fliegst du heim?«, fragte Patrick, nachdem Evelyn eine Zeit lang nichts gesagt hatte.

»Hast du die *genaue* Adresse, wo Smolles Wohnwagen steht?«

»Verdammt, ich hab's gewusst!«, fluchte Patrick. »Sylt liegt an der dänischen Grenze. Die Reise dorthin ist eine Odyssee.«

»Sechs Stunden«, antwortete sie.

»Evelyn, das ist Wahnsinn! Du musst zurückkommen.«

Warum? Weil er es so wollte?

»Ich stecke zu tief drin und werde weitermachen«, antwortete sie knapp. »Ich muss diesen Fall lösen.«

Sie starrte zu dem Verkehrsschild auf der gegenüberliegenden Straßenseite. Ein Pfeil zeigte nach Hamburg, der andere nach Norden in Richtung Flensburg. Sie blickte die Straße hinauf. Dunkle Wolken schoben sich von Norden herunter. Falls sie Smolle besuchte, würde sie direkt in das Gewitter hineinfahren.

»Wenn ich jetzt losfahre, bin ich um neun Uhr abends dort.«

»Eher *zehn Uhr nachts*«, korrigierte Patrick sie. »Wo wirst du schlafen?«

»Auf Sylt gibt es bestimmt ein Motel.«

42

Pulaski stand mit einem heißen Kaffeebecher auf der Wiese vor dem Pavillon.

Auf dem Gelände der psychiatrischen Anstalt wimmelte es von Polizeibeamten, die alle Hände voll zu tun hatten, um die schaulustigen Patienten fernzuhalten.

Soviel Pulaski durch die Einsatzcodes aus den Funkgeräten mitbekam, waren tatsächlich Straßensperren errichtet worden. Doch wie es schien, war ihnen der Flüchtige bisher durch die Lappen gegangen. Und das würde sich auch nicht ändern. Mittlerweile war einfach zu viel Zeit vergangen.

Allerdings musste Horst Fux einen ziemlichen Wirbel bei der Göttinger Kripo veranstaltet haben, denn Pulaski hatte noch nie so viele Beamte an einem Tatort gesehen. Mindestens zwei Ermittler verhörten das Personal, drei weitere die Patienten. Doch niemand schien den Grauhaarigen im Steppmantel zu kennen, geschweige denn hatte jemand gesehen, wie er auf das Gelände der Klinik gekommen war. Während ein Spurenermittlungsteam den Wald, den Weg zur Kapelle und den Ost-Eingang untersuchte, knöpfte sich ein zweites Team Lesjas Schlafraum vor. Der Grauhaarige war offensichtlich durch den Haupteingang des Gebäudes und das Treppenhaus in ihr Zimmer gelangt. Vermutlich hatte er dann Pulaski und Doktor Pinsger die Treppe hochkommen hören und den Raum voreilig durchs Fenster verlassen.

Als Pulaski seine Zigarette zu Ende geraucht hatte und nach einem Mülleimer für den leeren Kaffeebecher suchte, traten zwei Kerle im Anzug auf ihn zu. An ihren Gesichtern sah er, dass sie ihren Spaß dabei haben würden, ihn ordentlich in die Mangel zu nehmen und wie ein Karnickel durch den Fleischwolf zu drehen. Sie waren beide über vierzig und hatten derbe, kantige Gesichter. Der mit den geröteten, kleinen Schweinsaugen, Sommersprossen und rotblonden Haaren sah etwas verlebter aus. Im Gegensatz dazu schienen dem anderen mit der Halbglatze ein paar Gesichtsmuskeln zu fehlen. Er hatte bestimmt 1986 das letzte Mal gelacht. Doch Pulaski hatte auch nicht vor, einen der beiden zu heiraten.

»Sie haben geschossen?«, fragte der Rotschopf.

Wortlos händigte Pulaski ihm die Dienstwaffe aus. Der Rotschopf nahm das Magazin aus der Pistole und zählte die restlichen Patronen. Dann griff er zum Funkgerät. »Es müssten fünf Hülsen sein.« Offensichtlich sprach er mit dem Spurensicherungsteam beim Osttor.

»Haben Sie die Ärzte und Krankenhäuser in der Umgebung benachrichtigt?«, fragte Pulaski.

Der Glatzkopf grinste schief. »Wir machen unseren Job seit zwanzig Jahren.« Er schob sich einen Kaugummi in den Mund. »Wir haben gehört, es gibt in dieser Sache Überschneidungen mit Ermittlungen in Leipzig. Wer arbeitet an diesem Fall?«

Pulaski dachte an Stan und Laurel. »Klaus Winteregger und Lars Goteinik vom LKA in Dresden«, erwiderte er. Ein verbitterter Alkoholiker und ein junger Pupser, frisch von der Hochschule, fügte er in Gedanken hinzu.

Der Glatzkopf zog die Augenbraue hoch. »Und wer sind Sie?«

Pulaski nannte ihm seinen Namen und die Dienstnummer. »Ich bin vom Kriminaldauerdienst Leipzig.«

»Vom Kriminaldauerdienst?«, echote der Mann. Es klang, als spräche er über Herpes oder Syphilis. »Ziemlich weit weg von der Heimat. Gefällt Ihnen Sachsen nicht mehr?« Schlagartig änderte sich der Gesprächston, der ohnehin nicht besonders freundlich gewesen war.

»Wissen unsere Kollegen, was Sie hier machen?«, mischte sich der Rotschopf ins Gespräch.

»Was denken Sie? Wäre ich sonst hier? Die vom LKA kriegen den Arsch nicht hoch, während der Killer weiter mordet.«

Die beiden warfen sich einen Blick zu.

»Nun mal sachte, Dirty Harry.« Der Glatzkopf legte Pulaski die Hand auf die Schulter – eine Geste, die er gar nicht leiden konnte. »Ich denke, unsere Kollegen in Dresden haben die Sache besser im Griff als Sie, alter Mann.«

Pulaski schwieg. Die Kerle hatten keine Ahnung. Wenn es so weiterging, würden sie sich eine Stunde lang anpöbeln, während der Grauhaarige längst über alle Berge war.

Zwei Stunden später hatte Pulaski seine Aussage gemacht. Er musste nur noch warten, bis Glatzkopf und Rotschopf, die sich namentlich immer noch nicht vorgestellt hatten, ihm die Dienstwaffe wieder aushändigten.

In der Zwischenzeit saß er im leeren Speiseraum des Pavillons und telefonierte mit seiner Dienststelle in Leipzig. Fux war alles andere als gut gelaunt.

»Genau das ist der Grund, warum Staatsanwalt Kohler dir die Ermittlungen aus der Hand genommen und sie dem LKA übertragen hat!«, brüllte Fux. »Weil du nicht nach den Regeln spielen kannst!«

»Die Regeln! Was für ein Schwachsinn«, zischte Pulaski ins Telefon. »Hier geht es doch nicht darum, unter der Bürokratie zu buckeln, damit die Mühlen noch langsamer mahlen. Es geht darum, einen Mörder zu fassen und zu verhindern, dass er weitere Jugendliche tötet.«

»Oh, Gott«, stöhnte Fux. »Sinnlos, mit dir darüber zu diskutieren. Dabei dachte ich, du hast dich vor Jahren zu uns in den Dauerdienst versetzen lassen, damit du in Leipzig eine ruhige Kugel schieben und mehr für deine Tochter da sein kannst.«

Jasmin!

Pulaski blickte auf die Uhr. Kurz nach fünf. Sie war längst

von der Schule nach Hause gekommen. Er musste sie dringend anrufen.

»Ja, stimmt«, murmelte er. »Aber dreht es dir nicht den Magen um, wenn du zusehen musst, wie die Ermittlungen dieser Dilettanten im Sand verlaufen?«

»Diese *Dilettanten,* wie du deine ehemaligen Kollegen vom LKA bezeichnest, haben heute einiges rausgefunden.«

»Tatsächlich?«

»Die Flasche mit dem *Cadenheads Old Raj Gin,* der Natascha eingeflößt wurde, stammte aus dem Büro des Ärztlichen Direktors.«

Dr. Heinrich Wolf, der bärbeißige alte Knabe, war Pulaski noch lebhaft in Erinnerung. Er hätte sich denken können, dass der Mann trank. »Was für eine großartige Erkenntnis! Sonst noch was?«

»Von der Gerichtsmedizin gibt es auch Neuigkeiten.«

»Das war zu erwarten, Meike ist die Beste.«

»Ihr vorläufiges Ergebnis von der Obduktion des Jungen liegt vor. Martin Horner ist tatsächlich an Herzversagen gestorben, allerdings wegen einer Überdosis seines Medikaments.«

»Details?«, fragte Pulaski.

Er hörte, wie Fux in einigen Papieren kramte.

»Die Digitalistabletten sollten seinen Herzschlag kräftigen, doch die Überdosis führte zu einem Vorhofflattern des Herzens, schweren Rhythmusstörungen, einem AV-Block und schließlich zum Stillstand ...«, las Fux aus dem Bericht vor, dann machte er eine Pause. »Kein schöner Tod.«

»Haben die Jungs vom LKA nun endlich kapiert, dass es sich um einen Doppelmord handelt?«

»Zumindest können sie das jetzt nicht mehr ausschließen. Sowohl in Nataschas als auch in Martins Blut befanden sich Spuren von Botox. Die Beamten haben das Markkleeberger Klinikpersonal in die Mangel genommen, aber das hat nichts gebracht.«

»Das hätte ich dir gleich sagen können. Die Ärzte und Pfleger dachten, Martin hätte sich das Leben genommen, und wollten den Selbstmord vertuschen, damit der gute Ruf der Anstalt nicht leidet.«

»So sieht es wohl aus. Dem Ärztlichen Direktor geht es jetzt an den Kragen.«

Die Tür zum Speisesaal schwang auf. Der Rotschopf und die Halbglatze kamen herein und sahen sich um. Offenbar traten die beiden nur als Duo auf.

»Ich muss Schluss machen«, unterbrach Pulaski seinen Chef. »Die Hochbegabten aus Niedersachsen rücken mir auf die Pelle.«

»Die haben mich heute schon angerufen.«

»Das überrascht mich nicht.«

Fux räusperte sich. »Eck nicht an ...«

Mehr hörte Pulaski nicht. Er hatte die Verbindung bereits unterbrochen.

»Haben Sie ein Ersatzmagazin dabei?«, fragte der Rotschopf.

»Nein«, log Pulaski, da er bereits ahnte, worauf es hinauslief.

»Hier ist Ihre Waffe.« Der Rotschopf reichte ihm die Walther.

Pulaski nahm die Pistole und merkte am Gewicht, dass etwas nicht stimmte. Er ließ das Magazin rausgleiten und warf einen Blick hinein. »Die Patronen?«

»Bleiben bei uns.«

»Was soll der Mist?« Sie konnten sich nicht einfach seine Dienstpatronen unter den Nagel reißen.

»Wir haben mit Ihrem Vorgesetzten telefoniert.« Der Rotschopf ließ die Worte eine Weile wirken, ehe er weitersprach. »Für jemanden vom Leipziger Dauerdienst, der sich für einen Tag beurlauben lässt, um dann mit der Dienstwaffe auszurücken, sind Sie ziemlich großkotzig. Sie hätten Ihre Behörde in Kenntnis setzen und sich in ein anderes Bundesland zuteilen lassen müssen.«

Klugscheißer! Pulaski wartete ab, was noch kommen würde.

Jedenfalls wusste er, dass sie ihm weder Pistole noch Patronen zur Beweissicherung wegnehmen konnten. Urlaub hin oder her – immerhin hatte er einen Mordversuch vereitelt und auf einen Verdächtigen geschossen. Trotzdem würde die Sache noch ein gewaltiges Nachspiel haben, aber das sollten die Dienststellen untereinander ausmachen. Pulaski war das mittlerweile gleichgültig. Sein einziges Interesse galt Lesja. Während seine so genannten Kollegen bis in die höchsten Hierarchien bürokratischen Mist von einer Ecke in die andere schaufelten, hoffte er, dass das Mädchen überlebte.

»Ihr Vorgesetzter meinte, wir sollen Ihnen die Patronen abnehmen und Sie heimschicken.«

»Solange Sie nicht nachmagazinieren können, stellen Sie keine Gefahr dar«, fügte der Glatzkopf hinzu.

Pulaski wusste, dass es sich dabei um eine reine Schikane handelte. Er ließ das leere Magazin einschnappen und steckte die Waffe ins Holster. »Haben Sie alle fünf Projektile gefunden?«

»Würde ich Ihnen sonst die Waffe zurückgeben?« Mehr rückte der Rotschopf nicht heraus.

Keine Infos für einen alten Mann! Was waren die beiden doch für Dilettanten! Zumindest wusste Pulaski jetzt, dass er dem Grauhaarigen nur einen Streifschuss zugefügt hatte. Er würde bloß humpeln und musste nicht einmal einen Arzt aufsuchen.

»Hier.« Der Glatzkopf mit den eingefrorenen Gesichtszügen hielt ihm ein dreiseitiges Protokoll unter die Nase, das er vermutlich innerhalb der letzten Stunde im Zweifingersystem auf einer tragbaren Schreibmaschine getippt hatte. Anscheinend besaßen die Beamten in Niedersachsen keine Laptops.

»Lesen Sie, und unterschreiben Sie. Der Chefarzt möchte Sie noch in seinem Büro sehen. Danach tun Sie uns und Ihnen einen großen Gefallen, und verschwinden Sie aus der Stadt.«

Kein Problem. Wie gesagt, Pulaski hatte ohnehin nicht vor, einen der beiden zu heiraten. Er betrachtete das Protokoll. Name, Dienstnummer, Ort, Datum, Uhrzeiten, Seriennummer der Pistole, seine Aussagen und Handlungen – der übliche Mist. Er unterzeichnete, knöpfte das Sakko zu und erhob sich.

Grußlos ging er an den beiden Beamten vorbei und machte sich auf die Suche nach Pinsgers Büro.

Eine dunkle Wolkenfront zog von Norden herunter. Der Chefarzt stand am Fenster und sah aus wie das nackte Elend. Pulaski hatte bisher selten einen Mann so leiden sehen wie ihn. Quälte ihn das schlechte Gewissen? Oder ratterte die endlose Gedankenspirale durch seinen Kopf, wie es bei manchen Menschen vorkam, die ein Unglück hätten verhindern können, wenn sie nur schneller zur Stelle gewesen wären?

Pinsger sah Pulaski mit traurigen Augen an. »Hätte ich früher auf Sie gehört, wären wir rechtzeitig ins Zimmer gekommen.«

Pulaski kannte derartige Argumente zur Genüge. »Und wenn meine Großmutter einen Bart hätte, wäre sie mein Großvater.«

Zunächst schien Pinsger nicht zu verstehen, doch dann lächelte er. »Sie haben ja Recht.«

»Wir kriegen den Kerl«, versicherte Pulaski ihm. »Es ist bloß eine Frage der Zeit. Wir wissen bereits einiges über ihn.« Er dachte an das Foto von dem Überwachungsvideo aus Markkleeberg und die Spuren, die der Mann am Osttor hinterlassen hatte. »Wie geht es Lesja?«

Müde hob Pinsger die Schultern. »Sie ist in einem kritischen Zustand. Auf die Bluttransfusion hat sie allergisch reagiert, und ihre Lungen haben versagt. Die Ärzte mussten sie in einen künstlichen Tiefschlaf versetzen.«

Der Doktor sah ihn lange an, dann lächelte er plötzlich. »Anfangs dachte ich, Sie wären ein ungehobelter, unsympathischer Kerl, aber ich habe mich geirrt. Die Kripoermittler, die das Areal auf den Kopf stellen, sind wirklich schrecklich. Die beweisen so viel Feingefühl wie eine Horde Mammuts.«

»Sehen Sie, es gibt immer etwas Schlimmeres.« Pulaski grinste. »Die Kollegen sagten, Sie wollten mich sprechen.«

»Ach ja.« Pinsger ging zum Schreibtisch, griff in die Schublade und holte eine aluminiumgraue Dose hervor. »Ihr Medikament.«

Dankbar nahm Pulaski die Patrone entgegen. Trotz des Tumults in der Anstalt hatte Pinsger es nicht vergessen. Pulaski bemerkte, dass auf dem Schreibtisch ein Dossier lag. Er kannte diese Art Formular. Das Stammdatenblatt einer Krankenakte. Er trat näher und glaubte, den Namen Lesja Prokopowytsch darauf zu erkennen.

»Was werden Sie jetzt tun?«, fragte der Arzt.

»Mein Dienst beginnt morgen früh. Ich habe noch ein paar Stunden Zeit, um mir Gedanken über den Fall zu machen.«

»Kann ich Ihnen dabei helfen?«

Pulaski warf einen Blick auf die Akte. »Wie hieß der Arzt, der Lesja und Sebastian 1998 in Bremerhaven behandelt hat, bevor die Kinder hierher überwiesen wurden?«

Pinsger seufzte. »Ist das alles?«

»Ja.«

Der Doktor betrachtete das Blatt, dann ließ er die Akte in der Schreibtischschublade verschwinden. »Es tut mir leid, aber das darf ich Ihnen nicht sagen. Es verstößt gegen die ärztliche Schweigepflicht, zumal Sie nicht offiziell an dem Fall arbeiten.«

Das hatte Pulaski seit gestern schon oft zu hören bekommen. »Ich weiß.«

Der kleine Arzt mit der dicken Brille und dem Blick eines aufgeschreckten Huhns kam auf ihn zu und schüttelte ihm zum Abschied die Hand. »Ich hoffe, Sie haben Verständnis dafür. Denn würde ich Ihnen sagen, dass der Arzt Vobelski hieß, würde ich mich strafbar machen.«

Pulaski grinste. »Auch Sie sind eigentlich gar kein so unsympathischer Kerl.«

Nachdem Pulaski in seinen Wagen gestiegen war, kramte er eilig im Handschuhfach herum. Endlich fand er die Kopie von

Nataschas Krankenblatt und Martins Stammdatenblatt, die ihm Sonja Willhalm nachts an die Windschutzscheibe gesteckt hatte.

Martin Horner war nach dem Missbrauch am 17. August 1998 erstbehandelt worden, Natascha Sommer zwei Tage später, und zwar auf der Intensivstation im Klinikum Bremerhaven. Auch in diesen beiden Fällen war der Arzt derselbe gewesen: Dr. Konrad Vobelski.

Konnte sich der Mann nach so langer Zeit noch erinnern, was den vier Kindern zugestoßen war? Arbeitete er überhaupt noch in Bremerhaven? Die Fahrt dorthin würde drei Stunden dauern. Pulaski startete den Wagen und griff zum Handy.

43

Spätsommerliche Gewitter verbreiteten stets eine eigentümliche Atmosphäre, die man sonst nie zu spüren bekam. Wenn der Sturm den Regen an die Fensterscheiben drückte, die Blitze die Landschaft aus der Dunkelheit rissen und das Donnergrollen wie eine Lawine über die Berge rollte, hatte sich Evelyn als Kind stets in eine Decke gehüllt und mit einer Tasse Kakao in Händen ans Fenster gekauert.

Sie hatte die Sekunden gezählt, die zwischen Blitz und Donner verstrichen, und wurde aufgeregt, sobald sich das Gewitter näherte. Ihr Vater war meist durch den Sturm gelaufen und hatte ihr Fahrrad und die Spielsachen ihrer Schwester in den Schuppen gezerrt, während ihre Mutter Decken und Kerzen vom Speicher holte, falls der Strom wieder einmal ausfallen würde. Wenn das geschah, rückte die Familie so nahe zusammen wie sonst nie. Evelyn konnte förmlich den dampfenden Kakao in ihrem Kinderbecher riechen, Omas Apfelstrudel und Vaters nasse Kleider, wenn er durch das Wohnzimmer ins Bad stapfte, um sich abzutrocknen. Manche Kindheitserinnerungen waren ziemlich hartnäckig. Vielleicht war das der Grund, warum sie Gewitter so liebte.

Doch mittlerweile hatte der Sturm, durch den sie fuhr, nichts mehr mit den Sommergewittern ihrer Kindheit zu tun. Sie hatte kaum zehn Meter Sicht, und das monotone Geräusch der Scheibenwischblätter begann langsam zu nerven. Es war schon verrückt. Sie könnte jetzt in einem Flugzeug Richtung Wien sitzen und von einer Stewardess eine warme Alutasse mit Nudeln serviert bekommen, mit Soße, Besteck, Salz und Pfeffer – alles in winzige Plastikfolien eingeschweißt. Was würde sie jetzt dafür geben, die Rückenlehne zurückklappen zu können, sich in eine Decke zu hüllen und die Augen zu schließen! Aber sie musste unbedingt diesen Smolle aufsuchen …

Sie versuchte, sich aufzumuntern, und begann, Pläne zu schmieden. Wenn ihr Besuch in Deutschland beendet war und sie Licht in den Airbag- und Kanaldeckel-Fall gebracht hatte, würde sie *richtigen* Urlaub nehmen. Eine Karibik-Kreuzfahrt buchen oder zumindest eine Woche in einem Wellness-Hotel verbringen, um auf andere Gedanken zu kommen.

Sie blickte auf die Uhr. Es war noch nicht zu spät, um Conny anzurufen. Sie wählte die Nummer der Nachbarstochter, die sich während ihrer Abwesenheit um die Katzen kümmerte.

»Hallo Conny.«

»Ach, *Sie* sind es.« Das Mädchen machte eine Pause. »Ich habe Sie nicht erkannt.«

»Stimmt …« Evelyn erinnerte sich. Sie hatte die Nummer unterdrückt und vergessen, es rückgängig zu machen.

»Wo sind Sie?«

»Immer noch in Deutschland. Ich fürchte, mein Besuch dauert länger.«

»Kein Problem. Bonnie und Clyde geht es gut. Jedes Mal, wenn ich in Ihre Wohnung gehe, liegen die beiden faul auf der Couch und rühren kein Ohr. Die haben wahrscheinlich nicht mal bemerkt, dass Sie fort sind.«

»Ja, bestimmt.« Evelyn lächelte. In Wahrheit wussten die beiden ganz genau, dass ihre *Dosenöffnerin* weg war. Sobald Evelyn zurückkam, würden die Katzen sie großzügig ignorieren, und Bonnie würde aus Protest vermutlich wieder in ihre Schuhe pinkeln. Aber die beiden waren nun mal ihr Ein und Alles.

»Ach ja«, sagte Conny. »Ein Amazon-Paket hat vor Ihrer Tür gelegen. Ich habe es unter mein Bett geschoben. Darf ich es öffnen?«

Evelyn lachte. Das Mädchen war genauso neugierig wie ihre Mutter. Einmal pro Woche joggte Evelyn mit Tanja durch den

Stadtpark, und manchmal, während Conny am Samstagnachmittag Hausaufgaben machte, ging sie mit Tanja ins Kaffeehaus, um mit ihrer Nachbarin über deren Job als Krankenschwester zu plaudern oder sich Ehegeschichten anzuhören.

»Darf ich?«, wiederholte Conny.

»Wenn du willst. Ich hoffe, du bist nicht enttäuscht. Du wirst nur Krimis von Martha Grimes, Stieg Larsson und Mary Higgins Clark finden.«

»Kenne ich nicht.«

»Was liest du denn?«

»Thomas Brezina«, antwortete Conny wie aus der Pistole geschossen.

Sie redeten noch eine Weile, bis Evelyn Tanjas Stimme im Hintergrund hörte, die Conny zum Zähneputzen ins Badezimmer rief.

Sie verabschiedeten sich. »Schlaf gut.« Evelyn legte auf.

Als die Nadel der Dieselanzeige irgendwo zwischen Heide und Husum in den roten Bereich wanderte, hielt sie an einer Tankstelle und kaufte im Shop auch gleich ein Thunfischsandwich, eine Dose Cola und einen Becher Espresso. An Schlaf war nicht zu denken.

Während sie aß und die Sekunden zwischen Blitz und Donner zählte, war das Radio abgedreht. Die Abstände wurden kürzer. Sie hatte keine Lust auf Musik oder das Geschwafel eines Nachrichtensprechers. Im Blitzlicht sah sie, wie sich Schafherden unter die Vordächer der Futterkrippen drängten, Radfahrer mit Zeitungen über dem Kopf die Straßen entlangradelten und der Wind Strohbündel durch die Landschaft fegte.

Niebüll war die letzte große Ortschaft, in die sie kam. Sie fuhr langsam über die Bundesstraße, bis sie den Bahnhof sah. Die Verladestation befand sich gleich dahinter. Der nächste Autozug nach Sylt fuhr in zwanzig Minuten ab. Sie kaufte ein Ticket und lenkte den Mietwagen über die Rampe auf den Zug. Es war ein merkwürdiges Gefühl, im Auto zu sitzen, in der oberen Etage des Doppelstockwagens, nur mit dem eingelegten ersten Gang, ohne dass der Wagen verkeilt wurde.

Als der Zug losfuhr, ruckelte es zwar ein wenig, aber Evelyn gewöhnte sich rasch daran. Im Prinzip war es sogar aufregend, nachts in dieser erhabenen Position durch das Land und die Unwetter zu preschen. Ein wenig unheimlich wurde es nur, als der Zug das Festland verließ und über den schmalen Hindenburgdamm donnerte, der gerade mal so breit war wie zwei Gleisstrecken. Von hier aus konnte sie zu beiden Seiten weit auf das offene Meer hinaussehen und an der Küste das Aufblitzen einiger Leuchttürme durch die Regenschauer erkennen. Während der Fahrt fiel die Temperaturanzeige im Wagen rasch ab. Immerhin befand sie sich an der Grenze zu Dänemark. Sie ließ die Hände in den Pulloverärmeln verschwinden, kuschelte sich in den Sitz und starrte in die Dunkelheit.

Die Bahnfahrt dauerte etwas mehr als eine halbe Stunde, dann erreichte der Zug die Autoverladestation in Westerland. Von dort aus lotste sie das Navi ihres Wagens nach Norden. Die Autoscheinwerfer rissen Teile der Landschaft aus der Dunkelheit. Rechts breitete sich die öde Heidelandschaft aus, links lagen unendlich lange Dünen und das Meer. Zahlreiche Holzstege führten in die Nordsee hinein. Der Wind ließ die Wellen in hohem Bogen über die Molen preschen.

Patrick hatte wie immer Recht behalten. Knapp vor zehn Uhr nachts kam sie in Wenningstedt an. Sie rollte im Schritttempo durch das winzige Nest, fuhr an einer Kapelle, mehreren Bauernhöfen, Ferien- und Apartmenthäusern vorbei. Endlich erreichte sie den Campingplatz. Am Ende des Geländes, nur wenige Meter vom Strand entfernt, ragte eine windschiefe Hütte aus den Dünen. Das musste sie sein.

Sie parkte am Straßenrand, ließ das Standlicht brennen, griff nach Handy und Geldbeutel und lief im Regen über den Sandstrand. Salzige Böen schlugen ihr entgegen. Es roch nach Fisch.

Sie stapfte einmal um den Bungalow. Der Wohnwagen war fast nicht zu erkennen. Die Räder fehlten, und die Achsen standen auf im Sand eingegrabenen Holzbohlen. Smolle hatte rund um den ausrangierten Trailer eine Bretterkonstruktion mit einem Schindeldach montiert, was wohl einen Zubau darstellen sollte. Aus dem Dach ragte ein Ofenrohr, aus dem helle Rauchwolken stiegen, die der Wind sogleich in alle Richtungen zerstob.

Hinter den Fenstern des Wohnwagens flackerte Kerzenlicht. Mehr war durch die Vorhänge nicht zu erkennen. Offensichtlich lebte Paul Smolle ohne Strom und verbrachte den Herbst und den nahenden Winter mit Gaskocher und Holzofen.

Völlig durchnässt erreichte Evelyn die Eingangstür. Der Bretterverschlag wurde vom Wind aufgerissen und immer wieder zugeknallt. Sie schlüpfte in den Vorraum und wischte sich das Wasser aus dem Gesicht. Sie stand auf einer nassen Plastikfolie. Es tropfte durch die Holzbretter an der Decke. In der Ecke standen ein Propangasbehälter, daneben mehrere Kisten mit leeren Wein- und Schnapsflaschen, Holzscheite und jede Menge Erbsen- und Fleischdosen. Auf einer Mobiltoilette stapelten sich in einen Nylonsack eingewickelte Klopapierrollen.

Beim besten Willen hätte sie nicht gedacht, dass ihre Reise sie an diesen entlegenen Ort führen würde. Hier war sie tatsächlich im letzten Winkel der Zivilisation angelangt. Schlimmer konnte es nicht kommen. Ihr moderner Sixt-Leihwagen am Straßenrand wirkte in dieser Gegend völlig deplatziert, als hätte sie sich in eine andere Dimension verirrt.

Sie klopfte an die verbeulte Blechtür des Wohnwagens. Das offene Vorhängeschloss schepperte gegen den Riegel. Sonst rührte sich nichts.

»Herr Smolle?« Sie pochte noch einmal gegen die Tür.

Donnergrollen unterbrach sie.

Die Worte, die sie zu sagen sich vorgenommen hatte – *Ich bin Anwältin und komme aus Wien* –, erschienen ihr so unwirklich, dass sie sie nicht herausbrachte. »Herr Smolle?«

Vorsichtig öffnete sie die Tür und machte einen Schritt auf die Treppe. Sie lugte um die Ecke in den Trailer. Ein heißer Luftzug wärmte ihr Gesicht. Es roch nach Öl und Tannenzapfen. Holzstücke knackten im Ofen.

In der Mitte des Raumes kniete ein grobschlächtiger Mann mit grauem Vollbart auf einem Hocker. Er trug eine Arbeitshose und ein fleckiges Rippshirt. Schweißtropfen standen auf seiner Stirn. Er schien nicht einmal erstaunt, als er Evelyn bemerkte. Sein Blick blieb teilnahmslos, traurig und grau – genauso grau wie der Strick um seinen Hals, der neben dem Ofenrohr zum Deckenhaken führte.

44

Schlagartig befand sich Evelyn in einer anderen Zeit. Zurückgeworfen in ein Loch, das so weit entfernt schien, aber nie aufgehört hatte zu existieren. Sie vernahm ihre eigene Stimme – das Schluchzen einer Zehnjährigen –, spürte den straff um ihren Hals gezogenen Strick und den stinkenden Jutesack, der sich wie die Nacht über ihr Gesicht legte. Bei jedem Atemzug …

… drangen die Stofffasern tiefer in ihren Mund und drohten sie zu ersticken. Dann spürte sie die fleischigen Finger, die über ihren Körper tasteten. Zunächst an ihrem Hals entlang, an ihrem Rücken hinunter, dann zu den Beinen und schließlich zwischen die Beine. Sie wollte sich vorstellen, wie ein mehrgliedriges Insekt auf ihr herumkrabbelte, nur ein Insekt, nichts weiter als ein lästiges Tier, das sie zerdrücken konnte, wenn sie wollte, aber es gelang ihr nicht. Dieses Insekt hatte raue Fingerkuppen und stank nach Alkohol und Zigaretten. Sie hörte den Mann keuchen, roch den Atem aus seinem faulen Mund. Aus heiterem Himmel ließ er von ihr ab, als wollte er sie für später aufheben. Am liebsten hätte sie ihn bei sich behalten, hätte ihn nie gehen lassen wollen. Sollte er doch ihren Körper betasten, so lange er wollte … mit ihr machen, was immer er wollte. Sie hätte es zugelassen, ohne einen Laut von sich zu geben. Es war immer noch besser, als das hilflose Jammern ihrer kleinen Schwester zu hören.

»Verschwinden Sie!«

Evelyn schreckte hoch.

Der Mann wischte sich mit dem Unterarm über den Bart. Speichel lief ihm aus dem Mund. »Gehen Sie doch bitte.« Seine Stimme versagte.

Sie glaubte, einen Anflug von Tränen in seinen Augen zu

sehen. Doch statt zu gehen, betrat sie den Wohnwagen und zog die Tür hinter sich zu.

»Was wollen Sie hier?«

Sie rieb sich die Oberarme. »Mir ist fürchterlich kalt. Haben Sie eine Tasse Tee?«

»Wer zum Teufel sind Sie?«

»Ich kann Sie gut verstehen«, sagte Evelyn. »Mit zehn Jahren wollte ich mir zum ersten Mal das Leben nehmen.«

Eine Viertelstunde später saßen sie in der Küchenzeile auf der Couch und tranken Tee mit Rum. Smolle hatte den Vorhang zugezogen, der die Küche vom Wohnbereich trennte, damit Evelyn den Strick nicht im Blickfeld hatte, der neben dem Heizungsrohr baumelte. Doch der Vorhang konnte nichts daran ändern, dass die Bedrohung immer noch da war. Derartige Pläne verschwanden nicht von einer Sekunde auf die andere aus dem Kopf eines Menschen.

Obwohl Smolle mit seinem struppigen Vollbart, den verblassten Tätowierungen an den Armen und der tiefen Stimme wie ein rauer Seebär wirkte, war er im Grunde ein seelenguter Mensch. Evelyn brauchte nicht einmal eine Minute, um das herauszufinden. Ein Blick in seine Augen genügte. Allein die Art und Weise, wie er ihren Tee zubereitete, ihr eine Decke reichte und ein Handtuch gab, damit sie sich die nassen Haare trocknen konnte, bewies, dass er kein schlechter Mensch sein konnte. Als sie ihn fragte, warum er nicht mehr als Kapitän arbeitete, kam er ohne Umschweife zum Punkt.

»Die letzte Fahrt ist bestimmt schon zehn Jahre her. Habe gekündigt. Wollte woanders anheuern, als Kapitän oder Schiffsoffizier. Aber die Saison war vorüber. Hätte auch als Steuermann oder Maschinist gearbeitet, wäre mir gleich gewesen, aber die letzten Schiffe waren ausgebucht.« Gedankenverloren klimperte er mit dem Löffel in der Tasse.

Evelyn fiel eine hässliche Narbe an der Innenseite seines linken Unterarms auf, die aussah, als hätte er sich eine Tätowierung über der Gasflamme weggebrannt. Möglicherweise hatte dieses Motiv schlimme Erinnerungen geweckt.

»Bis zur nächsten Saison dauerte es noch ein halbes Jahr. Der Winter machte mich verrückt. Dachte zu viel über die Ereignisse nach und begann erst richtig mit dem Trinken.« Er zuckte mit den Achseln. »Im Frühjahr fand ich keinen Job mehr. Wollte es nicht wahrhaben, aber in den wenigen Monaten war ich vollends zum Säufer geworden.«

Seine Hände zitterten, als er die Teetasse zum Mund führte. Durch das kleine Fenster sah Evelyn, wie mehrere Blitze hintereinander den Strand erhellten. Die Wellen schlugen hoch, und der Wind fegte den Regen über die Dünen. Als der Donner unmittelbar darauf über das Meer krachte, flackerten die Teelichter, die auf der Küchenzeile standen.

»Hatte mir angewöhnt, eine Flasche Wein zu trinken, wenn ich abends mit dem Hund rausging«, setzte Smolle seine Erzählung fort. »Später hatte ich mittags eine Pulle dabei, und schließlich schon morgens, wenn ich mit der Töle an den Strand ging. Irgendwann trank ich, wenn ich im Wohnwagen hockte. Der Köter lief eines Tages davon, aber der Wein blieb. Und der Schnaps auch.«

Manchmal nuschelte Smolle oder verschluckte einige Wörter, aber Evelyn konnte sich das Fehlende zusammenreimen.

»Zuerst war der Führerschein weg. Dann der Wagen. Jetzt auch das Geld. Bekomme nicht mal einen Gelegenheitsjob als Lagerarbeiter am Hafen. Zehn Jahre sind eine lange Zeit. Will nicht mehr. Verstehen Sie das?«

Sie nickte.

»Ich glaube nicht.« Smolle kippte Rum in die leere Tasse und trank sie in einem Zug aus.

»Was ist während Ihrer letzten Fahrt passiert?«, fragte sie.

Er lachte bitter. »Sind Sie deswegen hier? Natürlich sind Sie das.« Er blickte zur Decke. »Wenn *Er* gewollt hätte, dass Sie es nicht erfahren, wären Sie eine Minute später gekommen. Ich hätte das Geheimnis mitgenommen.«

»Was ist auf der *Friedberg* passiert?«

Er zuckte zusammen, als er den Namen hörte. Unwillkürlich blickte er auf seinen verbrannten Unterarm, als kehrten von dort die bösen Erinnerungen zurück, die er vergeblich versucht hatte auszulöschen.

»Dieser Name. Der ganze Alkohol hat nicht gereicht, um alles zu vergessen. Habe mich um den Verstand gesoffen – trotzdem ist das Grübeln geblieben, wie ein fauler Nachgeschmack.«

»Worüber?«

Smolle schwieg.

»Sagen Ihnen die Namen Kieslinger, Prange, Holobeck, Manzon, Pelling, Hanson, Ruschko, Ritter, Eberhardt, Pallock oder Hockinson etwas?«

»*Hockinson …*«, hauchte er und sah kurz auf. »Sie wollen es wirklich wissen?«

Sie nickte.

»Tatsächlich alles?«

Evelyn nickte erneut.

»Ich war vorbestraft und trank manchmal zu viel, aber Hockinson gab mir eine Chance. Also fuhr ich für ihn. Vermutlich fand er keinen anderen Kapitän für dieses Schiff.« Er zuckte mit den Achseln. »Jener Sommer hat alles verändert.«

Er leerte die Rumflasche in einem Zug und starrte in die Öffnung. »Habe schon viele schlimme Sachen in meinem Leben erlebt«, begann er zu erzählen, »doch im August 1998 passierten die grässlichsten Dinge. Die *Friedberg …*«

… war ein Schiff der toten Seelen. Auf dem Deck, wo er stand und die Jacht steuerte, kam er sich vor wie der Fährmann, der die Toten über den Fluss in das Reich des Hades geleitete. Von außen sah die Friedberg *wie ein Prunkstück aus. Blendend weiß und stromlinienförmig. Innen ebenso, mit goldenen Griffen, Marmorspiegeln*

und prunkvollen Betten mit seidenen Laken. Aber unter der Fassade war das Schiff schwarz wie der Teufel, schwarz wie heißer, tropfender Teer, der in der Mittagshitze schmorte und stinkende Blasen schlug. Wenn er je ein seelenloses Schiff gesteuert hatte, dann war es die Friedberg *gewesen.*

Im August liefen sie zum letzten Mal für neun Tage aus. An Bord gab es dreizehn Luxuskabinen für dreizehn Passagiere. Eine Reise auf der Friedberg *kostete die Kunden mehr, als er sich vorstellen konnte. Doch so, wie die Gäste auftraten, war Geld das Letzte, worum sie sich Sorgen zu machen brauchten.*

Es gab reichlich Alkohol an Bord. Nur vom Feinsten! Die teuersten Brandy- und Whiskysorten. Schampus und edle Zigarren. Bei einer Reise wie dieser waren auch Drogen im Spiel. Sie hatten alles an Bord. Die leichten Sachen wie Ecstasy oder Cannabis, auch synthetische Drogen und natürlich die harten Sachen … das volle Programm. Für jeden war etwas dabei. Hockinson sorgte dafür, dass es seinen Gästen an nichts mangelte. Schließlich war er in Insiderkreisen für seine exklusiven Kreuzfahrten bekannt.

Und dann gab es noch die anderen Passagiere – die Ware. Sie hielten sie im untersten Deck in fensterlosen Räumen zusammengepfercht. Kaum waren sie auf hoher See, begannen die Spiele. Der Steward brachte die Ware aus der Dunkelheit nach oben. Jeder trug einen Sack über dem Kopf. Sie bekamen immer nur eine Kabine zu sehen, mehr nicht. Einige wussten wahrscheinlich nicht einmal, dass sie auf einem Schiff lebten. Es waren ja noch Kinder. Sogar ein Geschwisterpaar befand sich darunter. Der Junge war acht, das Mädchen höchstens zehn. Smolle erfuhr nie, woher sie kamen. Irgendwie wollte er auch nicht zu viel über sie wissen. Manche sprachen nicht einmal Deutsch. Vielleicht waren es Waisen oder Straßenkinder, die niemand vermissen würde. Er hatte Hockinson nie danach gefragt. Er hätte ohnehin keine Antwort erhalten.

Offiziell wusste er nicht, was an Bord vorging, aber solche Dinge blieben natürlich keinem an Deck verborgen. Ein Blick in die

Kabinen genügte. Die Zimmer waren besser ausgestattet als jedes Nobelbordell, das er bisher gesehen hatte – und er war in einigen gewesen. Es gab Kameras, Lederriemen und Werkzeuge aus Metall. Außerdem waren die Räume schalldicht isoliert.

Manchmal artete es aus. Für solche Fälle hatten sie einen alten Arzt an Bord, dem die Lizenz entzogen worden war und der die Kleinen zusammenflickte, damit sie wieder aufrecht stehen konnten. Sie durften nicht zu lange ausfallen. Anschließend wurden sie wieder runtergebracht.

Die Duschen im untersten Deck funktionierten nur mit lauwarmem Wasser. Schließlich waren es bloß nachträglich eingebaute Kammern im Frachtraum, unmittelbar neben dem Dröhnen der Maschinen. Einige Stockbetten, ein Schrank und eine Toilette für alle. Die Heizkörper waren zu schwach für die Räume. An manchen Tagen war es da unten so kalt, dass man den Atem vor dem Gesicht sehen konnte.

Smolle brachte den Kindern Pullover, Decken, warmes Essen, volle Teekannen, Vitamintabletten und einigen sogar Antibiotika. Manchmal sah er in ihre Augen. Diesen Anblick würde er nie vergessen. Sie wussten nicht, wer sie hergebracht hatte, wo sie sich befanden oder was als Nächstes mit ihnen passieren würde. Sie wussten nicht einmal, wie lange es noch dauern sollte. Jede Fahrt ging über neun Tage. Aber die Saison lief bereits seit Mai. Und auf dieser letzten Reise passierte es schließlich.

Im großen Salon stieg eine Party. Hockinson hatte sie nicht mehr unter Kontrolle. Alles lief aus dem Ruder. Die Kinder schrien. Smolle hörte die Angst noch zwei Decks höher im Kommandoraum. Dann starb der Junge. Waren es die Drogen, die Gewalt oder die Vergewaltigungen, die in jener Nacht einfach nicht aufhörten? Niemand konnte das nachher genau sagen.

Der Junge hieß Manuel. Er war der achtjährige Knabe. Smolle konnte sich noch an sein Gesicht erinnern. Hockinson und seine Gäste vertuschten es als Unfall. Die Leiche wurde zwei Tage später irgendwo in den Dünen vergraben.

Hockinson und seine Gäste wollten Manuels zehnjähriger Schwester weismachen, dass sie am Unfalltod ihres Bruders schuld sei. Nachher wurden die Kinder unter Drogen gesetzt und an der Küste sich selbst überlassen, während die Friedberg *wieder in Bremerhaven einlief … mit einem Fährmann am Steuer, der ständig das Bild des toten Jungen vor Augen hatte.*

Smolle liefen die Tränen über die Wangen.

»Das Mädchen hieß Lisa.« Er verbarg sein Gesicht in den Händen. »Ich sehe sie vor mir. Fast jede Nacht. Sie saß halb nackt in der Ecke, hielt den Kopf ihres Bruders in den Armen und strich ihm durchs Haar, das ihm schweißnass in der Stirn klebte, während die anderen nur herumstanden …«

Er verstummte. Der Wind peitschte den Regen gegen den Wohnwagen.

Eine unglaubliche Kälte breitete sich in Evelyn aus. Sie konnte nicht glauben, was sie soeben gehört hatte. Er sprach von Mord, Kindesmissbrauch und einer organisierten Kreuzfahrt, die monatelang angedauert hatte. Sie dachte an die Anzeigen gegen Prange und Kieslinger wegen Kinderpornografie im Internet – und plötzlich ergab vieles einen Sinn. Ihr wurde übel. Holobeck, ihr Mentor und souveräner Kollege, war ebenfalls an Bord gewesen. Seine homosexuelle Neigung war für sie nie ein Problem gewesen. Bis heute.

Es waren ja noch Kinder.

Evelyns Magen zog sich auf die Größe einer Walnuss zusammen. Sie bekam keine Luft. Hastig zerrte sie am Kragen ihres Pullovers.

»Haben Sie einen Schluck für mich?«, krächzte sie.

Smolle holte eine ungeöffnete Rumflasche aus dem Schrank und füllte Evelyns Tasse. »Ich kann mir denken, wie Sie sich fühlen.«

»Können Sie nicht.« Gierig leerte sie den Becher. Der Rum wärmte sie. Langsam löste sich der Knoten in ihrem Magen. Sie konnte wieder durchatmen und einen klaren Gedanken fassen. *Kinder.* Immer waren es Kinder. Sie konnten sich am wenigsten wehren. Vielleicht lag es daran, dass gerade ihnen die meiste Gewalt widerfuhr.

Sie zwang sich, auf andere Gedanken zu kommen.

»Diese Lisa müsste heute etwa zwanzig Jahre alt sein, nicht wahr?«, fragte Evelyn. »Wissen Sie, wo sie ist?«

Smolle füllte Evelyns Tasse. »Soviel ich weiß, landete sie in einer geschlossenen Anstalt in Hamburg … Kinderpsychiatrie Ochsenzoll … aber dort ist sie nicht mehr.«

Evelyn wurde hellhörig. »Woher wissen Sie das?«

Smolle sah sie traurig an. »Weil sie hier war.«

45

Das Klinikum Bremerhaven war ein gewaltiger Hochbau und Ende der siebziger Jahre sicher eines der modernsten Krankenhäuser des Landes gewesen. Heute sah das Gebäude mit dem Ärztehaus, dem Reha-Zentrum und den umliegenden Kliniken immer noch imposant aus.

Pulaski war gegen neun Uhr abends angekommen. Die Klinik, die auf dem riesigen Areal von Bäumen und einem Teich begrenzt war, ragte einsam in die Nacht. Dabei wirkten die hellen Etagen wie eine Weihnachtsbeleuchtung. Im Kontrast dazu braute sich im Norden eine dunkle Wolkenfront zu einem gewaltigen Gewitter zusammen.

Pulaski stellte seinen Wagen auf dem Besucherparkplatz ab, der nahezu leer war. Der Wind fegte das Laub über den Gehweg. Die Luft roch bereits nach Regen, als er zum Haupteingang lief. Diesmal hatte er die Dienstwaffe sicherheitshalber im Auto gelassen. Mittlerweile wusste er, wie sensibel Mediziner reagierten, sobald sie den Knauf einer Pistole unter einem Sakko erblickten.

Doktor Vobelski, der früher Chirurg auf der Intensivstation gewesen war, hatte die Fachrichtung gewechselt und war mittlerweile Chefarzt der Inneren Medizin. So viel hatte Pulaski während der Autofahrt bei einem Telefonat mit Malte herausgefunden. Die Dame hinter der Glasfassade im Empfangsraum, die bereits wusste, dass Pulaski mit dem Arzt sprechen wollte, schickte ihn in den siebten Stock. Ein Glück, dass Vobelski Nachtdienst hatte. Allerdings hatte er wegen eines dringenden auswärtigen Termins die Klinik verlassen müssen und würde nicht vor 23.00 Uhr zurückkommen.

Während Pulaski im Lift hochfuhr, schoss ihm der seltsame Gedanke durch den Kopf, dass es sich bei Vobelski möglicherweise um den gesuchten grauhaarigen Mann im dunklen Mantel mit der Verletzung am Bein handeln könnte. In der siebten Etage steuerte er sogleich auf das Organigramm an der Wand zu. Die Innere Medizin bestand aus den Abteilungen Kardiologie, Onkologie, Diabetologie, Gastroenterologie sowie der Intensivmedizin. Jeder Arzt, Pfleger und jede einzelne Krankenschwester war mit einem Foto abgebildet. Über allen hing die Aufnahme von Doktor Vobelski. Er war an die sechzig Jahre alt – und grauhaarig. Pulaski studierte das Bild und hypnotisierte richtiggehend die Augen des Mediziners. Er hatte den Grauhaarigen bei der Verfolgung zwar nur von hinten gesehen, aber er kannte die Konturen des Profils, die Malte mit Hilfe des Computers von dem Überwachungsvideo aus Markkleeberg zusammengesetzt hatte. War das der Mann? Würde er humpeln, wenn er ihm begegnete?

Pulaski riss sich von dem Bild los. In knapp zwei Stunden würde er es wissen. In der Zwischenzeit drückte er sich einen Kaffee nach dem anderen aus dem Automaten, obwohl es ihm bei dem Cappuccinodreck mit Pulver und Aromastoffen den Magen verrenkte. Andererseits hatte er heute noch nicht viel gegessen, und sein Magen knurrte wie der eines ausgehungerten Wolfs.

Er setzte sich neben den Infoschalter auf eine Hartschalencouch zwischen zwei raumhohen Palmen aus Kunststoff und rief seine Tochter an. Seit er aus Göttingen weggefahren war, wusste Jasmin, dass er heute nicht mehr heimkommen würde. Sie übernachtete bei einer Freundin, mit der sie morgen zur Schule fahren würde. Pulaski wollte sich bloß vergewissern, dass sie wohlauf und nicht zornig auf ihn war.

»Mach dir keine Sorgen, Paps«, flüsterte sie ins Telefon. »Kriegst du den Kerl, der die Russin getötet hat?«

»Bestimmt.«

»Okay. Mir ist aufgefallen, du hast Mamas Schachteln geöffnet.«

»Ich habe nach einem bestimmten Buch gesucht.«

»Du liest?«

»Ich hab es versucht.«

»Oje.« Sie lachte leise. »Ich hab die Kartons weggeräumt.«

»Danke.«

»Fahren wir am Wochenende mit Rex in den Johannapark?«

Da war wieder dieses schlechte Gewissen, das ihn jedes Mal heimsuchte, sobald er seine Tochter vertröstete. »Versprochen.«

»Ehrlich?«

»Ganz ehrlich.« Pulaski dachte an den Hund der Nachbarn. Rex war ganz verrückt danach, einem Frisbee hinterherzujagen.

Pulaski warf einen Blick auf das Display. Der Energiebalken des Akkus hatte soeben ein weiteres Kästchen verloren. »Ich muss Schluss machen. Gute Nacht, meine Kleine.« Er wartete noch, bis sie ihm einen Kuss übers Telefon gegeben hatte, dann legte er auf.

Dieses Wochenende wollte er sein Versprechen einlösen. Aber wenn er aus dem Fenster blickte, zweifelte er daran, ob das möglich war. Die dunkle Wolkenfront schob sich immer näher an die Scheiben heran. In weiter Ferne gingen die ersten Blitze nieder. Noch war nichts zu hören, aber der Donner würde nicht mehr lange auf sich warten lassen. Im nächsten Moment zerplatzten auch schon die ersten Regentropfen auf dem Glas.

Hinter dem Infoschalter und im Korridor wurde es merkwürdig still. Hin und wieder klingelte die Fahrstuhltür im darunter liegenden Stockwerk, und Schuhsohlen quietschten auf dem Fliesenboden.

Pulaski steckte das Handy weg. Er hatte nicht daran gedacht, eine Ladestation mitzunehmen, die er an die Autobatterie anstecken konnte. Eigentlich hätte es ja nur ein kurzer Ausflug nach Göttingen werden sollen. Stattdessen hockte er jetzt an der Nordsee und wartete darauf, dass eine Sintflut über den Ort hereinbrach.

Pulaski schreckte hoch. Er war kurz eingenickt. Die Wanduhr zeigte 23.05 Uhr. Das Klingeln der Fahrstuhlkabine hatte ihn geweckt.

Ein hoch gewachsener Mann mit Schnauzbart, graumelierten Schläfen und einer Mappe unter dem Arm ging auf ihn zu. Offensichtlich kam er von draußen, denn sein Mantel war klitschnass. Pulaskis nächster Blick galt seinen Beinen. Der Mann humpelte nicht. Außerdem war sein Haar zu dicht.

Pulaski erhob sich. »Doktor Vobelski?«

Der Arzt nickte und reichte ihm die Hand. »Man sagte mir bereits, dass Sie mich sprechen wollen, aber es ging nicht eher. Ein Kollege wollte mich bei einer komplizierten Notoperation dabeihaben. Autounfall. Kommen Sie mit.« Er marschierte voraus. »Worum geht's?«

Pulaski folgte ihm den Gang entlang in ein Büro. Während er von den vier Kindern erzählte, die vor zehn Jahren von Vobelski behandelt worden waren, schlüpfte der aus dem Mantel, zog sich einen weißen Kittel über, schaltete die Kaffeemaschine ein und trocknete sein nasses Haar mit einem Handtuch.

Als Pulaski endete, roch es in dem engen Raum nach frischem Kaffee.

»Wollen Sie auch eine Tasse?«

Pulaski wehrte ab. »Ich fürchte, ich habe im Gang den Automaten leergetrunken.«

Vobelski zwinkerte schelmisch. »Keine Sorge, die Intensivstation ist gleich in der Nähe.« Lächelnd setzte er sich auf seinen Stuhl, rührte in der Tasse und starrte aus dem Fenster. Plötzlich wurde er ernst. »Ich erinnere mich an die Kinder. Es kommt nicht alle Tage vor, dass vier Minderjährige eingeliefert werden, die bis über beide Ohren mit LSD abgefüllt sind und noch dazu diese schrecklichen Wunden am Körper aufweisen. Wir hatten noch nie so viele Kripobeamte im Haus wie damals. Außerdem war es mein letzter Monat auf der Intensivstation. Ein heftiger Abschied, der einem lange in Erinnerung bleibt. Danach war ich zwei Wochen im Urlaub und wechselte anschließend zur Inneren Medizin.« Er warf Pulaski einen prüfenden Blick zu. »Deswegen kommen Sie von Leipzig hierher?«

»Nachdem Sie die Kinder erstversorgt hatten, wurden zwei in die Psychiatrie Markkleeberg bei Leipzig überwiesen, die anderen beiden kamen in die Psychiatrie Herberhausen bei Göttingen.«

»Ich weiß, nach meinem Urlaub musste ich für einige der Kinder ein Gutachten verfassen. Eines der Mädchen war ein ziemlich komplizierter Fall, da sie kein Wort sprach und niemand wusste, woher sie stammte. Es war schrecklich …«

»Natascha Sommer«, unterbrach Pulaski ihn. »So wurde sie genannt. Möglicherweise kam sie aus der Ukraine. Bis heute wissen wir nicht, wer sie tatsächlich war.«

»War?« Der Arzt blickte auf. »Wie geht es ihr?«

»Sie und zwei weitere Jugendliche von damals sind tot. Die vierte Person schwebt in Lebensgefahr.«

»Oh, mein Gott.« Vobelski schien tatsächlich schockiert. »Wird die Sache neu aufgerollt?«

»Ich versuche es. Deswegen bin ich hier. Woran können Sie sich erinnern?«

Der Arzt lehnte sich zurück und schloss die Augen. »Gütiger Himmel, das ist so lange her … die Kinder wurden in Abständen von wenigen Tagen auf einer Strecke von mehreren Kilometern in verschiedenen Küstendörfern an der Nordsee aufgefunden. Eines der Kinder wurde sogar von einem Fischer in einem alten, klapprigen Kastenwagen hergebracht. Sie waren nackt, völlig ausgehungert, vollgepumpt mit Drogen, und ihre Körper wiesen schreckliche Misshandlungen auf. Jemand musste sie so gequält haben, dass sie kurz davor waren zu sterben.« Vobelski öffnete die Augen. »Von ähnlichen Fällen habe ich bisher nur aus der Küstengegend von Frankreich und Griechenland gehört. Das war einige Jahre vorher. Aber keines der Ereignisse wurde jemals aufgeklärt.«

Pulaski ließ die Schultern sinken. »Fand die Kripo seinerzeit nichts heraus?«

»Soviel ich weiß, deckte nie jemand auf, wie die Kinder an den Strand gekommen waren. Die Kripo hat monatelang sämtliche Küstendörfer ergebnislos abgeklappert.« Vobelski nippte an dem Kaffee. »Ich erinnere mich bloß noch daran, dass die meisten der Kinder fast zeitgleich zu Waisen geworden waren und kurz darauf für einige Monate von der Bildfläche verschwanden … und plötzlich tauchten sie am Strand wieder auf. Komplett orientierungslos, geistig abwesend und mehr tot als lebendig. Zumindest stand das in der Zeitung.«

»Sonst noch etwas?«

»Ich fürchte nein.« Der Arzt schüttelte den Kopf. »Die Zeitungen schrieben noch einige Wochen darüber, aber es war immer wieder die gleiche Schlagzeile: *Die vier Waisenkinder und das unbekannte Straßenkind …*«

»Moment!« Pulaski fuhr im Stuhl hoch. »Was sagten Sie eben?«

Vobelski richtete sich ebenfalls auf. »Ja richtig, ich erinnere mich wieder. Es waren nicht bloß vier.«

Pulaskis Puls beschleunigte sich. »Es gab ein fünftes Kind?«

46

»Sie war hier?«, wiederholte Evelyn. Unwillkürlich klammerte sie sich an die Couchlehne. Plötzlich hatte sie den Eindruck, als säße sie nicht in einem verrosteten Wohnmobil, sondern in der Kombüse eines Schiffes. Alles drehte sich um sie.

»Vor etwa zwei Monaten«, antwortete Smolle.

»Wie sah sie aus?«

Über das Gesicht des ehemaligen Kapitäns huschte ein wehmütiges Lächeln. »Hübsch. Ein zierliches Gesicht, fröhliches Wesen, als wäre ihr nie etwas Schlimmes widerfahren.«

Hastig öffnete Evelyn die Handtasche und kramte das Phantombild und das Foto von der Kamera des Geldautomaten hervor.

»Ist sie das?«

Smolle nahm das Foto, hielt es sich in einiger Entfernung vor die Augen und betrachtete das Mädchen im Spaghettiträgerkleid. »Zweifellos.«

»Auf *beiden* Bildern?«

Smolle sah auf die Phantomzeichnung und nickte. »Das ist Lisa.«

»Lisa!« Endlich hatte sie einen Namen zu dem Gesicht! »Was wollte sie von Ihnen?«

»Können Sie sich das nicht denken?« Smolles Unterlippe bebte. »Sie klopfte eines Nachts an die Wohnwagentür. Trug fast nichts am Körper und war völlig durchnässt. Es regnete, wie heute. Gab ihr zu essen und zu trinken. Sie saß in eine Decke gehüllt da – wie Sie – und war so blass wie die Schaumkronen des Meeres. Wirkte unglaublich dünn und zerbrechlich, hatte aber eine einnehmende Persönlichkeit. Allerdings jagte mir ihr Blick einen Schauer über den Rücken. Sie kannte meinen Namen, und ich ahnte, dass sie nicht zufällig an meine Tür geklopft hatte.«

Ein verästelter Blitz ging über dem Meer nieder. Evelyn spürte förmlich die Elektrizität in der Luft.

Smolle starrte ebenfalls aus dem Fenster. »Als sie meinen verbrannten Unterarm bemerkte, zuckte sie für einen Moment zurück. Da wusste ich, woher sie mich kannte. Im gleichen Atemzug war das Versteckspiel vorbei. Sie sagte nur: *Friedberg*. Und stellte dann bloß eine Frage: ›Wer hat die Kreuzfahrt organisiert?‹«

»Hockinson«, entfuhr es Evelyn.

Smolle nickte. »Edward Hockinson. Im nächsten Moment war sie durch die Tür verschwunden. Ich lief ihr nach, doch ich verlor sie im Regen … seitdem habe ich sie weder gesehen noch von ihr gehört.« Smolle musterte Evelyn. »Woran denken Sie?«

Sie schüttelte den Kopf. »Nicht so wichtig.« Der Airbag-Fall war ihr in den Sinn gekommen. Sie dachte an Prange. Er war vor etwa zwei Monaten in den Berchtesgadener Alpen verunglückt. Möglicherweise hatte Smolle in jener Nacht alles ins Rollen gebracht. Doch warum ausgerechnet zu dieser Zeit? Zehn Jahre danach?

»Geht es Ihnen nicht gut?« Smolles Stimme klang besorgt.

»Ich war auf vieles vorbereitet, aber nicht darauf.«

Smolles Stimme wurde leiser. »Hab seit zehn Jahren mit keiner Menschenseele über die Ereignisse von damals gesprochen. Monatelang hab ich alle Zeitungen nach einer bestimmten Meldung durchgesehen, doch die Dünen haben das Geheimnis des Jungen bis heute nicht preisgegeben. Ich hätte geredet, wenn mich die Polizei jemals zu den Vorkommnissen befragt hätte. Doch so weit ist es nie gekommen. Es stand nur etwas über das Mädchen in der Zeitung. Landete in der Anstalt, danach verlor sich ihre Spur wie der Sand in den Dünen.« Er räusperte sich. »Danke, dass Sie zugehört haben.«

Es klang, als hätte er soeben seine Lebensbeichte abgelegt.

Schließlich erhob er sich, schob den Vorhang zum Wohnzimmer beiseite und ging zum Schwedenofen. Das Holz war niedergebrannt, die Glut nahezu erloschen. Er öffnete die Tür und schob neue Holzscheite in den Ofen. Danach setzte er sich wieder zu Evelyn auf die Couch. »Weshalb wollten Sie sich mit zehn Jahren das Leben nehmen?«

Evelyn hörte die Frage zunächst nicht. Zu sehr ging ihr Smolles Erzählung durch den Kopf. Plötzlich fuhr sie hoch. »Was?«

Statt die Frage zu wiederholen, griff er vorsichtig, beinahe zärtlich nach ihrer Hand. Sie ließ es geschehen und zuckte nicht einmal zurück, als er den Ärmel ihres Pullovers hochschob. Die Narbe an ihrem Handgelenk kam zum Vorschein. Sie verlief quer über den Arm und war nur noch schwach zu erkennen. Damals hatte sie fast nichts darüber gewusst. Hätte sie die Glasscherbe entlang der Ader hineingedrückt, säße sie heute vermutlich nicht hier.

»Haben wohl Ähnliches erlebt?«, vermutete Smolle.

Sie schüttelte den Kopf – eine Spur zu heftig. Hatte es überhaupt einen Sinn zu lügen?

»Sehe es an Ihrem Blick.« Er ließ ihren Arm los. »Sie müssen nicht darüber sprechen, wenn Sie nicht möchten.«

Vielleicht wollte sie es sogar. »Meine achtjährige Schwester wurde vor meinen Augen von einem Mann in den Fond eines Kastenwagens gezerrt.« Sie sah den stämmigen Kerl vor sich, als wäre es gestern geschehen. »Niemand auf dem Schulparkplatz merkte etwas davon. Er hielt sie am Arm fest und sagte, er würde ihr wehtun, wenn ich nicht ebenfalls zu ihm in den Wagen steige. Wäre ich damals weggelaufen, wäre alles anders gekommen, aber ich hatte zu große Angst um meine Schwester.« Evelyn biss sich auf die Unterlippe, um die Tränen zu unterdrücken. Sie spürte Smolles Hand auf ihrer Schulter.

»Also kletterte ich in den Fond. Er schlug die Tür zu, verschnürte unsere Beine und fesselte uns die Hände auf den Rücken.

Danach klebte er ihr den Mund zu. Für mich reichte das Klebeband nicht mehr, darum zog er mir einen stinkenden Sack über den Kopf. Ich gab keinen Mucks von mir. Erst als er den Motor startete, wollte ich um Hilfe rufen, mir die Seele aus dem Leib schreien, doch die Musik in seinem Wagen übertönte alles. So viele Leute standen auf dem Parkplatz. Bis heute weiß ich nicht, warum niemand etwas bemerkt hat.«

Evelyn wischte sich die Tränen von den Wangen. Ein Donnergrollen ließ sie innerlich frösteln. Der Wind peitschte den Regen unaufhörlich gegen die Scheibe. Es war die gleiche Jahreszeit gewesen … Schulbeginn … und es war ebenfalls ein Gewitter aufgezogen. An jenem Tag hatte sie das heiße Kribbeln im Magen zum ersten Mal gespürt – wie einen Krampf, bei dem sich ihre Eingeweide zusammenzogen. Sie hatte bereits zu viel von ihrer Vergangenheit preisgegeben. Von der Jagdhütte im Wald und dem feuchten Keller würde sie Smolle nichts erzählen. Nur Patrick kannte diese Details.

Da riss sie das Läuten ihres Handys aus den Gedanken. Mit zittrigen Fingern griff sie nach dem Telefon. Die Ziffern auf dem Display verschwammen vor ihren Augen. Sie wischte sich die Tränen weg. Es war 23.56 Uhr. Patricks Nummer blinkte auf. Warum rief er so spät noch an?

»Hallo.«

»He, hab ich dich geweckt?«, flüsterte er. Scheinbar war seine Stimmung nicht besser als ihre.

»Nein, ist okay.« Aus dem Augenwinkel sah sie, dass Smolle sich erhob und zum Ofen ging.

»Du klingst nicht gut.«

»Es geht schon. Was gibt's?« Sie räusperte sich.

»Du hast mir doch diese Liste gefaxt.«

Die Passagierliste aus dem Ordner. Es kam ihr vor, als wäre ihr Besuch in Hockinsons Arbeitszimmer eine Ewigkeit her. »Was ist damit?«

Das Scharnier der Ofentür quietschte. Sie hörte, wie Smolle

die Glut mit dem Schürhaken aufwühlte. Der Luftzug fachte das Feuer an, und das Holz begann zu knistern.

»Ich habe einige Namen überprüft. Diese Typen sind Ärzte, Politiker, Beamte und Rechtsanwälte. Ich habe da brisantes Material ...«

Plötzlich ging ein Ruck durch den Wohnwagen. Die Zimmerdecke vibrierte, und die Teetassen tanzten über den Tisch. Evelyns Herz schlug bis zum Hals.

»Evelyn ... Evelyn?«

Sie hatte das Handy fallen lassen. Es lag irgendwo auf dem Boden neben den Küchenschränken. Patricks Stimme klang so weit entfernt.

Sie sah sich gehetzt um. Da hörte sie das Knarren des Seils.

Ihr war gar nicht aufgefallen, dass Smolle den Vorhang zugezogen hatte. Dahinter zeichnete sich ein Schatten ab, der hin- und herschwang. Unter dem Vorhang sah sie Smolles Knie, die über den Boden schleiften.

47

Pulaski und der Chefarzt durchstöberten bereits den dritten Kellerraum. Nachdem sie die Unterlagen der Intensivstation durchgesehen hatten, versuchten sie es mit den Akten aus der Chirurgie. Auch in diesem Archiv waren sie von Dutzenden Kisten umgeben. Von der Decke hing eine nackte Glühbirne, die so staubig war, dass sie nur noch gedämpftes Licht durchließ. Es sah beinahe so aus wie im Archiv des Leipziger Reviers. Kein Wunder, dass Vobelski sich diesen Raum als Letztes hatte vornehmen wollen.

Pulaski bewunderte die Geduld des Doktors, dessen Pieper ständig läutete. Jedes Mal rief er sofort mit dem Handy zurück und vertröstete seine Leute seelenruhig damit, dass er im Moment beschäftigt sei.

»Dort oben«, sagte er, nachdem er wieder einen Anruf getätigt hatte. Er stellte sich auf die Zehenspitzen und zog eine Schachtel aus dem Regal. »Na bitte, da haben wir es ja – August 1998.«

Er wuchtete den Karton auf den Boden. »Im Jahr darauf wurden sämtliche Daten auf ein neues Computersystem umgestellt – unmittelbar *vor* der Jahrtausendwende. Können Sie sich das vorstellen? Was für ein Wahnsinn! Nichts funktionierte. Danach hat sich niemand mehr die Mühe gemacht, die alten Daten digital nachzuerfassen. Es wird Zeit, dass der Krempel mal auf Mikrofiche fotografiert wird.«

Vobelski nahm den Deckel ab und blätterte durch die Akten. Endlich zog er eine Mappe heraus und blies den Staub vom Deckblatt. »Lesja Prokopowytsch«, las er vor.

Pulaski ließ die angespannten Schultern sinken. »Wir haben es.«

Danach fanden sie noch die Akten von Martin Horner, Sebastian Semmelschläger und von dem unbekannten Mädchen mit den Sommersprossen, das die Markkleeberger Therapeuten achtzehn Monate nach der Behandlung Natascha Sommer nennen sollten.

»Hier ist die Akte des fünften Kindes.« Vobelski zog eine weitere Mappe heraus. »Richtig, jetzt erinnere ich mich wieder. Ein zartes, zerbrechliches Mädchen mit langen blonden Haaren wie ein Engel.«

Pulaski wischte den Staub vom Deckblatt.

Lisa Gurdijew stand auf dem Karton.

Falls sich der Arzt korrekt an die Schlagzeilen von damals erinnerte, war Lisa eines der vier Waisenkinder gewesen.

Vobelski fuhr mit dem Finger über die Zeilen des medizinischen Berichts. »Sie wäre um ein Haar an einer Überdosis Heroin gestorben. Zum Glück war in jener Nacht ein Toxikologe im Dienst, der ihr ein Antidot injizierte, um das Gift aus ihrem Körper zu bekommen.«

Pulaski betrachtete das Foto der Zehnjährigen. Sie hatte schwere Blutergüsse unter den Augen, an den Wangen und am Hals. »Darf ich das Bild haben?«

Vobelski verzog das Gesicht zu einer unglücklichen Miene. »Sie wissen, ohne Durchsuchungsbeschluss und Entbindung von der ärztlichen Schweigepflicht dürfte ich mit Ihnen gar nicht hier unten sein.«

»Ich weiß es auch zu schätzen.« Pulaski räusperte sich. »Doch falls das Mädchen noch lebt, schwebt es womöglich in Lebensgefahr. Können Sie wenigstens rausfinden, wohin sie nach der Behandlung gebracht wurde?«

»Das geht.« Der Arzt fand ein Empfehlungsschreiben, an das ein Überstellungsprotokoll geheftet war. »Sie kam in die Psychiatrie Ochsenzoll. Die Kollegen in Hamburg können Ihnen sicherlich weiterhelfen.«

»Wie hoch ist die Wahrscheinlichkeit, dass sie noch dort ist?«

Der Arzt zuckte mit den Achseln. »Kommt darauf an, wie schwer sie traumatisiert war und wie schnell die Therapie gegriffen hat.«

Pulaski blickte auf die Uhr. Jetzt würde er in der Anstalt niemanden mehr erreichen – es war kurz vor drei Uhr morgens. Aber wenn er gleich losfuhr, war er vor dem Morgengrauen dort.

Falls Lisa noch in Hamburg lebte, musste er sie rechtzeitig finden, bevor der Grauhaarige sie in die Finger bekam.

48

Die Wartehalle im Bahnhof von Westerland bestand nur aus einem weißen Fliesenboden und Hartschalen-Sitzbänken. Es stank nach Urin. Die flackernde Neonröhre an der Decke verbreitete die gleiche Kälte, die Evelyn in ihrem Inneren spürte. Sie kauerte mit angezogenen Beinen auf der Bank und hatte die Hände in den Pulloverärmeln vergraben. Der blaue Norweger ihrer Mutter roch nach Salzwasser. Atem stieg vor ihrem Gesicht auf, aber sie sah ihn nicht. Von den vielen Tränen, die sie in den letzten Stunden vergossen hatte, brannten ihre entzündeten Augen, als wäre ihre Netzhaut mit Seife in Berührung gekommen.

Mittlerweile war es drei Uhr morgens. Draußen war es stockdunkel. Hin und wieder erhellte ein weit entfernter Blitz die Landschaft. Der Donner war kaum noch zu hören. Stattdessen begannen hinter Evelyns Schläfen leichte Kopfschmerzen zu pochen, die immer aufdringlicher wurden. Sie starrte abwechselnd zur Toilettentür und zum verschmutzten Fenster der Wartehalle. Ihr Leihwagen stand auf dem Parkplatz im Regen. Im Audi zu sitzen wäre sicherlich bequemer gewesen, doch seit Stunden hatte sie permanent das Gefühl, sich jeden Moment übergeben zu müssen. Aber sie würgte nie mehr als Magensäure herauf. Inzwischen hatte sie sich an den sauren Geschmack im Mund gewöhnt. Nur noch zwei Stunden, sagte sie sich. Um fünf Uhr früh ging der erste Autozug von der Insel zum Festland. In Niebüll würde sie ein Zimmer mieten, sich duschen und versuchen, ein Croissant zu essen oder zumindest eine Tasse Tee zu trinken.

Auf dem Nebensitz lag ein Roman von Mary Higgins Clark.

Evelyn hatte probiert, die ersten Kapitel zu lesen. Ablenkung. Normalerweise funktionierte es, diesmal aber nicht. Sie wusste nicht einmal, worum es in dem Buch ging, und hatte es nach zwanzig Seiten weggelegt. Immer wieder sah sie Smolles Gesicht vor Augen, das sie an ihre nutzlosen Bemühungen erinnerte, das Seil vom Deckenhaken neben dem Ofenrohr zu lösen. Schließlich hatte sie ihr Handy geschnappt, war in einer Kurzschlussreaktion aus dem Trailer gelaufen und mit dem Auto über die Küstenstraße nach Westerland gerast.

Sie konnte sich nicht einmal erinnern, wie sie hergekommen war. Die letzten Stunden schienen wie ausgeblendet. Sie wusste nur, dass sie während der Fahrt mit Patrick telefoniert haben musste, und dann hatte auch schon dieser schreckliche Brechreiz begonnen. Kurz darauf war sie mit der Reisetasche in die Wartehalle gestolpert.

Um vier Uhr morgens tauchte der erste helle Streifen am Horizont auf. Der Regen hatte aufgehört, aber Evelyn war immer noch kalt bis auf die Knochen. Zuerst hörte sie das Läuten ihres Handys gar nicht. Schließlich griff sie mit steifen Fingern nach dem Telefon und nahm das Gespräch entgegen.

»Wie geht's, Spitzmausigel?«

Sie schloss die Augen und atmete tief durch. Sprich weiter, dachte sie. Es tut so gut, deine Stimme zu hören. Der Klang erinnerte sie an ihr Büro in Kragers Kanzlei, an ihren Chef, den Pitbull, an ihre Wohnung in Wien, ihre Nachbarin Tanja und deren Tochter Conny und an ihre beiden Katzen. Was gäbe sie nur darum, wenn sie jetzt auf ihrer Fernsehcouch sitzen und Bonnie und Clyde an sich drücken könnte! Wenn sie das Schnurren hören und ihr dichtes Fell streicheln könnte!

»Lynnie, hörst du mich?«

»Ja«, murmelte sie gedankenverloren. Sie musste sich unbedingt eine Packung Aspirin besorgen. »Kannst du mir einen Anwaltswitz erzählen?«

Patrick schwieg. »Im Moment fällt mir keiner ein.« Seine Stimme klang müde.

»Nicht so wichtig. Tut mir leid, dass ich dich die ganze Nacht auf Trab halte.«

»Du sagtest doch, ich soll Tag und Nacht für dich erreichbar sein.«

Sie sah ihn förmlich lächeln. Aber in ihrer Vorstellung war es ein trauriges Lächeln. »Was gibt es Neues?«, fragte sie.

»Ich habe mit der Kripo in Flensburg telefoniert, den Beamten vom Nachtdienst erklärt, was ich weiß, und ihnen deine Daten durchgegeben. Vermutlich ist gerade ein Krankenwagen auf dem Weg zu Smolles Wohnmobil, um den Kerl von dem Strick zu schneiden. Im Morgengrauen werden die Beamten mit dem Hubschrauber in Wenningstedt eintreffen, um sich ein Bild von der Lage zu machen. Die werden dich im Lauf des Tages anrufen. Du kannst deine Aussage auf dem Revier in Flensburg machen.«

»Danke, Patrick.«

»Kein Problem. Ich an deiner Stelle hätte vermutlich genauso gehandelt und wäre abgehauen.«

Sie wusste, dass er log. Aber das spielte keine Rolle. Er versuchte, nett zu sein.

»Willst du wissen, was ich gestern noch rausgefunden habe, nachdem du mir die Liste gefaxt hast?«, fragte er nach einer Weile.

Waren seine Recherchen überhaupt noch von Interesse? Sie hatte nicht verhindern können, dass sich ein Mann erhängt hatte.

»Evelyn?«

»Ja.« Sie versuchte, sich zu erinnern. »Du sagtest etwas von brisantem Material.«

»Genau. Die Liste mit den Namen. Hockinsons Gäste waren allesamt Ärzte, Politiker, Industrielle oder Rechtsanwälte«, erinnerte er sie.

Evelyn wurde übel, als sie daran dachte, was an Bord des Schiffes passiert war. Darüber hatte sie Patrick noch kein Wort erzählt. Sie wusste nicht, ob sie je darüber reden konnte. Während sie nachdachte, versank Patricks Stimme in weiter Ferne in ihrem Unterbewusstsein. Plötzlich wurde sie hellhörig. »Was?«

»Zwei der Männer sind im Laufe der Zeit eines natürlichen Todes gestorben«, wiederholte Patrick. »Die anderen – einer nach dem anderen – fielen innerhalb der letzten zwei Monate mysteriösen Unfällen zum Opfer.«

»Wie Prange, Kieslinger, Hockinson und Holobeck?«

»Lynnie, mittlerweile glaube ich auch, dass es sich dabei um Morde handelte, die als Unfälle getarnt wurden. Aber warum erst Jahre später? Was soll durch ihren Tod vertuscht werden?«

»Diese Schweine haben Kinder missbraucht«, unterbrach Evelyn ihn.

Sie hörte, wie er tief durchatmete. »Ich dachte mir so etwas Ähnliches. Prange und Kieslinger hatten schließlich nicht zufällig Anzeigen wegen Kinderpornografie. Aber wer ist das Mädchen im Spaghettiträgerkleid?«

»Sie war eines der Kinder«, sagte Evelyn. »Ihr Name ist Lisa. Ihr Bruder Manuel starb bei dieser Schiffsreise.«

»Wow.« Patrick machte eine Pause. »Langsam ergibt alles einen Sinn. Die alten Säcke auf der Liste wurden übrigens alle erpresst. Die Zahlungen gingen jeweils auf dasselbe anonyme Konto bei der Hamburger Volksbank. Möglicherweise war Manuels Tod das Druckmittel.«

»Aber wer sollte Menschen töten, die bereitwillig zahlen?«, unterbrach sie ihn.

»Der Mörder und der Erpresser müssen nicht dieselbe Person sein«, gab Patrick zu bedenken.

Evelyn stutzte. »Wie hast du das eigentlich in so kurzer Zeit herausfinden können?«

»Ich möchte dir nichts vormachen, ich habe Kontakt mit der Wiener Kripo aufgenommen. Die prüfen die Daten, danach werden sie Kontakt zum deutschen Bundeskriminalamt aufnehmen.«

»Ich sagte dir doch, du sollst die Liste nicht der Polizei geben.«

»Lynnie!«, unterbrach er sie. »Ich weiß, du willst Holobecks Ruf nicht beschmutzen, aber bei der Sache geht es schon lange nicht mehr um ihn allein. Hier handelt es sich um ein Dutzend einflussreicher Männer, die seit zehn Jahren erpresst wurden und innerhalb der letzten zwei Monate den Löffel abgegeben haben … alle, bis auf einen.«

»Einen?«

»Abgesehen von der Person, deren Name bis zur Unkenntlichkeit durchgestrichen wurde, ist nur noch ein einziger Mann von der Passagierliste am Leben.«

Sie wurde stutzig. »Und die Beamten haben dir das einfach so erzählt?«

»Sagen wir: Bernecker von KK-Süd war mir noch einen Gefallen schuldig.«

Evelyn wollte nicht zu viel über diese Kontakte wissen. »Wer ist der letzte Überlebende?«, fragte sie wie beiläufig. Gleichzeitig kramte sie die Liste aus der Tasche und begann, die Namen zu überfliegen.

Heinz Prange
Rene Manzon
Mark Pelling
Kurt Hanson
Richard Ruschko
Martin Ritter
Rudolf Kieslinger
Thomas Eberhardt
Georg Pallock
Edward Hockinson
Peter Holobeck
Alfons Bolten
[redacted]

»Wer?«, wiederholte Evelyn. Vielleicht war seine Adresse auf dem Zettel noch aktuell.

»Wenn ich dir das verrate, fährst du vielleicht hin. Das kann ich nicht zulassen.«

»Patrick, ich *bitte* dich«, wehrte sie ab, merkte aber selbst, dass es nicht sehr überzeugend klang.

»Lynnie, lüg mich nicht an! Es ist besser, wenn du es nicht weißt. Die Sache ist mittlerweile zu heiß geworden. Außerdem wird sich das deutsche Bundeskriminalamt darum kümmern.«

»Wann denn? Bis dahin ist er vielleicht schon tot, und er ist unser einziger Zeuge.«

»Darauf lasse ich es ankommen. Mir ist lieber, *er* ist tot und nicht du.«

Es hatte keinen Zweck, länger mit Patrick darüber zu diskutieren. Er war von Anfang an gegen ihre Reise nach Deutschland gewesen. »Okay«, lenkte sie ein. »Danke für alles. Ich versuche, ein wenig zu schlafen.«

»Mach das, damit du fit bist, wenn du in Flensburg aufs Revier musst. Ruf mich nachher an und sag mir, wie es gelaufen ist. Ich leg mich jetzt auch aufs Ohr, es war eine turbulente Nacht. Tschüss und Kuss.« Er legte auf.

»Tschüss und Kuss«, hauchte sie und steckte das Handy ein.

Trotz ihrer Kopfschmerzen hatte sie nicht vor zu schlafen. Sie hatte auch nicht vor, nach Flensburg zu fahren, um dort auszusagen. Noch nicht.

Es machte nichts, wenn Patrick ihr nicht verraten wollte, welcher der Kinderschänder noch am Leben war. Sie verfolgte ohnehin ein anderes Ziel. Sie erinnerte sich an Smolles Aussage. *Soviel ich weiß, landete sie in einer geschlossenen Anstalt in Hamburg … Kinderpsychiatrie Ochsenzoll … aber dort ist sie nicht mehr.*

Doch sie *war* dort!, dachte Evelyn. Und das war ihre einzige Spur zu Lisa.

49

Die Fahrt war beschwerlicher als gedacht. Das Scheinwerferlicht bot nicht mehr als zehn Meter Sicht. Es goss wie aus Kübeln. Die Scheibenwischblätter arbeiteten auf der höchsten Stufe, und trotzdem glich die Windschutzscheibe einem Meer aus Regentropfen, wie es Pulaski noch nicht erlebt hatte.

Selbst auf der Autobahn konnte er nicht schneller als siebzig km/h fahren. Ihm schien, als befände sich der Wolkenbruch ständig über ihm, egal wie weit und wohin er fuhr. Dazu spritzte das Fahrbahnwasser in regelmäßigen Abständen an den Seitenscheiben empor.

Doktor Vobelski hatte ihm die Telefonnummer der Psychiatrie Ochsenzoll auf ein Post-it gekritzelt, das nun auf dem Lenkrad klebte. Pulaski versuchte es immer wieder, doch niemand ging ran. Ein Band wiederholte beharrlich, dass alle Leitungen besetzt seien und er der nächste Anrufer in der Warteschleife sei.

So lange konnte er nicht warten, da der Akku des Handys knapp davor war, den Geist aufzugeben. Also drückte er im Zehn-Minuten-Takt auf die Wahlwiederholung.

Da ihm immer wieder die Augen zufielen, öffnete er das Seitenfenster einen Spaltbreit. Das Tosen des Gewitters, die frische Luft und der Sprühregen, der ins Wageninnere spritzte, hielten ihn wach.

Als der erste helle Streifen am Horizont zu erkennen war, hob endlich jemand ab. Der Klang der Stimme schmeckte wie Nektar und Ambrosia zugleich.

Wegen des schwachen Akkus kam er ohne Umschweife zur Sache. »Hier spricht Walter Pulaski von der Kriminalpolizei Leipzig. Ich habe eine dringende Anfrage bezüglich einer Ihrer Patientinnen. Ihr Name ist Lisa Gurdijew. Ist sie noch bei Ihnen in Behandlung, oder wissen Sie, wo sie sich zurzeit befindet?«

Das lange Schweigen am anderen Ende der Verbindung zehrte an Pulaskis Nerven.

»Wer, sagten Sie, ist am Apparat?«

»Oh Gott …« Bestimmt hatte er eine kleine blonde Sprechstundenhilfe in der Leitung, die um diese Uhrzeit noch kein Auge aufbekam. »Kriminalpolizei Leipzig! Ist eine Patientin namens Lisa Gurdijew bei Ihnen in Behandlung?«

»Einen Moment … können Sie den Namen buchstabieren?«

»Gustav, Ulrich, Richard, Dora …«

»Nein, ich meine *Ihren* Namen!«

»Verdammt!« Pulaski schlug mit der freien Hand auf das Lenkrad. »Sagen Sie mir, ob eine Lisa Gurdijew in Ihrer Anstalt ist, oder verbinden Sie mich mit Ihrem Vorgesetzten!«, brüllte er.

»Ja, ja …«, murrte sie.

Pulaski hörte das Klappern einer Computertastatur.

»Lisa Gurdijew ist seit zehn Jahren hier. Sie ist eine Bewohnerin unserer geschlossenen psychiatrischen Abteilung. Mehr darf ich Ihnen am Telefon nicht verraten.«

»Ist sie noch am Leben?«

»Was?«

»Ob sie noch am Leben ist?«

»Natürlich.«

In der Spiegelung der Windschutzscheibe sah Pulaski, wie das Licht des Handydisplays erlosch. Im gleichen Moment erklang der summende Warnton.

»Mein Akku ist gleich leer. Sorgen Sie dafür, dass sie sofort unter Polizeischutz gestellt wird. Rufen Sie die Hamburger …«

Die Verbindung war tot. Pulaski zerdrückte einen Fluch zwischen den Zähnen. Zornig warf er das Handy auf den Beifahrersitz.

Als er an der Abfahrt nach Rotenburg vorbeikam, starrte er auf die Anzeigen des Armaturenbretts. Er hatte etwa die Hälfte der Strecke hinter sich. Nur noch neunzig Kilometer, dann war er in Hamburg und würde der Telefontante den Arsch aufreißen!

Zwei Tage zuvor …

Sie lauschte an der Tür, dann presste sie den Finger auf die Klingel. Sein Name stand in breiten Lettern auf dem Türschild. Sie hatte ihn beobachtet. Seit Tagen. Sie wusste, er war zu Hause.

Wieder läutete sie, bis sich endlich die Wohnungstür öffnete. Als er vor einer Stunde auf der anderen Straßenseite aus seinem Wagen gestiegen war, hatte er anders ausgesehen. Jetzt, aus unmittelbarer Nähe betrachtet, wirkte er älter und schmächtiger und mit dem von Akne leicht vernarbten Gesicht und dem blonden Seitenscheitel wie ein in die Jahre gekommener Dandy. Er trug Jeans und ein Poloshirt. Der weibische Gang war ihr schon vorher aufgefallen. Fehlten noch das Halstuch und das passende Aftershave.

Er starrte sie fragend an. Sein Blick wanderte nicht an ihrem Körper hinunter. Nicht einmal unwillkürlich, für einen flüchtigen Moment. Genervt fixierte er ihre Augen. »Sie …?«

In dieser Sekunde wusste sie, dass er schwul war. Ihr Instinkt sagte ihr, dass sie es diesmal nicht auf die übliche Tour hinbekommen würde. Nicht bei ihm. Ihr Plan würde nicht funktionieren. Außerdem hielt er ein Mobiltelefon in der Hand. Unmöglich, einen Blick auf das Display zu erhaschen, aber gewiss hatte sie ihn aus einem Gespräch gerissen. Du musst improvisieren, schoss es ihr durch den Kopf.

Ohne zu überlegen riss sie ihm das Telefon aus der Hand, unterbrach die Verbindung und schlug ihm das Gerät mit voller Kraft an die Schläfe.

Er taumelte zurück. Sofort setzte sie nach und schlug ihm die Handykante erneut ins Gesicht, bevor er die Hände schützend hochnehmen konnte. Schließlich ging er stöhnend vor ihr zu Boden.

Während sich seine Pupillen verdrehten, als stünde er kurz vor einer Ohnmacht, trat sie die Tür hinter sich zu. Krachend fiel sie ins Schloss.

Sie hatte nicht einmal eine Sekunde lang weggesehen, da versuchte er schon, sich aufzurappeln.

»Sie waren in Deutschland …«, keuchte er und fuhr sich mit dem Handrücken über Nase und Wange, wo er einen schmierigen roten Streifen hinterließ. »Sie haben Prange getötet!«

Für einen Moment hielt sie inne. Wie konnte er davon wissen?

»Es war mein Fall! Zeugen haben Sie beschrieben. Ich ahnte, dass Sie eines Tages auch hier auftauchen würden.«

Ihr Herz raste. »Schluss mit dem Gerede!« Sie holte aus und rammte ihm das Handy gegen das Nasenbein. Er zuckte zusammen, dann sackte sein Kopf nach vorne.

Stöhnend tastete er nach der Wunde. »Sie kommen nicht damit durch, ich …«

»Ruhe!« Als sie erneut ausholte, zuckte er zusammen. Mittlerweile lief ihm Blut von der Nase auf das Poloshirt. Sie musste etwas unternehmen, bevor es auf den Parkettboden tropfte, auch wenn sie es nun ohnehin nicht mehr wie einen Unfall aussehen lassen konnte. Außer …

Sie stopfte das Handy in die Tasche ihrer Jeans und sah sich eilig in der Wohnung um. Der Balkon! Sie packte den Mann von hinten unter den Achseln und zerrte ihn durchs Wohnzimmer zur offenen Balkontür. Wie ein nasser Sack hing er in ihren Armen. Sie wunderte sich, woher sie die Kraft nahm, mit der sie ihn hinter sich herschleifte.

Kurz bevor sie die Balkontür erreichte, begann er, um sich zu schlagen. Doch da waren sie schon im Freien. Der kühle Wind fuhr ihr durchs Haar. Die Nachmittagssonne stand tief und schien gleißend in die Loggia. Mit einer gewaltigen Kraftanstrengung stemmte sie den Mann hoch und stieß ihn gegen das Geländer. Dreiundzwanzigstes Stockwerk. Panisch fuhr er herum. Seine Augenlider flatterten. Für einen Moment sackten seine Knie ein, doch dann fing er sich und rappelte sich auf. Seine Hände schlugen wild durch die Gegend und griffen nach dem erstbesten Gegenstand, den er erwischen konnte.

Um ein Haar hätte er mit der Besenstange ihr Gesicht getroffen. Dieser verdammte Idiot wollte sein Schicksal nicht akzeptieren. Sie stürmte wie eine Furie nach vorne, packte den Besen mit beiden Händen und drückte dagegen, sodass der Mann rücklings über das Geländer kippte. Sogleich ließ er die Stange los. Mit einer Hand griff er nach dem Geländer, mit der anderen nach dem Vogelkäfig, der an einem Deckenhaken baumelte. Der Wellensittich kreischte und schlug panisch mit den Flügeln. Federn stoben durchs Gitter.

»Tun Sie das nicht …«, brüllte er.

Sie drückte die Besenstange mit aller Kraft gegen seine Gurgel. Er verlor das Gleichgewicht. Sie drängte ihn weiter hinaus, bis seine Beine den Kontakt zum Boden verloren. Verzweifelt klammerte er sich an den Käfig. Die Tür sprang auf, der Vogel entwich ins Freie. Da brach der Haken aus der Decke.

Plötzlich ließ der Widerstand des Mannes nach. Wie in Zeitlupe kippte er über das Geländer.

Bisher war es stets ein Gefühl des Triumphs und der Erleichterung gewesen, den Männern beim Sterben zuzusehen, ihren letzten Atemzug zu spüren, ihre brechenden Pupillen zu betrachten und das Erstarren des Brustkorbs, der sich niemals wieder heben oder senken würde. Doch diesmal war es anders. Der letzte Blick in seine Augen war keine Genugtuung. Der Ausdruck seines Gesichts verriet so viel … Reue, Scham, Hilflosigkeit, ein Flehen und die Bitte nach Vergebung, dass sie sogar für einen Moment nach seinem Poloshirt griff.

Der Stoff glitt durch ihre kraftlosen Finger, dann sausten seine Beine an ihrem Kopf vorbei. Scheppernd knallte der Käfig gegen das Geländer. Mit dem Vogelhaus in der Hand stürzte er in die Tiefe.

Sie sah nicht hinunter. Stattdessen ließ sie den Besen fallen und taumelte rückwärts von der Loggia in die Wohnung. Wie viel Zeit blieb ihr? Hastig sah sie sich um. In einer Nische stand ein Drehstuhl hinter einem Schreibtisch mit PC. Sie rollte den Stuhl auf die Loggia und stieß ihn mit dem Fuß gegen die Scheibe der Balkontür. Glas splitterte. Danach zerrte sie den Staubsauger aus der Abstellkammer auf die Loggia und steckte das Stromkabel in die Steckdose. Sicherheitshalber schaltete sie das Gerät ein. Das Gebläse übertönte das Geschrei der Menschen, das von der Straße in den dreiundzwanzigsten Stock drang. Es wurde Zeit, die Wohnung zu verlassen.

Vor der Eingangstür hielt sie inne. Sie zog das blutbesudelte Handy aus der Hosentasche und betrachtete das Display. Es hatte einen Sprung, und blonde Haare klebten zwischen den Tasten. Für einen Augenblick musste sie würgen. Sie konnte das Handy unmöglich hier lassen – und es war zu spät, es über den Balkon zu werfen.

Gedankenverloren steckte sie es wieder in die Tasche und wischte sich die blutigen Finger an den Jeans ab. Danach nahm sie den Reserveschlüssel für die Wohnungstür vom Schlüsselbord. Der Einzige, der bemerken würde, dass er fehlte, lag reglos auf dem Straßenasphalt.

Sie schlüpfte hinaus und versperrte die Wohnung. Niemand war im Flur. Verhaltenes Gemurmel im Treppenhaus, klappernde Schritte, irgendwo das Klingeln einer Fahrstuhltür.

Sie steckte den Schlüssel in die Hosentasche und verschwand durch die Feuertür ins Treppenhaus.

Stunden später erreichte sie den Wiener Westbahnhof und fuhr mit ihrer Reisetasche auf der Rolltreppe zu den Bahnsteigen hinauf. Es war Nacht. Alles war erledigt. Sie war fertig mit dieser Stadt.

Sie musste zum Bahnsteig elf, hatte ihr der Mann am Ticketschalter erklärt. Der Nachtzug stand bereits dort und wartete. Abfahrt in zehn Minuten.

Sie ging nach vorne, zum ersten Wagon, wo sich die reservierten

Schlafabteile befanden. Eine Koje in einem der Stockbetten gehörte ihr. Nachdem sie ihre Tasche ausgepackt hätte, würde sie nur einen kurzen Blick in den Speisewagen werfen, ein Sandwich und eine Getränkedose kaufen – oder, wenn keiner hersah, vielleicht sogar klauen. Sie hatte genug Geld, aber der Drang zu stehlen steckte einfach in ihr drin. Es war ihre zweite Natur. Ein Brot und eine Wasserflasche reichten vollkommen aus. Ihr knurrte zwar der Magen, aber zu mehr war sie nicht mehr fähig. Todmüde würde sie in ihr Kopfkissen sinken und träumen – denselben Traum wie immer –, während der Wagen mit dem ewig gleichen, einschläfernden Geräusch über die Gleise holperte.

Über den Bahnsteig hallte die Lautsprecherdurchsage, dass der Zug pünktlich abfahren werde.

Sie blickte durch die große Glasfront auf die Stadt, die sich wie ein dunkler Teppich unter ihr ausbreitete. Graue Hauswände, Stukkaturen und Gipsarbeiten an den Fenstern, dunkelrote Dachschindeln, rostige Dachrinnen und vom Ruß geschwärzte Schornsteine. Einige flackernde Neonreklamen tauchten die Straße in eine Melange aus trüben Farben. Eine Straßenbahn fuhr vorbei. Funken spritzten von der Oberleitung in die Nacht.

Es war wie beim letzten Mal, als sie die Benefizveranstaltung besucht hatte. Vieles an dieser Stadt kam ihr auch jetzt bekannt vor, als hätte sie einige Jahre hier verbracht. Sie war sich nicht sicher. Hatte sie das tatsächlich?

Vielleicht war jemand anders hier gewesen und hatte ihr bloß davon erzählt? Doch wer hätte das sein sollen? Sie kannte doch niemanden. Mit einem Mal dachte sie an das Mädchen. Sollte sie ihm erzählen, was in dieser Stadt vorgefallen war?

Das Läuten eines Handys riss sie aus den Gedanken. Es war ihr Handy, das in der Hosentasche vibrierte. Vielleicht war sie es. Eilig stellte sie die Reisetasche zu Boden, zog das Mobiltelefon heraus und nahm das Gespräch entgegen.

»Lisa. Hallo? Ich habe deinen Anruf er…« Sie stockte.

Eine fremde Stimme drang aus dem Mobiltelefon.

Im nächsten Moment erinnerte sie sich, wessen Handy sie ans Ohr hielt.

Langsam nahm sie es herunter und starrte angewidert auf das gesprungene dunkelrote Display. Sie erinnerte sich an die blutverschmierten Haare. Jetzt war nichts mehr davon zu sehen. Hatte sie sich das im Apartment bloß eingebildet, oder hatten sich die Haare an der Innenseite der Hosentasche abgerieben?

Sie würgte.

Angeekelt unterbrach sie die Verbindung. Sie reinigte das Handy mit dem Ärmel ihres Pullovers und ließ es in den Mülleimer plumpsen, wo es in einem Berg Zeitungspapier verschwand.

Eine erneute Lautsprecherdurchsage holte sie in die Realität zurück. Der schrille Ton aus der Trillerpfeife fuhr ihr schmerzvoll durch den Kopf.

Sie stand vor der Tür des ersten Wagens. Der Zug begann bereits zu rollen. Die Kupplungen schlugen scheppernd aneinander. Schwerfällig setzten sich die Räder in Bewegung.

Da hörte sie hinter sich ein erneutes Klingeln aus dem Mülleimer. Unschlüssig wandte sie sich um. War es diesmal das Mädchen?

Wieder blickte sie zum Zug, der im Begriff war, den Bahnhof zu verlassen. Hinter ihr läutete das Telefon, vor ihr rollte der Wagen vorbei. Sie atmete schwer. Hastig ging ihr Blick hin und her.

Schließlich packte sie ihre Reisetasche und sprang auf das Trittbrett.

Sie zuckte zusammen, als die altmodische Falttür auseinanderklappte. Vor ihr stand der Schaffner, der ihr die Hand reichte, um sie ins Wageninnere zu ziehen.

Er grinste. »Gerade noch rechtzeitig, Fräulein.«

»Vielen Dank.«

»Wohin geht die Reise?«

Sie griff in die Jeans nach dem Fahrschein. Neben der Karte spürte sie einen spitzen Gegenstand. Der Apartmentschlüssel, schoss es ihr durch den Kopf. Sie würde ihn während der Fahrt aus dem Fenster werfen – irgendwo in einem Tunnel, wo ihn niemand finden würde.

Gedankenverloren reichte sie dem Schaffner das Bahnticket.

»Oh, nach Cuxhaven«, sagte er. »Eine weite Fahrt.« Er entwertete die erste Teilstrecke.

Sie nahm das Ticket wieder an sich und ging zum Speisewagen.

Freitag, 19. September

50

Evelyn hatte Niebüll und Flensburg im wahrsten Sinn des Wortes links liegen lassen. Im Moment gingen ihr andere Gedanken durch den Kopf, als in Flensburg ihre Aussage zu machen. Stattdessen war sie mit dem Leihwagen bis Hamburg durchgefahren – und hatte dabei ständig Lisas Gesicht vor Augen.

Am nördlichen Stadtrand fand sie an der ersten Autobahnabfahrt ein Motel, in dem sie ein Zimmer mietete. Der Inhaber fragte nicht lange, sondern reichte ihr eine Magnetkarte, nachdem sie bezahlt hatte. Im Vorraum schlüpfte sie sogleich aus den Kleidern, schluckte zwei Aspirin, vermied den Blick in den Spiegel und stieg in die Duschkabine.

Kurz nach neun Uhr saß sie in Jeans, einem T-Shirt und dem blauen Norweger im Frühstücksraum bei einer Tasse starken Kaffee und kaute an einem Stück Brot. Ihr brummte immer noch der Schädel wegen der schlaflosen Nacht, doch die Tabletten würden die Schmerzen bald vertreiben – so wie immer. Leider gab es kein Mittel gegen die Erinnerung an die gestrigen Vorfälle. Immerzu dachte sie an Lisa, jenes Mädchen, das vor zehn Jahren in die Kinderpsychiatrie Ochsenzoll eingeliefert worden war.

Am Internetpoint des Motels fand sie heraus, dass die Psychiatrie Ochsenzoll, ein Teil der Asklepios-Klinik, zwischen den Ortsteilen Garstedt und Langenhorn lag, also nicht weit entfernt. Sie druckte einen Lageplan aus. An Schlaf war nicht zu denken. Sie griff nach ihrer Zimmerkarte. Es wurde Zeit auszuchecken.

Evelyn brauchte mit dem Wagen knapp zwanzig Minuten in die Langenhorner Chaussee. Das kreisförmige Gelände der Klinik war bewaldet und bestand aus zahlreichen einzelnen Gebäuden, die wie eine autonome Siedlung wirkten. In einer dieser Stationen musste Lisa untergebracht gewesen sein, und mit etwas Glück würde Evelyn den damaligen Arzt des Mädchens finden.

Sie hielt auf dem Besucherparkplatz und ging zum Verwaltungsgebäude. Einige Schlammlachen und abgeknickte Zweige zeugten noch vom Gewitter der letzten Nacht. Doch der Himmel war klar. Es versprach, ein halbwegs sonniger Tag zu werden.

Sowohl vor dem Haupteingang als auch neben den Seitentrakten standen Polizeifahrzeuge. Verzerrte Stimmen drangen dumpf aus den Funkgeräten der Autos. Einige Uniformierte schritten über das Gelände. Im ersten Moment dachte Evelyn, dass die Beamten wegen ihr oder Smolles Selbstmord hier waren, doch das konnte unmöglich sein. Der Schlafmangel äußerte sich bereits in abstrusen, paranoiden Gedanken. Die Polizisten patrouillierten hier bestimmt wegen einer anderen Sache – möglicherweise war eine Patientin getürmt.

Während Evelyn das Verwaltungsgebäude betrat, verließen zwei Beamte das Haus. Hektik lag in der Luft. Zu viele Personen, die nicht nach Hauspersonal aussahen, eilten durch die Gänge und telefonierten mit ihren Handys. Aber vielleicht wirkte das bloß so auf sie, weil sie selbst innerlich aufgewühlt war und eigentlich nicht genau wusste, was sie hier wollte – geschweige denn, dass sie jemandem erklären konnte, wonach genau sie suchte.

Der Infoschalter mit der Aufschrift *Fachabteilung II – Persönlichkeitsstörungen / Trauma* sah vielversprechend aus. Hinter der getönten Plexiglaswand saß eine ältere Dame mit gefärbten pechschwarzen Haaren, einem Mittelscheitel und einer Hornbrille mit flaschendicken Gläsern. Sie telefonierte und kaute gleichzeitig wenig damenhaft an einem Bleistift.

Während Evelyn auf das Ende des Gesprächs wartete, blätterte sie gedankenverloren durch eine Informationsbroschüre.

Die Klinik verfügte über fünfhundert Betten und bestand aus über hundert Stationen, in denen jährlich achttausend Patienten behandelt wurden. *Achttausend!* Auf einem Plan sah sie, wie weitläufig das Gelände war. Mutlos ließ sie die Schultern sinken. Sie hatte sich das viel einfacher vorgestellt. Hier würde sie wohl keine Auskunft erhalten, und schon gar nicht bei der Hektik, die an diesem Morgen herrschte.

»Hallo! Sie!« Die Frau mit der Hornbrille pochte mit dem Bleistift gegen das Glas.

Evelyn sah auf.

»Sie können den Flyer gern mitnehmen – oder Sie sagen mir, was Sie wollen. Ansonsten …« Die Dame nickte in den Gang.

Evelyn sah sich um. Hinter ihr warteten bereits zwei weitere Frauen. Es war der denkbar schlechteste Zeitpunkt, diese Nana-Mouskouri-Kopie um einen Gefallen zu bitten.

Sie versuchte es dennoch. »Vor zehn Jahren wurde hier ein zehnjähriges Mädchen eingeliefert. Ich würde gern mit dem behandelnden Arzt von damals sprechen.«

»Wie hieß der?«

»Das weiß ich leider nicht.«

Evelyn bemerkte, wie der Frau hinter der Glasscheibe die Gesichtszüge einschliefen. »Der Name der Patientin?«, fragte sie langsam.

»Ich kenne leider nur ihren Vornamen, aber …«

»Sie kennen nur den Vornamen?«, wiederholte die Frau in einem süffisanten Ton. »Ich schlage vor, Sie kommen wieder, sobald Sie mehr wissen – die Nächste bitte!«

Evelyn beugte sich tiefer, um direkt durch den Sprechschlitz zu reden. »Sehen Sie, es ist wichtig. Ich bin weit gefahren, um …«

»Das höre ich an Ihrem Akzent. Vielleicht gibt man Ihnen in Österreich nur auf Grund eines Vornamens eine Patientenauskunft, aber hier geht das nicht. Die Nächste bitte!«

Wie konnte man nur so verbohrt sein? Evelyn dachte nicht daran, den Infoschalter zu verlassen. »Dieses Mädchen wurde vor zehn Jahren hier eingeliefert, nachdem sie schwer misshandelt worden war.«

Die Dame hörte nicht länger zu. Sie griff demonstrativ zum Telefonhörer und wählte eine Nebenstelle.

»Sie heißt Lisa, war damals erst zehn und …«

Die Frau wollte gerade etwas in die Sprechmuschel sagen, als sie plötzlich innehielt. Langsam legte sie den Hörer auf die Gabel und fixierte Evelyn. »Sagten Sie Lisa?«

Evelyn war mindestens genauso perplex wie die Frau am Infoschalter. »Ja, so hieß sie.«

»Lisa Gurdijew?«

Evelyn hob die Schultern. »Möglich.«

Die Nana-Mouskouri-Imitation warf ihr einen merkwürdigen Blick zu, den Evelyn nicht deuten konnte. Gleichzeitig nickte die Frau zu einer Sitzecke an der Wand. »Warten Sie dort drüben.« Dann griff sie zum Hörer.

Während Evelyn auf der Couch saß und lustlos die psychologischen Magazine auf dem Tisch durchblätterte, verging die Zeit so zäh wie im Gerichtssaal, wenn sie auf die Urteilsverkündung wartete. Wen hatte die Frau wohl angerufen? Ständig kamen und gingen neue Besucher, Krankenpfleger oder Patienten mit ihren Betreuern. Hier herrschte mehr Betrieb als in der Ankunftshalle des Wiener Westbahnhofs zur Hauptreisezeit. Als Evelyn bereits dachte, die Dame am Infoschalter hätte sie vergessen, betrat ein Mann mit zerknautschter Hose, dunklem Mantel und Sakko das Gebäude. Die Gesichtszüge des etwa Fünfzigjährigen verrieten ebenso wie sein zerknittertes Hemd, dass er eine mindestens genauso schreckliche Nacht wie sie hinter sich hatte. Aber er sah weder aus wie ein Arzt noch wie ein Pfleger und wirkte schon gar nicht wie ein Besucher. Schnurstracks ging er zum Infoschalter. Als ihn die Nana-Mouskouri-Kopie hinter dem Plexiglas bemerkte, nickte sie nur kurz zu der Sitzecke.

Evelyns Herz schlug schneller, als der Mann kommentarlos

umschwenkte und auf sie zukam. Im nächsten Moment stand er vor ihr und musterte sie knapp.

»Morgen. Sie interessieren sich für Lisa Gurdijew«, stellte er fest. »Darf ich fragen, aus welchem Grund?«

Sein Gesicht war kantig, das kurz geschorene Haar an den Schläfen bereits ergraut.

»Warum sind so viele Beamte in der Klinik?«

Er blähte die Backen auf. »Sehen Sie, Sie sollten besser meine Fragen beantworten ...«

»Sie klingen nicht, als kämen Sie aus dieser Gegend«, stellte Evelyn fest.

»Zum Glück – Sie allerdings auch nicht.« Er rieb sich den Schlaf aus den Augen. »Nun, ich komme aus Leipzig, um Ihre Neugierde zu befriedigen ... Und ich habe eine schlimme Nacht hinter mir, also machen Sie es nicht komplizierter, als es ist.«

»Meine Nacht verlief auch nicht gerade entspannt.«

»Okay.« Der Mann zerrte genervt am Knoten seiner Krawatte. »Also noch mal: Warum interessieren Sie sich für Lisa Gurdijew?«

»Wollen Sie mir nicht erst mal Ihren Namen verraten?«

Der Mann hielt inne und musterte sie. »Entschuldigung, Sie haben Recht. Ich könnte ja ein entflohener Irrer sein.« Er griff an den Hosenbund, holte ein Lederetui hervor und ließ es aufklappen. *Kriminaldauerdienst* stand auf der Plakette. »Walter Pulaski«, stellte er sich ihr vor.

51

Nun hatte das zerknautschte Gesicht auch einen Namen. Er reichte ihr sogar eine Visitenkarte aus der Brieftasche. *Kriminaloberkommissar* stand auf dem Papier. Evelyn steckte die Karte in die Tasche ihrer Jeans, erhob sich und reichte Pulaski die Hand.

Augenblicke später merkte sie, dass sich hinter seinem rauen Aussehen und der ruppigen Art gar kein so hartgesottener Ermittler verbarg. Im Grunde genommen war dieser Pulaski vielleicht sogar ein witziger Kerl – immerhin blitzte für einen Moment ein gewisser Sarkasmus in seinen Augen auf, den sie von Patrick kannte.

»Evelyn Meyers«, sagte sie und gab ihm ihre Visitenkarte. »Sie sehen aus, als könnten Sie einen starken Kaffee vertragen. Darf ich Sie zu einer Tasse einladen?«

»Wow.« Pulaski lächelte schwach. »Ich hatte noch nie ein Date mit einer« – er blickte auf das Logo – »Anwältin.« Er kramte ein Exemplar des bunten Flyers aus der Tasche, den Evelyn bereits am Infoschalter gesehen hatte. Das Papier war so zerknittert, als wäre Pulaski damit bereits seit Tagen auf dem Gelände unterwegs.

»In letzter Zeit habe ich ziemlich viele Psychiatrien von innen gesehen, doch diese hier schlägt alles«, murrte er, während er den Lageplan studierte. »Ganz schön verwirrend. Aber irgendwo auf diesem Areal gibt es eine Cafeteria, in der wir hoffentlich ungestört sind.«

Das Kaffeehaus *Alt Wien* befand sich im Haus Nr. 17 und hielt, was sein Name versprach. Es roch nach frisch gebrühtem Kaffee,

Krapfen und Wiener Apfelstrudel. Leise Walzerklänge drangen aus den Lautsprechern neben der Tortenvitrine.

Pulaski führte Evelyn in eine Nische. »Eigentlich müssten Sie sich hier wohl fühlen?«

»Es ist fast wie zu Hause.« Der hat keine Ahnung, dachte Evelyn. Die Klischees von Wien gab es auf der ganzen Welt, und selbst *in* Wien wurden sie heftig gepflegt. Andererseits erinnerten die Stühle und die runden, schmiedeeisernen Tische im k.u.k.-Stil tatsächlich ein wenig an die Kaffeehäuser der Ringstraße.

Um diese Zeit war in dem Lokal noch nicht viel los. Die wenigen Gäste saßen in der Nähe der Fenster, von wo sie die Beamten beobachten konnten, die durch den Park liefen.

Nachdem sie ihre Getränke bestellt hatten, legte Pulaski seinen Mantel ab und kramte ein Asthmaspray und eine Packung Ernte 23 aus der Sakkotasche.

Unwillkürlich hob Evelyn die Augenbrauen.

»Was ist?«, fragte Pulaski

»Eine tödliche Mischung«, kommentierte sie.

»Was Sie nicht sagen.« Pulaski fingerte eine Zigarette aus der Schachtel und drehte sie zwischen Daumen und Zeigefinger. »Verträgt sich wie Feuer und Benzin – behauptet zumindest meine Tochter.«

»Mich stört es nicht, aber falls Sie die hier anzünden, fallen die Schwestern wie Hyänen über Sie her.«

Auf keinem der Tische standen Aschenbecher.

Pulaski blickte zum Tresen, wo ihr Kaffee zubereitet wurde. »Sie haben Recht, die schauen ziemlich bissig herüber.«

Seufzend ließ er die Schachtel verschwinden. Kurz darauf wurden ihre Getränke serviert. Beim Duft des schwarzen Kaffees musste Evelyn verhalten gähnen.

»Wenig geschlafen?«, fragte Pulaski.

»Gar nicht geschlafen«, korrigierte sie ihn.

Er nickte, als wäre es ihm ähnlich ergangen. »Eigentlich ermittle ich gar nicht offiziell in diesem Fall, sondern bin nur als« – er verzog das Gesicht – »Berater hier. Ich bin im Urlaub, sollte aber längst wieder in meinem Leipziger Büro sein.«

»Welcher Fall?«, unterbrach Evelyn ihn.

Er blickte sie lange und eindringlich an. »Wir machen einen Handel«, schlug er vor. »Sie verraten mir, warum sich eine Wiener Anwältin für Lisa Gurdijew interessiert, und ich erzähle Ihnen, weshalb ich hier bin.«

»Schießen Sie los.«

Pulaski hielt einen Moment inne. »Nein, so funktioniert das nicht.«

»Nein? Der Handel war Ihre Idee, also lasse ich Ihnen den Vortritt.«

»Wir können es auch auf die harte Tour machen und die Sache auf dem Revier besprechen.«

»Auf dem Revier?« Sie wusste, dass er bluffte. »Sehr gerne, im neunten Wiener Gemeindebezirk.« Lächelnd griff sie nach ihrer Handtasche und erhob sich.

»Warten Sie«, seufzte Pulaski. »Eine Anwältin … also gut, ich erzähle Ihnen, was ich über den Fall sagen darf.«

Warum nicht gleich? Sie setzte sich wieder.

Als er die Stimme senkte und sich nach vorne beugte, bemerkte sie den Riemen eines Schulterholsters unter dem Kragenaufschlag.

»Es begann mit dem Selbstmord der zwanzigjährigen Natascha Sommer in der Psychiatrie Markkleeberg …«

In den nächsten Minuten erfuhr Evelyn von den Morden an Natascha Sommer, Martin Horner, Sebastian Semmelschläger und dem Mordversuch an Lesja Prokopowytsch, und dass Pulaski einen grauhaarigen Mann im Anzug jagte, bei dem es sich um den mutmaßlichen Täter handelte.

»Noch kenne ich die Zusammenhänge nicht, aber ich vermute, dass Lisa ebenfalls in Lebensgefahr schwebt«, schloss er seinen Bericht.

Evelyn starrte gedankenverloren aus dem Fenster. Lisa in Lebensgefahr? Was für ein Schwachsinn! Viel eher war sie ein Todesengel, der sich ein Opfer nach dem anderen auf der Hockinson-Liste vornahm. Was ihr der Leipziger Ermittler erzählt hatte, passte nicht im Geringsten zu ihren eigenen Recherchen.

»Ich fürchte, wir arbeiten an zwei verschiedenen Fällen, die nichts miteinander zu tun haben«, sagte sie schließlich.

»Lassen Sie es uns herausfinden. Warum sind *Sie* hier?«

Evelyn erwähnte die mysteriösen Unfälle, die ihre Kanzlei bearbeitet hatte, und schilderte, wie der Kinderarzt Rudolf Kieslinger, ihr Kollege Peter Holobeck und Stadtrat Heinz Prange gestorben waren. Danach erzählte sie, dass der deutsche Reeder Edward Hockinson durch einen Seidenschal stranguliert worden war, der sich im hinteren Fahrgestell seines Cabrios verfangen hatte.

Pulaski machte sich keine Notizen. Er hörte mit ausdrucksloser Miene zu, trotzdem verriet sein Gesichtsausdruck, dass er jedes noch so kleine Detail in seinem Hinterkopf abspeicherte.

»All diese Männer, die nun tot sind, verband eine gemeinsame Vergangenheit«, sagte Evelyn. Erst als sie von der Kreuzfahrt mit der *Friedberg* erzählte, an der vor zehn Jahren ein Dutzend Männer teilgenommen hatte, von der Erpressung, den Zahlungen auf das anonyme Konto und schließlich Lisas Bruder und die anderen Kinder erwähnte, wurden Pulaskis Augen schmal.

»Und Sie haben tatsächlich herausgefunden, dass Lisa Gurdijew und ihr Bruder Manuel vor zehn Jahren auf diesem Schiff waren?«, unterbrach er sie.

Sie nickte.

»Dann waren es sechs Kinder. Verflucht!«, entfuhr es ihm. Er sprang auf und lief durch den Raum. »Eine Schiffsreise, verdammt!« Gedankenverloren zündete er sich eine Zigarette an und begann, in dem Kaffeehaus zu rauchen. »Was hat der Arzt in Bremerhaven erzählt?«, murmelte er zwischen zwei Zügen, als versuchte er sich zu erinnern. »In Frankreich und Griechenland sind ebenfalls Kinder ausgesetzt worden, und immer in Küstennähe. Ein Schiff! Darauf ist wohl nie jemand gekommen.« Er lachte auf. »Die Beamten haben sämtliche Küstendörfer abgesucht, aber nie etwas gefunden. Kein Wunder! Der Kahn war längst über alle Berge.«

»Wovon reden Sie?«

»Hören Sie!«, rief eine Frau hinter dem Tresen. »Hier ist Rauchverbot!«

Pulaski ignorierte sie. Er kam zu Evelyn an den Tisch und senkte die Stimme. »Lisa und die anderen vier Kinder wurden damals mit Drogen vollgepumpt in verschiedenen Küstendörfern an der Nordsee gefunden. Das waren die Kinder jener Kreuzfahrt. Jetzt, zehn Jahre später, werden sie der Reihe nach ermordet. Lisa und Lesja sind die einzigen Überlebenden, die aussagen können, was seinerzeit passiert ist. Aber jemand versucht, das zu verhindern und alle Spuren zu beseitigen. Deshalb habe ich Lisa unter Polizeischutz gestellt.«

»Unter Polizeischutz?«, echote Evelyn. In ihrem Kopf drehte sich im Moment alles. »Sie irren sich. Hier geht es um etwas völlig anderes. Lisa ist eine Mörderin.«

»Hier ist Rauchverbot!«, brüllte eine Stimme.

Die anderen Gäste blickten mittlerweile nicht mehr aus dem Fenster, sondern glotzten zu Evelyn und Pulaski herüber.

»*Sie* irren sich!«, beharrte Pulaski. »Lisa ist keine Mörderin. Im Gegenteil. Hätten wir sie nicht rechtzeitig unter Polizeischutz gestellt, wäre sie womöglich Opfer Nummer fünf geworden.«

»Hallo, Sie!«, rief eine Dame.

»Ja, schon gut!« Pulaski zerdrückte die Zigarette auf seiner Kaffeeuntertasse. Er stand immer noch vor Evelyn und beugte sich zu ihr herunter. »Wir haben versucht, Lisa zu befragen«, flüsterte er. »Aber im Moment ist nichts aus ihr herauszubekommen.«

»Sie ist hier?«, fragte Evelyn. »Und Sie haben mit ihr geredet?«

Pulaski nickte, als wäre es das Natürlichste auf der Welt. Evelyns Herzschlag schien für einen Moment auszusetzen. Aber wenn sie hier war …?

Der Mann wusste nicht, was er tat. »Sie haben keine Ahnung, wie gefährlich diese Frau ist.« Evelyn sah sich um. Die Kaffeehausgäste starrten immer noch zu ihnen herüber. Ihre Diskussion schien eine willkommene Abwechslung im grauen Alltag der Anstalt zu sein.

Eilig kramte Evelyn das Foto von der Kamera des Geldautomaten hervor und legte es auf den Tisch. »Ist sie das?«

»Woher haben Sie das Foto?«

»Ist sie das?«, wiederholte Evelyn.

Pulaski nickte.

»Und das?« Evelyn faltete die Phantomzeichnung auseinander.

»Ja! Woher zum Teufel haben Sie diese Bilder?«

Das Mädchen hieß also tatsächlich Lisa Gurdijew. In diesem Moment hatte Evelyn das Gefühl, als suchte sie diese Frau im Spaghettiträgerkleid seit einer Ewigkeit.

Sie beugte sich vor und senkte die Stimme. »Das Foto wurde vor knapp drei Wochen in der Wiener Innenstadt aufgenommen, und die Zeichnung entstand vor wenigen Tagen nach den Angaben einer Boutiquebesitzerin in Cuxhaven.«

Pulaski nahm die Blätter in die Hand. »Das ist unmöglich.«

»Ist es nicht«, widersprach Evelyn. »Diese Frau ist eine raffinierte Mörderin. Sie wurde an den Orten gesehen, wo Kieslinger, Prange und Hockinson starben.«

»So raffiniert kann sie dann nicht gewesen sein.« Pulaski zerrte an seinem Krawattenknoten. »Kommen Sie, wir gehen.« Er marschierte zur Tür.

Evelyn folgte ihm.

»Und was ist mit zahlen?«, rief ihnen eine Dame hinterher.

»Ja, ja!« Pulaski legte einen Geldschein auf den Tisch und drängte Evelyn ins Freie.

Kaum waren sie draußen, griff er nach seinem Asthmaspray

und inhalierte. Dabei umklammerte er die Papiere, sodass seine Knöchel weiß hervortraten.

»Sie müssen Lisa festnehmen lassen«, beharrte Evelyn.

»Sie irren sich«, presste er hervor. »Diese Frau ist seit zehn Jahren Bewohnerin der geschlossenen psychiatrischen Abteilung und hat die Klinik während dieser Zeit kein einziges Mal verlassen.«

52

Lisa war auf Station 46 untergebracht, einem gemischtgeschlechtlichen Trakt für junge Erwachsene zwischen achtzehn und dreißig Jahren, der als Schnittstelle zwischen der Jugend- und Erwachsenenpsychiatrie konzipiert worden war. Pulaski kannte den Weg dorthin, weil er – wie er Evelyn erklärte – eben von dort gekommen war, als ihn der Anruf vom Infoschalter erreicht hatte.

Vor dem Gebäude standen zwei Beamte in Zivil. Evelyn erkannte sie an den derben Gesichtern, die nicht zu dieser Klinik passten, und den in Brusthöhe ausgebeulten Mänteln. Es wirkte so offensichtlich wie in einem Film. Nachher durfte sich niemand wundern, wenn in der Klinik die Gerüchteküche brodelte.

Während Evelyn dem Kripobeamten ins Haus folgte, warf sie einen Blick auf die Wandtafel mit dem Grundriss, auf der die Fluchtwege eingezeichnet waren. Das Gebäude bestand aus etwa zwanzig Ein- und Zweibettzimmern, mehreren Therapie- und Aufenthaltsräumen und einem eigenen Bereich für Psychologen und Sozialpädagogen.

Als sie in das obere Stockwerk gingen, kam ihnen eine ältere Dame im weißen Kittel mit einem grauen Haarknoten entgegen. Die Lesebrille baumelte an einem Kettchen vor ihrem Busen.

»Das ist die Oberärztin«, raunte Pulaski Evelyn zu.

»Kein gutes Zeichen, oder?«

»Werden Sie gleich merken.«

Die Ärztin baute sich vor Pulaski auf. »Sie schon wieder. Und ich dachte, mein Tag beginnt erst jetzt, weil ich Sie losgeworden bin.«

Evelyn merkte, wie Pulaski etwas auf der Zunge lag, das er

aber runterschluckte. Stattdessen gab er sich wie ein zahmer Wolf, der allerdings jederzeit zuschnappen konnte. »Mir ist noch etwas eingefallen, worüber ich mit Lisa sprechen möchte.«

Offensichtlich gab es an dieser grauen Eminenz kein anderes Vorbeikommen, als eine freundliche Miene aufzusetzen.

»Wen haben Sie diesmal dabei?« Die Ärztin musterte Evelyn schamlos von oben bis unten.

Falls es ein Vorurteil gab, das Psychiater als introvertierte Zwangsneurotiker bezeichnete, die selbst einen Seelenklempner benötigten, traf es auf diese Person nicht zu. Evelyn kannte diese Art Frau. Ihr Blick war eiskalt und berechnend, und sie würde keine Sekunde um den heißen Brei herumreden.

Das Namensschild an ihrer Brust wies sie als Frau Dr. Melanie Gessler aus, und wie es schien, hatte sie an Pulaski keinen Narren gefressen.

»Evelyn Meyers«, stellte sie sich vor und reichte der Oberärztin die Hand. Doch diese erwiderte die Geste nicht. Stattdessen ballte sie die knöchernen Finger zur Faust und stemmte sie in die Hüfte.

Pulaski warf Evelyn einen kurzen Blick zu. *Haben Sie etwas anderes von diesem Drachen erwartet?*

»Frau Meyers ist eine Kollegin«, sagte er zu Gessler. »Wir arbeiten gemeinsam an diesem Fall.«

Kollegin? Evelyns Herz rutschte ihr in die Hose. Was redete der Mann da? Sobald sie den Mund aufmachte, wusste jeder, dass sie von Kripoarbeit so wenig Ahnung hatte wie ein Gebrauchtwagenhändler vom Konsumentenschutz.

Doktor Gesslers Gesichtszüge versteinerten zusehends, obwohl das eigentlich kaum noch vorstellbar war. »Der ermittelnde Beamte von der Hamburger Kripo sagte mir, dass Sie nur als Berater vor Ort tätig seien und ich ihn über jeden Ihrer Schritte informieren soll.«

»Tun Sie das«, antwortete Pulaski. »Aber in der Zwischenzeit müssen wir noch einmal mit Lisa sprechen.«

»Sie hatten Ihre fünf Minuten bereits – mehr kann ich Ihnen aus medizinischer Sicht nicht zugestehen. Außerdem haben Sie selbst gesehen, dass die Patientin im Moment nicht ansprechbar ist.«

»Wir haben soeben neue Informationen erhalten, die mehr Licht auf Lisas Vergangenheit werfen.«

Doktor Gessler stöhnte auf. »Oh, Gott, für Sie ist alles so einfach.« Sie schnippte mit den Fingern. »Wir arbeiten seit zehn Jahren daran, aber Sie kommen hierher und glauben, binnen Sekunden alles auf den Kopf stellen zu können. Mir scheint, Sie verwechseln unsere Patienten mit Ihren Verbrechern.«

»Fünf Minuten«, bat Pulaski. »Womöglich hängen Menschenleben von diesem Gespräch ab.«

»Womöglich?«, echote die Ärztin. »Das einzige Leben, um das ich mich sorge, ist das von Lisa. Sie hat heute bereits genug mitgemacht. Es tut mir leid.« Sie schüttelte den Kopf.

Evelyn merkte, wie Pulaskis Kiefer zu mahlen begannen. Sie selbst hätte schon längst die Nerven verloren und wäre an der Frau vorbeimarschiert, doch Pulaski ballte nur die Faust hinter dem Rücken.

Die Ärztin wollte sich bereits an ihm vorbeidrängen, doch Pulaski wich nicht zur Seite. Stattdessen hielt er Doktor Gessler die Aufnahme der Geldautomatenkamera vor die Nase.

»Erkennen Sie Lisa wieder?«, fragte er. »Dieses Foto wurde vor knapp drei Wochen in der Wiener Innenstadt gemacht.«

Doktor Gessler betrachtete das Bild mit kritischem Blick. »Eine zufällige Ähnlichkeit.«

»Diese Person *ist* Lisa Gurdijew«, widersprach Pulaski. »Wir konnten etwas über ihre Vergangenheit herausfinden und haben ihre Spur von Wien nach Cuxhaven verfolgt.«

Evelyn stockte der Atem. Der Ermittler begab sich auf dünnes Eis. Mittlerweile war sie selbst nicht mehr so sicher, ob die Frau auf dem Foto und die Patientin in der Klinik dieselbe Person waren.

Doktor Gessler gab Pulaski das Foto zurück. »Wien? Cuxhaven? Das ist unmöglich.«

Während Pulaski schwieg, griff Evelyn in das Gespräch ein. »Lisa muss einen Weg gefunden haben, die Anstalt für ein paar Tage zu verlassen.« Sie wandte sich an Pulaski. »Sie ist dahintergekommen, wer damals an Bord war, um in ihren Freigängen …«

»Es gab niemals *Freigänge!*«, unterbrach Gessler sie. »Ich verbürge mich für sämtliche Psychiater, Therapeuten und Krankenpfleger, die je mit Lisa zusammengearbeitet haben. Sie hat die Anstalt in den letzten zehn Jahren nur ein paar Mal verlassen – und stets unter Aufsicht.«

Pulaski wedelte mit der Aufnahme, als strafte dieses Foto ihre Aussagen Lügen. »Dann haben Sie eine erhebliche Sicherheitslücke in Ihrer Abteilung.« Er ließ die Feststellung wie eine Drohung im Raum stehen.

Für einen Augenblick verwandelte sich Gesslers Gesicht in eine Kaltwetterfront. »Spielen Sie etwa auf den vor kurzem entflohenen Psychiatrie-Patienten an? Das war im St.-Nikolaus-Hospital Rheinberg, nicht hier!«

»Ich spiele auf überhaupt nichts an«, konterte Pulaski. »Aber Sie kennen ja die Medien.«

Der Schuss traf ins Schwarze.

Gessler hob das Kinn. »Fünf Minuten, keine Sekunde länger! Und danach verschwinden Sie.«

53

Der Raum war etwa so groß wie ein Kinderzimmer und auch dementsprechend eingerichtet. Es roch nach Pfefferminztee. Einige Buntstiftzeichnungen waren mit Klebestreifen an den Wänden befestigt, auf dem Tisch stapelten sich Bilderbücher, und auf dem Fensterbrett saß eine Reihe Stofftiere. Evelyn erkannte Pu der Bär, Roger Rabbit und Basil den Mäusedetektiv. Jedes Tier besaß Saugnäpfe an den Pfoten. Wenn sie es nicht besser wüsste, hätte sie es für das Zimmer einer Zehnjährigen gehalten. Allerdings lag neben Otfried Preußlers *Die kleine Hexe* ein dickes Handbuch für Psychologie. Ein Lesezeichen steckte in der Buchmitte.

Lisa saß im Schneidersitz auf dem Bett. In ihrem Schoß lag ein abgegriffenes Exemplar von Rubiks Zauberwürfel, an dem sie bereits die blaue Seite richtig zusammengeschoben hatte. Sie trug einen dunkelblauen Flanellpyjama und betrachtete Doktor Gessler mit apathischem Blick.

Evelyn blieb mit angehaltenem Atem an der Wand stehen und betrachtete das Mädchen, das ihr gegenüber saß. Zweifellos war das die junge Frau auf der Fotografie und dem Phantombild. Die gleiche Figur, die gleiche Frisur und die gleichen schmalen, blassen Gesichtszüge. Auch der Blick war identisch. Allerdings wirkte sie inmitten der Spielsachen so zerbrechlich wie ein gläsernes Kind und keineswegs so berechnend und selbstbewusst wie in dem blauen Spaghettiträgerkleid.

»Guten Morgen, Lisa«, sagte die Ärztin. Diesmal klang ihre Stimme viel weicher als noch vor einer Minute. »Hier ist noch ein Besuch für dich. Es dauert nicht lange. Lass dir Zeit und beantworte bitte die Fragen, die dir Herr Pulaski stellen wird.«

Doktor Gessler wandte sich an den Ermittler. »Sie leidet unter dissoziativer Persönlichkeitsstörung«, flüsterte sie ihm zu. »Einige Teile ihrer Psyche sind auf dem Niveau einer Zehnjährigen stehengeblieben. Andere Teile sind energisch und kraftvoll. Lisa kann eine starke Person sein. Doch wegen der Aufregung, die Sie verursacht haben, mussten wir sie mit zwei Milligramm Haldol beruhigen. Sie haben fünf Minuten.« Sie lehnte sich an die Fensterbank und blickte zur Wanduhr.

»Darf ich mich setzen?« Pulaski wartete keine Antwort ab, sondern nahm auf dem Bett Platz.

Lisa bemerkte es nicht einmal, sondern drehte an dem Würfel.

»Lisa, wir wissen seit kurzem, dass du einen Bruder hattest.«

Sie drehte weiter.

»Erinnerst du dich noch an Manuel?«

Plötzlich stoppte sie in der Bewegung. Ihr Blick wanderte langsam zu dem Kripobeamten.

»Wir wissen auch, dass du mit ihm gemeinsam auf einem Schiff warst.«

Lisa presste die Lippen zusammen, ihre Stirn legte sich in Falten.

Evelyn bemerkte, dass Doktor Gessler unruhig wurde. Sie beobachtete jede Geste des Mädchens, aber noch unternahm sie nichts.

»Ich verspreche dir, dass wir die Männer finden werden, die dir und deinem Bruder das angetan haben.«

Nun hatte Pulaski Lisas volle Aufmerksamkeit. Ihre Hände glitten vom Würfel. Sie starrte den Ermittler mit wachen Augen an.

»Ich habe kürzlich Lesja gesehen. Sie war mit dir gemeinsam auf diesem Schiff, nicht wahr?«

Lisas Mund öffnete sich. Ihre Lippen waren spröde. Sie wollte etwas sagen.

Pulaski sah sie zugleich fragend und ermunternd an.

»Welches Schiff?«, flüsterte sie.

»Welches …?«, wiederholte Pulaski ungläubig. Er warf Evelyn einen Hilfe suchenden Blick zu.

Evelyns Gedanken rotierten. Simulierte die junge Frau bloß? Sie musste doch etwas über das Schiff wissen! Andererseits wirkte der fragende Blick so echt, als hätte Lisa tatsächlich noch nie etwas von der Kreuzfahrt gehört.

»Welches Schiff?« Diesmal galt Pulaskis Frage Evelyn.

Sie wandte sich an Lisa. »Das Schiff lief in Bremerhaven aus. Die Jacht gehörte einem gewissen Edward Hockinson.«

Keine Reaktion auf Lisas Gesicht.

»Mit an Bord waren Heinz Prange, Rudolf Kieslinger, Peter Holobeck …« Der Gedanke an ihren Kollegen schnürte ihr für einen Moment die Kehle zu, doch dann zählte sie die anderen Namen auf, die sie mittlerweile auswendig kannte. Aber bei keinem einzigen regte sich auch nur das kleinste Anzeichen einer Erinnerung in Lisas Gesicht.

»Der Kapitän des Schiffs brachte euch das Essen in die Kabinen«, fuhr Evelyn fort. Aus dem Augenwinkel bemerkte sie, wie Doktor Gessler unruhig wurde. Ihre Stirn lag in Falten – offensichtlich hörte sie diese Version der Geschichte zum ersten Mal. Langsam griff sie in die Manteltasche und holte eine Injektionsnadel hervor.

»Weiter«, flüsterte Pulaski.

»Der Kapitän hatte eine Tätowierung auf dem Unterarm. Er hieß Paul Smolle …«

Lisas Augen weiteten sich, und ihr Atem ging schneller.

»Hören Sie auf!«, unterbrach die Ärztin sie. »Es ist genug.« Vorsichtshalber zog sie die Folie von der Nadel.

»Das Schiff hieß *Friedberg* …«, setzte Pulaski nach.

Plötzlich schrie Lisa auf. Sie fuhr herum und kratzte Pulaski am Unterarm. Der Zauberwürfel polterte zu Boden. Noch während Pulaski sie an den Armen packte und versuchte, sie ruhig zu halten, war Gessler heran und injizierte Lisa offensichtlich ein Beruhigungsmittel in den Arm. Sogleich lösten sich Lisas verkrampfte Finger. Sie sank zurück ins Kissen, starrte zur Decke und atmete wieder ruhiger.

Die Ärztin griff nach der Stirn des Mädchens und fühlte seinen Puls. »Verlassen Sie das Zimmer … sofort!«, sagte sie, ohne aufzusehen.

Pulaski und Evelyn warteten im Gang, nachdem er den Polizeibeamten, der vor der Tür Wache schob, für einen Moment weggeschickt hatte.

»Weshalb helfen Sie mir eigentlich?«, fragte Evelyn.

»Gute Frage.« Pulaski starrte zum Ende des Gangs. »Auf der einen Seite gibt es die Morde an den misshandelten Kindern, auf der anderen Seite die bizarre Unfallserie unter den ehemaligen Passagieren, von der Sie mir erzählt haben. Durch die Kreuzfahrt sind unsere Fälle miteinander verbunden. Zurzeit stecke ich mit meinen Ermittlungen in einer Sackgasse.« Er sah sie an. »Ihre Spur weiterzuverfolgen ist im Moment meine einzige Chance, den grauhaarigen Mörder zu finden.«

Evelyn nickte. Was der Mann sagte, klang plausibel.

Nach wenigen Minuten kam Doktor Gessler heraus. Ihre Miene verhieß nichts Gutes. »Sind Sie verrückt?«, fuhr sie Pulaski und Evelyn an. »Ich dachte, Sie wollten sie zu dem Foto befragen, das sie angeblich in Wien zeigt. Stattdessen gefährden Sie mit Ihren Fragen die Ergebnisse jahrelanger Therapie. Haben Sie eigentlich eine Ahnung, wie viele Sitzungen nötig waren, damit Lisa bewusst wurde, was seinerzeit mit ihr passiert ist?«

Evelyn biss sich auf die Unterlippe. Sie waren mit der Befragung keinen Schritt vorangekommen – im Gegenteil, sie hatten sich nur den Zorn der Oberärztin zugezogen. Doch so leicht wollte sie nicht aufgeben. »Gibt es Videoaufzeichnungen von diesen Sitzungen?«

54

Der Therapieraum war so groß, dass ein runder Tisch mit sieben Stühlen in der Mitte Platz fand. An den Wänden standen Regale mit Büchern, ein Fernsehgerät und Schreibtafeln mit Kreidebehältern. In der Spielecke lagen Bauklötze und ein großer, gelber Hüpfball aus Gummi. Pulaski hatte die Jalousien der weiten Fensterfront heruntergezogen und die Lamellen gekippt, sodass die Strahlen der Mittagssonne den Raum nur noch spärlich erhellten.

Nach einem kurzen Gespräch mit der Oberärztin hatte sich ein Beamter der Hamburger Kripo zu Evelyn und Pulaski gesellt.

»Der interessiert sich nicht für die Bänder«, raunte Pulaski Evelyn zu, »sondern möchte uns nur auf die Finger sehen.«

Evelyn wusste nicht einmal, wie der Hamburger Beamte hieß. Der Mann Anfang dreißig – Pulaski hatte ihn als »Sesselpupser« bezeichnet – setzte sich in eine Ecke und kritzelte wichtigtuerisch auf einen Block.

Natürlich bekamen sie die Videobänder von Lisas Einzelsitzungen mit ihrem Therapeuten nicht zu sehen. Pulaski hatte sich ausführlich mit Doktor Gessler über die ärztliche Schweigepflicht unterhalten und dabei den Kürzeren gezogen. Doch die Oberärztin gestattete ihnen, zumindest einen Blick auf die Bänder der morgendlichen Gruppensitzungen zu werfen. Diese fanden jeweils montags statt, und eine Sozialarbeiterin sprach im Therapieraum mit den Bewohnern der Station 46 darüber, wie es ihnen ging oder ob es ihnen an etwas mangelte. Die Videos der letzten zwei Jahre umfassten dreiundneunzig Sitzungen zu jeweils dreißig Minuten, die mit einer auf einem Stativ montierten Kamera festgehalten worden waren, damit sich die jeweiligen Therapeuten die Bänder anschließend ansehen konnten. Doktor Gessler hatte ihnen neunzig Minuten zugesagt. Danach wurde der Raum angeblich für eine Sitzung benötigt, doch Evelyn zweifelte an dieser Behauptung. Gessler war zwar kompromissbereit – schließlich wollte sie keinen Medienskandal über eine angebliche Sicherheitslücke in ihrer Abteilung riskieren –, andererseits wollte sie Evelyn und Pulaski so schnell wie möglich aus der Klinik draußen haben.

Nach einem kurzen Blick auf die Uhr begann Pulaski mit den ältesten Bändern, griff wahlweise einige heraus und spulte mit der Fernbedienung zu jenen Stellen, wo Lisa den Mund öffnete, was ohnehin nur selten der Fall war.

Nach den ersten Videos wurde Evelyn klar, warum Doktor Gessler ihnen die Bänder so bereitwillig zur Verfügung gestellt hatte. Insgesamt gab das Filmmaterial nicht viel her. Die Szenen ähnelten sich. Lisa sprach darüber, wie sie geschlafen hatte, über ihre Träume, ihre Tätigkeiten während der Woche, was ihr besondere Freude bereitet und sie gekränkt hatte. Manchmal trug sie Filzpantoffeln zu ihrem blauen Flanellpyjama, manchmal ein mit gelben Punkten gemustertes Kleid, manchmal einen grauen Jogginganzug mit Bändern und Kapuze. Insgesamt bekam Evelyn drei verschiedene Sozialarbeiterinnen zu sehen, die allesamt mit der gleichen sanften und einschläfernden Stimme sprachen, als hätte man ihnen eingetrichtert, in Gegenwart eines Psychiatrie-Patienten niemals ein lautes Wort zu verlieren.

Im schummrigen Dämmerlicht des Therapieraums musste Evelyn öfter gähnen, als ihr lieb war. Die Strapazen der letzten Nacht machten sich bemerkbar. Doch dann war sie schlagartig munter. In einer Videoszene erhitzten sich die Gemüter. Im Sommer letzten Jahres bekam Lisa während der Sitzung einen Anfall. Mitten im Satz veränderten sich ihre Tonlage und ihr Gesichtsausdruck. Plötzlich klang ihre Stimme tiefer und erwachsener. Sie erinnerte sich an etwas – und Evelyn wusste nur zu gut, was es war.

»Der Raum ist eng. Ich bin hungrig, aber sie geben mir kaum

was zu essen. Zu trinken gibt es nur lauwarmes Wasser. Ich bekomme einen Brechreiz, sobald ich den Krug sehe. Nachts höre ich das Dröhnen neben der Wand und kann nicht schlafen. Und wenn doch, habe ich immer wieder den gleichen Traum.«

Evelyn starrte auf den Bildschirm. Im Hintergrund der Videoaufzeichnung konnte sie erkennen, wie die Sozialarbeiterin aufsprang und den Raum verließ. Währenddessen sprach Lisa unbeirrt weiter, als befände sie sich allein im Zimmer.

»Sie holen Manuel rauf. Die Abstände werden kürzer. Jedes Mal, wenn er wiederkommt, weint er sich die Seele aus dem Leib. Doch eines Tages hört er auf zu weinen. Er kann sich an nichts mehr erinnern. Sein Blick ist nur noch starr – und das Schlimmste: Er spricht nicht mehr mit mir.«

Mittlerweile kam die Sozialarbeiterin in Begleitung eines Arztes zurück.

Lisa steigerte sich in Rage. Ihre Stimme wurde lauter. »Warum sprichst du nicht mehr mit mir? Was ist los mit dir? Was haben sie mit dir gemacht?«

Der Arzt trat an Lisas Seite und wollte ihr eine Injektion verpassen, doch sie schlug seine Hand mit einer kraftvollen Bewegung beiseite.

»Warum haben sie dir das angetan?«, brüllte sie. Mittlerweile fielen ihr die Haare wirr in die Stirn. Ihr Gesichtsausdruck war voller Wut.

Die Sozialarbeiterin musste Lisa von hinten festhalten, damit ihr der Arzt die Spritze geben konnte.

»Was haben sie dir angetan?«

… sie wusste, was ihr angetan worden war. Ihre Schreie und die Stimme des Mannes ließen keinen Zweifel aufkommen. Sie hörte es. Er tat ihrer Schwester das Gleiche an wie ihr. Doch Sandra war zwei Jahre jünger als sie und konnte noch nicht verstehen, was der Mann von ihr wollte. War das der Grund, weshalb er Sandra öfter besuchte als sie?

Wenn sie doch kein Klebeband über dem Mund hätte! Sie könnte nach Sandra rufen, ihr sagen, dass sie nebenan war und dass sie es gemeinsam durchstehen würden. Dass sie die Augen verschließen sollte, wenn er wieder zu ihr kam, und alles gut werden würde … Aber es wurde nicht gut. Sie war geknebelt und in der Mitte des Kellerbodens an einen Eisenring gefesselt. Sie konnte nicht einmal die Wand erreichen, um Klopfzeichen zu geben. Und wenn sie es geschafft hätte? Der Mann hatte gedroht, Sandra zu töten, sollte sie je versuchen, sich zu wehren oder zu befreien.

Nachdem er mit Sandra fertig war, kam er in ihren Raum. Diesmal nur, um die Fesseln und das Klebeband zu überprüfen. So, wie er es jede Nacht tat, bevor er mit seinem Kastenwagen davonfuhr. Minuten später hörte sie das Tuckern des Motors. Kaum war das Scheinwerferlicht vor ihrer Fensterluke verschwunden, begann sie, das Seil aufzuscheuern, das ihre Handgelenke aneinanderschweißte, durch den Eisenring verlief und irgendwo oben in der Dunkelheit verschwand. Der Eisenring ragte aus einer Metallplatte mit scharfen Kanten. Ihre Hände bluteten, dennoch rieb sie das Seil unaufhörlich an der Kante.

Immer wieder dachte sie an seine Drohung, falls er sie bei einem Fluchtversuch erwischen sollte. Sie musste sich beeilen und schabte noch heftiger mit dem Handgelenk über die Platte, denn manchmal kam er mitten in der Nacht zurück.

Mittlerweile war das Wimmern ihrer Schwester im Nebenraum verstummt. Es mussten Stunden vergangen sein. Endlich riss das Seil. Ihre Schultern schmerzten. Sogleich zog sie sich mit zittrigen Fingern das Klebeband vom Mund und erbrach sich, als sie das Blut an ihren Fingern roch.

Im Dämmerlicht tastete sie sich bis zur Tür. Die Klinke quietschte erbärmlich auf. Abgeschlossen. Sicherheitshalber hielt sie den Atem an und lauschte. Nichts. Dann wandte sie sich an die Wand, hinter der Sandras Raum lag.

Sie klopfte an die Mauer. Die Steine klangen hohl.

»Sandra?«, wisperte sie.

Keine Antwort. Bestimmt hatte er ihr auch den Mund zugeklebt und die Hände auf den Rücken gefesselt.

Sie tastete sich ans andere Ende des Raums, wo das Mondlicht durch die schmale Fensterluke fiel. Kein Gitter davor. Wenn sie einige Holzpaletten zusammenschob, konnte sie das Fenster erreichen. Es hatte einen Griff. Mit etwas Glück würde sie sich durch die Öffnung zwängen können. Sie spähte hinaus. Kein Scheinwerferlicht. Sie musste sich beeilen. Hoffentlich kam er nicht ausgerechnet in dieser Nacht zurück.

Sie hätte nicht gedacht, dass sie tatsächlich die Kraft aufbringen würde, um sich zur Fensteröffnung emporzuziehen. Aber irgendwie schaffte sie es, ohne die Holzpaletten umzustoßen. Sie scheuerte sich die Ellenbogen an der Mauer auf, dann war sie oben. Mühsam schob sie ihren Oberkörper ins Freie und grub ihre Hände in die Erde. Wie herrlich der Waldboden duftete! Sie zwängte sich durch die Öffnung und schlich an der Hausmauer entlang. Vor dem nächsten Kellerfenster hockte sie sich ins Gras und suchte nach einem Stein. Endlich fand sie einen und schmetterte ihn gegen die Scheibe. Erst nach dem vierten oder fünften Schlag entstand ein Sprung. Hastig arbeitete sie weiter, bis sie das Glas vollends zertrümmert hatte.

Vorsichtig beugte sie sich in den Raum.

»Ich hol dich hier raus«, rief sie in die Dunkelheit.

Während sie an der Innenseite nach dem Fenstergriff tastete, fiel das Scheinwerferlicht eines Wagens durch den Wald. Sie erstarrte. Im nächsten Moment hörte sie das Geräusch des Motors. Wieder fielen ihr die Worte des Mannes ein. Er würde ihre Schwester töten, falls sie floh. Er log. Sie wusste, dass er log. Er musste lügen, um ihren Willen zu brechen und sie zu beherrschen. Sollte sie in den Raum zurückklettern? Nein. Sie musste weg! Sobald er bemerkt hatte, dass sie fort war, würde er in Panik geraten und beginnen, sie zu suchen. Es war ein Wettlauf. Ihr Wettlauf! Sie schärfte sich ein, dass sie ihn gewinnen musste, um Sandra zu retten; und sie würde nur diese eine Chance erhalten.

Sie löste sich aus der Erstarrung.

»Ich muss weg«, flüsterte sie. »Aber ich hol dich hier raus. Vertrau mir.«

Die Autoreifen knirschten bereits an der Rückseite des Hauses. Sie stand auf, ließ ihre Schwester mit der Bestie allein zurück und lief davon. Die Hütte lag irgendwo im Wald. Sie stolperte durch Büsche, über Wurzeln, lief von einem Baum zum nächsten, bis sie im Mondschein einen Wanderweg entdeckte, dem sie folgte.

Er hat gelogen, er hat gelogen, sagte sie sich immer wieder vor. Es war wie ein Gebet, das sie vor sich hinmurmelte, während die Zweige ihr Gesicht zerschnitten.

Im Morgengrauen stieß sie auf die Häuser einer Siedlung. Sie kannte die Gegend. Die Ortschaft lag nicht einmal weit von zu Hause entfernt. Halb erfroren, hungrig, völlig verdreckt und mit zittrigen Knien klopfte sie an eine Tür, bis endlich jemand öffnete. An den Rest konnte sie sich nur noch dunkel erinnern. Eine heiße Tasse Tee, eine warme Decke, Polizisten, die sie befragten und denen sie die Jagdhütte und den Kastenwagen beschrieb. Obwohl es ihr wie Wochen vorkam, hatten die Beamten die Hütte binnen weniger Stunden gefunden. Alles lag im Dunkel ihrer Erinnerung – doch eines wusste sie noch genau: Der Mann hatte nicht gelogen.

»Evelyn? Evelyn?«

Sie schreckte hoch.

Pulaskis Hand lag auf ihrer Schulter. »Sie sind eingenickt.«

Mittlerweile hatte er Krawatte und Sakko abgelegt. Der erste Knopf seines Hemds stand offen. Die Schweißflecken unter den Achseln störten sie nicht, aber die Waffe in seinem Schulterholster irritierte sie.

»Wie geht es Ihnen?«

»Danke.« Evelyn sah sich um. Der Hamburger Beamte saß immer noch kritzelnd in der hinteren Ecke. Pulaski hatte das Videoband angehalten. Auf der Mattscheibe flimmerte ein Standbild.

»Wie lange war ich weg?«, fragte sie. Ihre Stimme krächzte.

Pulaski reichte ihr ein Glas Wasser. »Etwa zwanzig Minuten. Sie hatten einen Albtraum. War es schlimm?«

»Nicht der Rede wert.« Sie setzte sich auf. »Haben Sie etwas entdeckt?«

»Ich fürchte, ich habe keine guten Nachrichten.«

»Das wäre auch zu schön gewesen.« Sie rieb sich die Augen und nahm einen Schluck.

»Sofern die Digitalanzeige auf diesem Foto stimmt« – Pulaski wedelte mit der Aufnahme der Geldautomatenkamera –, »wurde es Sonntagnacht, 31. August, geschossen.«

»Datum und Uhrzeit stimmen«, sagte Evelyn. In jener Nacht war Rudolf Kieslinger in den Kanalschacht gestürzt und ertrunken.

»Angeblich war Lisa in dieser Nacht in Wien. Aber die Videoaufzeichnung vom Montagmorgen, dem 1. September, beweist« – Pulaski reichte ihr eines der Videobänder –, »dass Lisa an der Gruppensitzung in Hamburg teilgenommen hat. Die knapp tausend Kilometer Distanz hätte sie in dieser Zeit unmöglich mit einem Wagen schaffen können.«

»Mit einem Flugzeug?«

»Nach Mitternacht gibt es keine Flüge von Wien nach Hamburg.«

Evelyn starrte auf das Foto des blonden Mädchens im blauen Spaghettiträgerkleid. Wer bist du bloß? Die Phantomzeichnung aus Cuxhaven und das Bild dieser Frau waren identisch. Paul Smolle hatte sie als seine Besucherin identifiziert, und sie hatte ihm sogar ihren Namen genannt: Lisa. Es war zum Verrücktwerden.

Sie faltete das Foto zusammen. »Ich jage also einem Phantom hinterher?«

»Nicht unbedingt.« Pulaski grinste. »Zufällig habe ich etwas Interessantes auf den Bändern entdeckt.«

55

Pulaski wühlte durch die Kassetten, die er mit Post-its markiert hatte. Er legte ein Band in den Videorekorder. »Das ist eine der älteren Aufzeichnungen, vom Sommer 2006. Zunächst ist mir die junge Dame nicht aufgefallen.« Er blieb neben dem Fernsehgerät stehen und deutete mit dem Finger auf eine unscheinbare Frau, die drei Stühle von Lisa entfernt saß.

»Das ist Sybil«, erklärte er. »Ich schätze, sie ist etwa ein bis zwei Jahre älter als Lisa. Achten Sie auf ihre Stimme. Jetzt spricht sie gleich …«

Sie warteten eine Weile, dann meldete sich Sybil zu Wort.

»Sie hat einen österreichischen Akzent«, stellte Evelyn fest.

»Soviel ich aus den Bändern herausgehört habe, stammt sie aus Wien. Ein Straßenkind, das im Prater aufgewachsen ist, ohne Eltern, inmitten von Dieben und Zuhältern. Wie viele andere Patienten dieser Klinik wurde auch sie als Kind missbraucht. Irgendwie schlug sie sich durchs Leben und kam als Jugendliche nach Deutschland.«

Evelyn dachte an den Wiener Prater, an die Zuckerwatte, die Achterbahn, das Riesenrad und die Geisterbahn mit dem grünen Monster, die sie als Kind öfter mit ihren Eltern besucht hatte. »Weshalb erzählen Sie mir das?«

»Achten Sie darauf, was ein halbes Jahr später passiert.« Pulaski wechselte die Kassette. Diesmal saß Sybil neben Lisa.

»Sie hat sich die Haare wachsen lassen.«

»Nicht nur das, achten Sie auf ihren Akzent.«

Evelyn beugte sich vor. Die Tonqualität war schlecht, doch trotz des Knisterns war Sybils deutsche Aussprache nicht zu überhören.

»Sie nimmt Lisas norddeutschen Akzent an.«

»Hören Sie genau hin. Sie imitiert sogar ihre Sprechweise und die Art der Betonung.«

Evelyn spürte eine Gänsehaut im Nacken. »Das ist unheimlich.«

Ein Knarren im Hintergrund ließ sie hochfahren. Der Beamte von der Hamburger Kripo hatte sich aus seinem Stuhl erhoben. Er blickte demonstrativ auf die Armbanduhr. »So, Ihre eineinhalb Stunden sind um.«

Pulaski hob abwehrend die Hand. »Einen Moment noch.«

»Ich sagte, Ihre Zeit ist um.«

»Ja, verflucht, dieses eine Band noch.« Pulaski wechselte die Kassetten, während er auf Evelyn einredete. »Offensichtlich gibt es nicht viele Beziehungen in diesem Teil der Anstalt, doch Sybil hat sich mit Lisa angefreundet. Aus den Bemerkungen der Sozialarbeiter geht hervor, dass Sybil kreativ und überdurchschnittlich intelligent ist und ein herausragendes Organisationstalent besitzt.«

Der Beamte stand neben Pulaski. »Was ist nun?«

»Eine Videosequenz noch, einverstanden? Dann machen wir Feierabend, mein Freund.« Pulaski wartete die Antwort gar nicht erst ab, sondern betätigte die Fernbedienung des Videorekorders.

Eine weitere Gruppensitzung flackerte über den Bildschirm.

»Die Aufnahme stammt vom Frühjahr dieses Jahres«, kommentierte Pulaski.

Er musste nichts weiter erklären. Evelyn sah es auf den ersten Blick. Sybil trug die gleiche Kleidung wie Lisa, Jeans und einen beigefarbenen Strickpullover mit Zopfmuster. Die Ärmel waren bis zu den Ellenbogen hochgekrempelt. Beide Frauen trugen ein Freundschaftsband am linken Handgelenk, und beide hatten die Beine auf die gleiche Art und Weise übereinandergeschlagen. Sie sahen sich zum Verwechseln ähnlich. Da sagte Sybil etwas. Nur ein paar Wörter mit einem harten, norddeutschen Akzent – und

Evelyn hatte das Gefühl, diese Stimme schon einmal gehört zu haben.

»Spulen Sie das zurück!«, drängte sie. »Ich glaube, ich kenne …«

Plötzlich zuckte ein Blitz über den Monitor. Im nächsten Moment war die Mattscheibe schwarz. Der Videorekorder klickte, und das Surren der Kassette erstarb.

Der Hamburger Beamte stand mit dem Kabel in der Hand neben der Steckdose. »So, Sigmund Freud. Die Show ist vorbei.«

»He, verflucht …« Zu mehr kam Pulaski nicht.

In diesem Moment ging die Tür auf. Doktor Gessler betrat in Begleitung von zwei Pflegern den Therapieraum.

»Ihre Zeit ist um. Darf ich bitten.« Sie deutete zur Tür.

Evelyn spürte, wie ihre Kehle eng wurde. Diese Leute dachten nur in sturen Zeitplänen.

»Ich möchte noch eine einzige Sache erledigen …«, sagte Pulaski.

»Das glaube ich Ihnen gern«, unterbrach die Ärztin ihn. »Und zwar möchten Sie sich schleunigst in die Cafeteria begeben, um dort den Rest Ihrer Rechnung zu begleichen. Sie haben nämlich zu wenig bezahlt!« Sie warf ihm einen zornigen Blick zu.

»Diese Pfennigfuchser«, murmelte Pulaski und starrte sie an, als könnte er nicht fassen, was sie soeben gesagt hatte.

»Natürlich übernehme ich den offenen Betrag«, intervenierte Evelyn. »Kein Problem – Sie haben uns Ihre Prioritäten ja eindeutig klargemacht.«

Doktor Gessler überhörte Evelyns spitzen Ton. »Sehr fein, dann wäre diese Sache erledigt.« Sie wandte sich wieder an Pulaski. »Sie haben mir heute Morgen wegen des Personenschutzes die halbe Anstalt auf den Kopf gestellt, sodass ich froh bin, Sie und die anderen Polizisten endlich loszuwerden.«

»Ich würde noch gern mit einer bestimmten Patientin reden.«

»Natürlich. Sonst noch was?« Die Ärztin lachte auf. »Ich reiche Ihnen den kleinen Finger, und Sie …?« Ungläubig schüttelte sie den Kopf. »Ich habe in der Zwischenzeit mit Ihrem Vorgesetzten in Leipzig telefoniert. Erstens haben Sie mir verschwiegen, dass Sie seit gestern im Urlaub sind, und zweitens kennt man auf Ihrem Revier keine Kollegin namens Evelyn Meyers. Was würde die Presse wohl zu *diesem* Vorfall sagen?«

Evelyn hielt den Atem an. Nun flog alles auf. Als Juristin wusste sie, was ihr Vorgehen für Konsequenzen nach sich ziehen konnte. Zumal sie sich selbst im Urlaub befand und offiziell nicht an einem Fall arbeitete.

Doch Pulaski überging die Vorwürfe. »Ich würde gern einige Worte mit Sybil wechseln.«

»Sybil?« Die Ärztin schüttelte den Kopf. »Keine Chance. Ich habe Ihre Anwesenheit lange genug erduldet. Diese beiden Herren begleiten Sie raus. Auf Wiedersehen.«

Pulaski hängte sich die Krawatte um den Hals und schnappte sich Sakko und Mantel. Ohne sich zu verabschieden, folgte er den Pflegern im weißen Kittel. Bestimmt kochte er innerlich vor Wut. Zumindest fühlte sich Evelyn so, und ihm erging es sicherlich ähnlich. Im Moment hatte sie den Eindruck, als kämpfte sie mit Pulaski gegen die Windmühlen der Bürokratie. Plötzlich musste sie schmunzeln.

»Warum lachen Sie?«, knurrte Pulaski, während er die Treppe zum Ausgang hinunterstapfte.

»Ich musste eben an Don Quijote denken.«

»An wen? Meinen Sie diesen alten Dürren aus …?« Er dachte eine Weile nach. »Ihren Humor möchte ich haben.«

»Ich könnte es Ihnen nicht verübeln, falls Sie Ihren im Lauf der Jahre verloren haben.«

Er nickte. »Diese Woche ist schlimmer als sonst. Sehen Sie, seit vier Tagen habe ich mit Ärzten und Psychiatern zu tun. Dagegen sind die Bürokraten des Innenministeriums die reinsten Hippies.«

»Das klingt nicht gerade begeistert.«

»Nicht gerade beigeistert?«, wiederholte er. »Ich könnte kotzen, wenn ich diese Scheiße mit der ärztlichen Schweigepflicht noch einmal höre.«

Evelyn schielte zu den Pflegern, die vor ihnen gingen. Offenkundig war es Pulaski egal, was sie von ihm hielten.

Als sie vor dem Gebäude standen, deutete einer der Pfleger zum Ausgang. »Die Cafeteria liegt dort drüben.«

»Danke, weiß ich!«, zischte Pulaski.

Der Mann verschwand grußlos.

Pulaski zündete sich eine Zigarette an. Der zweite Pfleger, ein junger, magersüchtiger Kerl mit reichlich Pickeln im Gesicht, der eher wie ein Student wirkte, blieb stehen und steckte sich ebenfalls eine Zigarette an. Schon allein beim Anblick, wie er den Glimmstängel zum Feuerzeug hielt, wurde Evelyn klar, dass er nicht oft rauchte. Dabei blickte er sich um, als wollte er sehen, ob ihnen jemand zum Ausgang gefolgt war.

Plötzlich wandte er sich an Pulaski. »Sie wollen mit Sybil reden?«

»Kennen Sie die Kleine?«

Er sah sich um, dann senkte er die Stimme. »Ich hatte öfter mit ihr zu tun.«

Pulaski grinste. »Sie können normal reden, wir sind hier nicht auf dem Schwarzmarkt.« Er hustete, worauf er die Zigarette im großen Steinaschenbecher neben dem Eingang ausdrückte. »Ist Ihnen aufgefallen, dass sich Sybil im Lauf der Jahre immer mehr mit Lisa identifizierte?«

»Eine interessante Beobachtung«, bemerkte der Junge immer noch mit leiser Stimme. »Eine der besten Bewältigungsstrategien für die eigene Psychohygiene ist die enge Bindung an die Familie oder an eine Freundin. Nun, Familien gibt es hier keine. Aber mir fiel auf, dass Sybil vor allem Lisas Aggressionspotenzial übernahm.«

»Wer zum Teufel sind Sie? C.G. Jung?«

»Marty, ein Zivildienstleistender.« Für einen Augenblick sah er beschämt zu Boden.

»Tut mir leid«, murrte Pulaski.

»Schon gut, ich bin es gewöhnt, veräppelt zu werden.« Der Junge nahm einen neuerlichen Zug, worauf er sich die Seele aus dem Leib hustete.

»Marty, Sie sollten mit dem Zeug aufhören«, schlug Pulaski vor.

»Sie rauchen doch auch!«

»Ich hab's mir gerade abgewöhnt.« Pulaski fuhr sich übers Kinn, als wüsste er nicht, ob er aus dem Jungen schlau werden sollte.

Auf Evelyn wirkte er jedenfalls vertrauenswürdig. »Wie gut kennen Sie Sybil?«, schaltete sie sich in das Gespräch ein.

»Sie faszinierte mich.« Der Junge lächelte. »Sie hatte ein enormes Gedächtnis und eine ausgeprägte Kreativität. Beides Voraussetzungen für ein Überleben in Extremsituationen.«

Der Junge sprach, als würde er ihre Akte auswendig kennen. Doch noch mehr verstörte Evelyn, dass er über Sybil in der Vergangenheitsform sprach.

»Wo finden wir sie?«, fragte Evelyn.

»Hier gar nicht mehr.« Der Junge zerdrückte lächelnd die Zigarette im Aschenbecher. »Sie ist vor vier Monaten in ein betreutes Wohnheim nach Kiel gezogen.«

56

Kurz nach halb zwei saß Evelyn bei einem späten Mittagessen in der Cafeteria und übernahm auch gleich die offene Rechnung vom Vormittag.

Während sie ein Omelett mit einem Toastbrot aß und einen starken Kaffee dazu trank, telefonierte Pulaski vor der Cafeteria. Er hatte sich ihr Handy geliehen, da sein Akku leer war. Das Gespräch dauerte schon ziemlich lange, und durchs Fenster sah sie, wie er mit bitterer Miene auf und ab marschierte. Schließlich kam er in das Kaffeehaus und setzte sich zu ihr an den Tisch. Seine Krawatte hing immer noch offen um den Hals.

»Ich habe vor einigen Tagen eine Psychotherapeutin kennengelernt, die in Markkleeberg arbeitet«, erklärte er. »Sie war Nataschas Betreuerin und ist wie ich daran interessiert, dass der Mörder der Jugendlichen gefasst wird. Ich habe soeben mit ihr telefoniert. Sie hilft mir bei den Ermittlungen.«

»Wie heißt sie?«

Er blickte kurz aus dem Fenster. »Sonja Willhalm ... Sie ist die Exfrau des Staatsanwalts, dem dieser Fall zugeteilt wurde.«

Evelyn wurde hellhörig. Allein die Art, wie er ihren Namen betonte und wie abschätzig er über ihren Exmann sprach, ließ tief blicken. »Es klingt, als wären Sie ...?« Im nächsten Moment fiel ihr Blick auf seinen Ehering, und ihr wurde heiß. »Tut mir leid.«

»Schon gut. Es ist nicht so, wie Sie denken. Ich bin Witwer.«

»Tut mir leid«, wiederholte sie.

»Nicht nötig, ist schon lange her.« Gedankenverloren drehte er den Ring am Finger. »Sind Sie verheiratet?«

Sie schüttelte den Kopf.

»Aber es gibt einen Mann in Ihrem Leben?«, vermutete er.

Unwillkürlich dachte sie an Patrick. Seit ihrer Abfahrt im Morgengrauen mit dem Autozug von Sylt hatte sie nicht mehr mit ihm telefoniert. Vermutlich lag er mit Schmerzmitteln zugedröhnt zu Hause auf der Couch und schlief sich gesund. Andernfalls hätte er sich längst bei ihr gemeldet.

»Nein, eigentlich gibt es niemanden.«

»Und wie heißt dieser Niemand?«, fragte Pulaski.

Was für ein Schlauberger! Sie schmunzelte. »Patrick.«

»Ich nehme an, dieser Patrick kann sich glücklich schätzen, jemanden wie Sie zu kennen.«

Es war ihr unangenehm, darüber zu reden, zumal zwischen Patrick und ihr nie etwas passiert war – aber schließlich hatte sie das Thema angeschnitten. »Was hat Ihre Bekannte nun herausgefunden?«

Pulaski stieg darauf ein. »Sie kennt jemanden von der Therapeutischen Wohngruppe für traumatisierte Frauen in Kiel. Nun versucht sie rauszufinden, ob tatsächlich eine Patientin namens Sybil vor vier Monaten dorthin gezogen ist. Anschließend ruft sie zurück.« Er schob ihr Handy in die Tischmitte. »Ich möchte das Gespräch abwarten, bevor ich mich auf den Weg mache. Kiel liegt immerhin hundert Kilometer entfernt.«

Sie warteten eine Weile, ohne ein Wort zu sagen. Schließlich brach Pulaski das Schweigen.

»Als wir in Lisas Zimmer waren, haben Sie eine lange Reihe von Namen aufgezählt … Kieslinger, Prange, Holobeck, Pelling, Hanson und so weiter. Ich nehme an, das waren die Teilnehmer der Kreuzfahrt. Woher kennen Sie diese Namen?«

Evelyn wartete einen Moment. Sie lauschte in ihr Inneres, doch in ihrem Magen wollte sich kein heißes Kribbeln einstellen. Ihr Gefühl sagte, dass sie Pulaski vertrauen konnte. Schließlich wollte er den Fall genauso rasch lösen wie sie und opferte sogar einen Urlaubstag dafür. Dabei hatte er als Alleinerziehender gewiss andere Sorgen.

»Ich war in der Villa des Reeders, wo ich diese Liste gefunden habe.« Sie kramte das Papier aus ihrer Handtasche, faltete es auseinander und schob es Pulaski über den Tisch.

Er studierte das Blatt aufmerksam. »Gefunden? Einfach so?«

»Ich habe es gestohlen.«

»Alles klar, ich habe kein Problem damit. Ein Name wurde durchgestrichen«, stellte er fest.

»Mittlerweile sind bis auf eine Person alle Männer tot. Die meisten fielen innerhalb der letzten beiden Monate einem Unfall zum Opfer.«

»Sie gehen davon aus, dass diese Männer ermordet wurden?«

Evelyn nickte. »Wie es scheint von Sybil. Ich kann es mir nicht anders erklären. Dazu kommt, dass sie alle erpresst wurden und die vierteljährlichen Zahlungen auf dasselbe anonyme Konto bei der Hamburger Volksbank gingen. Möglicherweise war Manuels Tod das Druckmittel.«

Pulaski ließ die Worte auf sich wirken. Gedankenverloren drehte er eine Zigarette zwischen den Fingern, ohne sie anzuzünden. »Damit bleibt Sybil unsere einzige Spur.«

Wie aufs Stichwort läutete das Telefon. Das Display zeigte eine Nummer mit deutscher Vorwahl.

»Das ist Sonja Willhalm.« Pulaski hob das Handy ans Ohr. »Einen Moment«, sagte er nach einer Weile. »Ich schalte auf Lautsprecher. Evelyn Meyers hört mit.«

Er legte das Telefon auf den Tisch, und sie beugten sich darüber.

»Hallo Frau Meyers, hallo Herr Pulaski, ich hoffe, ich kann Ihnen mit meiner Auskunft weiterhelfen.«

Evelyn wurde warm ums Herz. Die Stimme klang sympathisch, und es tat gut zu hören, dass sie in dieser Angelegenheit nicht allein waren.

»Ich konnte Sybils Nachnamen herausfinden«, berichtete Willhalm. »Sie heißt Woska, Sybil Woska. Sie ist einundzwanzig Jahre alt und hat sich selbst entschieden, die Langzeittherapie abzubrechen und nach Kiel in die Wohngemeinschaft zu ziehen. Die therapeutische Begleitung einer Wohngruppe fördert zwar die Persönlichkeitsentfaltung, ersetzt aber keine ambulante Psychotherapie.«

»Hat sie in der Wohngruppe die Möglichkeit, Reisen ins Ausland zu unternehmen?«, fragte Evelyn.

Willhalm machte eine Pause, ehe sie antwortete. »Ich finde es interessant, dass Sie ausgerechnet diesen Punkt ansprechen.«

Pulaski warf Evelyn einen fragenden Blick zu. »Warum?«

»Weil Sybil vor drei Monaten mit nichts weiter als ihren Kleidern und hundert Euro aus der Küchenkasse getürmt ist. Seitdem ist sie unauffindbar.«

Eine Viertelstunde später saßen sie immer noch im Kaffeehaus. Evelyn hatte vorgeschlagen, ein vegetarisches Omelett für Pulaski zu bestellen, doch er hatte abgelehnt. Offensichtlich war ihm der Appetit gründlich vergangen.

Nachdenklich drehte er die Zigarette zwischen den Fingern. »Sybils Spur löst sich im Nichts auf.«

»Sie haben sich zumindest eine Autofahrt von hundert Kilometern erspart.«

»Ein schwacher Trost. Sybil könnte überall sein. Glauben Sie, dass sie sich für Lisa hält und deren Identität angenommen hat?«

»Möglich.« Evelyn zuckte mit den Achseln. »Falls ja, muss sie ein ausgeprägtes Gerechtigkeitsbedürfnis entwickelt haben, um an Lisas Stelle den Tod von deren Bruder zu rächen.«

»Den sie nicht mal kannte«, vollendete Pulaski den Satz. »Bloße Rache – oder steckt mehr dahinter?« Er deutete auf Hockinsons Liste. »Sie sagten, einer dieser Männer sei noch am Leben. Wer?«

»Das hat Patrick mir nicht verraten.«

»Kriegen wir es aus ihm heraus?«

»Keine Chance.«

»Mist.« Pulaski starrte auf das Blatt. »Rekapitulieren wir, was wir wissen. Vor vier Monaten ließ sich Sybil in ein betreutes Wohnheim überstellen, einen Monat danach ist sie von dort abgehauen, und kurz darauf begann die Mordserie. Soviel wir bisher über Sybil wissen, ist sie clever, plant ihre Taten genau, tarnt sie als Unfälle und geht höchstwahrscheinlich systematisch vor. Wann hat sie Ihrer Meinung nach wo zugeschlagen?«

Evelyn schloss die Augen und massierte ihre Schläfen. »Es begann damit, dass sie vor etwas mehr als zwei Monaten Paul Smolle in seinem Wohnwagen auf Sylt besuchte. Er war der Kapitän der *Friedberg.* Von ihm erfuhr sie, dass Edward Hockinson hinter der Kreuzfahrt steckte.«

»Hat sie diesen Smolle auch ermordet?«

»Er hat den Kindern nie etwas angetan. Sie ließ ihn am Leben, doch gestern Nacht, als ich bei ihm war, beging er Selbstmord.«

Pulaski sah sie traurig an. »Das muss schlimm für Sie gewesen sein.«

»Deswegen muss ich heute noch nach Flensburg, um eine Aussage zu machen.«

»Das kann warten. So schnell arbeiten die Kollegen bei einem Selbstmord nicht. Erzählen Sie weiter!«

Sie dachte an Sybil. Plötzlich rieselte ihr ein Schauer über den Rücken. Sie richtete sich auf. Mit einem Mal wurden ihr die Zusammenhänge klar. »Genau! Anschließend fuhr Sybil zu Hockinsons Villa nach Cuxhaven. Ich habe mit Hockinsons Tochter gesprochen. Sie erzählte mir, dass vor etwa zwei Monaten in ihr Haus eingebrochen und der gesamte Familienschmuck gestohlen worden ist.«

»Raffiniertes kleines Luder«, kommentierte Pulaski.

»Mit dem Geld aus dem Verkauf des Schmucks finanzierte sie vermutlich ihre Reisen durch Deutschland und Österreich.«

»Ein Klacks für ein Kind, das auf der Straße aufgewachsen ist.«

»Aber eigentlich war sie in der Villa auf der Suche nach etwas völlig anderem. Sie muss die Liste in Hockinsons Arbeitszimmer gefunden und sämtliche Namen und Adressen abgeschrieben haben. Und danach ging es los.«

»Mit welchem Zeitplan?«, fragte Pulaski.

Evelyn versuchte, sich zu erinnern. »Heinz Prange war möglicherweise das erste Opfer. Er starb vor etwa zwei Monaten in den Berchtesgadener Alpen. Rudolf Kieslinger vor knapp drei Wochen in Wien. Edward Hockinson letzten Freitag auf einer Küstenstraße an der Nordsee … und Peter Holobeck vor drei Tagen in seinem Wiener Apartment.«

»Das ergibt keinen Sinn«, überlegte Pulaski. »Warum sollte Sybil zuerst nach Wien fahren, dann rauf zur Nordsee und anschließend wieder nach Wien? Und aus welchem Grund hat sie den Reeder nicht gleich an jenem Tag ermordet, als sie in seine Villa eingebrochen ist, sondern erst Wochen später?«

»Ablenkung?«, vermutete Evelyn.

Pulaski schüttelte den Kopf, während er auf die Liste starrte. Plötzlich weiteten sich seine Augen. Er schob das Blatt herum. »Sehen Sie sich die Reihenfolge an.«

Heinz Prange
Rene Manzon
Mark Pelling
Kurt Hanson
Richard Ruschko
Martin Ritter
Rudolf Kieslinger
Thomas Eberhardt
Georg Pallock
Edward Hockinson
Peter Holobeck
Alfons Bolten
[redacted]

»Prange, Kieslinger, Hockinson, Holobeck …«, flüsterte Evelyn. »Sie geht der Reihe nach vor.«

»Als wollte dieses kleine Biest die Liste Zeile für Zeile abarbeiten.«

Evelyn wurde schwindelig. »Das würde bedeuten, dass sie seit Monaten kreuz und quer durch die Gegend fährt, ohne Orte sinnvoll miteinander zu verknüpfen.« Von einer solch verrückten Methode hatte sie noch nie gehört, doch scheinbar funktionierte Sybils Gehirn auf einer anderen Wellenlänge.

Plötzlich zeigte sie mit dem Finger auf den letzten Namen. »Falls Sie Recht haben, ist Alfons Bolten der letzte Überlebende dieser Todesliste.«

»Wie lange noch?« Pulaski zog das Blatt zu sich und betrachtete die Adresse. »Der Mistkerl wohnt in Cuxhaven.« Er blickte auf die Armbanduhr. »Falls die Anschrift noch stimmt, könnten wir in zwei Stunden dort sein.«

»Wir?«, echote Evelyn.

»Ich würde diesem Bolten gern einen unangekündigten Besuch abstatten. Begleiten Sie mich?«

Sie dachte an Smolles Selbstmord und ihre Aussage. »Aber …«

»Flensburg kann warten«, unterbrach er sie. »Ich kläre das mit meinem Vorgesetzten.«

»Sie sind doch im Urlaub«, erinnerte Evelyn ihn.

»Soll das etwa ein normaler Urlaubstag sein?« Er lächelte traurig. »Das Gespräch mit meinem Chef ist ohnehin längst fällig. Horst Fux wird toben …«

Sie schob ihm ihr Handy hin, und er telefonierte nach Leipzig. Das Gespräch verlief alles andere als sachlich. Wieder einmal blickten die anderen Gäste der Cafeteria neugierig zu ihnen herüber. Mittlerweile wurde es höchste Zeit, von hier zu verschwinden. In der Hamburger Klinik hatten sie zwar einen bleibenden Eindruck hinterlassen, aber sicher nicht den besten.

Als Pulaski sich etwas beruhigt hatte, ließ er sich zu einem gewissen Malte weiterverbinden. Kurz darauf notierte er eine

Telefonnummer unter Boltens Adresse. »Danke.« Er unterbrach die Verbindung.

Sie bemerkte, dass er schadenfroh in sich hineinschmunzelte.

»Hat man Sie mit vollen Abfindungsansprüchen vom Dienst suspendiert?«

»Schön wär's. Ich habe mich während des Urlaubs selbst in den Dienst gestellt. Mein Chef hat es nun offiziell bestätigt. Ihm blieb nichts anderes übrig. Immerhin habe ich gestern einen Verdächtigen angeschossen, eine Fahndung eingeleitet und heute Personenschutz angefordert … aber das ist egal! Wichtig ist, dass die Adresse noch stimmt. Es handelt sich um einen gewissen Doktor Alfons Bolten, einen pensionierten Jugendrichter.« Beeindruckt hob er die Augenbraue. »Sozusagen ein Kollege von Ihnen.«

Wie Holobeck. Somit war Bolten nicht der einzige Kollege mit Dreck am Stecken, dachte sie bitter.

»Das ist seine Telefonnummer«, fügte Pulaski hinzu, als er bereits wählte.

»Und was sagen Sie, wenn er abhebt?«, flüsterte Evelyn. »Ich dachte, wir wollen unangekündigt vorbeikommen?«

»Wollen wir auch … *Schscht!*« Pulaski lauschte, dann legte er auf. »Er ist zu Hause.«

Ein kalter Schauer erfasste sie. »Ich komme mir vor wie bei einer verdeckten Ermittlung.«

»Möchten Sie aussteigen?«

»Nein!«

Pulaski grinste. »Mutiges Mädchen. Wir besitzen zufällig das gleiche Handy. Haben Sie ein Ladegerät für Ihres dabei?«

Evelyn nickte.

»Ich würde es mir während der Fahrt gern ausborgen, um meinen Akku aufzuladen. Bei meiner Rostlaube sind zwar die Stoßdämpfer im Eimer, aber der Zigarettenanzünder funktioniert noch.«

»Da ich anschließend sowieso zum Hamburger Flughafen

zurück muss, könnten Sie Ihr Auto hier stehen lassen, und wir fahren gemeinsam nach Cuxhaven«, schlug sie vor.

»Sagen Sie bloß, Sie haben etwas Besseres als einen klapprigen Skoda anzubieten?«

»Einen Sixt-Leihwagen.«

»Oh.« Er hob die Augenbrauen. »Mit Rauchverbot im Auto?«

»Natürlich. Wollten Sie es sich nicht ohnehin abgewöhnen?«

»Richtig.« Er strich sich mit der Hand nachdenklich übers Kinn. »Angebot dankend angenommen. Ich schlage vor, wir fahren über Bremen und Bremerhaven die Küste rauf. In spätestens zwei Stunden sind wir in Cuxhaven. Ich muss aber vorher noch in meinen Wagen, ein Reservemagazin für die Walther holen – nur sicherheitshalber, falls ein Problem auftaucht«, beruhigte er sie.

Evelyn bekam große Augen. »Welches Problem sollte auftauchen?«

»Ich weiß es nicht, aber seit ich an diesem Fall arbeite, habe ich nur noch Probleme am Hals.«

57

Evelyn klemmte sich auf der Autobahn an die Rücklichter eines Porsches. Währenddessen lief ihre CD von Enya. Pulaski schien es egal zu sein. Hauptsache sein Handy hing am Ladegerät.

Mit Ausnahme eines Tankstopps verlief die Fahrt ohne Unterbrechung. Pulaski lotste sie auf dem schnellsten Weg nach Cuxhaven. Eigentlich hätte sie nicht vermutet, jemals wieder in diese Gegend zu kommen, nachdem sie erst gestern die Hockinson-Villa fluchtartig verlassen hatte – zumindest nicht nach so kurzer Zeit.

Während sie durch die Stadt fuhren, tippte sie Boltens Adresse in ihr Navigationssystem. Das Grundstück lag nicht weit von Greta Hockinsons Anwesen entfernt. Die gleiche Villengegend in der Nähe des Strandes, die sie bereits kannte.

Hohe Hecken umgaben das Grundstück. Evelyn parkte direkt neben dem Eingang. Pulaski stieg aus, drehte den Kopf in alle Richtungen und streckte das Kreuz durch. Evelyn hörte die Wirbel knacken und sah sein schmerzverzerrtes Gesicht.

»Anstrengende Fahrt?«, fragte sie.

»Sie haben einen beruhigenden Fahrstil, aber ich bin es nicht mehr gewöhnt, so lange Strecken zu fahren.«

Diesmal verzichtete er auf Mantel und Krawatte und begnügte sich mit seinem Sakko.

Sie gingen zum Tor.

Soweit Evelyn durch das Gitter erkennen konnte, war Boltens Haus nicht so schmuckvoll wie jenes der Hockinsons, sondern entsprach eher einer modernen, kühlen Bauweise. Jede Fensterfront des L-förmigen Bungalows war mit glänzenden, chromfarbenen Metalljalousien verschlossen. Zwei Satellitenschüsseln prangten auf dem Flachdach, und von jeder Hausecke lugte eine Videokamera herunter. Fort Knox war vermutlich nicht weniger gut bewacht.

Pulaski öffnete das Tor und betrat das Grundstück. Evelyn folgte ihm über den Kiesweg, der zum Hauseingang führte.

»Der Herr Richter ist noch immer zu Hause.« Pulaski nickte zur Garage, die an das Haus grenzte.

Das Tor stand offen. Im Carport parkte ein grauer Mercedes mit weißen Sitzbezügen und grauem Fellbezug über dem Lenkrad. Dass tatsächlich noch jemand so etwas verwendete … In Evelyns Augen wirkten diese Wagen immer wie Altmänner-Fahrzeuge. Zumindest war es in Österreich so. Die Fahrer trugen meist Hüte und fuhren nie schneller als sechzig km/h auf den Überlandstraßen, was sie stets erboste.

Der Garten machte einen gepflegten Eindruck. Die Abendsonne blitzte durch die Bäume. Es roch nach Rindenmulch und frisch gemähtem Gras. In den Rosenbeeten lag kein einziges welkes Blatt, und die Kieselsteine auf den Wegen waren wie mit einem Rechen geformt. Seltsamerweise standen ein fleckiger Kanister und ein benzinbetriebener Rasentraktor neben dem Komposthaufen, was das Bild des perfekten Gartens zerstörte. Entweder beschäftigte Bolten einen Gärtner, oder er hatte im Ruhestand das Hobby der Rasenpflege entdeckt – neben seiner Leidenschaft für Kreuzfahrten mit pädophilem Zweck. Wie sah der Kerl wohl aus? So wie die Hecken und Wiesen in Schuss waren, erwartete sie einen attraktiven, kultivierten Herrn in den besten Jahren. Aber wieder einmal bestätigte sich, dass der äußere Anschein oft über die inneren Abgründe eines Menschen hinwegtäuschte.

Pulaski nahm den Treppenaufgang, trat unter das Vordach und betätigte die Glocke. Allein der Klang des Gongs und der entsprechende Hall hinter der Tür verrieten, dass in diesem Haus keine armen Leute wohnten.

Evelyn stellte sich neben Pulaski auf den Vorplatz aus Marmorsteinen. »Werden Sie mich wieder als Kollegin vorstellen?«

Pulaski musterte sie von der Seite. »Hätten Sie das gern?«

»Irgendwie macht es Spaß.«

»Das glaube ich Ihnen, aber was wir gleich rausfinden werden, ist garantiert nicht lustig.«

»So meinte ich das nicht.«

»Ich weiß.« Er betrachtete sie noch einmal. »Ehrlich gesagt, hatte ich noch nie so eine hübsche Kollegin.«

Evelyn lachte. Merkwürdigerweise hätte sie das vor wenigen Tagen noch nicht getan. Sie wäre peinlich berührt gewesen, doch stattdessen fühlte sie sich geschmeichelt. »Vielen Dank, aber Sie verschwenden Ihre Komplimente an die Falsche.«

»Ja, ja, Sie sind an diesen Patrick vergeben.«

»Ich dachte eher an Sonja. *Ihr* sollten Sie Komplimente machen.«

Er lächelte. »Das werde ich ... sobald ich zurück bin.« Er betätigte erneut die Glocke.

Kurz darauf öffnete sich die Tür. Sie war aus massivem Holz, und Evelyn bemerkte die fünf Sicherheitsbolzen im Rahmen.

Evelyn hätte den Mann, der im Türrahmen stand, in ihrer Vorstellung nicht besser skizzieren können. Er war groß und stattlich, besaß graumelierte Schläfen und trug einen dunklen Maßanzug. An seinen gepflegten Fingern erkannte sie, dass er den Rasen nicht selbst gemäht hatte.

»Herr Bolten?«, fragte Pulaski.

»Sie wünschen?«

Bei der sonoren Stimme, die wie die eines Werbesprechers klang, fiel wohl jede Frau in Ohnmacht, dachte Evelyn.

Pulaski zog seinen Dienstausweis aus der Tasche und klappte das Lederetui auf. »Walter Pulaski, Kriminalpolizei Leipzig, und meine Kollegin Evelyn Meyers für juristische Fachfragen. Haben Sie einen starken Kaffee für uns?«

Es schien, als benötigte der Mann einige Sekunden, um die Frage zu verstehen. »Bedaure, ich habe keinen Kaffee im Haus. Kann ich Ihnen anderweitig helfen?«, fragte er schließlich.

»Dürfen wir hereinkommen? Ich würde Ihnen gern ein paar Fragen stellen.«

»Natürlich.« Der Mann öffnete die Tür vollends und trat zur Seite.

Evelyn fiel auf, dass er humpelte. Pulaski bemerkte es ebenfalls. Für ihren Geschmack starrte er etwas zu lange auf das lädierte Bein.

Als Evelyn ihrem »Kollegen« ins Haus folgen wollte, läutete ihr Telefon. Sie blieb unter dem Vordach stehen und warf einen Blick auf das Display. Patrick! Einen ungünstigeren Zeitpunkt hätte er wohl kaum wählen können.

»Entschuldigen Sie bitte.« Sie nahm das Gespräch entgegen. »Hallo, Patrick. Ich …«

»Hallo, Spitzmausigel. Was ist der Unterschied zwischen einem Anwalt und dem lieben Gott?«

»Ich kann jetzt nicht, rufst du mich bitte in …«

»Der liebe Gott glaubt nicht, dass er Anwalt ist!«

Sie hörte ihn lachen. »Sehr witzig. Rufst du mich bitte in einer halben Stunde nochmal an?«

»Geht nicht. Dann habe ich einen Termin auf dem Polizeirevier. Bernecker und sein Team haben etwas Unglaubliches herausgefunden.«

Sie starrte zu Pulaski, der neben Bolten im Türrahmen stand. Beide betrachteten sie neugierig.

»Lynnie? Hallo? Bist du noch dran?«

Sie nahm das Handy herunter. »Entschuldigen Sie bitte die Störung. Ich bin in ein paar Minuten bei Ihnen.«

Dann widmete sie sich wieder Patrick, der wie ein Wasserfall lossprudelte.

»Keine Ursache«, brummte Bolten.

Aus dem Augenwinkel sah sie, wie Bolten einen Schritt in die dunkle Vorhalle machte und Pulaski ihm folgte. Kurz darauf fiel die schwere Eingangstür ins Schloss, und sie stand allein auf dem Vorplatz.

58

Evelyn steckte die Hand in die Tasche ihrer Jeans und schlenderte den Kiesweg entlang, während sie telefonierte.

»Ich nehme an, du hast deine Aussage auf dem Revier in Flensburg bereits gemacht und bist auf dem Weg nach Wien?«

»Nein, bin ich nicht.«

»Haben sie dich dort behalten?«

Evelyn seufzte. »Nein, ich war noch gar nicht dort. Stattdessen bin ich nach Hamburg gefahren, und jetzt bin ich in Cuxhaven.«

»Schon wieder?«

Es war alles so kompliziert, und Patrick würde sie ohnehin nicht in Ruhe lassen, ehe sie ihm alles erklärt hatte. »Ich habe einen Kripobeamten aus Leipzig kennengelernt …«

»Du warst in Leipzig?«

»Nein, so hör mir doch zu! Ich habe ihn in einer Psychiatrischen Anstalt getroffen, und jetzt bin ich mit ihm gemeinsam an dem Fall dran.«

»Psychiatrische Anstalt«, murmelte Patrick. »Vielleicht ist er gar kein Kripobeamter, sondern glaubt nur, einer zu sein?«

»Lass den Blödsinn! Er ist nett.«

Patrick war für einige Sekunden sprachlos. »Wie sieht der Kerl denn aus?«

»Was hat das bitte damit zu tun?«

»Sieht er besser aus als ich?«

Sie lachte. »Oh, Gott, bist du etwa eifersüchtig? Ich fasse es nicht. Dann mach dir mal keine Sorgen, Walter Pulaski ist über fünfzig und nicht mein Typ, in Ordnung?« Obwohl er ziemlich nett ist, fügte sie in Gedanken hinzu.

»Gipsbein hin oder her – ich hätte mitfliegen sollen«, brummte Patrick. »Kaum lässt man dich einen Tag allein, klebt dir schon ein Kerl mit Uniform an der Backe.«

»Er trägt keine Uniform, und er klebt mir nicht an der Backe!«

»Was treibt ihr eigentlich in Cuxhaven? Sitzt ihr in Tante Gretas Wintergarten bei einem Kaffeepläuschchen?«

»Wir haben Doktor Alfons Bolten einen Besuch abgestattet und sind knapp davor, die Hintergründe zu …«

»Bolten!«, entfuhr es Patrick. Schlagartig war jeder Humor aus seiner Stimme gewichen. »Ihr seid bei Bolten?«

»Ja.«

»Verdammt, ich habe dir verheimlicht, dass er der letzte Überlebende auf der Liste ist, damit du nicht hinfährst!«

»Es war nicht schwer herauszufinden. Sybil ermordet die Männer der Reihe nach.«

»Wer zum Teufel ist Sybil?«

»Das ist jetzt zu kompliziert.«

»Ist auch egal! Hör mir gut zu, Lynnie. Verlass das Haus, der Kerl ist gefährlich. Das ist es, was ich dir vorhin erzählen wollte.«

Evelyn sah sich um. Sie stand mitten im Garten zwischen zwei Rosenhecken und hatte von hier einen guten Ausblick auf die Rückseite des Hauses mit der Terrasse. Sie bemerkte, dass auch hier sämtliche Metalljalousien heruntergelassen waren. »Inwiefern gefährlich?«

»Bist du in Sicherheit? Kannst du reden?«

»Ja, ich stehe im Garten.« Sie blickte zur Terrasse und dachte an Pulaski. Sie musste sich keine Sorgen um ihn machen. Ein bewaffneter Kripobeamter wusste, was er tat, redete sie sich ein. Trotzdem schlug ihr Herz bis zum Hals. »Inwieweit gefährlich?«, wiederholte sie.

»Die Kripo Wien hat herausgefunden, dass der ehemalige Jugendrichter ein enger Freund Edward Hockinsons war.«

»Wenn schon! Das ist nichts Besonderes. Beide wohnen in Cuxhaven und … Moment mal!« Sie stockte. Plötzlich erinnerte sie sich an das Gespräch mit Greta Hockinson. Die Frau hatte erwähnt, dass sich nach dem Tod ihres Vaters ein befreundeter Jurist im Ruhestand um die finanziellen Angelegenheiten der Verlassenschaft kümmerte, da sie selbst nie einen Schritt in das Büro ihres Vaters setzen wollte. Dieser Freund war Bolten! Zugleich war er damals als Passagier auf der Kreuzfahrt gewesen. Nach Hockinsons Tod kümmerte er sich um die Vermögensverhältnisse. Das bedeutete, er hatte Zugang zu sämtlichen Unterlagen.

Patrick wollte etwas sagen, doch Evelyn schnitt ihm das Wort ab. »Bolten muss der Erpresser sein!«

»Nein, ist er nicht«, widersprach Patrick. »Die Kripo hat herausgefunden, wem das anonyme Konto bei der Hamburger Volksbank gehört, auf das die erpressten Zahlungen erfolgten. Rate mal. Der Inhaber ist Edward Hockinson.«

Plötzlich drehte sich alles um Evelyn. Wo war der Denkfehler? »Aber Bolten muss zumindest mit Hockinson unter einer Decke gesteckt haben.«

»Möglich. Aber der Nutznießer des erpressten Geldes war eindeutig Hockinson.«

Evelyn starrte immer noch auf die verbarrikadierte Rückseite des Hauses. »Warum sagtest du, dass Bolten gefährlich ist?«

»Weil er sich kürzlich eine größere Menge hochkonzentriertes Botox organisiert hat.«

»Botox? Will er sich liften lassen?«

»Mit Botox kann man auch Menschen lähmen.«

»Und wie ist er an das Zeug gekommen? Er ist doch sicher in keine Apotheke spaziert?«

»Der Außendienstmitarbeiter einer Herstellerfirma hat Ärztemuster für eine Schönheitsklinik abgezweigt und unter der Hand verkauft. Der Skandal wurde deshalb so aufgebauscht, weil unser ehemaliger Richter einer der Abnehmer war … außerdem besitzt er einen Waffenschein für eine Luger.«

Botox! Und eine Luger!

Sie dachte an Pulaski. »Ich muss Schluss machen.«

Während sie das Handy ausschaltete, lief sie bereits über den Rasen zur Terrasse.

Vorsichtig, damit sie kein Geräusch verursachte, schob sie sich an den Campingstühlen vorbei zur fünfteiligen Terrassentür. Die Abendsonne spiegelte sich im Glas. Sie hielt das Gesicht dicht an die Scheibe und schirmte die Augen mit den Händen ab. Trotzdem war nichts zu erkennen. Ein dunkler Vorhang verwehrte ihr die Sicht ins Haus. Sie schlich an der Glasfront entlang, auf der Suche nach einer Möglichkeit, ins Haus zu gelangen oder zumindest einen Blick in den Raum zu werfen. Falls sie keine Stelle fand, blieb ihr nichts anderes übrig, als es beim Haupteingang zu versuchen.

Als sie das Gesicht erneut an die Scheibe presste, gab die Glastür plötzlich nach. Die Terrassentür schwang nach innen auf und wurde von dem schweren Vorhang gebremst.

Erst jetzt bemerkte Evelyn, dass die Scheibe von außen eingeschlagen worden war und gerade einmal so viel Glas fehlte, dass man mit der Hand durch das Loch greifen konnte, um innen den Griff zu betätigen.

Vorsichtig schob sie die Tür auf und den Vorhang beiseite. Dahinter lag ein Wohnzimmer im Dämmerlicht.

59

In dem Zimmer roch die Luft muffig und abgestanden – eine unangenehme Mischung aus Mottenkugeln, Zigarrenqualm, staubigen Couchbezügen und alten Zeitungen.

Evelyn trat vorsichtig ein. Als sie Glasscherben unter dem Turnschuh spürte, hielt sie für einen Moment inne. Leise drückte sie die Terrassentür zu und zog den Vorhang wieder an seine ursprüngliche Stelle.

Es dauerte eine Weile, bis sich ihre Augen an die Dunkelheit gewöhnten. Langsam schälten sich die Umrisse von Couch, Tisch, Stehlampe und mehreren wuchtigen Kommoden aus der Schwärze. An den Wänden hingen monströse Bilderrahmen. Nirgends war ein Wort zu hören. Wohin waren Bolten und Pulaski verschwunden?

Evelyn schlich durchs Wohnzimmer. Bei dem Gedanken, einen Zeitungsständer oder etwas Ähnliches umzustoßen, wurde sie nervös. Sie nahm das Handy aus der Hosentasche und richtete das beleuchtete Display auf den Boden. Es reichte aus, um zu sehen, dass nichts vor ihr auf dem Teppich stand.

Langsam durchquerte sie das Zimmer, bis sie zu einem Torbogen kam, der in einen Vorraum führte. Hier wurde es noch dunkler. Sie tastete an der Wand entlang, glitt mit der Hand über eine Kommode, ein Häkeldeckchen, an Bilderrahmen und Kerzenständern vorbei. Diese Stille! In diesem Haus stimmte etwas nicht. Dann spürte sie einen Lichtschalter an der Wand. Sollte sie ihn betätigen? Damit würde sie Bolten sofort auf sich aufmerksam machen. Jetzt bloß nichts Unüberlegtes! Da alle Fenster dicht verschlossen waren und keine Sicht in den Garten zuließen, vermutete Bolten sie höchstwahrscheinlich immer noch draußen. Dabei wollte sie es im Moment belassen. Also tastete sie sich weiter im Dunkeln durch den Vorraum.

Sie fand eine Tür, öffnete sie einen Spaltbreit und steckte den Kopf ins Zimmer.

»Pulaski?«, flüsterte sie.

Keine Antwort.

Im Schein des Displays erreichte sie die nächste Tür. Sie wiederholte die Prozedur, doch wieder erhielt sie keine Antwort.

Schließlich gelangte sie in einen Gang. Mittlerweile hatte sie die Orientierung verloren und wusste nicht mehr, in welcher Richtung die Eingangstür und wo die Terrassentür lag.

Wahllos öffnete sie eine Tür, schob sich in den Raum und schloss sie hinter sich. Dann tastete sie mit der Hand an der Wand entlang, bis sie einen Lichtschalter fand und ihn betätigte.

Rotes Licht blendete sie. Mit der Hand schirmte sie die Augen ab und sah sich blinzelnd um. Im Raum befanden sich ein Doppelbett, ein Kamerastativ und ein Schrank mit Dutzenden Schubladen. Es roch penetrant nach Aftershave und Männerparfüm. Die nackte, rote Glühlampe an der Decke sorgte für eine schummrige Atmosphäre. Evelyn fiel auf, dass der Raum kein Fenster besaß.

Sie wollte sich aufs Bett setzen, um nachzudenken, als sie die Plastikfolie über der Matratze bemerkte. Angewidert blieb sie stehen. Neben den Kopfkissen saßen mehrere Stofftiere, die vollkommen identisch waren. Gelbe Hasen mit langen Ohren. Bei einem war der Bauch von den Beinen bis zum Hals aufgeschlitzt, sodass der Schaumstoff hervorquoll.

Auf dem Stativ thronte keine Kamera. Die lag bestimmt in einer der Schubladen. Wahllos öffnete Evelyn einige davon. In einem Fach fand sie ein halbes Dutzend Handschellen, doch keine Kamera. In einem anderen jede Menge beschriftete Videohüllen. *Nadine, Februar 2004. Petra, Juni 2004. Margit, Oktober 2005. Anna, Dezember 2005.* Jeweils zu Ferienbeginn. Ihr wurde übel.

Rasch schob sie die Laden zu, schaltete das Licht aus und schloss die Augen. Imaginäre rote Kreise flimmerten vor ihren Pupillen. Mit dem Rücken an der Tür lehnend, versuchte sie, an Patrick zu denken. Wie hatte der Witz mit dem lieben Gott und dem Anwalt noch gleich gelautet? Sie dachte verzweifelt nach, konnte sich aber nicht konzentrieren. Die Dutzenden Videohüllen gingen ihr nicht aus dem Kopf. Sie stellte sich den grauhaarigen, distinguierten Herrn im feinen Anzug vor, wie er auf der Klarsichtfolie des Bettes saß. Noch dazu ein ehemaliger Jugendrichter. Bestimmt war er in Cuxhaven eine angesehene Persönlichkeit. Sie spürte die Magensäure in ihrem Rachen und schluckte den bitteren Geschmack runter.

Sie musste Pulaski finden! Und falls ihr das nicht gelang, wollte sie so rasch wie möglich aus dem Haus verschwinden, bevor sie diesem Verrückten in die Hände lief. Während sie an der Unterlippe kaute, wäre ihr beinahe das Handy aus den Fingern geglitten. Erst jetzt bemerkte sie, dass ihre Handflächen schweißnass waren. Sie rieb sie an den Jeans trocken. Dabei spürte sie die Kante von Pulaskis Visitenkarte, die aus ihrer Tasche ragte. Natürlich! Hoffentlich hatte er sein Handy nicht in ihrem Auto liegen lassen. Sie würde ihn auf dem Mobiltelefon anrufen, aber nicht, um mit ihm zu sprechen. Sie wollte nur hören, wo es im Haus klingelte, und anschließend die Verbindung unterbrechen.

Um nichts in der Welt würde sie das Licht in diesem Zimmer noch einmal aufdrehen. Der Schein des Handydisplays reichte aus. Sie zog die Visitenkarte aus der Tasche. *Kriminaloberkommissar.* Darunter stand seine Nummer. Sie war leicht zu merken. In der Dunkelheit wanderten ihre Finger über die Tasten des Telefons. Nachdem sie die Nummer getippt hatte, blieben ihr noch wenige Sekunden. Sie durfte das Klingeln nicht überhören. Während das Handy die Verbindung aufbaute, drückte sie die Klinke herunter und öffnete die Tür. Eilig verschwand sie in den Gang und tastete sich bis zum Vorraum.

Plötzlich drang unter einem Türspalt Licht hervor, das auf ihre

Schuhspitzen fiel. Evelyns Herzschlag stockte für einen Moment, als sie die Umrisse einer Gestalt im Vorraum sah.

Die Person stand reglos da. Das konnte weder Bolten noch Pulaski sein. Die Silhouette war viel zu schmächtig für die beiden kräftig gebauten Männer. Außerdem roch Evelyn ein Damenparfüm. Die Gestalt bewegte sich zaghaft, machte einen Schritt auf Evelyn zu und beugte den Kopf vor. Langes Haar fiel ihr über die Schulter.

Evelyn traute ihren Augen nicht. War das etwa … *Sybil?* Im nächsten Moment drang der dumpfe Klang eines Klingeltons aus dem Raum neben ihr, durch dessen Türspalt das Licht fiel. Hastig unterbrach Evelyn die Verbindung. Im gleichen Moment erstarb das Läuten.

Aus dem Augenwinkel sah Evelyn, wie die Frau ins Wohnzimmer verschwand. Sollte sie ihr folgen? Gehetzt sah sie sich um. Pulaski war wichtiger. Entschlossen drückte sie die Türklinke nieder.

Der matte Schein einer Neonröhre blendete sie. Vor ihr führte eine enge Betontreppe steil in den Keller hinunter.

Kurz darauf ging das Licht aus.

60

»Scheiße!«, zischte Evelyn. Sie steckte das Handy in die Jeanstasche, tastete mit den Händen nach der kahlen Betonwand und stieg die Stufen hinunter.

Sie merkte, wie es kühler wurde. Es roch nach Kalk. Am Treppenende wurde es heller. Sie erreichte einen Vorraum, von dem mehrere schwere Brandschutztüren weiterführten. Eine davon war angelehnt. Trübes Tageslicht fiel durch den Spalt. Wer immer die Neonröhre im Keller ausgeknipst hatte, befand sich noch hier unten. Vorsichtig ging Evelyn auf die Tür zu und schob sie sachte mit dem Fuß auf. Zum Glück quietschten die Angeln nicht.

Die Strahlen der untergehenden Sonne fielen durch die verschmierte gekippte Scheibe eines vergitterten Oberlichts und tauchten den Raum in ein dunkles Orange. In einer Ecke türmte sich ein Müllberg aus Kohlen, Holzpaletten, Putzlappen und zerknüllten Zeitungen. In der anderen Ecke stapelten sich einige Festmeter Holz neben einem Brennofen. Daneben stand ein Warmwasserspeicher mit jeder Menge Anzeigen, Ventilen und Rohren, die an den Wänden und der Decke verliefen. Es sah aus wie im Keller ihres Elternhauses, in dem sie früher mit ihrer Schwester Verstecken gespielt hatte. Nur dass hinter diesem Kessel ein Paar Beine hervorragte. Evelyn erkannte Pulaskis Schuhe.

Sie sprang über die Holzscheite und lief um den Speicher herum. Pulaski lag auf dem Boden. Er war mit Handschellen gefesselt, die zusätzlich mit einer Kette an ein Heizungsrohr montiert waren. Über seinem Mund klebte ein breiter Streifen Isolierband. Das Handy war ihm aus der Hosentasche gefallen und lag außerhalb seiner Reichweite.

Sie beugte sich über ihn und löste das Klebeband. Er bekam kaum noch Luft.

»Bolten ist der Mörder der Jugendlichen«, keuchte er. »Ich hatte ihn gestern am Bein erwischt … Das Spray!« Er begann zu husten.

Hastig durchsuchte sie die Innentasche seines Sakkos. Dabei bemerkte sie, dass Pulaskis Schulterholster leer war. Dann fand sie den Inhalator, führte das Mundstück an seine Lippen und betätigte zweimal den Auslöser.

Erleichtert und nach Luft japsend sank Pulaskis Kopf an die Wand.

»Der Mistkerl hat mich genauso überwältigt wie die Kinder«, flüsterte er. »Er hielt die Injektionsnadel bereits hinter seinem Rücken versteckt und jagte mir eine Botoxdosis in Schultern und Oberschenkel.«

Evelyn geriet in Panik. »Wo ist Ihre Waffe?«

»Hat mir der Knabe abgenommen.«

»Können Sie sich bewegen?«

»Nur das rechte Bein.«

»Scheiße, ich muss Sie irgendwie hier rausschaffen.« Sie begann, an den Handschellen zu fingern. »Sind das Ihre? Haben Sie den Schlüssel?«

»Nein«, keuchte Pulaski. »Sie müssen sich beeilen. Bolten hat kurz zuvor das Licht abgedreht, er muss noch irgendwo hier sein. Hat er Sie das Haus betreten sehen?«

Evelyn schüttelte den Kopf. »Er denkt, ich bin noch draußen.«

»Was haben Sie da so lange getrieben?«

»Ich habe rausgefunden, dass Bolten und Hockinson die an dem Mord beteiligten Passagiere erpresst haben«, flüsterte Evelyn. Sie stand auf und folgte den Kettengliedern, die um das Heizungsrohr geschlungen waren.

»Als Bolten aber erfuhr, dass seine ehemaligen Mitreisenden der Reihe nach starben«, wisperte sie, »konnte er nur annehmen, dass sich eines der Kinder von damals an ihnen rächen wollte.«

Sie hantierte am Vorhängeschloss, das die Kette zusammenhielt, aber das verfluchte Ding war nicht aufzukriegen.

»Leise …«, zischte er.

Sie umklammerte das scheppernde Kettenglied. »Entweder aus Angst, dass die Sache auffliegen könnte, oder aus Furcht, selbst ermordet zu werden, machte er die ehemaligen Opfer ausfindig, tötete sie und stellte es als Selbstmord dar.« Während sie redete, versuchte sie, die Kette am Heizungsrohr entlangzuschieben, doch dieses verschwand nach einigen Metern in der Mauer.

»Aber wie konnte er sich unauffällig Informationen über die Kinder verschaffen?«, fragte er.

»Als ehemaliger Jugendrichter hatte er leichten Zugang zu den Daten … ich bekomme diese Scheißkette nicht auf!«

»Vergessen Sie die Kette. Wählen Sie mit Ihrem Handy den Polizeinotruf. Die Nummer ist 110! Sie werden automatisch weiterverbunden!«

Evelyn tat, was Pulaski ihr aufgetragen hatte. Das Telefon baute soeben die Verbindung auf, als sie hinter sich eine Stimme hörte.

»Bemühen Sie sich nicht länger, Frau Meyers.«

Evelyn fuhr herum.

Alfons Bolten stand mit Latexhandschuhen hinter ihr und streckte ihr eine Hand entgegen. »Ihr Telefon bitte!«

In der anderen Hand hielt er eine Pistole, die auf Evelyns Kopf gerichtet war.

61

Mit zittrigen Fingern reichte sie Bolten das Mobiltelefon.

»Herzlichen Dank.« Er unterbrach die Verbindung, als es plötzlich läutete. Erstaunt betrachtete er das Handy. »Erwarten Sie einen Anruf?«

Sie antwortete nicht.

»Mal sehen, wer sich kurz vor Ihrem Tod noch für Sie interessiert.« Mit einem erwartungsvollen Blick führte er das Telefon zum Ohr. »Hallo?«

Während er lauschte, hielt er Evelyn und Pulaski mit der Waffe in Schach.

»Ich fürchte, Frau Meyers ist im Moment unpässlich«, sagte er schließlich und unterbrach die Verbindung. Er schmunzelte selbstgefällig. »Schlechtes Timing. Es waren Ihre Kollegen aus Flensburg.«

Mit einem Knopfdruck schaltete er das Handy aus. Als wäre das noch nicht genug, ging er einen Schritt zurück, legte das Telefon in den geöffneten Türspalt auf die Angel und warf die Brandschutztür schwungvoll zu. Das eingeklemmte Handy knirschte, die Abdeckung splitterte, und einzelne Teile flogen durch die Gegend.

»Sieht aus, als hätten Sie das schon öfter gemacht«, knurrte Pulaski.

»Ich improvisiere gern«, antwortete Bolten.

»Das habe ich gemerkt, als Sie über die Feuerleiter geflüchtet sind.«

Bolten lächelte. »Sie waren etwas außer Puste.«

»Für eine Kugel ins Bein hat es gereicht.«

»Ein lausiger Schütze sind Sie auch noch.« Bolten wechselte die Waffe in die andere Hand. »Apropos improvisieren.« Er wandte sich wieder zu Evelyn. »Sie haben erstaunlich lange benötigt, um Ihren Kollegen zu finden.« Er kam näher und tastete sie nach einer Waffe ab.

»Finger weg, Sie perverses Schwein!«

Er schlug ihr mit dem Pistolenknauf ins Gesicht. Ihre Lippe platzte auf, sie stolperte zurück und fiel über Pulaskis Beine zu Boden. Schmerz schoss ihr ins Gehirn. Im nächsten Moment spürte sie den bitteren Geschmack von Blut im Mund. Mit zitternden Fingern tastete sie nach ihrer Lippe. Blut tropfte auf ihren Pullover. Sie konnte es nicht fassen, dass der Mistkerl sie geschlagen hatte.

»Ich habe Ihr Gespräch von vorhin mitverfolgt. Es ist erstaunlich, wie viel Sie herausgefunden haben. Allerdings kommt der ehrenwerte Herr Hockinson in Ihrer Theorie nicht gerade gut davon. In Wahrheit wusste er nichts von der Erpressung.«

»Was Sie nicht sagen!«, fuhr Evelyn ihn an.

»Nach Manuels Tod fraß ihn sein Gewissen auf. Er war ein dreckiger Geschäftsmann, aber kein Mörder. Er wollte die Kreuzfahrten abbrechen und sämtliche Unterlagen vernichten, doch die herzensgute Greta konnte die Original-Passagierliste der letzten Fahrt rechtzeitig retten, bevor sie mit den anderen Papieren im Kamin verbrannte. Sie haben die Liste gefunden, nicht wahr?« Sein charmanter Ton änderte sich. »Wo ist sie?«

Evelyn antwortete nicht.

»Wahrscheinlich in Ihrem Wagen«, vermutete Bolten.

Plötzlich dämmerte es Evelyn. »Das Konto bei der Hamburger Volksbank gehört Greta. Es war *ihre* Idee! Sie steckt hinter der Erpressung.«

»Von dem Konto wissen Sie auch?« Bolten verzog anerkennend das Gesicht.

»Evelyn, sagen Sie nichts mehr!«, warnte Pulaski hinter ihr.

Bolten lächelte milde. »Was für ein reizender Ratschlag. Ich werde Ihrer kleinen Freundin sowieso eine Kugel in den Kopf jagen. Und zwar aus Ihrer Dienstwaffe, mit Ihren Fingerabdrücken drauf. Die Schmauchspuren von gestern an Ihrer Hand dürften wohl ausreichen.«

»Mit diesem verrückten Plan kommen Sie niemals durch«, drohte Pulaski.

»Müssen wir überhaupt damit durchkommen?«, fragte Bolten seelenruhig. »Wir haben genug Geld, um uns abzusetzen.«

Evelyn hörte nicht länger hin. Der Gedanke, mit einem Projektil im Kopf zu enden, kam ihr mit einem Mal so unwirklich vor, dass sie nicht wusste, ob sie Angst haben sollte oder nicht. Bolten konnte zuschlagen, Leute erpressen, Videos in seinem Rotlichtzimmer drehen und Jugendliche heimtückisch ermorden. Doch ihr Gefühl sagte ihr, dass es eher zu Greta passen würde, zwei Erwachsene kaltblütig im Keller abzuknallen. Diese Frau war cleverer und gewissenloser, als Evelyn bisher vermutet hatte.

Greta! Plötzlich rotierten ihre Gedanken. Mit einem Mal begriff sie, dass sie die Liste gar nicht aus Edward Hockinsons Arbeitszimmer, sondern aus Gretas Büro gestohlen hatte. Der Raum mit den Sportbögen an den Wänden und der Fiberglas-Armbrust in der Vitrine war *Gretas* Arbeitszimmer. *Sie* war die Sportschützin.

»Greta hat von Beginn an die Kreuzfahrten mit ihrem Vater organisiert!«, rief sie. »Die Schlampe war ständig an Bord …«

»Evelyn, seien Sie still!«, fuhr Pulaski dazwischen.

»Nein!«, fauchte Evelyn. »Greta hat ihren eigenen Namen am Ende der Liste durchgestrichen!«, vollendete sie ihre Gedanken. »Sie war der dreizehnte Passagier!«

»Schlampe?«, wiederholte Bolten mit einem gefährlich leisen Ton.

»Hat die Schlampe auch die Waisenkinder organisiert?«, rief Evelyn. »Sie ist genauso mitverantwortlich für den Tod des Jungen, hat aber keinerlei Skrupel, ein Dutzend Männer zu erpressen!« Sie redete sich in Rage.

Da machte Bolten einen Satz nach vorne und schlug Evelyn erneut die Waffe ins Gesicht. Diesmal konnte sie rechtzeitig den Arm hochreißen, sodass er sie nur am Handgelenk traf.

»Sie war nicht für den Tod des Jungen verantwortlich!«, brüllte Bolten. »Als er starb, wollte niemand etwas damit zu tun haben. Greta durfte die Drecksarbeit für die anderen erledigen und musste seine Leiche beseitigen.« Speichel floss ihm aus dem Mundwinkel, als er sich über Evelyn beugte. *»Deshalb* begann sie, die Männer zu erpressen. Weil wir mit der Leiche alleine in den Dünen standen, während die anderen auf dem Schiff hockten und die Bar leerten!«

»Sie haben ein Verhältnis mit ihr, nicht wahr?«, flüsterte Evelyn. Gleichzeitig hielt sie sich die Hände vors Gesicht, da sie mit einer neuerlichen Attacke rechnete.

»Greta hat mehr Courage als Sie beide zusammen!«, fuhr Bolten sie an.

»Sie ist genauso *krank* wie Sie. Und Sie sind der Schlampe hörig!«, rief Evelyn. Sie wusste nicht, warum sie den Mund nicht halten konnte. Es musste einfach raus, und wenn es das Letzte war, was sie sagte. Selbst wenn er sie noch so oft schlagen würde. Sie hatte in ihrem Leben so viel durchgemacht, dass es ihm nicht gelingen würde, sie noch mehr zu verletzen, als es bisher schon geschehen war.

Doch statt ein weiteres Mal auszuholen, ging er in die Ecke und kramte in dem Müllberg herum. Zeitungen, Holzlatten und Putzlappen flogen davon. Schließlich zog er ein schmutziges Kopfkissen hervor und warf es Evelyn in den Schoß.

»Halten Sie sich das mit beiden Händen vors Gesicht.« Er war außer sich und trat mit der Waffe auf sie zu. »Los! Machen Sie schon! Es dämpft den Knall.« Er presste ihr den Lauf an die Stirn.

»Nein!«, kreischte Evelyn.

»Los!«

Sie schleuderte das Kissen in die Ecke.

»Wie Sie wollen.« Bolten ging zu dem Müllberg und zerrte

einen dreckigen Kohlensack hervor. Er faltete ihn auseinander und kam damit auf Evelyn zu.

»Nicht damit!«, kreischte sie. In Panik robbte sie rücklings an die Wand. »Nicht über den Kopf! Bitte nicht«, wimmerte sie. Tränen schossen ihr in die Augen.

Plötzlich war sie wieder das zehnjährige Mädchen, das den Geschmack des Jutesacks im Mund spürte, das Kratzen auf der Haut und den muffigen Geruch in der Nase hatte.

Sie presste die Augen zusammen. »Bitte nicht!«, flehte sie. »Ich mache alles, was Sie von mir verlangen.«

Bolten hörte nicht auf sie, sondern zog ihr den Sack über den Kopf.

Im gleichen Moment wurde es dunkel. Sie war wie paralysiert. Ihr Körper verkrampfte sich, ihre Muskeln begannen zu zucken. Sie bekam keine Luft. Es ist nicht wie damals, sagte sie sich. Aber ihr blieb nicht viel Zeit zum Denken. In der nächsten Sekunde spürte sie den Lauf der Waffe auf der Stirn. Sie wollte etwas sagen, nur zwei Wörter herauspressen – *Bitte nicht!* –, doch ihre Stimmbänder waren wie gelähmt. Dann hörte sie, wie Bolten die Waffe durchlud und den Abzug betätigte. Der Schlagbolzen bewegte sich.

Klick!

Er versuchte noch einmal abzudrücken. Diesmal presste er den Lauf fester gegen ihre Stirn.

Klick!

»Scheiße!«

Sie hörte, wie das Magazin aus dem Griff glitt.

»Das verdammte Ding ist leer«, brüllte Bolten.

Pulaskis Stimme drang gedämpft zu ihr durch. »Die Kripobeamten in Göttingen haben mir die Patronen abgenommen.«

»Sie betreten mein Haus mit einer ungeladenen Waffe?«, schrie Bolten. »Wie dämlich sind Sie eigentlich?« Die Pistole schlitterte über den Boden.

»Dann werde ich sie eben mit meiner erledigen.«

Sie hörte ein Geräusch. Zog er eine Waffe aus dem Hosenbund? Kurz darauf folgte das Klicken, mit dem er die Pistole entsicherte.

»Tun Sie das nicht!«, rief Pulaski. Plötzlich klang Panik in seiner Stimme.

Evelyn spürte, wie ihr erneut der Lauf einer Waffe an die Stirn gedrückt wurde.

Pulaski zerrte an der Kette, doch die Bewegung war nur schwach. »Sie verdammter Scheißkerl! Tun Sie das nicht! Sie ist bloß eine Anwältin und hat nichts mit der Sache zu tun.«

»Sie hat sehr wohl etwas damit zu tun«, flüsterte Bolten.

Er presste ihr den Lauf fester an den Kopf.

Evelyn wurde schwarz vor Augen, als sie das Zurückziehen des Schlittens und das gleichzeitige Klicken der Patrone hörte.

»Alfons?«

Plötzlich ließ der Druck nach.

»Alfons?«, wiederholte die Stimme.

Der verführerische, jugendliche Klang drang von der Treppe in den Keller herunter.

Evelyn hörte ein Klimpern. Trotz ihrer Angst erkannte sie den norddeutschen Akzent.

»Alfons? Komm zu mir!«

Das Klimpern klang wie von Handschellen.

62

Evelyn spürte, wie Bolten den Lauf von ihrer Stirn nahm.

»Wen habt ihr noch mitgebracht?«, zischte er.

Evelyns Hirn funktionierte nicht mehr. Sie hörte nur, wie Bolten zutrat und Pulaski aufstöhnte.

»Wen habt ihr noch mitgebracht?«, wiederholte Bolten.

»Ich weiß es nicht, Arschloch!«, presste Pulaski hervor.

Evelyn hörte Boltens Schritte. Dann krachte die Brandschutztür ins Schloss, und der Schlüssel drehte sich zweimal.

»Evelyn?«, flüsterte Pulaski.

Sie gab keine Antwort. Ihr Körper war vollkommen steif. Ihre Nackenmuskeln hüpften auf und ab, und ihr Magen verkrampfte sich in immer wiederkehrenden Wellen. Es nahm kein Ende.

»Evelyn! Er ist weg. Hören Sie mich?«

Komm zu mir!

Wer hatte das gesagt? Sie selbst? War sie wieder das zehnjährige Mädchen in der Jagdhütte? Der Jutesack, die Fesseln und das Klebeband. Ihre Gedanken drifteten ab …

»Evelyn?«

Pulaskis Fuß traf sie am Oberschenkel. Sie zuckte zusammen.

»Evelyn! Sie müssen mir helfen!«

Kalter Schweiß lief ihr über den Rücken. Ihre Finger waren eiskalt und zitterten. Sie konnte sie kaum bewegen.

»Er ist weg!«, rief Pulaski. »Wir sind in Sicherheit. Ziehen Sie sich den Sack vom Kopf.«

Von Magenkrämpfen gepeinigt, versuchte Evelyn, die Arme zu heben. Sie bekam einzelne Fasern zu fassen und zerrte daran.

Augenblicklich spürte sie, wie eine Welle Frischluft zu ihr vordrang.

»Ja, gut so. Weiter!«

Sie zerrte mit beiden Händen am Stoff, atmete tief durch und zog sich den Sack schließlich vom Kopf. Helligkeit. Sie öffnete die Augen und sah die Abenddämmerung hinter dem gekippten Kellerfenster. Sie füllte ihre Lungen mit Sauerstoff. Langsam löste sich der Krampf in den Schultern und angespannten Oberarmen.

»Himmel, Evelyn! Was war bloß los mit Ihnen?«, fragte Pulaski.

Sie wandte den Kopf, um etwas zu sagen, doch ihre Kehle war ausgetrocknet.

»Sie sind total blass.« Pulaski starrte sie mit entsetztem Gesicht an. An seinem verzweifelten Blick sah sie, dass er Todesängste um sie ausgestanden hatte.

Sie versuchte zu lächeln. »Alles in Ordnung.«

»Das eben sah nicht danach aus.«

»Was ist passiert?«, fragte sie.

»Bolten hat uns eingeschlossen und ist raufgegangen. Es ist noch jemand im Haus.«

»Sybil«, flüsterte sie.

Im selben Moment hörten sie einen Schrei und das Poltern von Stühlen. Glas splitterte. Ein Körper wurde herumgerissen, ein Stuhl flog durch die Gegend, etwas kullerte die Treppe herunter. Dann ein neuerlicher Schrei und plötzlich Stille …

»Evelyn, rasch! Sehen Sie sich um. Hinter dem Kessel muss meine Waffe liegen.«

Sie erhob sich. Mit weichen Beinen wankte sie durch den Raum. Sie hielt sich an einem Rohr fest. Die Pistole lag neben dem Müllberg.

»In meiner Gesäßtasche steckt das Reservemagazin. Legen Sie es in die Walther ein.«

Erst langsam kam Evelyn wieder zu sich. Wie in Trance hob sie die Waffe auf, ging zu Pulaski und rollte ihn zur Seite. Sie fand das Magazin in seiner Tasche. Pulaski erklärte ihr, wie sie es einlegen musste.

»… und an der Seite sehen Sie den Sicherungshebel. Danach ziehen Sie den Schlitten zurück, und die erste Patrone gleitet in die Kammer.«

»Sie wollen doch nicht etwa, dass ich damit schieße?«

»Ich würde es selbst tun, aber meine Muskeln sind so schlaff wie Gummi. Das Botox wird meine Nerven sicher noch für ein paar Stunden außer Gefecht setzen.«

Evelyn zog den Schlitten zurück.

»Ho, ho!«, rief Pulaski. »Zielen Sie damit nicht auf mich!«

»Was soll ich tun?«

Plötzlich verlor sich Pulaskis Blick in der Ferne. Er starrte hinauf zum Oberlicht. »Das glaub ich nicht.«

Sie folgte seinem Blick. Durch das vergitterte Kellerfenster sah sie einen Teil des Gartens. Soeben gingen Bolten und Sybil daran vorbei. Die junge Frau trug einen schwarzen Pullover und eine ausgewaschene graue Jogginghose.

Evelyn erhob sich, trat näher ans Fenster, kletterte auf eine Holzkiste und stellte sich auf die Zehenspitzen.

»Was sehen Sie?«, rief Pulaski.

Bolten und Sybil gingen nebeneinander über die Wiese zu dem Rasentraktor, der neben dem Komposthaufen stand. Die beiden ergaben ein merkwürdiges Bild. Bolten war fromm wie ein Lamm. Es sah aus, als ließe er sich von Sybil zur Schlachtbank führen.

»Was sehen Sie?«, drängte Pulaski.

Evelyn fand einen Putzlappen auf dem Sims und wischte damit ein Guckloch auf die rußige Innenscheibe.

»Es sieht so aus, als würde Sybil ihm eine Injektionsnadel an die Halsschlagader halten. Seine Arme hängen schlaff herunter. Er wankt, als würde er kurz vor einer Ohnmacht stehen.«

Pulaski lachte amüsiert auf. Es klang wie ein Anfall von Galgenhumor. »Die hat ihm tatsächlich seine eigene Spritze in den Hals gejagt.«

»Er kniet vor ihr nieder …« Evelyn verstummte. Es war unglaublich, was sie sah.

Bolten jammerte und flehte um sein Leben, doch Sybil riss ihm brutal den Kopf in den Nacken. Ihre Stimme drang dumpf durch das gekippte Kellerfenster. »Schau mal, was ich für dich vorbereitet habe.«

Sie öffnete den Tank des Rasentraktors und steckte einen Schlauch in die Öffnung. Das andere Ende stopfte sie in Boltens Rachen.

»Trink!«

Bolten schüttelte den Kopf. »Der Tank ist leer«, gurgelte er mit dem Schlauch im Mund, während seine Arme leblos den Boden berührten. Sein Oberkörper schwankte kraftlos vor und zurück.

»Ich habe Diesel in den Tank gefüllt. Und jetzt trink!«

»Das ist ein Benzinmotor«, presste Bolten hervor.

»So ein Pech!« Sybil schlug ihm mit der flachen Hand auf den Hinterkopf. »Dann musst du das Diesel eben absaugen. Los jetzt!«

Bolten schüttelte den Kopf. Tränen liefen ihm übers Gesicht. Als Sybil ihm die Nadel tiefer in den Hals trieb, tat er wie geheißen. Zunächst würgte er, doch Sybil zwang ihn, weiter an dem Schlauch zu saugen. Schließlich lief die gelbe Flüssigkeit durch den Schlauch, aber Sybil zog ihm das Endstück nicht aus dem Mund. Er schluckte, würgte, hustete und bekleckerte sich mit Diesel.

Dann trat Sybil einen Schritt zur Seite und griff in ihre Hosentasche.

»Was macht sie?«, fragte Pulaski.

Evelyn stand noch immer auf den Zehenspitzen und reckte den Kopf nach oben. »Ich sehe es nicht genau«, antwortete sie. »Ich glaube, sie holt eine Packung Zigaretten und eine Schachtel Streichhölzer hervor.«

»Sie wird ihn abfackeln!«, rief Pulaski. »Unternehmen Sie was!«

»Was denn?«

»Schießen Sie ein Loch in die Scheibe!«, brüllte Pulaski.

»Und dann?«

»Halten Sie Sybil auf! Das ist glatter Mord! Sie müssen ihn verhindern!«

Einen Mord an diesem Kerl verhindern?, dachte Evelyn. Sie spürte, wie sie innerlich vollkommen ruhig wurde. Unwillkürlich dachte sie an die Jagdhütte im Wald und an den Mann, der sein Versprechen wahr gemacht hatte.

Falls sie je versuchen sollte, sich zu wehren oder zu befreien, würde er Sandra töten. Er hatte sie gewarnt, nicht nur einmal, aber sie wollte nicht auf ihn hören. Sie hatte gedacht, schlauer zu sein. Doch wer war mit zehn Jahren schon so clever, einen Verrückten auszutricksen? Die Ärzte konnten nichts mehr für Sandra tun. Nur ein paar Stunden, bevor die Polizisten die Hütte fanden, war sie erwürgt worden. Er hatte sie in der Nähe begraben, nicht einmal einen halben Meter unter der Erde, und faules Laub darüber gestreut. Als würde das ausreichen …

Danach sah sie sein Gesicht nur noch ein einziges Mal. Bei der Gegenüberstellung waren mehr Ärzte und Psychologen anwesend als Polizisten. Er stritt alles ab, doch er hatte seine Spuren an Sandra und ihr hinterlassen.

Obwohl sie noch ein Kind war, hätte sie ihn damals am liebsten mit der Schaufel selbst unter die Erde gebracht, ihm das Gesicht aus dem Kopf gekratzt oder ihn mit Benzin übergossen und angezündet. Erst Wochen später, beim Anblick des leeren Stockbetts in ihrem Zimmer, kamen die Schuldgefühle. Wäre sie doch nicht geflüchtet …

»Evelyn!«

Sie schreckte hoch.

»Was macht sie?«

»Sie raucht eine Zigarette.«

»Unternehmen Sie doch etwas!«

Zünde das Schwein endlich an und lass es brennen, dachte sie und erschrak selbst über ihre Gedanken. Plötzlich wich sie geblendet zurück. Neben dem Rasentraktor ging eine Stichflamme hoch. Beinahe glaubte sie, die Hitze auf dem Gesicht zu spüren. Sie schloss die Augen und stellte sich vor, dass es jemand anders war, der verzweifelt um Hilfe und Vergebung schrie. Doch die Zeit der Vergebung war nicht heute – und schon gar nicht an einem Ort wie diesem.

Pulaskis Rufe verstummten ebenso wie Boltens Schreie. Evelyn stieg langsam von der Kiste, ging zurück zur Wand und setzte sich hin. Sie spürte die Kälte der Mauer in ihrem Rücken. Ihre Hände waren ebenso kalt wie der Griff der Pistole, doch innerlich war sie vollkommen ruhig. Nie wieder würde dieses Monster ihr oder einer anderen Frau einen Sack über den Kopf stülpen. Nie wieder würde er ein Kind in sein rotes Zimmer locken. Nie wieder würde die Kamera laufen, während er sich zu dem gelben Stoffhasen aufs Bett setzte.

»Evelyn …«, murmelte Pulaski.

»Seien Sie still!«

Im Moment ertrug sie keine Stimme. Das Chaos in ihrem Kopf war laut genug. Sie schwiegen eine Weile und lauschten dem Knistern der Flammen, die langsam verebbten.

Mitten in der Stille hörten sie das Aufheulen eines Motors, gedämpft durch die Wände einer Garage. Womöglich hatte Sybil den Schlüssel von Boltens Mercedes gefunden. Konnte sie tatsächlich einen Wagen lenken?

Evelyn hörte, wie die Reifen über den Kies knirschten, das automatische Gartentor aufging und ein Auto das Grundstück verließ.

»Wohin fährt sie?«, murmelte sie.

Die Frage war an niemanden gerichtet.

Trotzdem antwortete Pulaski. »Können Sie sich das nicht denken?«

Offensichtlich wartete er, bis sie ihn ansah. »Sie selbst haben sie auf die Spur gebracht. Sie fährt zu Greta Hockinsons Villa – um den letzten Namen auf der Liste auszulöschen.«

63

Evelyn konnte nicht glauben, was er als Nächstes sagte.

»Wir müssen den Mord an Greta verhindern!«

Sie starrte ihn lange an. Wovon sprach der Mann, verdammt noch mal? Greta Hockinson war die Drahtzieherin hinter den Kreuzfahrten. Sie hatte all das Leid über diese Kinder gebracht – und die meisten davon in die Psychiatrie. Ohne sie wäre Manuel vielleicht noch am Leben. Zumindest läge sein Leichnam nicht unter irgendeiner Sanddüne vergraben.

»Wir müssen uns beeilen«, drängte Pulaski. »Helfen Sie mir auf!«

Evelyn zerrte ihn hoch, bis er mit dem Rücken an der Wand lehnte. Die Kette, die um das Heizungsrohr geschlungen war, ließ ihm gerade so viel Spielraum, dass er die Arme mit den Handschellen in den Schoß legen konnte.

»Das Handy«, bat er.

Sie reichte ihm sein Telefon, das ihm zuvor aus der Hosentasche gefallen war. »Soll ich für Sie wählen?«

»Es geht schon …« Mit kraftlosen Fingern hielt er das Gerät in der Hand und betätigte die Lautsprecherfunktion. »Ich werde versuchen, einen Personenschutz für Greta Hockinson zu organisieren. Aber wenn das so lange dauert wie heute Morgen bei Lisa, kommt wahrscheinlich jede Hilfe zu spät.«

Sie spürte Pulaskis eindringlichen Blick auf ihr. »Sie könnten schneller bei ihr sein.«

Evelyn betrachtete die Waffe, die sie immer noch in der Hand hielt. »Lässt sich damit die Brandschutztür aufschießen?«

»Stellen Sie sich einen Meter vor die Tür, kneifen Sie das linke Auge zu, richten Sie die Waffe mit beiden Händen auf das

Schloss, und zielen Sie so, dass die Oberkanten von Kimme und Korn eine Linie bilden.«

Evelyn stellte sich vor die Tür.

»Strecken Sie die Arme durch, und erschrecken Sie nicht beim Rückstoß.«

Evelyn umklammerte den Griff. Ihre Fingerknöchel traten weiß hervor. Je fester sie die Waffe hielt, desto mehr zitterten ihre Hände.

»Nur ruhig«, sagte Pulaski. »Locker bleiben.«

Sie drückte ab. Der Abzug war leichter zu betätigen, als sie gedacht hatte. Allerdings war der Knall ohrenbetäubend. Der Griff schlug gegen ihre Hand. Eine Korditwolke hüllte sie ein. Es roch nach versengtem Metall.

»Etwas höher und weiter rechts«, korrigierte Pulaski. »Sie müssen den Riegel im Schloss durchschießen.«

Sie streckte die Arme durch und drückte drei weitere Male ab. In der Tür befanden sich vier schwarze Löcher, um die sich das Metall verbogen hatte. Evelyn musste etwas an der Klinke zerren, doch dann knirschte der Rahmen, und die Tür ließ sich aufziehen.

Sie wandte sich zu Pulaski. »Ich kann Sie doch nicht so zurücklassen.«

»Machen Sie sich um mich keine Sorgen.«

»Ich könnte versuchen, die Handschellen aufzuschießen.«

»Und mir einen Querschläger in den Arm jagen? Nein, danke.« Er lachte müde. »Außerdem können Sie mich unmöglich die Treppe hochschleppen. Sehen Sie zu, dass Sie zu Greta kommen. Ich verständige inzwischen die Polizei und den Notarzt.«

Sie sicherte die Pistole und legte sie ihm in den Schoß.

»Was soll das? Nehmen Sie das verdammte Ding mit!«

Mitnehmen? Wofür hielt er sie? »Niemals«, widersprach sie. »Ich schieße doch nicht auf einen Menschen!«

»Das sollen Sie auch nicht – aber vielleicht denken andere nicht so wie Sie.«

»Ich komme schon klar.«

»Und wie wollen Sie Greta helfen?«

»Soll ich etwa einen Mord an dieser Schlampe verhindern?«

Pulaski starrte sie entsetzt an. »Diese Frau gehört vor ein Gericht. Sie muss verurteilt werden …«

»… und kommt bei einem milden Urteil nach ein paar Jahren Gefängnis wieder frei«, vollendete Evelyn mit einem zynischen Ton.

»Bestimmt nicht.«

»Sie haben ja keine Ahnung.« Evelyn wusste, wovon sie sprach. Es hatte schon einmal so geendet. Sie dachte wieder an den Mann …

… der ihre Familie zerstört hatte. Er war nach zehn Jahren entlassen worden. Die Haft hatte gerade mal zwei Jahre länger gedauert, als Evelyns Schwester alt gewesen war. Eine Verfügung im Urteil besagte zwar, dass er sich Evelyn nach der Entlassung im Umkreis von drei Kilometern ihres Wohnsitzes nicht nähern durfte, doch was nützte das schon? Er war bereits Teil ihres Lebens geworden – ein Dorn in ihrer Seele. Seit ihrer Flucht aus seiner Jagdhütte verging kein Tag, an dem sie nicht an ihn oder ihre Schwester dachte … oder an ihre Eltern. Zum Glück hatten sie nicht mehr erlebt, wie er freigekommen war. Dafür hatten sie selbst gesorgt.

Jeder sprach ständig vom schrecklichen Unfall ihrer Eltern und bedauerte Evelyn wegen dieses tragischen Schicksals. Wie tapfer sie doch gewesen sei, als sie am Beginn ihres Studiums plötzlich allein dastand und ihr Leben mit Ferienjobs und Stipendien finanzierte. Wahrscheinlich ahnte nicht nur sie, dass es gar kein Unfall gewesen war. Wer regelte schon alle finanziellen Angelegenheiten, um eine Woche später im Nieselregen, Hand in Hand, die Bahngleise im Scheinwerferlicht eines herannahenden Schnellzugs zu überqueren? Vater und Mutter wären dieses Risiko niemals eingegangen. Die Wahrheit würde wohl nie jemand erfahren. Doch tief drinnen hatte Evelyn gespürt, dass ihre Eltern an der Entführung zerbrochen waren – und die bevorstehende Entlassung des Mannes hatte sie endgültig zerstört …

»Auch wenn es sich um eine Mörderin handelt, müssen Sie versuchen, ihr Leben zu schützen.« Pulaskis Worte drangen nur dumpf zu ihr durch. »Schließlich vertreten Sie das Gesetz. Sie sind Rechtsanwältin und arbeiten an diesem Fall.«

Sie sah ihn an. »Ich arbeite nicht an dem Fall«, antwortete sie leise.

Seine Augen wurden groß. »Was?«

Es wurde Zeit, ihm die Wahrheit zu sagen. »Mein Chef hat mich diese Woche vom Dienst beurlaubt. Ich bin wegen privater Recherchen nach Deutschland geflogen.«

»Sagen Sie bloß, Sie sind persönlich in diese Sache involviert?«

Für einen Augenblick dachte sie an Holobeck. »Teilweise.« Für Pulaski sollte diese Erklärung genügen. Er musste nicht wissen, dass ihre Reise, die mit den harmlosen Ermittlungen im Airbag- und im Kanaldeckel-Fall begonnen hatte, mittlerweile zu einer Gefühlsodyssee durch ihre eigene Vergangenheit geworden war. Doch in seinen Augen sah sie, dass sie ihm nichts verheimlichen konnte.

»Ihnen ist etwas Ähnliches zugestoßen wie Lisa, nicht wahr?«

Sie brauchte nicht zu antworten. Pulaski besaß genug Menschenkenntnis und musste die Antwort nur in ihrem Gesicht ablesen.

»Das tut mir leid«, sagte er schließlich, diesmal eine Spur leiser. »Trotzdem sind Sie Anwältin, und wenn es in Ihrer Macht liegt, einen Mord zu verhindern, dann sollten Sie das tun.«

»Möglicherweise haben Sie Recht.« Sie wandte sich zur Tür.

»Nehmen Sie die Waffe mit!«, rief er ihr nach.

»Auf eine Tür zu schießen ist etwas anderes, als auf einen Menschen zu schießen.« Sie würde die Waffe nicht brauchen.

Während sie in der Dunkelheit die Treppe hochstieg, rief sie sich die Strecke zur Hockinson-Villa in Erinnerung. Sie würde nicht einmal zehn Minuten dorthin benötigen. Ziemlich sicher traf sie dort auf Greta … und Sybil.

Allerdings war noch offen, auf wessen Seite sie stehen würde, wenn sie dort ankam.

64

Das Gartentor zur Hockinson-Villa stand offen. Diesmal versperrte kein Kastenwagen der Firma Sicuro die Zufahrt. Evelyn lenkte ihr Auto auf das Grundstück und fuhr auf dem Schotterweg zum Haus. Mittlerweile war es dunkel geworden. Im Scheinwerferlicht sah sie, dass Boltens Mercedes direkt vor der Treppe zum Hauseingang parkte. Evelyn hielt unmittelbar dahinter. Sie stieg aus, sperrte ab und ging zu Boltens Wagen. Die Autotür stand offen, der Schlüssel steckte, doch von Sybil fehlte jede Spur.

Evelyn blickte sich im Garten um. Offensichtlich hatten die Monteure der Sicherheitsfirma ihre Arbeit noch nicht beendet, denn unter dem Vordach des Pavillons standen eine Werkzeugkiste und mehrere Kabeltrommeln. Dahinter glitzerte die schwarze Oberfläche des Seerosenteichs.

»Greta?«, rief Evelyn, während sie den Weg aus Waschbetonplatten betrat, der ums Haus führte.

Keine Antwort.

Die Lampe neben dem Kameraobjektiv wirkte so leblos wie das Haus. Offenbar funktionierten die Videokameras unter dem Dachvorsprung noch immer nicht.

An der Rückseite der Villa erreichte Evelyn die Terrasse und den Wintergarten, in dem sie gestern Mittag mit der Hausherrin Tee getrunken hatte. War das wirklich erst vor etwas mehr als vierundzwanzig Stunden gewesen? Sie dachte an ihr Bauchkribbeln, das sie nicht getrogen hatte. Aber merkwürdigerweise hatte sie es nicht gespürt, als sie in der Dunkelheit Sybil gegenübergestanden war. Hatte sie zu wenig darauf geachtet?

»Greta?«

Evelyn nahm die Stufen zur Terrasse. Eine salzige Brise wehte vom Meer herüber. Vereinzelt glitzerten Schaumkronen auf der schwarzen See. Über dem Horizont schimmerte nur noch ein schmaler, glutroter Streifen. Es wurde kühl.

Das Licht eines nahe gelegenen Leuchtturms spiegelte sich in den Scheiben. Ähnlich wie auf Boltens Terrasse war auch hier eine Glastür eingeschlagen worden. Je näher Sybil ihrem Ziel kam, desto abgebrühter wurde sie. Den Mord an Bolten würde ihr wohl kaum noch jemand als Unfall abnehmen. Wozu auch? Mit der letzten Tat an Greta würde sie ihren Rachefeldzug abgeschlossen haben. Was hatte sie danach vor? Lisa in der Psychiatrie Ochsenzoll besuchen, um ihr zu erzählen, dass es vollbracht sei? Hatte sie noch Geld von dem Einbruch übrig? Würde sie sich mit einer anderen Person identifizieren, um deren Rachepläne zu übernehmen?

Als im Haus ein Licht anging, schreckte Evelyn aus den Gedanken. Sie schob die Tür auf und betrat den Wintergarten. Im Dämmerlicht erkannte sie den Tisch, die Kommode und die Rattanstühle. Sie ging durchs Wohnzimmer in den langen Korridor, der zu Gretas Arbeitszimmer führte. Der Lichtschein kam nicht aus diesem Raum, sondern fiel durch die offene Küchentür.

Evelyn trat ein. In der modernen und kühl eingerichteten Küche mit Stahldekor und einer Kochstelle mit monströser Dunstabzugshaube in der Mitte kauerte Sybil auf dem kalten Fliesenboden.

Das lange blonde Haar war ihr ins Gesicht gefallen. Sie hantierte am Ventil einer riesigen Gasflasche. Daneben lagen Drähte, einige Kerzen und eine Streichholzschachtel auf den Kacheln.

Evelyn trat näher. »Sybil?«, flüsterte sie.

Die junge Frau schreckte hoch. Mit einer Hand wischte sie sich die Haare aus der Stirn. Gleichzeitig riss sie jedoch die andere Hand hoch – aus ihrer Faust ragte der kurze Lauf eines Damenrevolvers.

»Nehmen Sie die Waffe runter, Sybil. Ich will Ihnen nichts tun.« Evelyn versuchte, so ruhig wie möglich zu klingen, doch ihre Stimme zitterte, sodass sie die Worte nur mühsam herausbrachte.

Sie sah, dass der Hahn der Waffe gespannt war. Ein antiquierter Trommelrevolver. Die Mündung deutete geradewegs auf ihren Kopf.

»Sie sind zu früh gekommen.« Sybils Stimme klang kräftig und selbstbewusst. Und der norddeutsche Akzent – eine perfekte Imitation von Lisas Stimme. Mit den feinen, schmalen Gesichtszügen und den eindrucksvollen blauen Augen sah sie Lisa zum Verwechseln ähnlich.

Sybil deutete mit der Waffe zum Kühlschrank. »Setzen Sie sich dort an die Wand.«

»Ich bin nicht Greta Hockinson«, erklärte Evelyn, während sie zurückwich.

»Das weiß ich!«, fuhr Sybil dazwischen. »Ich kenne Greta.«

Evelyn stockte in der Bewegung. Sie konnte Greta nicht kennen, höchstens von Lisas Erzählungen oder von dem Einbruch vor zwei Monaten.

»Woher? Sie haben Greta nie gesehen!«, behauptete Evelyn.

Sybil kniff die Brauen zusammen. »Was wissen Sie schon? Sie ist bestimmt zehn Jahre älter als Sie und hat diese harten Gesichtszüge, die ich nie im Leben vergessen werde. Sie hat sich im Lauf der Jahre kein bisschen verändert.«

Im Lauf der Jahre? Evelyn runzelte die Stirn. Hatte sie sich verhört? Glaubte Sybil tatsächlich, was sie sagte? Oder simulierte sie bloß die Geisteskranke? Andererseits sprachen ihre Augen die Wahrheit. Evelyn kannte niemanden, der sich so perfekt verstellen konnte. Dazu musste sie schon eine verdammt gute Schauspielerin sein. »Sybil, woher kennen Sie Greta?«

Die junge Frau presste die Lider für einen Moment zusammen, als plagte sie eine heftige Migräneattacke. Dann riss sie die Augen wieder auf. Wahnsinn flackerte in den Pupillen. Ihre

Hand sank kurz herunter, aber im nächsten Atemzug richtete sie die Waffe wieder auf Evelyn.

»Sybil?«, wiederholte die junge Frau zögernd. »Die hat keine Ahnung, was mir angetan wurde.«

»Aber *Sie* sind Sybil«, widersprach Evelyn. »Ihr Name ist Sybil Woska.«

»Ruhe!«, fauchte die Frau. Ihr Gesicht verzerrte sich zu einer Fratze, als würde sie innere Kämpfe ausfechten.

»Erinnern Sie sich an Marty, den Zivildienstleistenden?«, fragte Evelyn. »Er arbeitet in Ochsenzoll in der Station 46. Er will sich das Rauchen abgewöhnen. Marty mochte Sie. Doch Sie brachen die Therapie ab und zogen in ein betreutes Wohnheim nach Kiel. Allerdings sind Sie von dort mit dem Inhalt der Küchenkasse ausgebüchst.«

»Nein! Nein! Nein!« Sybil presste die Faust mit dem Damenrevolver an die Stirn, als wollte sie die Worte aus ihrem Kopf vertreiben.

»Sybil.« Evelyn senkte die Stimme. »Sie sind zwei Jahre älter als Lisa … und in Wien aufgewachsen.« Sie versuchte zu lächeln. »Ich stamme ebenfalls aus Wien. Erinnern Sie sich an den Prater? An das Riesenrad und die Geisterbahn mit dem grünen Monster? An die Allee, die Kastanienbäume im Herbst, an die Au und die …?«

»Ruhe!« Sybil wischte sich die Tränen aus dem Gesicht.

Evelyn machte einige Schritte auf sie zu und kniete sich vor ihr auf den Boden. »Sie sind auf der Straße aufgewachsen«, fuhr sie fort. »Ottakring, Meidling, Favoriten … sagen Ihnen diese Bezirke etwas?«

»Nein, ich …« Schließlich sank die Hand mit der Waffe auf die Fliesen. Der Revolver glitt ihr aus den Fingern.

In diesem Moment wirkte Sybil nicht länger wie eine gefährliche und geisteskranke Mörderin. Sie kauerte auf dem Boden, zog die Knie ans Kinn und starrte auf ihre Handgelenke. Unter dem Saum des Pullovers ragte eine schlecht verheilte Narbe hervor, bei deren Anblick Evelyns Herz zerspringen wollte.

»Sybil Woska …« Evelyn griff vorsichtig nach der Waffe, löste den Hahn und steckte sie in den Hosenbund. »Du bist dieses nette Mädchen aus Wien.«

Sybil sah kurz auf. Ihre Wangen waren vom Weinen gerötet. So sieht keine Mörderin aus, dachte Evelyn. Viel eher wirkte Sybil wie ein verwirrtes Mädchen auf der Suche nach ihrer Identität. Und wie es schien, war Lisa ihre einzige Bezugsperson im Leben.

»Hast du außer Lisa noch andere Freunde?«, fragte Evelyn.

Sybil weinte so heftig, dass sie die Wörter nur stoßweise herausbrachte. »Nein, ich …« Sie hob den Blick und sah Evelyn aus geschwollenen, rot geränderten Augen an. »Sind Sie Ärztin in der Klinik? Wie geht es Lisa?«

Evelyn stutze beim Klang von Sybils Stimme. Schlagartig war der norddeutsche Akzent verschwunden.

65

»Ich bin keine Ärztin«, antwortete Evelyn. »Aber ich kenne Lisa und habe mit ihr gesprochen. Es geht ihr gut. Sie spielt mit Rubiks Zauberwürfel.«

»Sie braucht nur eine Minute dafür.« Der Gedanke daran zauberte ein Lächeln auf Sybils Gesicht.

»Wann bist du ihr zum ersten Mal begegnet?«

»In der Klinik. Ich war schon länger dort. Dann kam sie dazu. Sie redete nie viel und wusste nicht, weshalb sie dort war. Jahre später, als ich siebzehn war, mussten wir uns ein Zimmer in der Station teilen. Eines Nachts sprach sie im Schlaf …«

Daher kannte Sybil also Lisas Geschichte. Doch reichte das aus, um völlig in die Identität einer anderen Person zu kippen und deren Rachepläne zu übernehmen? Evelyn erinnerte sich an Pulaskis Worte. Was immer hinter der Geschichte steckte, sie würde es irgendwann herausfinden. Doch zunächst war sie Anwältin und musste einen Mord verhindern. Langsam griff sie nach der Hand des Mädchens. »Das Töten muss ein Ende haben«, flüsterte sie.

»*Die* haben damit begonnen«, schluchzte sie.

»Aber dadurch bist du um nichts besser als sie.«

»Sie *dürfen* nicht weiterleben.«

»Ich verstehe, dass sie ihre gerechte Strafe erhalten sollen, aber dadurch hast du etwas viel Schrecklicheres ins Rollen gebracht.«

Sybil hob den Blick. »Was kann schrecklicher sein, als monatelang auf einem Schiff eingepfercht zu sein und nur zu einem einzigen Zweck aus der Kabine gezerrt zu werden?«

Evelyn zögerte einen Moment, doch um Sybil zu stoppen, musste das Mädchen die Wahrheit erfahren. »Bolten hat begonnen, die Opfer von damals der Reihe nach zu töten.«

»Ich hab das Schwein angezündet.«

»Ich weiß, ich habe es gesehen, aber das Morden muss jetzt aufhören. Lisa ist am Leben. Ein anderes Mädchen namens Lesja auch, doch drei Kinder mussten sterben – wie Lisas Bruder.«

»Und ich bin daran schuld?« Sybil kaute an den Fingernägeln. Plötzlich würgte sie. Erneut schossen ihr die Tränen in die Augen. »Was hab ich getan?« Ihr Oberkörper wippte vor und zurück.

Evelyn setzte sich neben sie und legte ihr vorsichtig den Arm um die Schultern. Sie musste Sybil nicht an sich drücken – deren Kopf sank von allein auf ihre Brust. Sie spürte, wie sich der zitternde Körper an sie schmiegte. Sybil wirkte so kalt, als wäre sie halb erfroren. Plötzlich hatte Evelyn das Bedürfnis, sie zu streicheln und ihren Körper zu wärmen. Während sie dem Mädchen über Schulter und Rücken strich, umklammerten Sybils Arme ihre Taille. Dann schluchzte das Mädchen los, wie Evelyn noch nie jemanden schluchzen gehört hatte.

In diesem Moment fühlte sich Evelyn, als hielte sie ihre Schwester in den Armen. Was hätte sie nur für diesen Moment gegeben! Wenn sie ihre Schwester doch nur hätte retten können … und damit auch ihre Eltern.

Sie strich Sybil durchs Haar. »Es wird alles gut, das verspreche ich dir. Ich bleibe an deiner Seite.«

Sybil versuchte, den Kopf zu schütteln.

»Lass mich dir helfen …« Plötzlich verstummte Evelyn.

Ein Geräusch im Haus!

Sie fuhr hoch und lauschte. Ihr Herz schlug bis zum Hals. Ein Schlüsselbund klimperte in der Tür. Dann erfüllten Schritte die Villa.

»Alfons?«

Beim Klang der Stimme, die durch den Vorraum hallte, versteifte sich Sybils Körper.

Greta Hockinson hatte das Haus betreten.

66

»Keinen Laut!«, flüsterte Evelyn. Sie sprang auf, lief auf Zehenspitzen zur Küchentür und legte den Lichtschalter um.

Schlagartig wurde es finster. Hinter dem Küchenfenster wiegten sich die Zweige im Wind. Dahinter schien der Mond.

Evelyn versuchte, sich zu erinnern. Von der Grundstücksauffahrt und dem Hauseingang war unmöglich zu erkennen, ob in der Küche Licht brannte oder nicht. Mit etwas Glück hatte Greta nichts bemerkt.

Erst jetzt ging im Korridor die Deckenbeleuchtung an. Reflexartig schob Evelyn die Tür zu. Durch den schmalen Spalt hörte sie, wie jemand in den Gang trat.

»Alfons? Deine Wagentür steht offen.«

Evelyn wartete. Sybil saß zusammengekauert in der Ecke und gab nur leise Atemgeräusche von sich. Hoffentlich hielt sie den Mund.

»Alfons?« Diesmal klang Gretas Stimme näher – mit einem skeptischen Unterton.

Evelyn hörte, wie sich die Tür zu Gretas Arbeitszimmer öffnete. Das Klicken des Lichtschalters folgte.

Sie spähte durch den Türspalt zum Ende des Gangs, sah aber nur einen Schatten an der Bücherwand des Arbeitszimmers. Kurz darauf erklang ein weiteres metallenes Klicken … wie das Öffnen einer Glasvitrine.

Evelyn erstarrte, als sie daran dachte, was sich in der Vitrine befand. Sie hörte, wie eine Schachtel geöffnet wurde und danach eine Sehne knarrte. Vielleicht bildete sie sich das Geräusch nur ein, aber im Geiste stellte sie sich vor, wie Greta ihre Sportarmbrust spannte und einen Bolzen auf die Schiene legte.

Evelyn ließ die Küchentür einen Spaltbreit offen und schlich in der Dunkelheit an den Platz zurück, wo Sybil saß. Dabei stieß sie die Gasflasche mit dem Fuß um.

»Scheiße!«, zischte sie. Rechtzeitig fing sie die Flasche am Ventil auf, bevor sie scheppernd zu Boden fallen konnte.

Ihr Puls beschleunigte sich. Sie lauschte. Nichts.

Greta hatte aufgegeben, nach Alfons zu rufen. Mittlerweile musste sie begriffen haben, dass etwas nicht stimmte.

Evelyn stellte die Flasche vorsichtig hin und tastete nach Sybils Beinen. Endlich fand sie das Mädchen und hockte sich neben sie hin.

»Sybil, wir müssen von hier weg«, flüsterte sie ihr ins Ohr. »Steh auf, wir schleichen zur Terrassentür raus.«

Das Mädchen schüttelte den Kopf. Evelyn griff nach ihrer Hand und spürte, wie sich Sybils Finger verkrampften. Sie versuchte, die Starre zu lösen, doch Sybil verwandelte sich mehr und mehr in einen Felsblock.

»Wir müssen raus!«

»Ich kann nicht.«

Wenn Sybil nicht mithalf, würde sie sie unmöglich hochbekommen.

Draußen kamen Schritte an der Küchentür vorbei. Evelyn erstarrte. Falls Greta jetzt die Tür aufstieß und das Licht anmachte, waren sie erledigt. Evelyn legte Sybil die Hand auf den Mund, um ihr Wimmern zu ersticken. Sie spürte Sybils Atem auf ihrer Handfläche.

Ihre Gedanken überschlugen sich. Da die Haustür abgesperrt gewesen war, konnte sie nur hoffen, dass Greta darauf verzichten würde, alle Räume zu durchsuchen.

Sie hörte, wie Greta in der Schublade einer Kommode kramte und das Fach anschließend zuschob. Danach entfernten sich die Schritte wieder. Im Vorraum blieb das Licht brennen. Kurz darauf sperrte Greta die Eingangstür ab. War sie draußen oder im Haus? Evelyn lauschte, doch es war nichts zu hören.

Langsam nahm sie die Hand von Sybils Mund.

»Hier können wir nicht bleiben«, flüsterte sie.

Sybil schüttelte ruckartig den Kopf. Sie war ebenso paralysiert wie Evelyn vor einer Stunde, als ihr Kopf im Jutesack gesteckt hatte.

Verzweifelt dachte sie nach. Sie konnte das Mädchen nicht allein im Haus zurücklassen. Denk nach, hämmerte sie sich ein. In der kurzen Zeit hatte sie nicht herausfinden können, weshalb Sybil Lisas Identität angenommen hatte. Der Grund dafür lag tief verborgen in ihrer Seele.

Doch das Warum war im Moment auch unwichtig.

»Was würde Lisa an deiner Stelle tun?«, wisperte Evelyn in Sybils Ohr.

»Lisa?«

»Ja, denk an Lisa. Sie würde aufstehen und mir folgen. Sie würde mit mir gemeinsam das Haus verlassen, nicht wahr?«

Evelyn spürte, wie sich Sybils Muskeln unter dem Pullover entspannten. Sie packte das Mädchen unter den Achseln und hob es hoch. Bereitwillig folgte Sybil der Bewegung.

»Geh mir nach«, wisperte Evelyn. Sie nahm Sybil an der Hand und zog sie hinter sich her. Die Finger der jungen Frau waren eiskalt. Sie klammerte sich wie eine Ertrinkende an Evelyns Hand.

Als sie die Tür erreichten, spähte Evelyn durch den Spalt in den leeren Gang. Möglicherweise hielt sich Greta irgendwo versteckt und wartete nur darauf, dass sie die Küche verließen, um ihnen einen Bolzen in den Rücken zu jagen. Vielleicht glaubte sie sogar, mit der Erklärung durchzukommen, zwei Einbrecher auf frischer Tat ertappt zu haben.

Evelyn hielt den Atem an und lauschte. Schließlich hörte sie das Schlagen einer Autotür auf dem Vorplatz.

»Jetzt!« Sie schob die Tür auf und zog Sybil hinter sich her. So schnell wie möglich liefen sie durchs Wohnzimmer in den Wintergarten. Der Mond hatte sich hinter einer Wolke verkrochen. Aber durch die Scheiben der Terrasse schien das Licht des Leuchtturms. Im nächsten Moment war es verschwunden, tauchte aber nach wenigen Sekunden wieder auf.

Evelyn tastete sich zur Tür, deren Scheibe Sybil eingeschlagen hatte. Als sie ins Freie trat, spürte sie den kühlen Nachtwind und den salzigen Geschmack der Meeresluft. Sybils Finger glitten durch Evelyns Hand. Das Mädchen stand immer noch im Türrahmen, als hinderte eine unsichtbare Macht sie, das Haus zu verlassen.

»Komm!«, drängte Evelyn.

Sybil rührte sich nicht vom Fleck.

»Greta darf uns hier nicht finden«, flüsterte Evelyn.

Sybil erstarrte. »Sie wird uns töten«, presste sie hervor.

Wo war das selbstbewusste Mädchen von vorhin? In diesem Moment wäre Lisas Identität hilfreicher gewesen.

»Denk an Lisa!«, schärfte Evelyn ihr erneut ein.

»Aber ich bin nicht Lisa! Am liebsten wäre ich unsichtbar …«

»Wir müssen nur über die Terrasse in den Garten und ums Haus laufen. Vor dem Eingang parkt mein Wagen. Wir springen rein und fahren los.«

»Das schaffen wir nicht.«

»Und ob wir das schaffen!« Evelyn griff nach Sybils Hand und zog sie zu sich ins Freie. »Vertrau mir. Du musst dicht hinter mir bleiben.«

Sybil zitterte am ganzen Leib. Evelyn umarmte sie und drückte sie fest an sich. »Wir schaffen es! Komm!«

Sie lief über die Steinstufen zur Wiese und schlich an der Hausmauer entlang zur Vorderseite des Grundstücks. Sybil folgte ihr. An der Ecke stoppte Evelyn. Sie spürte Sybil hinter sich. Vorsichtig spähte sie um die Mauer. Wenige Meter vor ihr stand Greta Hockinson mit dem Rücken zu ihnen auf der Treppe, die zum Haupteingang führte. Sie trug ein enges schwarzes Lederdress und schwere Motorradstiefel. Ihre Mähne war zu einem Zopf geflochten. Vor dem Haus parkten Boltens Mercedes und Evelyns Leihwagen. Dahinter stand ein metallic-schwarzes Motorrad quer in der Auffahrt. Ein Vollvisierhelm hing am Lenker.

Im Schein der Türbeleuchtung sah Evelyn, dass Greta tatsächlich die Armbrust in der Hand hielt, wobei sie den Kolben in die Hüfte stemmte. Sie hatte sogar ein Zielfernrohr aufgesteckt und trug fingerfreie Lederhandschuhe und einen Schutz am Handgelenk. Als sich Greta ein wenig zur Seite drehte, bemerkte Evelyn spitze Bolzen, die aus ihrer Brusttasche ragten.

Evelyn rechnete damit, dass Greta sich jeden Moment umdrehen konnte. Was sollte sie tun? Solange Greta den Weg zum Auto versperrte, blieb ihnen nichts anderes übrig, als hier stehen zu bleiben und abzuwarten. Da Bolten ihr Handy zerstört hatte, konnte sie nicht einmal Hilfe holen.

Sybil drängelte hinter ihr. Evelyn griff nach ihr und bekam ihre Hand zu fassen, während sie weiter nach vorne spähte. In diesem Moment zog Greta eine Fernbedienung aus der Tasche und betätigte eine Taste. Plötzlich flackerten die zahlreichen Lampen einer Flutlichtanlage rund ums Haus auf. Es wurde taghell.

Evelyns Kopf zuckte wie im Reflex zurück. Einen Moment lang tanzten Lichtkreise vor ihren Augen. Neben ihr begann Sybil zu wimmern. Evelyn drehte sich zur Seite und legte ihr die Hand auf den Mund.

»*Leise!*«, zischte sie ihr ins Ohr.

Dann drängte sie das Mädchen an der Hausmauer zurück zu einer dichten Heckenreihe, die von der Villa weg quer durchs Grundstück verlief. Perfekt! Solange Greta in der Auffahrt stand, konnten sie sich hinter den Sträuchern verstecken.

»Komm!« Evelyn ging in die Hocke und kroch im Schatten der Hecken über die Wiese. Das Gras war feucht, und Erde blieb an ihren Händen kleben. Schon bald spürte sie die Feuchtigkeit durch die Jeans.

Sybil folgte ihr.

In einigen Metern Entfernung vom Haus blieben sie hinter den Hecken liegen. Das Gesicht dicht am Boden, spähte Evelyn zwischen den Stämmen und Wurzeln zur Auffahrt. Greta ging zu Boltens Mercedes, zog den Zündschlüssel ab, schlug die Autotür zu und sperrte ab.

»Ich nehme an, der Audi gehört Ihnen, Frau Meyers?«, rief sie in den Garten. Langsam marschierte sie um den Sixt-Leihwagen und warf einen Blick auf das Kennzeichen. »Sie hätten nach Hamburg zurückfahren sollen, wie Sie es gesagt haben, dann würden wir uns das jetzt ersparen.«

Evelyns Atem beschleunigte sich. Zum Glück hatte sie den Autoschlüssel abgezogen und in die Tasche ihrer Jeans gesteckt.

Greta beugte sich zum Fenster der Fahrerseite und blickte ins Wageninnere. Sie zog an der Tür. Abgeschlossen. Dann ging sie einige Schritte zurück und hob die Armbrust.

Evelyn robbte näher an die Hecken, um mehr zu sehen. Greta war doch sicher nicht so verrückt, die Scheibe einzuschießen? Im nächsten Augenblick hörte sie das Klicken des Abzugs.

Der Bolzen schoss los. Kurz darauf drang das Zischen des Autoreifens über die Wiese zu ihrem Versteck herüber.

»Miststück!«, entfuhr es Evelyn.

Neben ihr begann Sybil zu wimmern. Evelyn griff nach ihrer Hand. »Keine Sorge, wir kommen heil hier raus«, flüsterte sie.

Währenddessen war Greta zur Rückseite des Wagens gegangen und hatte einen neuen Bolzen in die Vorrichtung eingelegt. Sie spannte die Armbrust und schoss einen zweiten Reifen platt. Die Luft zischte heraus, und der Wagen sackte zur Seite.

Evelyn beobachtete, wie Greta erneut auf die Fernbedienung drückte, worauf sich die beiden Seiten des automatischen Gartentors schlossen. Anschließend zog sie ein Handy aus der Tasche und wählte eine Nummer.

Eine Weile lang passierte nichts. Greta ging mit dem Handy am Ohr um den Wagen herum und spähte in den Garten, als ahnte sie, dass sich Evelyn in der Nähe versteckte.

»Hallo?«, sagte sie endlich. »Hier spricht Greta Hockinson. Ein oder mehrere Einbrecher sind in mein Haus eingedrungen.«

Sie nannte ihre Adresse. »Ich fürchte, sie befinden sich noch auf dem Grundstück.«

Evelyn stockte der Atem. War diese Frau verrückt? Weshalb verständigte sie die Polizei? Das konnte nur bedeuten, dass sie Evelyn und Sybil töten musste, bevor die Beamten eintreffen würden.

»Ja, schicken Sie bitte so schnell wie möglich einen Streifenwagen her.« Greta unterbrach die Verbindung und steckte das Handy weg.

Sie verließ den Platz vor dem Haupteingang und ging mit großen Schritten in den Garten.

»Frau Meyers!«, rief sie, während sie die Armbrust an die Schulter legte. »Bringen wir es zu Ende!«

67

Im Flutlicht warf Greta Hockinsons Körper einen langen Schatten über den Rasen. Sie ging direkt auf den Holzpavillon zu. Was hatte sie vor? Sobald sie an der Laube vorbei war, würde sie nicht einmal zehn Sekunden benötigen, bis sie die Heckenreihe erreichte, hinter der Evelyn und Sybil lagen.

Evelyn blickte zu ihrem Wagen. Für einen Moment dachte sie daran, mit Sybil zur Auffahrt zu laufen und sich im Auto zu verstecken. Mit zwei Platten wäre eine Flucht zwar möglich, doch würde sie mit dem Audi unmöglich das geschlossene Gartentor durchbrechen können. Für diesen Wagen war das Eisengitter zu massiv. Außerdem stand Gretas Motorrad im Weg.

Während sich Sybils Finger in Evelyns Pullover verkrallten, hielt Evelyn nach Greta Ausschau. Die Hausherrin näherte sich der Gartenlaube und der Heckenreihe. Hastig sah Evelyn sich um. Sie konnten ins Haus zurücklaufen – es sei denn …

Greta marschierte direkt auf den Pavillon zu. Offensichtlich vermutete sie sie in der Laube. Dachte sie tatsächlich, Evelyn wäre so dumm, sich in der kleinen Hütte zu verstecken, die keinerlei Fluchtmöglichkeit bot?

Die Holztür war einen Spaltbreit offen. Daneben standen die Werkzeugkiste und einige Kabeltrommeln. Mit der Armbrust im Anschlag schob Greta den Stiefel in den Spalt und stieß die Tür auf. Flink visierte sie jeden Winkel in der Hütte an.

Evelyns Herz raste. Der Schlüssel steckte im Schloss. Wenn sie Glück hatten, sperrte Greta die Tür der Gartenlaube nicht ab und ließ den Schlüssel stecken.

Greta unterdrückte einen Fluch. Zornig trat sie die Tür zu, machte kehrt und ging zum Seerosenteich. Während sie sich von Evelyns Versteck entfernte, lag deren Blick noch auf dem Pavillon.

»Komm mit«, wisperte Evelyn. Sie erhob sich und lief gebückt an den Hecken entlang. Als sie sich kurz umwandte, sah sie, dass Sybil ihr folgte. Gras und nasse Erde klebten auf ihrer Hose und dem Pullover.

Am Ende der Heckenreihe stoppten sie. Von dieser Stelle bis zum Pavillon waren es nur wenige Meter über die freie Wiese. Sie mussten den richtigen Zeitpunkt abwarten – wenn Greta hinter einem Baum verschwunden war –, um dann rasch loszulaufen.

»Evelyn?«, rief Greta. »Ich weiß, dass Sie hier sind.«

Gar nichts weißt du, dachte Evelyn.

Mit der Armbrust im Anschlag ging die Hausherrin am Ufer des Seerosenteichs entlang. Gleich würde sie hinter dem Schilf und einigen Tannen verschwinden.

Evelyn wartete angespannt.

»Jetzt!« Sie lief los und zog Sybil hinter sich her. Nach wenigen Schritten erreichten sie die Seitenwand der Gartenlaube und pressten sich an die Bretter. Es roch nach Harz und Teerpappe. Die Regenrinne führte in ein volles Wasserfass, in dem einige Tannennadeln trieben.

Evelyn warf einen kurzen Blick zu Sybil. Ihr Gesichtsausdruck wurde von einer quälenden Ungewissheit überschattet. Einmal mehr fragte sie sich, wie diese junge Frau so viele Männer hatte ermorden können. In dieser Verfassung – zitternd und kurz vor einer Ohnmacht – wäre sie nicht einmal imstande, das Tor zu erreichen, ohne vorher zusammenzubrechen. Evelyn nahm ihre Hand und zog sie weiter, an der Bretterwand entlang. Greta musste bereits den Seerosenteich umrundet haben und war jetzt bestimmt auf dem Weg zur Terrasse.

Vorsichtig spähte Evelyn um die Ecke. Von Greta nichts zu sehen. Sie griff nach der Klinke. Hoffentlich quietschte das verdammte Ding nicht. Vorsichtig zog sie die Tür einen Spaltbreit auf. Beinahe hätte sie eine der Kabeltrommeln umgestoßen. Ihr Herzschlag beschleunigte sich. Sie stieg über die Trommel, öffnete die Tür und schlüpfte ins Dunkel.

»Schnell«, wisperte sie.

Sybil folgte ihr.

Evelyn schob die Tür zu, riskierte aber nicht, das Schloss einschnappen zu lassen, sondern lehnte die Tür nur an. Der Schein der Flutlichtanlage fiel durch die verschmierte Fensterscheibe. Die Laube war vollgestellt mit Fahrrädern, Farbeimern, Gartenrechen, einem Rasenmäher, Düngersäcken, Campingstühlen, Sitzauflagen, Tischtüchern und Wandtellern, die an der Bretterwand hingen. Hier waren sie vorerst sicher.

Es roch muffig. Nirgends gab es Platz, um sich hinzusetzen. Die Hütte war so vollgestopft, dass sie sich nicht einmal in eine Ecke auf den Boden kauern konnten.

Sybils Kopf sank an Evelyns Brust. Ihr Körper bebte. Evelyn nahm sie in die Arme und presste sie an sich. Nur noch wenige Minuten, dachte sie. Dann würde die Polizei auf dem Grundstück erscheinen, um nach den vermeintlichen Einbrechern zu suchen. Wie gern würde Evelyn sich den Beamten stellen, um wegen Ruhestörung oder Hausfriedensbruchs festgenommen zu werden …

Sie spähte durch die schmutzige Scheibe. Greta war nirgends zu sehen. Außerdem hatte sie aufgehört, nach Evelyn zu rufen.

In diesem Moment begann Sybil laut zu schluchzen.

»Still«, zischte Evelyn, doch Sybil konnte sich nicht beruhigen.

Evelyn strich ihr übers Haar und drückte sie an sich. »Wir haben es gleich geschafft.«

Wieder spähte sie durchs Fenster. Mittlerweile stand Greta vor der Terrasse. Hoffentlich bemerkte sie die eingeschlagene Scheibe in der Tür des Wintergartens und betrat das Haus. Evelyn schickte ein Stoßgebet zum Himmel.

Und tatsächlich ging Greta die Steintreppe zur Terrasse hinauf und betrachtete das kaputte Glas. Dann verschwand sie ins

Haus. Evelyn stieß die angehaltene Luft aus. Bis Greta sämtliche Räume der Villa nach Einbrechern durchsucht hatte, würde einige Zeit vergehen.

»Wir haben es bald überstanden«, flüsterte Evelyn.

Jetzt war eine günstige Gelegenheit, um abzuhauen. Doch wohin, ohne Auto? Sollte sie mit Sybil im Schlepptau über das verschlossene Gartentor klettern? Auch wenn die Sekunden nur zäh vergingen, war es besser, in der Gartenlaube auf die Polizei zu warten. Andernfalls würde Greta den Beamten eine haarsträubende Geschichte auftischen.

Offensichtlich spürte das Mädchen Evelyns Unruhe, da sie wieder laut zu schluchzen begann.

»Beruhige dich, Greta ist ins Haus gegangen …« Mist! Am liebsten hätte sie sich auf die Zunge gebissen – als Sybil Gretas Namen hörte, bekam sie erneut einen Weinkrampf.

Evelyn starrte durchs Fenster. Im Haus gingen einige Lichter an.

Sybil weinte sich die Seele aus dem Leib.

»Was hat man dir nur angetan?«, flüsterte Evelyn, als sie die vielen Tränen und das erbärmliche Heben und Senken des Brustkorbs spürte.

»Die *Friedberg.*« Die Tränen liefen Sybil übers Kinn.

»Du warst nie auf der *Friedberg*«, erwiderte Evelyn. Glaubte Sybil das immer noch? »Du kennst dieses Schiff nur aus Lisas Erzählungen.«

Sybil schüttelte kaum merklich den Kopf. »Ich war *vor* Lisa auf dem Schiff. Es ist zwölf Jahre her …«

Evelyn rieselte ein Schauer über den Rücken. Während Sybil weitersprach, erkannte sie endlich die schreckliche Wahrheit.

68

»Sie setzten mich an der französischen Küste aus«, schluchzte Sybil.

Evelyns Gedanken rotierten. Was hatte Pulaski noch gemurmelt, als sie mit ihm in der Cafeteria der Klinik gesprochen hatte? In Frankreich und Griechenland waren ebenfalls Kinder in Küstennähe ausgesetzt worden!

Von Smolle wusste sie, dass Hockinsons neuntägige Kreuzfahrten durchgehend von Mai bis August stattgefunden hatten. Doch nun begriff sie, dass die Schiffsreisen nicht nur 1998, sondern *jedes Jahr* veranstaltet worden waren. Stets auf einer anderen Route. An der Adria, Riviera, Ägäis oder an der Côte d'Azur. Wie lange schon?

Bei dem Gedanken wurde ihr übel. Wäre Manuel damals nicht gestorben, hätten die Fahrten vermutlich noch weitere Jahre angedauert. Wie viele Kinder waren während dieser Jahre an Bord gewesen?

»Worüber hat Lisa in deinem Zimmer im Schlaf gesprochen?«, fragte sie. »Hat sie von dem Schiff erzählt?«

Sybil schüttelte den Kopf. »Sie hat nur einen Namen erwähnt … Paul Smolle. Da erinnerte ich mich an das Schiff. Smolle war der einzige Name, den ich hinter der verschlossenen Kabinentür je gehört hatte. Er brachte mir Essen, Seife und Kleider.« Sybil verkrampfte sich, dann hustete und würgte sie. »In diesem Moment wusste ich, was mit Lisa geschehen war.«

»Hast du je mit ihr darüber gesprochen?«

»Anfangs nicht. Aber nachdem wir Freundinnen geworden waren, habe ich ihr meine Geschichte erzählt. Eines Tages sprach sie von Manuel. Er starb an Bord …«

»Ich weiß, Smolle hat mir davon erzählt. Ich war bei ihm, so wie du. Sybil, warum hast du das alles getan?«

Sybil nahm die Hand hoch und kaute wieder an den Fingernägeln. »Lisa ist meine einzige Freundin, aber sie haben sie zerstört. Ich musste sie retten, musste das für sie tun. Sie hat sonst niemanden.«

»Hat sie dich darum gebeten?«, fragte Evelyn, obwohl sie ahnte, dass Lisa keine Ahnung hatte, was in den letzten beiden Monaten außerhalb der Anstalt passiert war.

»Lisa hätte es selbst getan, doch die würden sie nie unbeaufsichtigt aus der Anstalt lassen.« Sybil stopfte die Fingerkuppen in den Mund, als wollte sie den Fluss der Tränen stoppen. »Ach, hätte ich doch nur ihren Zorn und ihren eisernen Willen.«

»Deshalb hast du mit einundzwanzig Jahren die Therapie abgebrochen und bist ins Wohnheim übersiedelt?«

»Ich musste Smolle finden«, presste Sybil hervor. »Er war der Einzige, der uns helfen konnte.«

Uns? Augenscheinlich tat sie es für Lisa, aber nur, um vom wahren Grund abzulenken. Doch mittlerweile wurde Evelyn klar, dass Sybil in Wahrheit gar nicht ihrer Freundin helfen wollte. Evelyn konnte es sich nur so erklären, dass Sybils Psyche jahrelang nach einem Weg gesucht hatte, ihre eigene verdrängte Vergangenheit zu bewältigen – und ihn schließlich gefunden hatte. Es klang verrückt, aber vermutlich musste Sybil in Lisas Rolle schlüpfen und sich deren Aggression aneignen, um das zu tun, was sie allein nie zustande gebracht hätte: sich an den Männern zu rächen und den eigenen Schmerz in Wut zu verwandeln. Offenbar hatte sie auf diese Weise versucht, sich selbst zu heilen.

Sybil begann wieder zu schluchzen.

Erst jetzt fiel Evelyn auf, dass sie völlig vergessen hatte, die Terrassentür im Auge zu behalten. Was, wenn Greta die Villa in der Zwischenzeit verlassen hatte und wieder durch den Garten schlich?

»Leise!«, flüsterte Evelyn.

Sie spähte durchs Fenster. Der Rasen wurde nach wie vor in gleißendes Flutlicht getaucht – doch von Greta fehlte jede Spur. Kein Schatten hinter den Fenstern der Villa. Wann tauchte die Polizei endlich auf? Sie standen bestimmt schon zehn Minuten in der Hütte.

Da hörte sie ein Geräusch vor dem Schuppen. Augenblicklich versteifte sie sich. Im nächsten Moment wurde die Tür der Gartenlaube einen Spaltbreit geöffnet.

69

Ein Lichtstrahl fiel ins Innere. Evelyn hielt den Atem an. Unwillkürlich nahm sie Sybil in die Arme und presste sie fester an sich. Das Mädchen zitterte unaufhörlich und wollte sich überhaupt nicht mehr beruhigen.

Im düsteren Licht des Raums sah Evelyn, wie sich die Klinke bewegte. Die Tür schwang auf, und Greta stand im Eingang, die Armbrust im Anschlag. Der Bolzen zeigte genau auf Evelyns Kopf.

Greta wollte bereits den Auslöser betätigen, als sie zurückzuckte. Verwirrt starrte sie auf Sybil. Offensichtlich hatte sie damit gerechnet, Evelyn allein vorzufinden.

»Ich werde verrückt«, murmelte Greta. Fasziniert starrte sie auf Sybils langes blondes Haar. »Gratuliere. Sie haben die Frau auf dem Phantombild tatsächlich gefunden … und auch noch hergebracht. Hinter welchem Stein hatte die Kleine sich verkrochen?« Greta neigte den Kopf, um zwischen Sybils Haaren einen Blick auf ihr Gesicht zu erhaschen. »Wie hat es diese kleine Schlampe nur geschafft, meinen Vater mit einem Seidenschal zu erwürgen?«

Beim Klang von Gretas Stimme begann Sybil wie bei einem epileptischen Anfall zu zucken. Evelyn hatte Mühe, sie ruhig zu halten. Noch dazu war der Bolzen immer noch auf ihren Kopf gerichtet.

»Sie kommen mit Ihrer Einbrechergeschichte niemals durch«, presste Evelyn hervor. Ihr Gaumen war trocken.

»Welche Einbrechergeschichte?« Gretas Stimme strotzte vor Hohn. »Herzchen, Sie dachten doch nicht wirklich, ich würde die Bullen rufen?«

Evelyns Herzschlag setzte für einen Moment aus. Aber sie hatte die Frau doch telefonieren hören!

»Wen, glauben Sie, habe ich angerufen?« Greta kostete den Augenblick der Macht genüsslich aus.

Da dämmerte es Evelyn. Sie war so dumm gewesen. »Alfons Bolten«, krächzte sie.

»Kluges Kind. Sein Wagen steht in meiner Einfahrt, und von ihm fehlt jede Spur.« Sie betrachtete Sybil. »Ich wusste gar nicht, dass die Kleine Auto fahren kann.«

Sie machte einen Schritt zurück und sah sich kurz um. »Er ist nicht ans Telefon gegangen. Was haben Sie mit ihm gemacht?«

Evelyn schluckte. Bestimmt war es keine gute Idee, Greta die Wahrheit zu erzählen. Wie hatte Bolten es formuliert, als er mit ihrem Handy den Anruf der Kripo Flensburg entgegengenommen hatte?

»Er ist gerade unpässlich«, erwiderte sie.

»*Unpässlich?* Was haben Sie mit ihm gemacht?«, brüllte Greta. Im gleichen Atemzug senkte sie die Armbrust und zielte damit auf Evelyns Oberschenkel. Der Finger krümmte sich um den Abzug.

»Er ist unpässlich!«, presste sie hervor. Wie tief würde ein solcher Bolzen wohl in Fleisch dringen?

Da ertönte in der Ferne das Signalhorn eines Einsatzfahrzeugs. Greta legte den Kopf schief, um zu lauschen. Evelyn hielt den Atem an. Das Fahrzeug näherte sich. Aber es war nicht die Tonfolge der Polizei. Sie versuchte, sich zu konzentrieren. Wer verdammt war das?

Der Ton wurde lauter. Evelyn blinzelte. Hinter Greta sah sie, wie das Licht einer blauen Einsatzlampe von den Tannenwipfeln reflektiert wurde. Sie hörte das Quietschen von Reifen. Im nächsten Moment ließ sie ein metallenes Krachen zusammenzucken.

Als Greta herumfuhr, tat Evelyn einen Schritt in Richtung Türrahmen, um mehr zu sehen.

Die beiden Flügel des Gartentors wurden in der Mitte auseinandergerissen und flogen knirschend auf. Ein Krankenwagen mit Blaulicht und Sirene donnerte durch die Einfahrt den Schotterweg hinauf.

Kurz bevor das Fahrzeug das abgestellte Motorrad rammte, quietschten die Bremsen. Das Hinterteil schlitterte nach vorne, und die Reifen gruben sich in den Schotter. Kaum stand der Wagen, flog auch schon die Fahrertür auf. Ein Mann rutschte vom Sitz. Walter Pulaski! Er stolperte und fiel beinahe auf den Boden. Mühsam rappelte er sich auf und zog sich am Seitenspiegel der Tür hoch.

»Hier drüben!«, rief Evelyn.

Sie sah, wie Pulaski zu ihr herüberblickte und die Dienstwaffe aus dem Holster zog.

Im gleichen Moment legte Greta den Schaft der Armbrust wie ein Gewehr an die Schulter. Während sie auf Pulaski zuging, visierte sie ihn an.

»Vorsicht!«, kreischte Evelyn, doch Greta hatte bereits den Abzug betätigt.

70

Der Bolzen zischte über die Wiese und traf Pulaski in die Schulter. Die Wucht schleuderte ihn gegen die Motorhaube des Krankenwagens, und der Aufprall riss ihm die Waffe aus der Hand. Die Pistole schlitterte unter den Wagen.

Evelyn war wie gelähmt. Ihr Atem stand still. Die nächsten Sekunden kamen ihr wie in Zeitlupe vor. Während Pulaski mit vor Schmerz verzerrtem Gesicht zu Boden glitt, zog Greta einen neuen Bolzen aus der Brusttasche der Lederjacke und legte ihn in die Armbrust.

Breitbeinig stand sie vor Pulaski, spannte den Bogen und legte auf ihn an. »Sagen Sie mir, wer Sie sind. Sie haben zwei Sekunden!«

Pulaski drückte die Hand auf die Wunde. »Sie sind verhaftet«, presste er hervor.

»Dass ich nicht lache! Wer zum Teufel sind Sie?«

Sybil regte sich in Evelyns Umklammerung. »Die Waffe«, flüsterte sie.

Welche Waffe?

Sybils Finger lösten sich aus der Umarmung. Zittrig tastete sie nach Evelyns Hosenbund.

Plötzlich fiel es ihr wieder ein. Der Damenrevolver! Sie zog die Kleinkaliberwaffe, die sie Sybil im Haus abgenommen hatte, aus dem Hosenbund und spannte den Hahn.

»Der Lauf zieht nach links«, flüsterte Sybil.

»Danke.« Evelyn hatte die Gartenlaube bereits verlassen und lief über die Wiese.

»Zum letzten Mal. Wer – sind – Sie?«, brüllte Greta.

»Kriminalpolizei Leipzig.«

»Scheiße!«, zischte Greta. Sie richtete den Bolzen auf Pulaskis Brust. Es sah aus, als würde sie die Nerven verlieren und abdrücken.

»Waffe fallen lassen!«, rief Evelyn.

Wenige Meter vor Greta blieb sie stehen, streckte die Arme von sich, wie Pulaski es ihr erklärt hatte, und umklammerte den Revolver mit beiden Armen. Kimme und Korn sollten eine Oberkante bilden, schärfte sie sich ein, aber ihre Hände zitterten so, dass sie Mühe hatte, Greta anzuvisieren.

Greta fuhr herum.

Evelyn atmete aus, schloss für einen Moment die Augen und drückte ab.

Der Knall ließ sie zusammenfahren.

Sie sah, wie Greta einen Schritt zurückstolperte. Der Bolzen löste sich aus der Armbrust und fuhr durch die Seiten- und Windschutzscheibe des Krankenwagens. Die Scherben prasselten auf Pulaski herab.

»Spannen Sie den Hahn!«, rief Pulaski.

Verwirrt blickte Evelyn auf die Waffe. Der Abzug ließ sich nicht betätigen. Sie spannte den Hahn, sodass sich die Trommel bewegte. Dann legte sie erneut auf Greta an. Für einen kleinen Revolver hatte das Ding einen heftigen Rückstoß.

Greta lehnte keuchend am Wagen. Perplex starrte sie auf die Waffe. Sie betastete eine Stelle unter ihren Rippen und verzog das Gesicht. Ihre Finger waren blutig.

Evelyn ging auf sie zu. »Legen Sie die Armbrust weg!«

Aus dem Augenwinkel sah sie, wie Pulaski seine Waffe unter dem Wagen hervorzog. Er hielt sie in der linken Hand, da der Bolzen in seiner rechten Schulter steckte. Evelyn bemerkte die durchtrennte Kette der Handschellen, die an seinen Handgelenken hingen.

»Ich laufe ins Haus und rufe den Notarzt«, sagte sie und merkte im gleichen Moment, wie absurd das klang, angesichts des Krankenwagens vor ihren Augen.

»Nicht nötig.« Er rappelte sich auf. »Ich habe die Sache unter Kontrolle, danke. Polizei und Sanitäter müssten jeden Augenblick hier eintreffen.« Er deutete zur Gartenlaube. »Kümmern Sie sich um Ihre Freundin.«

Evelyn sah zum Pavillon hinüber. Sybil kauerte im Türrahmen. »Ich hoffe, Sie werden nicht ohnmächtig.«

»Keine Sorge«, erwiderte Pulaski, »im Moment habe ich so viel Adrenalin im Blut, dass ich einen Marathon laufen könnte.« Er trat zu Greta. »Auf die Knie. Hände über den Kopf, Gesicht zu Boden. Sie sind verhaftet …«

Während Pulaski seinen Spruch aufsagte, lief Evelyn zum Pavillon.

Als sie näher kam, streckte Sybil ihr bereits zögerlich die Hände entgegen. Sie *wollte* umarmt werden.

So sehr Evelyn sich bis zu diesem Moment auch zusammengerissen hatte, jetzt liefen ihr zum ersten Mal selbst die Tränen übers Gesicht.

71

Eine Viertelstunde später standen zwei weitere Krankenwagen und eine Menge Polizeieinsatzfahrzeuge in der Auffahrt zur Hockinson-Villa.

Die Beamten sperrten das Grundstück ab. Einige durchsuchten das Haus von oben bis unten, andere patrouillierten mit Hunden durch den Garten. Greta war von einer Sondereinheit der Kripo verhaftet und abtransportiert worden.

Evelyn bahnte sich einen Weg zu dem Krankenwagen, in dem Pulaski lag.

Die Hecktür stand offen. Pulaski hing an mehreren Infusionsflaschen. Die Sanitäter hatten sein Hemd aufgeschnitten und die Blutung mit einem Druckverband gestillt. Er roch nach Antiseptika und sah schrecklich aus. Der Bolzen ragte immer noch aus seiner Schulter.

Evelyn kletterte in den Wagen und setzte sich neben ihn. »Wie geht es ihm?«, fragte sie den Arzt.

»Prächtig«, antwortete Pulaski, bevor der Sanitäter etwas sagen konnte. »Die haben mir ein Mittel gespritzt, das ziemlich high macht.« Er versuchte zu lächeln, verzog aber schmerzvoll das Gesicht.

»Nicht bewegen!«, ermahnte ihn der Arzt.

»Vielleicht komme ich nach Bremerhaven ins Krankenhaus«, murmelte Pulaski. »Dort kenne ich einen Chirurgen … Doktor Vobelski … zu dem habe ich Vertrauen. Die haben kürzlich auf ein neues Computersystem umgestellt, aber der Mann kann operieren, sag ich Ihnen. Er war früher auf der Intensivstation, aber mittlerweile ist er Chefarzt der Inneren Medizin.«

Evelyn warf dem Arzt einen fragenden Blick zu. Dieser tippte mit dem Finger auf eine Infusionslösung, die über Pulaski an einem Gestänge hing.

»Verstehe.« Evelyn beugte sich näher zu Pulaski. »Ich weiß nicht, ob wir uns so bald wiedersehen. Ihr Wagen steht noch in Hamburg.«

»Kein Problem. Die alte Schrottmühle wird mir so schnell keiner klauen.«

Hinter ihr marschierten Beamte vorbei, die sich über Funk unterhielten. Einige Hunde kläfften.

»Sie haben ein ziemliches Aufgebot herbestellt.«

Er grinste. »Als ich in Boltens Keller an den Heizungsrohren hing, habe ich einen Krankenwagen gerufen und meinen Chef in Leipzig verständigt. Er hat sämtliche Hebel in Bewegung gesetzt und für diesen Rummel gesorgt.«

»Ist gar nicht so übel, oder?«

»Leipzig?«

»Nein, Ihr Chef.«

»Ach, Horst Fux?« Pulaski verzog den Mund. »Er wird mir zwar die Leviten lesen, aber er ist schon in Ordnung.«

Evelyn berührte die Handschellen, die immer noch an Pulaskis Handgelenken hingen. »Wie konnten Sie sich befreien?«

Er lächelte. »Die Sanitäter, die mich im Keller gefunden haben, haben mich mit der Kneifzange befreit und mir ein Gegenmittel injiziert. Während sie auf der Wiese Boltens Überreste bewunderten, ließ die Wirkung des Botox nach. Da habe ich mir ihren Wagen ausgeliehen. Die armen Kerle stehen wahrscheinlich immer noch dort.«

»Ausgeliehen?«, wiederholte Evelyn. »Und dabei die Kühlerhaube zu Schrott gefahren?«

»Ich wollte Sie retten.«

Sie sah ihn lange an. »Was Sie nicht sagen.«

»Nein, ehrlich. Als ich das Flutlicht und das geschlossene Tor sah, wusste ich, dass etwas nicht stimmt.«

»Sie sind ein schlechter Lügner!«, stellte sie fest.

Er sah zur Decke. »Ja«, seufzte er. »Ich konnte mein Bein nicht bewegen und rechtzeitig vom Gaspedal nehmen … aber verraten Sie das niemandem!«

»Keine Sorge.« Sie schmunzelte. »Sehen wir uns wieder?«

»Falls Sie mal nach Leipzig kommen«, antwortete er. »Am Wochenende fahre ich mit meiner Tochter in den Johannapark, wo wir mit dem Nachbarhund Frisbee spielen. Rex ist ganz verrückt danach.«

»Dieses Wochenende fahren Sie nirgendwohin«, unterbrach ihn der Notarzt und gab ihm eine Spritze direkt in die Wunde.

Pulaski biss die Zähne zusammen. »Dann eben nächstes Wochenende«, knirschte er.

»Möglich, hängt von Ihnen ab.« Der Arzt zog die Nadel raus.

Evelyn sah für einen Moment zur Seite. »Wenn Sie wieder auf den Beinen sind, würde ich Sie und Ihre Tochter gern nach Wien einladen. Der Prater könnte Ihnen gefallen.«

»Klingt gut.« Pulaski verdrehte die Augen.

Der Arzt wandte sich an Evelyn. »Wir müssen jetzt fahren und so schnell wie möglich operieren.«

»Alles klar.« Sie machte Anstalten, aus dem Wagen zu klettern.

»Einen Moment noch.« Pulaski versuchte, sich aufzusetzen, doch der Sanitäter drückte ihn sanft auf die Trage zurück.

Evelyn beugte sich zu ihm. »Was denn?«

Pulaski starrte zur Decke. »Ich weiß, Sie halten mich im Moment für ein wenig weggetreten, wegen diesem Zeug, das die mir hier spritzen … aber glauben Sie mir, ich bin völlig klar im Kopf.«

»Sicher … machen Sie rasch!«, drängte der Arzt.

»Diese Frau hat mir das Leben gerettet!«, fuhr Pulaski ihn an. »Da darf man doch wohl noch etwas sagen.«

Evelyn versuchte, ihn zu beruhigen. »Ich höre.«

»Ich bin nicht blind, wissen Sie. Und ich habe an diesem Tag einiges über Sie erfahren. Was in Ihrer Vergangenheit passiert ist, tut mir leid …« Er blickte ins Freie, als suchte er nach den richtigen Worten. »Ich bekomme fast täglich mit, wie man das Leben junger Leute zerstören kann – aber Sie sind stark.« Er griff nach ihrer Hand. »Ich möchte Ihnen nur sagen, dass Sie diesem Patrick eine Chance geben sollten. Er ist ein Glückspilz.« Pulaski ließ sie los.

Evelyn stieg aus dem Krankenwagen, stand wie paralysiert auf dem Kiesweg und brachte keinen Ton heraus.

»Okay, das war's. Abfahrt!« Der Sanitäter warf die Hecktür zu.

Der Fahrer startete den Motor, und Evelyn sah dem Wagen nach, der das Grundstück verließ. Als die Rücklichter verschwunden waren, wandte sie sich um und ging zu dem zweiten Krankenwagen, der neben Gretas Motorrad parkte. Sybil saß im Fond. Ein Arzt kümmerte sich um sie. Daneben stand ein Kripobeamter, der sie im Auge behielt.

Der Fahrer ließ soeben den Motor an, und der Kripobeamte kletterte zu dem Arzt ins Wageninnere. Eilig lief Evelyn zu dem Auto.

»Halt, warten Sie! Ich möchte mitfahren.«

»Sind Sie eine Angehörige?«, fragte der Polizist.

»Sybil hat keine Angehörigen.«

»Und wer sind Sie dann?«

»Evelyn Meyers, Anwältin.«

»Anwältin?« Der Beamte und der Arzt warfen sich einen kurzen skeptischen Blick zu. »Sie machen wohl einen Witz, oder?«

»Kein Witz.« Obwohl ich euch eine Menge Anwaltswitze erzählen könnte, dachte Evelyn.

»Wir fahren in die psychiatrische Klinik Hamburg. Steigen Sie ein, wenn Sie möchten«, entschied der Arzt. »Die Fahrt dauert aber mindestens zwei Stunden.«

»Ich weiß.« Evelyn kletterte in den Wagen und setzte sich neben Sybil auf die Trage. Automatisch griff das Mädchen nach ihrer Hand. Evelyn hielt sie und strich ihr mit der anderen Hand übers Haar. Währenddessen injizierte der Arzt dem Mädchen ein Beruhigungsmittel.

Sobald die Kleine schlief, musste sie Patrick anrufen, um ihm zu erzählen, dass alles überstanden war. Sie würde sich während der Fahrt das Handy des Kripobeamten ausborgen. Wenn Sybil schlief und Patrick sich keine Sorgen mehr machte, blieb ihr Zeit genug, um über alles nachzudenken.

Sie lehnte den Kopf an die Rückwand und schloss für einen Moment die Augen. Die Fahrt nach Hamburg würde lange dauern. Sie konnte die Ereignisse gewiss ein Dutzend Mal Revue passieren lassen. Doch eines würde sie auch dann nicht begreifen: Wie war es diesem zerbrechlichen Mädchen gelungen, Hockinson zu erwürgen und all die anderen Männer zu töten?

War Sybil überhaupt bewusst, dass sie die Morde begangen hatte?

Eine Woche zuvor …

Die Tachonadel zitterte.

Hundertzehn km/h.

Das Cabrio holperte über die letzte Bodenwelle und raste in die steil nach links abfallende Kurve, die zum Leuchtturm führte.

»Ich weiß es nicht!«, brüllte Hockinson.

Und ob der Scheißkerl es wusste! Lisa spürte, wie die Fliehkraft sie aus dem Sitz hob. Unwillkürlich nahm sie den Fuß vom Gaspedal.

Sogleich trat Hockinson auf die Bremse.

Die Reifen quietschten.

Es war wie bei einem Achterbahnlooping. Der Fahrtwind zerzauste ihr Haar, die Möwen kreischten, und sie spürte das salzige Meerwasser auf den Lippen. Wenn sie sterben würde, musste es eben sein. Aber zumindest würde der Scheißkerl mit ihr krepieren. Sie riss die Arme hoch und schrie.

Währenddessen umklammerte Hockinson das Lenkrad. Der Wagen rutschte gefährlich nahe an den Klippen über die Straße. Sie beugte sich aus dem Wagen. Zwei Räder waren auf dem Asphalt, unter den anderen beiden spritzten Kieselsteine in den Abgrund.

Hockinsons Gesicht war so weiß wie der Kalkstein der Felsen. Schweiß lief ihm über die Stirn. Wie ein Rallyefahrer riss er das kleine Sportlenkrad herum und schaltete hektisch herunter, sodass das Getriebe gequält aufkreischte.

Am Ende der Steilkurve bekam er den Wagen unter Kontrolle.

Fünfundsechzig km/h.

Er ließ den Wagen ausrollen und lenkte ihn auf der nächsten Anhöhe zum Straßenrand. Einige Meter vor den Klippen hielt er. Unter ihnen lag der Leuchtturm auf der vorgelagerten Felseninsel.

Hockinson zog die Handbremse an. Der Motor tuckerte immer noch im Leerlauf.

Das Radio spielte »Stairway to Heaven«.

»Unglaublich!« Lisa strich sich das Haar aus dem Gesicht.

Hockinson sackte im Sitz zusammen. Seine Hände zitterten. Bestimmt stand er knapp vor einem Herzinfarkt.

Lisa fühlte sich so lebendig wie nie zuvor. Sie rückte auf dem Sitz herum. »Gratuliere, Eddie, du bist noch am Leben. Wie lautet der letzte Name auf der Liste?«

Hockinson sah sie nicht einmal an. »Steigen Sie aus«, keuchte er. »Sofort!«

Mit einem Satz hockte sie rittlings auf ihm. Er wollte sich wehren, doch bevor er seine Hände nach oben bekam, hielt sie bereits den Schal umklammert und zog an beiden Seiten.

Einige Perlen sprangen ab und verteilten sich im Fußbereich des Wagens.

»Ich weiß es nicht«, röchelte Hockinson.

»Der Name!«, brüllte Lisa.

Sie zog fester. Der Seidenschal schnitt tief in seinen Hals, sodass sich die Hautfalten über den Stoff wölbten. Binnen Sekunden lief sein Kopf dunkelrot an. Er versuchte nach ihren Haaren zu greifen, doch sie straffte den Schal so sehr, dass seine Augen hervortraten und ihm Tränen über die Wangen liefen.

»Der Name!«, brüllte sie.

Er brachte keinen Ton heraus. Sein Mund klaffte auf, die Zunge hing wie ein aufgequollener Fremdkörper in seinem Rachen.

Sie wusste selbst nicht, woher sie die Kraft nahm. Es kostete sie nicht einmal besonders viel Mühe, so fest zu ziehen, dass sie glaubte, sein Kopf könnte jeden Moment von den Schultern springen.

Psychisch Kranke bringen oft enorme, unerklärliche Kräfte auf … Wer hatte das gesagt? Marty? Doktor Gessler?

»Der Name«, flüsterte sie.

Doch Hockinson konnte schon längst nicht mehr antworten. Seine Augen starrten in den blauen Himmel, wo die Möwen über dem

Wagen kreisten. Möglicherweise war er jetzt ebenfalls dort oben. Nein, nicht dort oben, korrigierte sie sich und blickte auf den in der Hitze flimmernden Asphalt. Der Knabe schmorte in der Hölle.

Sie ließ ihn los.

Hockinsons Augen bewegten sich nicht. Sein Kopf fiel schlaff zur Seite.

Hastig blickte sie zum Leuchtturm, dann in beide Richtungen der Küstenstraße. Weder Mensch noch Auto weit und breit.

Wie viel Zeit blieb ihr?

Sie sprang aus dem Wagen, spannte den Sicherheitsgurt über Hockinsons Bauch und ließ den Verschluss einrasten. Anschließend fing sie den Seidenschal ein, den der Wind herumwirbelte, und kroch damit unter den Wagen.

Es stank nach Benzin und verbranntem Gummi. Sie wickelte das Ende des Schals um die Radaufhängung der hinteren Achse. Sie durfte keinen Knoten machen. Es musste natürlich aussehen.

Nachdem der Schal straff herumgewickelt war, kroch sie unter dem Wagen hervor.

»Scheiße!«, fluchte sie. Nun war der Absatz ihres Stöckelschuhs tatsächlich abgebrochen. Rasch schlüpfte sie aus den Schuhen und warf sie an den Straßenrand. Danach beugte sie sich ins Wageninnere, um die Handbremse zu lösen.

Es fiel ihr nicht schwer, den Wagen anzuschieben. Die Kieselsteine knirschten unter den Rädern. Nach einigen Metern straffte sich der Schal. Hockinsons Kopf wurde nach hinten gezogen und gegen die Nackenstütze gepresst.

»Schlaf gut, mein Prinz«, flüsterte sie.

Nur noch wenige Meter bis zum Abgrund.

Aus dem Auspuff qualmte eine stinkende Wolke.

Schließlich rollten die Vorderreifen über die Klippe. Lisa stemmte sich ein letztes Mal gegen das Heck. Der Schal war mittlerweile zum Zerreißen gespannt.

Plötzlich gab der Widerstand nach, das Cabrio glitt über die Kante. Mit einem Splittern und Krachen stürzte der Wagen den

Abhang hinunter, überschlug sich und blieb wenige Meter vor dem Leuchtturm liegen.

Lisa wandte sich ab. Sie blickte auf ihre dreckigen Hände und an ihrem ölverschmierten Kleid hinunter. Erst jetzt bemerkte sie, dass sie barfuß war.

Wo waren ihre Schuhe?

Sie sah sich um.

Ihr schwindelte.

Am Straßenrand lag ein Paar eleganter Schuhe. Lisas Stöckelschuhe! Wie kamen die dorthin?

Wo war Lisa überhaupt? Sybil sah sich um.

Am Ende des Abgrunds lag ein verbeulter Wagen mit einer männlichen Leiche darin. Das Bild vor ihren Augen flimmerte. Sie griff sich an die Schläfen. Plötzlich waren wieder diese schrecklichen Kopfschmerzen da. Dieser Anblick! Hatte sie es schon wieder getan? Wie konnte das nur passieren? Das schlechte Gewissen krampfte ihren Magen zusammen. Sie hatte das Gefühl, als würde ihr Schädel jeden Moment zerspringen.

Ich habe es für Lisa getan, schärfte sie sich ein. Um diese Sache endlich zu erledigen. Sie wiederholte den Satz wie ein Mantra. Immer und immer wieder.

Ich habe es für Lisa getan!

Endlich ließ der Druck nach.

Mit den Schuhen in der Hand lief sie über den Asphalt der Küstenstraße zum nächsten Ort.

»Ich wollte dir doch nur helfen«, murmelte sie.

Dir doch nur helfen.

Epilog

Drei Tage nach den Ereignissen in Cuxhaven wurde Pulaski endlich aus dem Krankenhaus entlassen.

Während er ans Bett gefesselt war, hatten die Ärzte permanent an seiner Schulter herumgedoktert. Zumindest hatten ihm die Quacksalber ein Einzelzimmer mit Blick auf den Park an der Delitzscher Straße gegeben. Er hatte nicht einmal Bukowskis *Hot Water Music* zu Ende lesen können, da ihn seine Tochter und die Kollegen vom Revier besuchten, die Beamten des LKA Sachsen, die Ermittler aus Flensburg und sogar die hohen Tiere aus Hamburg und vom LKA Niedersachsen. Außerdem hatte sich Staatsanwalt Kohler, der Lackaffe, in sein Krankenzimmer bequemt, um ein Gespräch unter vier Augen mit ihm zu führen. Wenn er das schon hörte – *unter vier Augen!*

Trotz des ganzen Trubels kam Pulaski glimpflich davon. Horst Fux hatte ihn während der gesamten letzten Woche in den Dienst gestellt, und er hatte in dieser Zeit immerhin mehrere Morde aufgeklärt, Boltens Leichnam sichergestellt sowie Sybil und Greta Hockinson verhaften können. Ohne die junge Anwältin aus Wien wäre das natürlich nie so rasch über die Bühne gegangen. Aber der Zufall wollte es nun mal, dass er sie zur richtigen Zeit am richtigen Ort getroffen hatte.

Natürlich zog der Fall einen Rattenschwanz an bürokratischen Komplikationen mit sich, aber für so etwas waren die Sesselpupser in den Ministerien zuständig. Ein wenig gefiel sich Pulaski sogar in der Rolle des »Helden«, wie ihn ein Reporter der *Leipziger Volkszeitung* in einem Artikel nannte. Zumindest war Pulaski das für seine Tochter, denn er hatte wie versprochen den Mörder von Natascha Sommer gefunden. Ein Lokalsender hatte sogar eine kurze Reportage über ihn gebracht, und er war für etwa dreißig Sekunden im Krankenbett zu sehen gewesen, wie er interviewt wurde und in die Kamera winkte.

Doch trotz all der Besucher – eine Person war nicht gekommen. Er hatte es sich gerade noch verkneifen können, Staatsanwalt Kohler nach ihr zu fragen. Außerdem hatte er sich vorgenommen, sie anzurufen, sobald er das Krankenhaus verlassen und statt des lächerlichen Anstaltskittels endlich wieder seine eigene Kleidung tragen konnte. Hoffentlich hatte Sonja Willhalm seinen peinlichen Fernsehauftritt nicht gesehen.

Pulaski trat ins Freie, den Arm in der Schlinge und den Mantel über der lädierten Schulter. Die Sonne schien. Ein warmer Herbsttag. Vor dem Haupteingang der Klinik wartete seine Tochter auf ihn. Sie trug Fetzenjeans mit Rissen über den Knien, die angeblich total in waren, Turnschuhe und eine blaue Windjacke und hielt ihr Skateboard mit den abgewetzten Rollen unter dem Arm. Sie hatte die gleichen Sommersprossen und dieselben spitzen Knie wie ihre Mutter, dachte er.

»Schulfrei?« Er blickte auf die Armbanduhr. Zehn Uhr vormittags.

Jasmin strahlte übers ganze Gesicht. »Ich habe frei bekommen – *Pflegeurlaub!* Meine Klassenkameraden haben dich im Fernsehen gesehen.«

»Du auch?«

Sie grinste schief. »Ich hab's auf Video aufgenommen. Du warst nur kurz im Bild und sahst schrecklich aus – tust du übrigens immer noch! Wann rasierst du dich?«

Er strich sich über den Dreitagebart. »Heute Abend.« Dann langte er in die Manteltasche und kramte die Zigarettenpackung hervor. Seit seinem Besuch in Ochsenzoll hatte er die Glimmstängel nicht mehr angerührt. »Damit höre ich endgültig auf.« Er zerdrückte die Schachtel und warf sie in den Mülleimer neben der elektrischen Schiebetür. Ebenso das Feuerzeug.

»Mama wäre stolz auf dich.«

»Und du?«

»Natürlich auch.« Sie drückte ihn.

»Vorsicht.« Er musste lachen, weil sie sich wie ein Kleinkind an ihn quetschte. Sicherheitshalber schob er den angeschlagenen Arm zur Seite.

Während sie zur Busstation gingen, nahm er das Handy aus der Tasche.

»Hör mal kurz weg – ich muss ein Gespräch unter Erwachsenen führen.«

»Klar doch.« Sie schlüpfte unter seinen Mantel und sah gelangweilt den vorbeifahrenden Autos nach.

Zumindest tat sie so. In Wahrheit spitzte sie garantiert die Ohren, damit ihr kein Wort entging.

Pulaski wählte Sonja Willhalms Nummer. Nach dem fünften Klingeln hob sie ab. »Störe ich Sie bei einer Therapie?«

»Ich mache gerade Pause«, antwortete sie. Es folgte eine peinliche Schweigesekunde, ehe sie weitersprach. »Sind Sie noch im Krankenhaus?«

»Wurde soeben entlassen.«

»Ich hätte Sie gern besucht, aber wir hatten rund um die Uhr Leute von den verschiedensten Behörden hier, die alles auf den Kopf stellten. Meine Patienten reagierten dementsprechend.«

»Die Todesfälle von Natascha und Martin haben bestimmt eine Menge Staub aufgewirbelt.«

»Dank Ihnen.« Er hörte sie lachen. »Sie sind ein Held, ich habe Sie gestern Abend in den Nachrichten gesehen.«

»Meine Tochter sagt, ich habe schrecklich ausgesehen.«

»Na ja …« Sie lachte erneut. »In echt sehen Sie besser aus.«

Das war das Stichwort. Plötzlich schlug sein Herz schneller. »Ich bin Ihnen noch ein Abendessen schuldig.«

»Sie haben Ihr Versprechen nicht vergessen?«

»Wie könnte ich das?«

Er spürte, wie sich Jasmin aus der Umarmung löste. Sie sah ihn mit zwei zu großen Fragezeichen geformten Augen an.

Und? Wer ist sie?, las er auf ihren Lippen.

»Diesen Freitagabend? Ich hole Sie um acht Uhr ab.«

Gib mir bloß keinen Korb, dachte er. Gib mir bloß …

»Das würde mich sehr freuen.«

Für einen Moment war er sprachlos. Immerhin war es sein erstes ernstzunehmendes Date seit Jahren.

Jasmin boxte ihn in die Seite. *Wer ist das?*

»Fahr mit dem Skateboard zur Bushaltestelle!«, flüsterte er, wusste aber im gleichen Moment, dass Jasmin keine Sekunde von seiner Seite weichen würde, solange er telefonierte.

»Mit wem sprechen Sie?«

»Mit meiner Tochter. Sie ist ein Quälgeist.«

»Ich würde sie gern kennenlernen.«

»Was?« Pulaskis Herz machte einen Satz. Diese Aufregung hatte er während der letzten Jahre kein einziges Mal verspürt – nicht einmal im Dienst.

»Ich … wir könnten …«, murmelte er. »Vielleicht sollten wir …«

Da nahm ihm Jasmin das Telefon aus der Hand, sprang aufs Skateboard und rollte den Bürgersteig entlang.

»Hallo? Hier spricht Jasmin«, sagte sie.

»Bist du verrückt? Gib mir das Telefon!«, zischte er.

Doch Jasmin war schon zu weit entfernt, als dass er sie einfangen konnte.

»Falls Sie Lust haben, könnten Sie uns am Wochenende begleiten«, schlug Jasmin vor. »Wenn uns das Wetter keinen Strich durch die Rechnung macht, gehen Papa und ich mit dem Hund unseres Nachbarn in den Johannapark. Spielen Sie Frisbee? Tatsächlich? Der Hund ist komplett verrückt danach. Das sollten Sie sich nicht entgehen lassen. Haben Sie Papa übrigens in den Nachrichten gesehen? Genau. Er sah schrecklich aus, oder?« Sie kicherte.

Nach einer Weile kam Jasmin auf dem Skateboard zurück und hielt ihm das Handy frech vor die Nase. »So macht man das.«

Kommentarlos nahm er das Telefon und warf einen Blick auf das Display. Die Verbindung war unterbrochen.

»Wenn du das noch einmal machst …«

»Sie ist nett«, fiel ihm Jasmin ins Wort. »Ich freue mich schon darauf, sie am Wochenende kennenzulernen.«

»Ich sollte dich besser zu Hause lassen.«

»Kommt gar nicht in Frage. Nicht mal, wenn du mich mit Handschellen an ein Heizungsrohr kettest«, sagte sie in Anspielung auf die Fernsehreportage.

Dieses Biest! Er dachte an Sonja Willhalm. Was würde sie jetzt wohl von ihm denken? Dass er einen kleinen Drachen als Tochter und bei der Erziehung total versagt hatte? Aber immerhin schienen sich die beiden gut unterhalten zu haben. Zumindest hatten sie über ihn gescherzt. Frauen! Dabei hatte er ganz vergessen, Sonja zu erzählen, dass Lesja Prokopowytsch den Mordversuch in Göttingen trotz des starken Blutverlusts überlebt hatte. Sie befand sich wieder in der psychiatrischen Anstalt Herberhausen in Doktor Pinsgers Obhut. Der Arzt mit dem Blick eines aufgeschreckten Huhns hatte ihn gestern angerufen, um ihm von ihrer Genesung zu erzählen.

Egal, es würde noch weitere Gelegenheiten geben, um mit Sonja darüber zu reden – allein!

»Das nächste Gespräch ist beruflich, also schwirr ab!«

»Ja, Paps.«

Er sah ihr nach, wie sie grinsend ihre Runden auf dem Skateboard zog.

Mittlerweile hatte Pulaski die Bushaltestelle erreicht. Es wurde Zeit, nach Wien zu telefonieren. Er setzte sich auf die Holzbank und wählte eine Nummer, die er vor zwei Tagen per SMS erhalten hatte.

Kurz nach zehn Uhr vormittags war Evelyn mit allem fertig. Sie hatte sich am Montag auch noch Urlaub genommen und war erst an diesem Morgen in der Kanzlei erschienen. Seit Stunden arbeitete sie in ihrem Büro, und nun war die letzte Schachtel voll. Sie riss das Klebeband ab und warf die Rolle in die leere Schublade.

Ihr neues Handy klingelte. Eine deutsche Vorwahl erschien auf dem Display.

»Evelyn Meyers«, meldete sie sich.

»Können Sie mir eine gute Anwältin empfehlen?«

Sie lachte. »Herr Pulaski! Wie geht's Ihnen?« Sie warf sich in den Stuhl und legte die Beine auf den Tisch.

»Wie sagt ihr Wiener doch immer? *Ich kann nicht klagen!*« Er erzählte ihr von dem Trubel der letzten Tage, bis er schließlich zum wichtigsten Punkt kam. »Seit gestern graben die Beamten mit rund einhundert freiwilligen Helfern die Dünen an der Küstengegend vor Wremen um.«

»Werden sie Manuels Leiche je finden?«

»Bestimmt«, antwortete Pulaski. »Die Kollegen gehen nicht gerade zimperlich mit Greta um. Sie ist ziemlich kooperativ und hat die Stelle genau beschrieben, an der sie und Bolten die Leiche des Jungen verscharrt haben. Zehn Jahre sind zwar eine lange Zeit, aber es wurden schon Tote gefunden, die länger unter der Erde lagen.« Er machte eine Pause. »Wie ist es bei Ihnen gelaufen?«

»Die letzten Tage waren hart, aber das brauche ich Ihnen ja nicht zu erzählen. Ich sprach mit Ihren Kollegen aus Flensburg wegen Smolles Selbstmord auf Sylt und mit Frau Doktor Melanie Gessler aus der Klinik in Ochsenzoll.«

»Oh, unsere gemeinsame Freundin.«

»Diesmal war sie sogar freundlich zu mir.«

»Was Sie nicht sagen.«

»Ich habe auch meine Kaffeehausrechnung bezahlt.«

Er lachte, dann wurde er ernst. »Wie geht es Sybil?«

»Sie ist zurzeit bei Gessler in Behandlung.«

»Und wie geht es Ihnen?«

Evelyn seufzte. »Wenn man bedenkt, dass alles mit den Nachforschungen in zwei harmlosen Rechtsfällen begann … Aber mittlerweile ist die Wahrheit ja ans Licht gekommen. Das Bundeskriminalamt muss nun die anderen ›Unfälle‹ aufrollen, die Sybil initiiert hat.«

»Und auch die Morde an den drei Jugendlichen. Die Beamten haben alle Hände voll zu tun. Bei der Durchsuchung von Boltens Haus sind übrigens ein paar schreckliche Dinge ans Tageslicht gekommen.«

Evelyn dachte an das Zimmer mit der roten Lampe, den Stofftieren und den Videokassetten.

»Ich erspare Ihnen die Details – aber eines ist sicher: Es ist kein Schaden, dass dieser Mistkerl nicht mehr unter uns weilt.«

Sie schwiegen eine Weile. Für einen Moment dachte sie an den Mann mit dem Kastenwagen, der sie vor zwanzig Jahren in die Jagdhütte verschleppt hatte. Wo immer er jetzt lebte – sie hatte sich vorgenommen, keinen Gedanken mehr an ihn zu verschwenden. Alfons Bolten war an seiner Stelle verbrannt und mit ihm ihr Hass und alle Schuldgefühle.

»Erinnern Sie sich noch an das, was ich Ihnen im Krankenwagen gesagt habe?«, fragte Pulaski.

»Als Sie im Delirium waren?«

»Ich war vollkommen klar!«, widersprach er.

Evelyn lachte. »Ja, ich erinnere mich.«

»Und?«

»Ich werde Ihren Ratschlag befolgen – aber nicht nur das. Einige Dinge in meinem Leben ändern sich gerade zum Positiven.« Sie blickte auf die zugeklebten Schachteln, die auf dem Boden ihres leeren Büros standen.

»Das freut mich zu hören.«

»Ich erzähle Ihnen mehr, sobald Sie nach Wien kommen.«

»Abgemacht, ich bin schon neugierig.«

»Ich wünsche Ihnen alles Gute.« Sie verabschiedeten sich, und Evelyn legte auf.

Ein Gefühl der Wehmut überkam sie, als sie an die Kanzlei

dachte. Wie lange hatte sie hier gearbeitet? Nach dem Tod ihrer Eltern hatte sie bereits während des Studiums jedes Jahr ihre Ferialpraxis hier absolviert. Elf Jahre in diesen Räumen waren eine verdammt lange Zeit. Anfangs war auch Patrick noch bei seinem Vater beschäftigt gewesen, später hatte Holobeck sie unter seine Fittiche genommen. Während dieser Zeit erlebte sie alle Höhen und Tiefen einer Rechtsanwaltskanzlei mit. Doch elf Jahre waren mehr als genug. Sie legte den Schlüssel zu ihrem Büro auf den leeren Schreibtisch und erhob sich.

Hinter der Milchglastür zeichnete sich ein Schatten ab. Die Klinke wurde niedergedrückt. Krager trat ein. Der Pitbull machte seinem Spitznamen alle Ehre. Wortlos und mit zusammengekniffenen Augen sah er sich in ihrem Büro um. In der Hand hielt er das gefaltete Kündigungsschreiben, mit dem er nervös gegen seinen Oberschenkel trommelte.

»So schnell ist es also nun gegangen«, knurrte er. »Sie hatten Recht mit Ihrer Vermutung über Peter Holobeck, und ich habe Ihnen nicht geglaubt. Das tut mir leid.«

Evelyn hob die Augenbrauen. Sie hätte nicht gedacht, diese Worte jemals aus seinem Mund zu hören.

»Ist das der Grund, weshalb Sie mich verlassen?«

Sie schüttelte den Kopf. »Ich habe Ihren Ratschlag beherzigt.«

Er blickte sie fragend an.

»Meine Vergangenheit aufgearbeitet. Mittlerweile weiß ich, was ich will.«

»Und was wollen Sie?«

»Sie haben mir immer davon abgeraten, aber es ist meine Berufung. Ich mache mich als Verteidigerin für Strafrechtsfälle selbständig.« Sie merkte, wie ein klein wenig Stolz in ihrer Stimme mitschwang.

»Womit denn?«, fragte Krager zähneknirschend.

Sie hatte diese Frage vermutet.

»Demnächst werde ich meinen ersten Fall übernehmen«, antwortete sie. »Sybil Woska ist einundzwanzig Jahre alt und österreichische Staatsbürgerin. Sie wird innerhalb der nächsten Wochen von Deutschland ausgeliefert und des Mordes an zehn Männern beschuldigt.« Sie machte eine Pause. »Ich verteidige sie.«

»Ist das Mädchen vermögend?«

Die Frage sah ihm ähnlich. »Wohl kaum. Aber wir werden genug Medienpräsenz und Sponsoren finden, um die Pflichtverteidigung zu finanzieren.«

Krager nickte langsam. »Ein starkes Programm für den Anfang. Falls Sie meine Hilfe benötigen …« Er machte eine Handbewegung, die wohl bedeuten sollte, dass er jederzeit für sie da war.

»Danke.«

»Und …« Krager zögerte. »Richten Sie meinem Sohn schöne Grüße aus.« Er reichte ihr die Hand.

Sie sah ihn erstaunt an. Damit hatte sie nicht gerechnet. »Mache ich.«

Draußen wartete Patrick auf sie. Sein linkes Hosenbein war an der Seite aufgeschnitten. Der Spaltgips reichte bis zur Hüfte. Er lehnte auf seinen Krücken schief in einer Toreinfahrt auf der gegenüberliegenden Straßenseite. Irgendwie wirkte er wie eine desolate Ausgabe von James Dean.

Sie lief zu ihm hinüber.

»Hallo, Spitzmausigel.«

»Hallo, mein Großer.«

»Wie ist es gelaufen?«

»Einen schönen Gruß von deinem alten Herren.«

»Das meinst du nicht ernst, oder?«

»Doch – irgendwie habe ich den Eindruck, dass ihn die ganze Angelegenheit geläutert hat. Vielleicht lädt er dich ja eines Tages zum Mittagessen ein.«

»Ein Essen mit Staranwalt Krager? Nein, danke. Apropos, da fällt mir ein Witz ein.«

»Schieß los!« Sie konnte es kaum erwarten.

»Schieß los?«, wiederholte er verblüfft. »Sonst willst du meine Witze doch nie hören.«

»Diesmal schon. Los, erzähl!«

Sie gingen die Straße zum Park hinunter, wo Evelyns Wagen stand.

»Also, eine Jacht ist auf hoher See mitten im Haigebiet gesunken. Alle Passagiere wurden von den Haien gefressen, bis auf einen, der ein Anwalt war. Warum?«

»Weil er schneller schwimmen konnte?«

»Weil Haie sich nicht an Artgenossen vergreifen!« Er lachte laut auf.

Evelyn schmunzelte. »Was machst du eigentlich heute Abend?«

»Soll ich dich auf deiner Joggingrunde durch den Stadtpark begleiten?«

»Nein, ich meine es ernst.«

»Mein Bein hochlagern und fernsehen. Warum?«

»Wenn ich dich mit dem Wagen abhole, schaffst du es ins Marriot zu einem Candle-Light-Dinner?«

»Sag bloß, du …?« Sein Mund klappte herunter. »Aber so schnell werden wir keinen Tisch bekommen.«

Schmunzelnd dachte sie an den alten, grauhaarigen Kripobeamten aus Leipzig, der im Krankenwagen versucht hatte, sich neben den Infusionsflaschen aufzurappeln. Er hatte Recht behalten. An diesem Abend war er tatsächlich bei klarem Verstand gewesen.

»Ich habe vor drei Tagen telefonisch einen Tisch reserviert und gehofft, du würdest ja sagen.«

Danksagung

Mein Kollege Tobias Bachmann begann eine seiner Danksagungen mit den Worten *Niemand schreibt ein Buch wie dieses wirklich alleine* … und ich möchte ihn an dieser Stelle schamlos zitieren. Niemand schreibt ein Buch wie dieses wirklich alleine. Aber das ist nur die eine Wahrheit.

Die andere ist folgende: Je komplexer ein Roman wird, desto länger wird die Liste von Personen, bei denen man sich bedanken muss, da irgendwann der Zeitpunkt kommt, an dem man die Distanz verloren hat und den eigenen Roman nicht mehr beurteilen kann.

Zum Glück habe ich eine Reihe von hartnäckigen Testlesern, die mich seit Jahren auf jeden Fehler in meinen Manuskripten aufmerksam machen – so auch bei diesem Buch. Sehr zu meiner eigenen Verzweiflung. Manchmal hasse ich sie sogar dafür! Mein Dank geht daher an Günter Suda, Heidemarie Gruber, Jürgen Pichler, Michael Adam, Magdalena Adam und Gaby Willhalm. Sollte Ihnen ein Fehler im Manuskript auffallen, bleibt mir nur, ihn auf meine eigene Kappe zu nehmen, denn ich höre *nicht immer* auf meine Testleser.

Für rechtliche Informationen bedanke ich mich bei der Anwältin Dr. Mahler-Hutter, die mir trotz ihrer knappen Zeit immer bei einem Kaffeeplausch auf ihrer Terrasse mit Antworten weiterhalf. Meine kriminaltechnischen Fragen konnten mir der Berndorfer Polizeibeamte Robert Froihofer, der Berliner Staatsanwalt Frank Heller und zum mittlerweile vierten Mal ein Wiener Kripobeamter beantworten, der nicht genannt werden möchte, mir aber immer wieder mit seinen Ideen aus plottechnischen Zwickmühlen geholfen hat.

Was den psychotherapeutischen Aspekt anbelangt, so danke ich Alya Saleh und Dr. Helmut Jelem, die mich während intensiver Gespräche auf viele Ideen gebracht haben. Für medizinische Fragen standen mir Kamila Zientek, Ursula Sturm, Dunja Hu, Martina Tschenscher, Matthias Gassner und Dr. Christian Wörgetter zur Verfügung. Falls Sie mal jemanden umbringen möchten, fragen Sie am besten Dr. Christian Wörgetter – er hat unglaubliche Ideen.

Unbekannterweise danke ich Michaela Huber, Imke Deistler und Angelika Vogler für ihre unermüdliche Arbeit und ihre Publikationen auf dem Gebiet der dissoziativen Identitätsstörung, die mir wieder einmal die Augen für die komplexen Strukturen der menschlichen Seele geöffnet haben.

Last but not least gilt mein Dank Dr. Uwe Neumahr von der AVA-International, der mich knapp zwei Jahre lang unermüdlich betreut und mit mir die unterschiedlichsten Exposé-Entwürfe durchgekaut hat, bis wir diesen Stoff fanden. Während dieser Zeit gab er mir zahlreiche Tipps und Ratschläge, unterbreitete mir Verbesserungsvorschläge und versorgte mich mit Material und Buchempfehlungen, so dass ich an manchen Tagen den Wald vor lauter Bäumen nicht mehr sah. Dennoch – oder vielleicht gerade deswegen – war diese Zeit die lehrreichste für mich.

Zum Abschluss danke ich Lisa Gurdijew für die Geschichten, die sie mir ins Ohr geflüstert hat. Ich hoffe, die Arbeit hat sich gelohnt. Falls Sie ihr eines Tages begegnen sollten … kommen Sie ihr nicht zu nahe!

Harlan Coben –
Nervenkitzel von Weltformat

480 Seiten
ISBN 978-3-442-46599-6

»Coben ist der unangefochtene Meister darin, seine Leser von der ersten Seite an zu ködern, nur um ihnen auf der letzten den Schock ihres Lebens zu verpassen.«
Dan Brown

Überall, wo es Bücher gibt und **GOLDMANN** unter www.goldmann-verlag.de

Die ganze Welt des Taschenbuchs unter

www.goldmann-verlag.de

Literatur deutschsprachiger und internationaler Autoren, **Unterhaltung, Kriminalromane, Thriller, Historische Romane** und **Fantasy-Literatur**

Aktuelle **Sachbücher** und **Ratgeber**

Bücher zu **Politik, Gesellschaft, Naturwissenschaft** und **Umwelt**

Alles aus den Bereichen **Body, Mind + Spirit** und **Psychologie**

GOLDMANN

Überall, wo es Bücher gibt und unter www.goldmann-verlag.de

Goldmann Verlag • Neumarkter Straße 28 • 81673 München